新選明文東洋古典大系

新譯 東洋 三國의 名漢詩選

安吉煥 編著

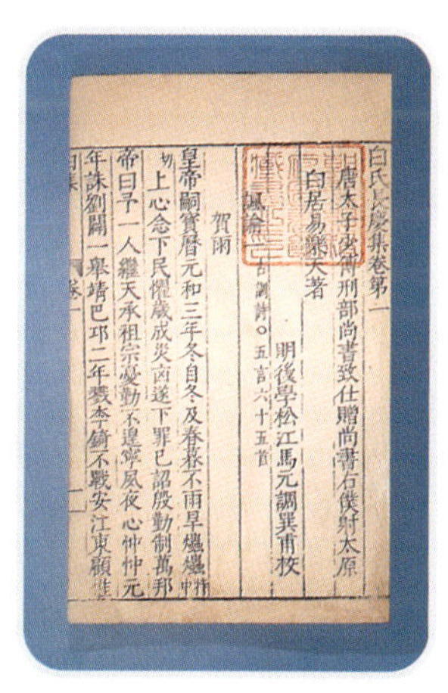

明文堂

▲**진시황제상**(秦始皇帝像) 역사상 최초로 중국 천하를 통일한 것은 그의 나이 38세였던 기원전 221년 때의 일이다.

▲**홍문지회**(鴻門之會)**의 유적** 섬서성 서안시(西安市) 동쪽 교외 약 30km, 홍문보촌(鴻門堡村)에 있다.

▲**진승**(陳勝) **오광**(吳廣)**의 난** 이 반란이 계기가 되어 중국 천하 도처에서 반란군이 일어났고 진(秦)나라는 멸망하게 된다.

▲**한무제상**(漢武帝像) 55년에 걸친 무제의 장기 치세는 명암(明暗)이 엇갈린다.

▲**흉노**(匈奴)**를 밟고 있는 말** 무제는 흉노 토벌에 공을 세우고 일찍 병사(病死)한 곽거병(霍去病)을 후히 장사지내고 묘 앞에 석상(石像)을 세웠는데 사진은 그 중의 하나이다.

▲**왕소군상**(王昭君像) 호북성 흥산현(興山縣)이 고향인 왕소군은 그 현성(縣城) 남교(南郊)에 소군정(昭君井)·소군대(昭君臺) 등 유적이 많다.

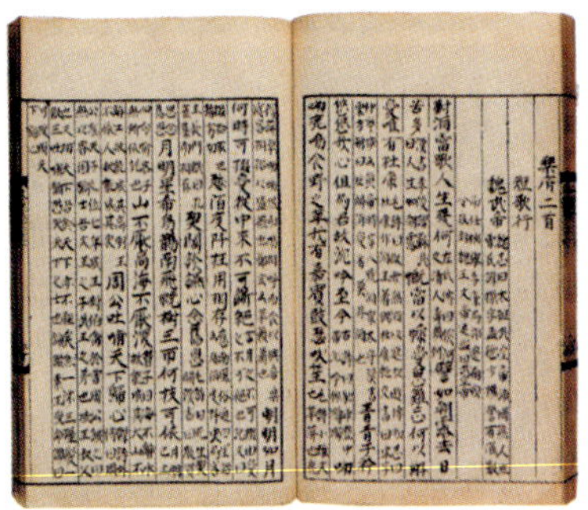

[上左]**단가행**(短歌行) 조조(曹操)의 대표작이라고 할 수 있는 작품이며《문선(文選)》에 실려있다.

[上右]**도연명도**(陶淵明圖) 진(晋)나라의 대표적 전원시인(田園詩人).

◀**칠보시**(七步詩)**를 짓는 조식**(曹植)

[下左]**이백**(李白) 시선(詩仙)으로 불린다.
[下中]**한유**(韓愈) 당송팔대가(唐宋八大家)의 한 사람.
[下右]**소식**(蘇軾) 아버지·동생과 함께 삼소(三蘇)로 불리는 문인(文人).

▲**조조**(曹操) 서기 208년 전국 통일을 목표로 대군을 이끌고 남하했으나 적벽대전(赤壁大戰)에서 손권(孫權)·유비(劉備)의 연합군에게 패했다.

▲**제갈공명**(諸葛孔明) 유비의 군사(軍師)였는데 기계(奇計)를 써서 조조의 대군을 적벽에서 격파했다.

▼**적벽**(赤壁)**의 옛 전장**(戰場) 호북성 포기현(蒲圻縣) 서북쪽에 위치하며 장강(長江)이 면하고 있다. 적벽(赤壁)이란 글씨는 150×140cm.

[上左]**김시습**(金時習) 1435~1493. 생육신(生六臣)의 한 사람이다.
[上中]**박문수**(朴文秀) 1691~1756. 암행어사로 유명하며 그 일화가 많이 전해온다.
[上右]**정약용**(丁若鏞) 1762~1836. 조선조 말기 실학파(實學派)의 거장이다.

▼**개성**(開城) **선죽교**(善竹橋) 개성시(開城市) 선죽동(善竹洞)에 있는 돌다리.
1392년 고려 말의 충신인 정몽주(鄭夢周)가 조선조 3대 왕인 이방원(李芳遠:太宗)이 보낸 조영규(趙英珪)에 의해 피살된 장소로 유명하다.

▶ **김삿갓 시비**(詩碑)

전라남도 광주광역시 무등산(無等山)에 있다. 김삿갓의 본명은 김병연(金炳淵)이며, 젊어서부터 전국을 누비고 돌아다니면서 해학과 풍자에 넘치는 시를 많이 지었다.

▼ **도산서원**(陶山書院)

퇴계(退溪) 이황(李滉)의 학덕을 추모하는 문인(門人)과 유림(儒林)들이 중심이 되어 경상북도 안동군 도산면(陶山面) 토계리(土溪里)에 창건한 서원. 사적(史蹟) 제170호로 지정되어 있다.

◀후지와라노다타미치
(藤原忠通)
1097~1164. 일본 헤이
안시대(平安時代)의
정치가이자 문장가.

▼**목모사**(木母寺)**의 대염불**(大念佛)
《도쿄세시기(東京歲時記)》에 실려 있는 그림이다.

머리말

한자 문화권에 속해 있는 나라, 특히 중국과 한국·일본 등 동양 삼국(東洋三國)에서는 예로부터 명한시(名漢詩)가 많이 전해 내려오고 있다. 이 한시는 중국 고대 주(周)나라 시대의 《시경(詩經)》시(詩)와 한(漢)나라 때의 악부시(樂府詩)를 비롯하여 한(漢)·위(魏)·육조(六朝) 때의 고시(古詩), 그리고 당(唐)나라 시대의 근체시(近體詩) 등으로 변화 발전되어 왔다.

우리나라에는 한자가 들어오면서 한시도 들어왔고 발달되었을 것으로 추측되거니와, 삼국시대(三國時代) 고구려 을지문덕(乙支文德) 장군의 오언절구(五言絶句)인 〈유우중문(遺于仲文)〉은 유명하다. 참고로 우리나라에서 창작상 채용한 것으로는 근체시가 절대 우위를 차지하고 있었고 고시(古詩)가 그 다음이었다.

두말할 것도 없이, 한시란 자신의 심상(心象)을 압축된 한문(漢文) 시어(詩語)로 표현해 놓은 것이다. 이 한시는 지난날 식자(識者)들 사이에서는 그것이 곧 사상의 표현이요, 생활이었고 멋이기도 하였다. 그러던 것이 여러 가지 문제로 빛을 잃어가다가 오늘날 문화유산의 재인식이란 문제와 함께 비상한 관심을 불러일으키게 되었다. 한자 교육의 병행이란 점에서도 이 한시는 지대한 공헌을 할 것으로 믿어 의심치 않는다.

 이 책에서는 한시의 발상지인 중국과 그리고 우리나라·일본의 순으로 각 장(章)마다 삼국의 명한시들을 엄선하여 수록하였다. 한시 원문에 한글 세대를 위하여 한자의 음을 달았고, 번역문도 현대감각에 맞는 단어를 선정하는 데 힘을 기울이었다. 그밖에 작품해설과 작자 소개를 곁들이어 한시를 이해하는 데 도움이 되도록 하였으며 그 한시가 쓰여진 시대적 배경도 아울러 설명하였다. 부록으로 표(表)·사(辭)·부(賦)를 실었다. 표·사·부는 물론 한시는 아니지만 각각 문사(文辭)의 대표적인 분야로서 참고가 많이 될 것으로 생각했기 때문이다.

 한시에 관심이 있는 독자는 물론이고, 한문교육에 뜻을 가지고 있는 독자들에게도 도움이 되었으면 하는 마음 간절하다. 끝으로 출판계의 어려운 여건 속에서도 졸편저(拙編著)를 흔쾌히 상재(上梓)해 주신 명문당(明文堂) 김동구(金東求) 사장님과 관계 직원 여러분께 심심한 감사의 말씀을 드리는 바이다.

2003년 여름
편저자 씀

차 례

3. 자연과 명승지(名勝地)를 노래한 시

4. 술과 벗과 이별을 읊은 시

5. 흘러가는 세월을 아쉬워하는 시

1

학문을 권하는 시

권학문(勸學文)

── 당(唐)　백거이(白居易)

<table>
<tr><td>유 전 불 경 창 름 허
有田不耕倉廩虛</td><td>유 서 불 교 자 손 우
有書不敎子孫愚</td></tr>
<tr><td>창 름 허 혜 세 월 핍
倉廩虛兮歲月乏</td><td>자 손 우 혜 예 의 소
子孫愚兮禮義疎</td></tr>
<tr><td>약 유 불 경 여 불 교
若惟不耕與不敎</td><td>시 내 부 형 지 과 여
是乃父兄之過歟</td></tr>
</table>

논밭이 있어도 농사를 짓지 않으면 창고가 비고,

책이 있어도 가르치지 않으면 그 자손은 어리석음을 면치 못하리라

창고가 비게 되면 살아가는 데 궁핍할 수밖에 없을 것이고,

자손이 어리석으면 세상의 도리와 예의를 모르기에 답답하리라

농사일을 하지 않는 것과 학문을 가르치지 않는 것은 모두가,

그 어버이와 형이 태만한 것임을 허물할 수밖에 없다

語釋　○勸學文(권학문)─학문을 권하는 글. ○有田(유전)─논과 밭이 있다. 즉 곡식을 심을 만한 땅이 있다는 뜻. ○不耕(불경)─경작을 하지 않다. ○倉廩(창름)─곡식을 넣어두는 창고. 쌀 창고를 '름(廩)'이라고 했다. ○虛(허)─비어 있다. ○有書(유서)─책이 있다. 집안에 책이 있다는 뜻이다. ○不敎(불교)─가르치지 아니하다. ○子孫愚(자손우)─자손들이 어리석어지다. ○兮(혜)─어조사. ○歲月乏

(세월핍)—생활이 궁핍해지다. 여기서 세월(歲月)은 흐르는 시간이
란 뜻이 아니라 '생활'이란 의미이다. ㅇ禮義疎(예의소)—예의에 소
원해지다. 예의를 몰라서 답답한 사람이 된다는 의미이다. ㅇ若惟(약
유)—오직 ……하는 것은. ㅇ是(시)—역시. ㅇ乃(내)—어조사. ㅇ過
歟(과여)—잘못을 나무라다. ㅇ父兄之過歟(부형지과여)—부형들의
허물임을 나무라다.

(解説) 작자 백거이는 이 시를 통하여 학문, 즉 세상을 살아가는 도리
와 예의를 강조하고 있다. 유교에서는 사람으로 태어났으면 올바
르게 살아가는 것을 으뜸으로 쳤으니, 예의는 바로 학문을 하는
목적이었던 것이다.

농사일을 게으르게 하면 생활이 궁핍해지듯이 학문을 게을리하
면 세상을 헛되게 살 수밖에 없다는 대구(對句)가 잘 어울린다.

(作者) **백거이**(白居易) : 772~846. 자(字)는 낙천(樂天), 호는 취음
선생(醉吟先生), 향산거사(香山居士). 낙양(洛陽) 부근의 신정
(新鄭)에서 태어났다. 좌습유(左拾遺) 벼슬에 있다가 시사(時事)
를 논한 것이 화가 되어, 강주자사(江州刺史)로 좌천되었는데,
회창(會昌) 2년(842년) 형부상서(刑部尚書) 벼슬에 올랐다.

만년에 시와 술을 벗하여 '취음선생'이란 호를 얻었고, 불교에
귀의하여 '향산거사'라 호했다. 시풍(詩風)은 평이 명확하여 가장
널리 불렸었고 상하 일반에게 애송되어 국민시(國民詩)라고도
할 수 있는 성격을 띠었었다.

정치에 참고 자료가 될 만한 풍자와 비유시를 시의 생명으로
삼았었다. 그의 시는 그가 생존했을 때에 이미 우리나라에도 전
해져서 큰 영향을 끼칠 정도였다.

권학(勸學)

─ 송(宋) 진종황제(眞宗皇帝)

부 가 불 용 매 량 전
富家不用買良田

서 중 자 유 천 종 속
書中自有千鍾粟

안 거 불 용 가 고 당
安居不用架高堂

서 중 자 유 황 금 옥
書中自有黃金屋

출 문 막 한 무 인 수
出門莫恨無人隨

서 중 거 마 다 여 족
書中車馬多如簇

취 처 막 한 무 량 매
娶妻莫恨無良媒

서 중 유 녀 안 여 옥
書中有女顔如玉

남 아 욕 수 평 생 지
男兒欲遂平生志

육 경 근 향 창 전 독
六經勤向窓前讀

가정을 부유하게 하기 위하여 좋은 논밭을 살 필요가 없도다,
글 속에 스스로 1천 종(鍾)의 속(粟 : 곡식)이 있노라
거처를 편안히 하기 위하여 좋은 집을 지을 필요가 없도다,
글 속에 스스로 황금의 집이 있노라
문 밖을 나갈 때 뒤따르는 사람이 없음을 한하지 마라,
글 속에 거마(車馬)의 많기가 떨기와 같도다
아내를 취함에 좋은 중매가 없음을 한하지 마라,
글 속에 여인이 있으되 그 얼굴이 옥과 같도다
사나이 한평생에 뜻을 이루고자 하거던,

육경(六經)을 창 앞에 놓고 부지런히 읽을지어다

(語釋) o富家(부가)-가정이 부유하다. o不用(불용)-쓸데없다. 필요치 않다. o買(매)-사들이다. o良田(양전)-좋은 밭. 기름진 논밭. o買良田(매량전)-좋은 토지를 사들이다. o書中(서중)-글 속에. 책 속에. o自有(자유)-스스로 있다. 자연히 있다. o千鍾(천종)-종(鍾)은 여섯 섬 너 말. 봉록(俸祿)의 양을 가리킨다. 많은 봉록이란 뜻으로서 속(粟)은 조를 뜻하지만 여기서는 역시 봉록을 의미한다. o安居(안거)-편안하게 살다. 편안한 생활. o架高堂(가고당)-좋은 집을 짓다. 고대광실을 짓다. o黃金屋(황금옥)-황금빛으로 번쩍이는 집. o出門(출문)-문 밖에 나가다. o莫恨(막한)-한탄하지 마라. o無人隨(무인수)-따르는 사람이 없다. 즉 거느리는 시종이 없다. o多如簇(다여족)-많기가 떨기와 같다. 즉 그 많기가 떨기진 초목과 같다는 뜻. o娶妻(취처)-아내를 얻다. o無良媒(무량매)-좋은 중매가 없다. 좋은 신부감을 중매하는 사람이 없다. o有女(유녀)-여인이 있다. o顏如玉(안여옥)-그 얼굴이 구슬과 같다. 즉 얼굴이 예쁘고 아름답다. o欲遂(욕수)-욕심을 부리다. o平生志(평생지)-한평생의 뜻. o六經(육경)-한(漢)나라 시대에는《시경(詩經)》《서경(書經)》《예기(禮記)》《춘추(春秋)》《주역(周易)》《악기(樂記)》를 육경이라고 했는데《악기》를 빼고《오경(五經)》이라 하기도 하고《악기》 대신《주례(周禮)》를 넣어서 육경이라고 하는 수도 있다. o勤向(근향)-부지런히 대하다. o窻前讀(창전독)-창문 앞에 놓고 읽다.

(解說) 이 시의 내용은 일반인들도 쉽게 이해할 수 있도록 쓰여졌다. 유가(儒家)의 학문은 그 목적이 수양과 사람을 다스리는 데 있으며, 결코 생활해 나가는 데 있어 욕망을 채우는 데 있지 않다는, 계몽적인 시이다.

(作者) **진종황제**(眞宗皇帝) : 997~1022. 송(宋)나라 제3대 황제. 태종(太宗)의 셋째 아들로서 이름은 원보(元保) 또는 원간(元侃), 다시 항(恒)으로 바꾸었다. 그는 도교(道敎)를 신봉하는 한편 나라 재정을 충실히 하고 산업과 학문을 장려했다. 경덕(景德) 원년(1004년) 요(遼)의 성종(聖宗)이 남하하여 전주(澶州)를 포위했을 때 구준(寇準)의 의견을 받아들이어 친히 나아가 정벌했다.

우성(偶成)   제1수
── 남송(南宋)   주희(朱熹)

소년이로학난성　　일촌광음불가경
少年易老學難成　　一寸光陰不可輕
미각지당춘초몽　　계전오엽이추성
未覺池塘春草夢　　階前梧葉已秋聲

젊은이 늙기는 쉬운 일이로되 학문을 달성하기란 어려운 일이니,
한순간의 시간도 가벼이 여기지 마라
연못가의 봄꿈이 깨기도 전에,
계단 앞 오동잎 떨어지는 소리가 들리는구나

(語釋)　ㅇ偶成(우성)─우연히 얻은 시(詩).　ㅇ易老(이로)─쉽게 늙는다.
ㅇ學難成(학난성)─배움, 즉 학문을 이루기는 어려운 일.　ㅇ未覺
(미각)─깨지 않다.　ㅇ池塘(지당)─연못.　ㅇ春草夢(춘초몽)─봄풀
의 꿈. 청춘의 꿈.　ㅇ階前(계전)─계단 앞. 섬돌 앞.　ㅇ梧葉(오엽)─
오동나무 잎사귀. 오동잎.　ㅇ已(이)─벌써.　ㅇ秋聲(추성)─가을
소리. 낙엽이 지는 소리.

(解說)　학문에 대한 진실성이 엿보이며, 소년들에게 큰 교훈을 주는
시이다. 이 시는 예로부터 우리나라에서도 널리 알려졌고 많이
읽히는 시였으며 한문 교과서에도 실려 있는 시이다.
　작자인 주희(朱熹 : 朱子)는 대유학자(大儒學者)이다. 그러기

에 그가 말하는 한마디 한마디는 소중한 경험에서 우러나온 말일 것이다. 전반(前半)에서는 일러주고자 하는 교훈을 말하고 후반에서는 누구나 모두 느낄 수 있는 계절의 하염없음과 세월의 빠름을 들어 전반의 교훈을 강조하고 있는데 그 호소력과 문학성은 간결하기 짝이 없다.

作者   **주희**(朱熹) : 1130~1200. 자(字)는 원회(元晦)·중회(仲晦), 호는 회암(晦庵)·회옹(晦翁)·운곡산인(雲谷山人)·둔옹(遯翁)이다. 휘주(徽州) 무원(婺源 : 현 安徽省) 사람이며 벼슬은 남송(南宋) 영종(寧宗) 때에 환장각(煥章閣) 시강(侍講)에 올랐는데 모함을 받아 면직되었다.

그리고 경원(慶元) 6년(1200년) 71세로 세상을 떠났다. 사후(死後)에 중대부(中大夫)로 추증되었으며 문공(文公)이란 시호가 내려졌다. 학문과 덕행이 모두 공자(孔子) 이후 제1인자라고 일컬어졌다.

주돈이(周敦頤 : 1017~1073), 정호(程顥 : 1032~1085), 정이(程頤 : 1033~1107) 등의 학설을 집대성하여 유교 철학을 체계화하였다. 그 학문을 송학(宋學)·정주학(程朱學)·주자학(朱子學)이라고 칭한다. 이 주자학이 우리나라에 끼친 영향은 지대하다.

또한 주희는 《시경(詩經)》과 《초사(楚辭)》를 비롯한 유교 경전(經典)들의 주석을 달음으로써 문학에 대한 식견도 과시했고 고전 해석을 정립시켜 놓았다.

그의 시는 그 학식을 배경으로 시적(詩的) 회포를 읊은 것으로서 전문시인 외에 별도로 일가(一家)를 형성했는데 시에 있어서도 역시 '송대(宋代)'에 있어서의 대가(大家)임을 과시하고 있다.

권학문(勸學文)
─ 남송(南宋) 주희(朱熹)

물 위 금 일 불 학 이 유 내 일   물 위 금 년 불 학 이 유 내 년
勿謂今日不學而有來日   勿謂今年不學而有來年

일 월 서 의 세 불 아 연   오 호 노 의 시 수 지 건
日月逝矣 歲不我延   嗚呼老矣 是誰之愆

오늘 배우지 않으면서 내일이 있다고 말하지 마라,
금년에 배우지 않으면서 내년이 있다고 말하지 마라
세월은 흐른다. 나로 인하여 늦추지 아니한다,
오호라! 늙었도다. 이는 누구의 허물인고?

(語釋) ○勿謂(물위)─말하지 마라. ○有來日(유내일)─내일이 있다. ○日月逝矣(일월서의)─세월은 흘러간다. ○不我延(불아연)─나로 인하여 늦추지 아니한다. ○老矣(노의)─늙었구나. ○誰之愆(수지건)─누구의 잘못이냐?

(解說)   이 시의 내용은 자신이 벌써 늙었음을 한탄하면서 청소년들이 젊었을 때에 촌음(寸陰)을 아끼어 부지런히 공부하기를 권면하고 있다. 공자(孔子)와 맹자(孟子), 그리고 주자(朱子)와 같은 사람들도 세월의 빠름을 한탄하였으니, 그런 점에서 이 시는 영탄의 절실한 정감으로 우리를 감동케 한다.

(作者)   주희(朱熹) : 31쪽 참조.

2

역사(歷史)와 전설에 관계되는 시

대풍가(大風歌)
─ 한(漢) 고조(高祖) 유방(劉邦)

대 풍 기 혜 운 비 양　　위 가 해 내 혜 귀 고 향
大風起兮雲飛揚　　威加海內兮歸故鄉
안 득 맹 사 혜 수 사 방
安得猛士兮守四方

바람이 일어서 구름이 날아오누나,
위세는 온 천하에 더욱 가해지고 (이몸) 고향에 돌아오도다
어떻게 힘이 센 장사들을 얻어서 사방을 지켜낼는지?

(語釋) ○大風(대풍)─큰 바람. ○兮(혜)─어조사. ○雲飛揚(운비양)─구름
이 날아오르다. ○威加(위가)─위세가 가해지다. ○海內(해내)─바
다 안쪽. 즉 전체의 국토란 뜻이다. ○安(안)─어떻게 ……할 것인
가? ○得(득)─얻다. ○守四方(수사방)─사방을 지키다.

(解說)　한(漢)나라 고조(高祖) 유방(劉邦)은 전국을 통일하고 황제의
자리에 오른 지 6년이 되는 52세 때에 처음으로 고향인 패현(沛
縣)으로 돌아갔다. 그를 '패공(沛公)'이라고도 부르는데 그것은
그의 고향 패현을 따서 그렇게 부르는 것이다. 그의 옛집에는
'패궁(沛宮)'이 세워졌다.
　고향에 돌아온 그는 옛 친구들은 물론이요, 노인들과 어린이들
까지 불러모으고 성대한 잔치를 베풀었다. 그리고 이 시를 지었

다. 고향 소년 1백20명으로 하여금 노래를 부르도록 하기 위해 쓴 시라고 전한다.

금의환향(錦衣還鄕)이란 말이 있다. 비단옷을 입고 고향에 돌아간다는 뜻이다. 인간의 소박한 최고의 기쁨이 이 금의환향이기도 하다.

"훌륭한 신분이 되어서도 고향에 가지를 못한다면 비단옷을 입고 밤길을 걷는 것과 같은 것이다. 알아줄 사람이 없지 않은가?"

유방과 천하를 놓고 다투었던 항우(項羽)가 일찍이 했던 말이다. 그야 어쨌든 이날 유방은 일어나서 춤을 추었다. 그리고 감상(感傷)에 젖어 눈물까지 흘리면서 이렇게 말했다고 한다.

"고향을 떠난 사람치고 고향을 생각하지 않는 사람이 있겠는가? 짐(朕)은 황제가 되어 도읍에 있는 몸이지만 언젠가 죽으면 짐의 넋은 이리로 돌아올 것이야!"

이처럼 고향에서 즐기기를 10여 일만에 그는 다시 도읍으로 되돌아갔는데 그 이듬해 봄, 장안(長安)에서 그만 병으로 세상을 떠나고 말았다. 황위(皇位)에 오른 지 처음이자 마지막인 고향 나들이였다.

(作者) **유방**(劉邦) : 기원전 247?~기원전 195. 한(漢)나라를 창건한 한고조(漢高祖). 패현(沛縣 : 강소성)에서 태어났으므로 흔히 패공(沛公)이라고도 한다. 사람 됨됨이가 훌륭하여 많은 고향사람들이 그를 따랐다.

때는 진(秦)나라 시황제(始皇帝)가 죽고 그의 아들인 2세황제(二世皇帝)가 즉위한 기원전 209년 ─. 진나라 곳곳에서는 반란이 일어났고 세상은 어지러워졌다. 유방은 시황제가 만리장성을 쌓을 때, 백성들이 당해야 했던 고역(苦役)을 이용하여 곳곳에서 반란을 일으킨 군중들을 모으고 그 우두머리가 되었다.

처음에는 초(楚)나라 항우(項羽)와 손을 잡고 그 휘하의 한 장수 자격으로 진나라와 싸웠다. 항우와 유방은 진나라 도읍인 함양(咸陽)에 누구든 먼저 들어가는 사람이 관중(關中) 땅을 차지하기로 약속했는데 항우보다 유방이 먼저 함양성에 입성했다.

그러나 항우는 마땅치 아니했다. 자기는 유방의 상관(上官)격이요, 천하에 그 용명을 드날리고 있는 반진군(反秦軍)의 총수가 아닌가. 그러므로 유방에게 관중의 노른자위 땅을 주기는 싫었다.

항우는 계략을 꾸미고 유방을 홍문(鴻門 : 섬서성 임동현)으로 불렀다. 그리고 잔치를 크게 베풀었는데 이 자리에서 유방을 죽이려고 하였던 것이다. 유방은 자기가 잘못했다며 항우에게 빌었다. 그리하여 죽음만은 가까스로 모면하게 되었다. 이것이 역사상 유명한 그 '홍문지회(鴻門之會)'이다.

항우는 곧 함양으로 쳐들어가서 이미 유방에게 항복한 진나라 왕 자영(子嬰 : 二世皇帝의 아들)을 죽인 다음 궁궐을 불살랐다. 그리고 자신을 일컬어 서초(西楚)의 패왕(覇王)이라 칭했다. 이어서 항우는 공을 세운 장수들에게 영토를 나누어 주었는데 유방에게는 미개척지나 다름없는 한중(漢中) 땅을 떼어주고 한왕(漢王)이란 칭호를 내렸다. 중국의 한문화(漢文化)를 일으킨 한(漢)나라는 여기서 유래된다.

유방은 크게 노했다. 항우를 도와서 진나라를 무찌르는 데 제일 큰 공을 세운 자신에게 미개척지인 한중 땅을 떼어주고 한왕이라 칭하다니 섭섭하기 짝이 없었던 것이다. 그러나 항우의 군사는 많고 자기 군사는 적으니 어쩔 수 없는 일이었다. 유방은 일단 한중 땅으로 돌아와서 와신상담(臥薪嘗膽)했다. 그리고 소하(蕭何)를 재상으로 삼고 한신(韓信)을 대장으로, 또 장량(張

良)을 모신(謀臣)으로 삼아서 기원전 205년 군사를 일으키어 마침내 항우와 맞섰다.

이로부터 불꽃튀는 싸움이 4년간이나 이어졌다. 그동안 유방은 크게 패하여 궁지에 몰린 때도 있었지만 칠전팔기(七顚八起)하여 마침내는 관중 땅을 점령했다. 그런 다음 이곳을 근거지로 하여 전쟁의 판도를 바꾸어 놓았다. 재상 소하는 나라를 굳게 지키고 있으면서 병력과 군량(軍糧) 보급을 원활하게 함으로써 최전선에서 마음놓고 전쟁에 전념토록 하였다. 대장 한신은 빼어난 용장으로서 위(魏)·조(趙)·연(燕)·제(齊) 등 하북(河北)에 있던 제후의 나라들을 차례로 평정하여 항우를 고립시켰다.

그리고 기원전 202년, 유방은 해하(垓下 : 안휘성 남쪽)의 오강(烏江)에서 마침내 항우를 추격하여 잡아 죽이고 초나라 군사를 전멸시킴으로써 천하를 통일하였다. 이어서 그는 황제의 자리에 오르고 장안(長安)을 도읍으로 삼으니 시황제가 중국 전토를 통일했던 일이 있은 후 두 번째의 통일천하이다.

한고조(漢高祖) 유방은 황제의 자리에 오른 다음 문물제도는 진나라 때의 것을 크게 고치지 않고 따르는 한편, 여러 공신들에게는 영지(領地)를 나누어 주었고 각기 왕(王)으로 봉했다. 그러나 그에게는 불안감이 있었다. 왕으로 봉해진 한신을 비롯, 팽월(彭越)·경포(黥布) 등은 말 그대로 명장들이었다.

그런데 자신의 뒤를 이을 유씨(劉氏) 문중에는 그들을 당해낼 만한 사람이 없을 것이라고 그는 생각했던 것 같다. 유방은 이 공신들, 즉 왕으로 봉해 준 사람들을 불과 몇년 사이에 모두 제거해 버렸다. 그리고 자기 후손인 유씨 일문(一門)으로 제왕(諸王)을 봉했다.

어쨌든 4백 년 한나라의 기틀을 마련했던 유방은 왕중왕(王中王)임에 틀림없으나 그도 53세를 일기로 세상을 떠났다.

해하가(垓下歌)
── 초(楚) 항우(項羽)

역 발 산 혜 기 개 세   시 불 리 혜 추 불 서
力拔山兮氣蓋世   時不利兮騅不逝

추 불 서 혜 가 내 하   우 혜 우 혜 내 약 하
騅不逝兮可奈何   虞兮虞兮奈若何

힘은 산을 뽑아내고, 기세는 세상을 뒤엎었도다,

(하지만) 때는 이미 불리하여 (사랑하는 말) 추(騅)는 가지를
않는구나

'추'가 가지를 않으니 이를 어찌한다?

'우(虞)'여 '우'여, 그대를 어찌할까나?

(語釋) ○垓下(해하)−지명(地名). 안휘성 영벽현 동남쪽에 있는 곳의 이름
이다. ○力拔山(역발산)−힘은 산을 뽑다. ○氣蓋世(기개세)−기운
은 세상을 뒤엎다. ○時(시)−시기(時期). 세월. 상황. ○騅(추)−항
우가 타던 말의 이름. ○不逝(불서)−가지를 않다. ○奈何(내하)−
어떠하다. ○虞(우)−우미인(虞美人). 항우가 사랑했던 여인. ○若
(약)−너. 그대. ○奈若何(내약하)−그대를 어찌할까나?

(解說) 천하를 놓고 유방(劉邦)과 항우(項羽)가 싸우다가 해하(垓下)
에서 참패당한 항우가 목이 메어 부른 시이다.

초나라 항우의 군사들은 해하에 진지를 구축하고 있었지만 병

력은 턱없이 적었고 군량(軍糧) 또한 거의 바닥이 난 상태였다. 설상가상으로 그들은 유방의 한(漢)나라 군사에게 겹겹이 포위되어 있었다. 그런데 이 겹겹이 둘러싸고 있는 한나라 군사들 속에서 들려오는 노랫소리는 모두 초나라의 노래였다.

그렇다면 한나라 군사들이 초나라 군사들을 모두 쳐부수고 함께 초나라의 노래를 부르고 있단 말인가? 어쨌든 항우를 비롯하여 항우 측근의 초나라 장병들은 귀에 익은 초나라 노랫소리에 심히 놀랐고 눈물을 흘려야 했다. 이 장면이 '사면초가(四面楚歌)'라는 고사성어(故事成語)의 유래이다.

그야 어쨌든 그 초나라 노랫소리에 항우는 잠을 깼다. 그리고 장막 안에서 술을 마셨다. 미녀로서 우(虞)라는 이름을 가진 여인이 있었는데 그녀는 줄곧 항우의 사랑을 받고 있었다. 한편 항우에게는 추(騅)라는 이름의 애마(愛馬)가 있었다. 항우는 언제나 이 애마를 타고 전진(戰陣) 속을 누비며 다녔다.

항우는 이때 이 노래를 지어서 읊었다. 우미인도 옆에서 이 노래에 맞추어 춤을 추었다. 항우의 눈에서는 몇 줄기 눈물이 흘러내렸다. 좌우에 있던 사람들도 모두 울었다고 한다.

(作者) **항우**(項羽) : 기원전 232~기원전 202. 초(楚)나라의 패왕(覇王). 진(秦)나라 시황제(始皇帝)가 죽고 2세황제(二世皇帝)가 즉위하자 중국 천하는 심히 어지러워졌다. 항우는 숙부(叔父)인 항량(項梁)과 함께 군사를 일으켰다.

그후 항량이 싸움에 패하고 죽자, 항우는 숙부의 군사까지 모아가지고 진나라와 싸웠는데 마침내 진나라를 물리치고 자립했다. 그리고 초패왕(楚覇王)이라 자칭했던 것이다.

한편 패현(沛縣)에서 군사를 일으킨 유방(劉邦)은, 처음에는 항우와 손을 잡고 진나라와 싸웠다. 항우는 유방과, 진나라의 도읍 함양(咸陽)을 먼저 함락시키는 자가 관중(關中) 땅의 주인이 되기로 약속을 한다. 유방은 천신만고 끝에 함양에 먼저 입성했다.

그러나 항우는 유방과의 약속을 지키지 아니하고, 자신은 초패왕의 자리에 스스로 오르는 한편 유방은 변두리 땅인 한중(漢中) 땅을 떼어주고 한왕(漢王)에 봉했다. 이에 격분한 유방은 한중 땅에서 다시 군사를 일으키어 항우와 천하를 놓고 싸우게 된다.

유방에게는 소하(蕭何)·한신(韓信)·장량(張良) 등 명신들이 있었다. 결국 항우는 유방과 겨룬 이 싸움에서 패했고 마지막으로 해하(垓下)의 오강(烏江)에 이르렀을 때 스스로 목을 찔러서 자결하고 말았다. 그때 그의 나이는 불과 31세였다.

여소무(與蘇武)
── 한(漢) 이릉(李陵)

<table>
<tr><td>휴 수 상 하 량
携手上河梁</td><td>유 자 모 하 지
遊子暮何之</td></tr>
<tr><td>배 회 혜 로 측
徘徊蹊路側</td><td>낭 랑 불 능 사
悢悢不能辭</td></tr>
<tr><td>행 인 난 구 류
行人難久留</td><td>각 언 장 상 사
各言長相思</td></tr>
<tr><td>안 지 비 일 월
安知非日月</td><td>현 망 자 유 시
弦望自有時</td></tr>
<tr><td>노 력 숭 명 덕
努力崇明德</td><td>호 수 이 위 기
皓首以爲期</td></tr>
</table>

손을 마주잡고 사이좋게 다리를 건너가도다
나그네인 그대는 해가 넘어가려고 하는데 어디로 가려는고?
지름길에서 만나지 못하고 배회하면서,
슬픈 나머지 작별인사도 나오지 않는도다
그러나 떠나야 할 그대를 오래 잡아둘 수 없는 일이기에,
언제까지나 잊지 말라고 서로 말하누나
(그렇기는 하지만) 어찌 헤어진단 말인가? 우리가 해와 달이
아닌 이상,
한 번 헤어진 다음에 또다시 만날 수 있을는지 없을는지

그러나 힘써 밝은 덕을 몸에 익혀서,
백발이 된 다음에라도 또 만나기를 기약하세

(語釋) ○與蘇武(여소무)―소무에게 주는 글. 작자인 이릉은 소무와 친구 사이였다. ○携手(휴수)―손을 마주잡다. ○河梁(하량)―강에 놓인 다리. ○遊子(유자)―나그네. 여기서는 소무를 가리킨다. ○暮何之(모하지)―해가 지려고 하는데 어디로 가려는가? ○蹊路(혜로)―지름길. ○悢悢(낭랑)―슬퍼하는 모습. ○不能辭(불능사)―말을 하지 못하다. 즉 작별인사를 할 수가 없다. ○難久留(난구류)―오래 붙잡아둘 수가 없다. ○各言(각언)―각기 말하다. 서로 말하다. ○長相思(장상사)―오래도록 생각하자고. 언제까지나 잊지 말자고. ○安知(안지)―어찌 알리요? 어찌 헤어진단 말인가? ○非日月(비일월)―해와 달이 아니다. ○弦望(현망)―현(弦)은 달이 활모양이 되었을 때를 가리킨다. 음력 7~8일을 상현(上弦), 23~24일을 하현(下弦)이라고 한다. 그리고 음력 보름을 망(望)이라고 하는데 여기에서 현(弦)은 뜻이 없는 글자로서 일(日)과 월(月)이 서로 만나는 것을 뜻한다. 즉 한번 헤어지더라도 다시 만난다는 비유이다. ○崇明德(숭명덕)―밝은 덕을 몸에 익히다. ○皓首(호수)―흰 머리. 노인의 비유이다.

(解說) 이릉(李陵)이, 소무(蘇武)가 흉노 땅에 억류되어 있기 19년만에 한(漢)나라로 돌아갈 때, 친구와의 이별을 서러워하여 써서 주었다는 이 〈여소무(與蘇武)〉는 세 수가 있는데 여기서는 그 중 세 번째 것을 실었다.

　이 세 번째 시와 첫 번째 시는 이별을 서러워했으니 어쩌면 이릉의 시가 맞는지도 모를 일이다. 그러나 이 시는《예문유취(藝文類聚)》에는 소무가 쓴 것으로 되어 있다. 요컨대 송별시(送別詩)이지 이별을 슬퍼하는 시는 아닌 것이다. 상세한 내용은 이백(李白)의 시 〈소무(蘇武)〉를 참조할 것.

(作者)   **이릉**(李陵) : ?~기원전 74. 자(字)는 소경(少卿). 전한(前漢)의 명장이었던 이광(李廣)의 손자이다. 천한(天漢) 2년에 5천 명의 군사를 이끌고 흉노 정벌에 나섰으나 중과부적으로 패하여 흉노에 사로잡힌 몸이 되었다.

흉노의 선우(單于)는 자기 딸을 이릉에게 시집보내고 우교왕(右校王)을 삼았다. 흉노 땅에 있기 20여년 ─ . 항상 고국에 돌아가기를 원했으나 뜻을 이루지 못하고 소제(昭帝)의 원평(元平) 원년(元年 : 기원전 74년)에 타국에서 세상을 떠났다.

소무하고는 젊었을 때부터 자별한 친구 사이였다.

칠보시(七步詩)

── 위(魏) 조식(曹植)

자 두 연 두 기   두 재 부 중 읍
煮豆燃豆其   豆在釜中泣
본 시 동 근 생   상 전 하 태 급
本是同根生   相煎何太急

콩깍지를 태워서 콩을 삶으니,

가마솥 속에 있는 콩이 우는구나

(콩과 콩깍지는) 본디 같은 뿌리에서 태어났는데,

어찌하여 이다지도 심히 싸우는가?

(語釋) ○七步詩(칠보시)─일곱 걸음을 옮기는 동안에 짓는 시. ○煮豆(자두)─콩을 삶다. ○燃(연)─태우다. ○豆其(두기)─콩깍지. 콩을 까고 난 껍질과 콩대. ○豆在(두재)─콩이 있다. ○釜中(부중)─가마솥 안. ○泣(읍)─울다. ○本是(본시)─원래. 본디. ○同根(동근)─같은 뿌리. 또는 하나의 뿌리를 가지고 있다는 비유에서 같은 부모로부터 태어난 형제자매들을 일컫기도 한다. ○生(생)─태어나다. ○相煎(상전)─함께 찌다. 또는 함께 조리다. 그런 뜻에서 여기서는 서로 싸운다는 뜻으로 썼다. ○何太急(하태급)─어찌하여 그토록 심한가?

(解說) 《삼국지》로 유명한 조조(曹操)는 위(魏)나라를 세우고도 왕위에 오르지 않았었다. 그를 위나라 무제(武帝)라고 하는 것은 추

증(追贈)한 것을 의미하며 그의 아들 조비(曹조)가 등극했다. 이 조비가 곧 문제(文帝)이다.

그런데 조비는 이 시의 작가인 동생 조식(曹植)의 글재주가 자기보다 뛰어난 점을 몹시 시기하고 있었다. 뭇신하들이 임금인 자기보다도 동생 조식을 더 떠받드는 것만 같아서 영 마음이 편하지 않았던 것이다. 그러던 어느 날 조비는 조식에게 추상 같은 명령을 내렸다.

"너는 늘 글재주를 자랑해오던 터이니 일곱 걸음을 떼기 전에 시 한 수를 지어 올리라."

그리고 그는 이어서 말하기를 만약 그 시간 안에 시를 지어 바치지 못하면 사형에 처하겠노라고 엄포를 놓았다. 당사자인 조식은 말할 것도 없고 주위에 있던 사람들 모두가 기겁을 하여 놀랐다. 그것은 동생 조식을 죽이려는 구실을 만들기 위한 것이라고 생각되었기 때문이다. 그렇게밖에는 해석할 수가 없었다.

조식의 눈에서는 눈물이 흘렀다. 어찌하다가 친형제 사이가 이렇게까지 되고 말았단 말인가?

그때 마침 큰 가마솥 안에 콩을 가득 담고, 그것을 삶기 위해 콩깍지를 때는 것이 보였다. 콩깍지 타는 소리와 함께 부글부글 콩 끓는 소리가 들려왔다. 그 광경을 본 조식은 형의 명령대로 일곱 걸음을 떼기 전에, 즉 즉석에서 이 시를 지어 바쳤다고 한다.

이 시를 본 조비는 깜짝 놀랐다. 그리고 그는 감탄하는 한편으로 부끄럽기 짝이 없었다. 조비는 아무 말도 하지 못했다.

조식은 죽음을 면할 수 있었다. 후세 사람들은 이 시를 일컬어 '칠보시'라 하였고, 형제가 서로 싸우는 것을 '동근상전(同根相戰)'이라고 하거니와 이 말의 어원(語源)은 바로 이 시이다.

作者 **조식**(曹植) : 192~232. 후한(後漢) 말기. 즉 삼국시대의 위

(魏)나라 조조의 넷째 아들로서 자(字)는 자건(子建)이다. 열 살 때부터 글을 잘하여 아버지 조조의 총애를 받았었고, 한때는 태자(太子)의 후보에 오른 일도 있었다. 형 조비(曹조)가 왕위에 오르게 되자 형제 사이가 점점 벌어졌으며 조식 역시 방종한 생활을 하다가 그만 형의 미움을 더 사게 되었다.

 그 결과 영지(領地)를 몇 번씩이나 바꿔야만 했다. 결국에는 불우하게 살다가 41세의 한창 나이로 세상을 떠났다. 서정시인(敍情詩人)으로서 많은 작품을 남겼는데 조조・조비・조식 등 삼부자(三父子)는 건안문학(建安文學)의 인도자로 불린다.

세모귀남산(歲暮歸南山)
—— 당(唐) 맹호연(孟浩然)

북 궐 휴 상 서
北闕休上書

남 산 귀 폐 려
南山歸弊廬

부 재 명 주 기
不才明主棄

다 병 고 인 소
多病故人疎

북쪽 궁문으로 입궐하여 천자(天子)께 상서하는 것을 그만두고,
남산에 있는 내 낡은 오두막으로 돌아가자
공로가 없는 이 몸은 천자에게 버림을 받았고,
병이 많은 몸인지라 친구에게도 소원당했다

(語釋) ○歲暮(세모)—연말. 여기서는 늘그막에라는 뜻이다. ○歸南山(귀남산)—남산으로 돌아오다. ○北闕(북궐)—궁전의 북쪽 문. 한(漢)나라 때에는 천자에게 글을 올린다든가 알현하는 경우 정궁(正宮)인 미앙궁(未央宮) 북문으로 출입했었다 한다. ○休上書(휴상서)—글을 올리는 것을 그만두다. ○南山(남산)—작자 맹호연이 은둔하고 있던 '녹문산(鹿門山)'을 가리키는 말이리라. ○弊廬(폐려)—폐허된 오두막. ○不才(부재)—재주가 없다. 공로가 없다. ○明主(명주)—총명한 군주. 여기서는 '현종(玄宗)'을 가리킨다. ○棄(기)—버리다. ○多病(다병)—병이 많다. ○故人(고인)—친구. ○疎(소)—소원하게 대하다. 멀리하다.

백 발 최 연 로　　청 양 핍 세 제
白髮催年老　　靑陽逼歲除
영 회 수 불 매　　송 월 야 창 허
永懷愁不寐　　松月夜窓虛

백발은 늙음을 재촉하고,

내 청춘도 점점 종착점에 가까워지누나

이것저것 생각하니 걱정 근심으로 잠을 못 이루는데,

소나무 가지에 비낀 달빛이 창으로 스며드는 것을 보다가 모든 것 잊고 말았다

(語釋) ○催年老(최연로)—늙음을 재촉하다. ○靑陽(청양)—청춘. 양춘(陽春). 봄철. ○逼(핍)—다가오다. ○歲除(세제)—만년(晚年). ○永懷(영회)—오래두고 마음속으로 생각하다. ○愁不寐(수불매)—걱정 근심으로 잠을 못 이룬다. ○松月(송월)—소나무 가지에 비낀 달.

(解說)　늙어 남산으로 돌아간 소회(所懷)를 읊은 시이다. 작자 맹호연은 40세 때에 장안(長安)으로 나와서 우연한 기회를 얻어 현종(玄宗)을 만났다. 현종은 일찍이 그의 시명(詩名)을 들었던지라 맹호연에게 작품을 암송하라고 명했다. 그때 이 시의 제3구인 '부재명주기(不才明主棄)'까지를 암송하자 현종은 이맛살을 찌푸리며 '그대가 벼슬을 하고자 하지 않았을 뿐, 짐(朕)은 그대를 버린 기억이 없어'라고 말했다고 한다. 맹호연은 벼슬을 얻지 못한 채 돌아설 수밖에 없었다.

　이 시에 나오는 남산은 녹문산(鹿門山)으로 양양(襄陽) 부근에 있으며 맹호연은 그 산속에 오두막을 짓고 은둔생활을 했다고 한다.

(作者)   **맹호연**(孟浩然) : 689~740. 당나라 때의 시인으로서 호북성 양양(襄陽)에서 태어났다. 절의(節義)를 지키기에 힘썼는데 남의 환란을 보면 도와주지 않고는 견디지 못하는 성품이었으며 녹문산(鹿門山) 속에 숨어살았다.

나이 40세 때에 처음으로 도읍 구경을 하였고 현종(玄宗)에게 알려지게 되었으나 벼슬을 하고자 하지 아니했다. 이때 장구령(張九齡)이 추천했었다고 한다. 인품이 고상하고 부귀영화를 구하지 않았으며 그의 시풍(詩風)은 청담 고아했는데 자연을 몹시 사랑하였다. 그래서 청유(淸遊)의 기상이 넘쳐흐른다.

왕유(王維)·장구령 등과 특히 친교를 맺었으며 그 중에서도 왕유의 시풍과 비슷한 점이 많다. 왕유와 더불어 자연의 시인으로서 번성하는 당나라 문명의 중진으로 꼽힌다. 그는 왕유와 함께 '중당(中唐)'의 유명한 시인 위응물(韋應物)·유종원(柳宗元)을 합치어 '왕맹위유(王孟韋柳)'로 일컬어지기도 한다.

호연(浩然)은 자(字)이고 이름은 호(浩)이다. 그의 문집을 《맹호연집(孟浩然集)》 또는 《맹양양집(孟襄陽集)》이라고 일컫는다.

왕소군(王昭君)

― 당(唐)　이백(李白)

소 군 불 옥 안　　상 마 제 홍 안
昭君拂玉鞍　　上馬啼紅顔
금 일 한 궁 인　　명 조 호 지 첩
今日漢宮人　　明朝胡地妾

왕소군이 백옥으로 장식한 말안장에 앉는구나,
말에 오르니 예쁜 얼굴에는 눈물이 흐른다
오늘은 한(漢)나라 궁중의 사람이로되,
내일이면 오랑캐의 첩이 되는 몸이로다

語釋　o王昭君(왕소군)―한(漢)나라 원제(元帝) 때의 후궁. 성이 왕이고 이름은 장(嬙). 소군(昭君)은 호인데 진(晋)나라 문제(文帝) 사마소(司馬昭)와 소(昭)자가 같다 하여 명비(明妃), 또는 왕명군(王明君)이라고 고쳐 부르기도 한다. o拂(불)―떨리다. 앉다. o玉鞍(옥안)―백옥으로 장식한 안장. o上馬(상마)―말에 올라타다. o啼(제)―울다. o紅顔(홍안)―어리고 예쁜 얼굴. o宮人(궁인)―궁안에 있는 사람. 후궁(後宮). o胡地(호지)―오랑캐 땅. 중국 북쪽에 살던 이민족을 가리키는 말.

解說　왕소군은 한나라 원제(元帝)의 후궁으로서 명비(明妃), 왕명군(王明君)이라고도 불렀다(語釋 참조). 이 왕소군이 흉노(匈奴)의 선우(單于 : 族長)에게 끌려가는 애처로운 사건이 있었는데 그

상황을 그린 시이다.

중국 민족의 고민거리 중 하나가 북쪽 오랑캐인 흉노족의 침입이었다. 이것을 막기 위하여 진시황제(秦始皇帝)는 만리장성을 쌓기까지 하였다(실은 춘추전국시대로부터 燕·趙나라 등이 부분적으로 성을 쌓았는데 진시황제가 이를 연결하고 보수하여 만리장성을 완성했다고 한다).

한나라 때도 흉노족은 툭하면 한나라 변방을 침범하여 온갖 약탈을 자행하곤 하였다. 그리하여 한나라에서는 무력을 동원하여 흉노와 대전도 하고 때로는 화친을 하는 등 강경책과 온유책을 병행하며 변경을 수비하였다.

그리고 한나라 원제 때 흉노족의 선우(單于)인 호한야(呼韓邪: 재위 기원전 58~기원전 31년)는 한나라 원제의 공녀(公女: 공주) 가운데 한 명을 자기 첩으로 달라고 청했다.

원제는 난처했다. 오랑캐에게 딸을 줄 수는 없는 일이었다. 그렇다고 호한야의 청을 거절하자니 기마민족인 흉노의 대거 침범이 두려웠다. 중신들과 상의한 원제는 후궁 중 한 여인을 공녀인 양 속이고 호한야에게 보내기로 했다. 그것도 그 숱한 후궁 가운데 제일 못생긴 여인을 골라서 보내기로 하였다.

원제는 곧 화공(畵工) 모연수(毛延壽)를 불러 후궁들의 초상화를 그려 바치라고 명했다. 이런 내막을 알게 된 후궁들은 모연수에게 뇌물을 주면서 자기 얼굴을 미녀로 그려 달라고 사정했다. 흉노족장의 첩이 된다는 것은 그녀들로서는 죽음과 다를 바가 없었기 때문이다.

그러나 미모에 있어서는 누구보다도 자신감이 있었던 왕소군은 한 푼의 뇌물도 주지 않았다. 뇌물을 얻어먹지 못한 화공 모연수는 왕소군의 화상을 추물로 그려서 바쳤다. 화상을 하나하나 검토한 원제는 제일 추녀인 왕소군을 호한야의 첩으로 주겠노라고 발

표했다.

그리고 왕소군이 떠나게 된 날, 그녀가 고별 인사차 원제를 뵈러 왔을 때다. 원제는 두 눈을 손수 비비며 왕소군을 뚫어지라고 바라보았다. 눈가에 이슬을 머금고 다소곳이 서 있는 왕소군은 절세의 가인이 아닌가 —. 원제는 화가 치밀었다.

원제는 절세가인 왕소군이 추녀로 둔갑하게 된 사연을 조사케 했고 그 결과 화공 모연수는 참형(斬刑)에 처해졌다. 그러나 천자가 한 번 발표한 일을 번복할 수는 없었다. 원제는 눈물을 머금고 장중보옥과 같은 왕소군을 호한야 선우에게 보낼 수밖에 없었다.

그리하여 왕소군은 호한야의 첩이 되었다. 호한야와 살면서 아들을 하나 낳았는데 호한야가 죽자 왕소군은 호한야의 아들(전처 소생)의 첩이 되어 두 딸을 낳게 되었으며 끝내는 오랑캐 땅에서 고향을 그리다가 죽고 말았다. 이 비극은 예로부터 소설과 연극 등의 소재로 다루어지고 있다.

(作者)   **이백**(李白) : 701~762. 자(字)는 태백(太白), 호는 청련거사(青蓮居士)이다. 촉(蜀 : 현 四川省) 사람으로 천보(天寶) 초년(初年 : 742년), 장안(長安)에 와서 하지장(賀知章)에게 인정을 받았고 '적선인(謫仙人)'이란 호칭을 받기도 했다.

현종(玄宗)에게 천거되어 한림공봉(翰林供奉)이 되었으나 권세를 잡고 있던 환관 고역사(高力士)의 참소로 궁중에서 쫓겨난 다음 사방을 유랑하며 명산대천을 편력하였다. '안녹산(安祿山)의 난(亂)' 때, 영왕(永王) 인(璘)의 모반에 참여했다가 체포되어 사형선고를 받았는데 곽자의(郭子義)의 상소로 감형되었고 야랑(夜郎 : 현 貴州省)으로 유배되어 가던 도중, 대사령이 내려짐으로써 자유의 몸이 되었다.

그후 당도(當塗 : 安徽省)의 친척 이양빙(李陽氷)에게 몸을 의지하고 있다가 숙종(肅宗) 연간 보응(寶應) 원년(762년)에 62세를 일기로 세상을 떠났다. 그는 어려서부터 시에 탁월한 소질을 보였었고 후에는 시선(詩仙)이라는 칭호를 얻었다. 당대(唐代)에 첫손가락으로 꼽히는 시인일 뿐 아니라 세계의 대시인(大詩人) 중 한 사람으로 꼽힌다.

절구(絶句)가 가장 장기(長技)였던 이백은 고시(古詩), 특히 악부(樂府)에 걸작을 많이 남겼다. 이백이 장안 궁중에서 쫓겨나와 여러 곳을 유랑하던 어느 날의 일이다. 그는 만취하여 나귀에 탄 채로 현령(縣令) 집 앞을 지나갔다. 현령은 크게 노하여 그를 불러세웠고 이름을 물었다.

그는 묻는 이름은 대지 않고 이렇게 말했다고 한다.

"나는 천자 앞에서도 가래침을 뱉고 천자와 함께 술을 들었으며 귀비가 주는 벼루에 먹을 갈아서 시를 썼고, 고역사(高力士)로 하여금 신발을 벗기게 했던 사람이오. 천자 앞에서도 말을 탔던 나인데 이곳에서는 나귀도 탈 수 없단 말이오?"

현령은 깜짝 놀라서 사과했고 이백은 크게 웃으며 지나갔다고 한다.

소무(蘇武)

― 당(唐)　이백(李白)

소 무 재 흉 노　　십 년 지 한 절
蘇武在匈奴　十年持漢節

백 안 상 림 비　　공 전 일 서 찰
白雁上林飛　空傳一書札

소무는 흉노 땅에 억류되어 있었지만,
10년 동안이나 한절(漢節)을 지켰네
(다행하게도) 기러기 상림원(上林苑)에 날아와서,
한 통의 편지를 전해 주었네

(이상은 蘇武의 傳記를 略述한 것이다)

(語釋)　ㅇ蘇武(소무) ― 전한(前漢) 때의 충신. ?~기원전 60. 흉노에게 사신으로 갔다가 인질로 붙잡히어 19년 동안 그곳에서 머물렀다. 그러나 절개를 굽히지 않고 있다가 한나라와 흉노가 화해한 다음에 귀국했다. ㅇ持(지) ― 가지다. 지니다. 여기서는 소무가 한절(漢節)을 손에서 떼지 않고 목숨을 걸고 지켰다는 뜻. ㅇ漢節(한절) ― 절(節)은 외국에 사신으로 가는 사람이 그 표시로 지니고 가는 것. 오늘날의 '신임장'과 같은 것이다. 한절(漢節)은 한나라 사신으로서 지녔던 절(節). ㅇ白雁(백안) ― 기러기. 하얀 기러기였는지는 의문이다. ㅇ上林(상림) ― 상림원(上林苑). 한나라 황제의 식물원(植物園). 황제는 이 상림원에서 사냥도 했다고 하거니와 수도인 장안(長安)에 있었

다 한다. ㅇ空傳(공전) — 전하긴 했지만 아무 소용이 없었다는 뜻.
ㅇ一書札(일서찰) — 한 통의 편지.

목 양 변 지 고　　낙 일 귀 심 절
牧羊邊地苦　　落日歸心絶

갈 음 월 굴 수　　기 찬 천 상 설
渴飮月窟水　　飢餐天上雪

양을 치며 사는 변방지역의 생활은 괴롭기만 하고,

지는 해를 쳐다보니 고향에 돌아갈 희망조차 끊기는 것 같구나

목이 마르면 달이 뜨는 굴의 물을 마시고,

배가 고프면 천산(天山) 위의 눈을 먹으며 배고픔을 이겨나
갔다

(이상은 흉노 땅에 있을 때의 생활을 그렸다)

語釋　ㅇ牧羊(목양) — 양을 기르다. ㅇ邊地(변지) — 변경의 땅. 바이칼호 부
근을 가리킨다. ㅇ落日(낙일) — 해가 떨어지다. ㅇ歸心(귀심) — 돌아
가고자 하는 마음. ㅇ絶(절) — 끊기다. ㅇ渴飮(갈음) — 목이 말라서
물을 마시다. ㅇ月窟水(월굴수) — 달이 뜬다는 구덩이. 서역(西域)의
월지(月氏) 나라 굴에서 나는 물. ㅇ飢餐(기찬) — 배가 고파서 먹다.
ㅇ天上雪(천상설) — '천산(天山)' 위에 쌓인 눈. 천산은 서역의 천산
산맥(天山山脈)이다.

동 환 사 새 원　　북 창 하 량 별
東還沙塞遠　　北愴河梁別

읍 파 이 릉 의　　　상 간 누 성 혈
泣把李陵衣　　相看淚成血

동쪽 한나라로 돌아가려고 하니, 광활한 사막에는 요새가 있어
가기 힘들고,
　북쪽 강에 가로놓인 다리 위에서 이별하기가 슬프다
　울면서 이릉(李陵)의 옷자락을 붙잡고,
　서로 마주보며 흐르는 눈물은 피가 되어 나오는 것 같았다

　(이상은 흉노 땅을 떠날 때의 이별 장면이다)

(語釋)　○還(환) — 돌아가다. ○沙塞(사새) — 사막에 있는 요새. ○沙塞遠(사새원) — 사막이 광활하게 가로놓이고 그 안에 요새가 있어서 통행이 곤란하다는 뜻. ○愴(창) — 슬프다. 슬퍼하다. ○河梁別(하량별) — 강 아래 놓인 다리에서 이별하다. ○泣把(읍파) — 울면서 붙잡다. ○李陵(이릉) — 한나라의 장군. 소무의 친구로서 흉노 토벌에 나섰다가 중과부적으로 하는 수 없이 흉노에게 투항했다. ○相看(상간) — 서로 마주보다. ○淚成血(누성혈) — 눈물이 피를 이루다.

(解說)　이 시는 《한서(漢書)》〈열전(列傳)〉 권24에 있는 소무의 전기(傳記)를 바탕으로 해서 쓴 것이다. 소무는 천한(天漢) 4년, 무제(武帝)의 명을 받고 흉노 땅에 사신으로 갔다. 그런데 데리고 갔던 부하가 음모를 꾸몄기 때문에 그는 흉노 선우(單于)의 궁궐에 붙잡혀 있는 몸이 되었다.
　그런데 마침 소무 일행이 흉노 땅에 도착한 지 얼마 안되어 흉노 땅에 정치적 반란사건이 일어났다. 그러나 소무는 죽지 아니했다. 흉노의 선우(單于)는 소무에게 귀순할 것을 명했으나 소무는 단호하게 거절했다. 선우는 화가 나서 소무로 하여금 북해

(北海 : 바이칼湖) 근방에서 양을 치게 하였다. '숫양이 새끼를 낳으면 고국으로 돌려보내주겠다'는 등 터무니없는 말로 흉노들은 소무를 괴롭혔던 것이다. 그리고 항복·귀순하기를 강요했다.

그러나 소무는 끝내 굽히지 않았을 뿐 아니라 황제가 내린 한나라의 절(節)을 언제나 손에서 떼지 아니했던 것이다.

이에 반하여 그의 친구이기도 하며, 한나라의 명장이었던 이릉(李陵)은 훌륭한 인물이기는 했지만 소무보다 앞서 5천의 군사를 이끌고 흉노 정벌에 나섰다가 중과부적으로 패하고 그들에게 항복한 바 있었다. 소무가 흉노 땅에 왔을 때 이릉은 이미 흉노의 임금 선우를 섬기는 벼슬을 하고 있었다.

흉노는 이릉으로 하여금 북해 근방에서 양치기를 하고 있는 소무에게 가서 항복하기를 권하게 하였다. 그러나 소무는 이를 받아들이지 아니하고 절개를 굳게 지켰다. 그러기를 19년 ―. 한나라에서는 소제(昭帝)가 즉위하였고 흉노와의 화친이 성립되었는데 그런 연후에야 소무는 19년만에 귀국하게 된다.

그때도 한나라에서는 소무를 즉각 송환하라고 요구했지만 흉노는 소무가 죽었다고 우겼다. 그러던 어느 날, 한나라 '상림원(上林苑)' 위를 날아가는 기러기를 쏘아서 떨어뜨리니, 그 발목에 '소무가 못가에 있다'는 백서(帛書)가 매어 있는 게 아닌가. 흉노는 하는 수 없이 소무를 송환했다.

참고로 소무의 자(字)는 자경(子卿)이며 흉노 토벌에 공을 세운 바 있는 소건(蘇建)의 차남이다.

(作者) **이백**(李白) : 53쪽 참조.

춘망(春望)

── 당(唐) 두보(杜甫)

국 파 산 하 재   성 춘 초 목 심
國破山河在   城春草木深

감 시 화 천 루   한 별 조 경 심
感時花濺淚   恨別鳥驚心

도읍은 파괴되었으나 산하(山河)만은 의연하게 그대로이다,

  성벽 가에는 봄과 함께 초목의 눈이 트고 머지 않아 녹음이
짙어지겠지

  시세 돌아가는 것을 생각하니 (마음이 아파서) 꽃을 보아도
눈물이 비오듯 하고,

  한가족이 흩어진 이 마당에서는 즐겁게 들려야 할 새의 지저
귐도 (마음을) 아프게 할 따름이다

(語釋) ○春望(춘망)─봄철에 바라본다. ○國(국)─국도(國都). 즉 도읍. 여
기서는 도읍 장안(長安)을 가리킴이다. ○在(재)─여기서는 '틀림없
이 있다'란 뜻. ○城(성)─성벽으로 둘러싸인 거리. 중국의 도시는
그 주위에 성벽을 쌓고 있었다. 이 성은 장안성(長安城)을 가리킴이
다. ○感時(감시)─시세 돌아가는 것에서 (슬픔을) 느끼다. ○花濺
淚(화천루)─천루(濺淚)는 눈물을 흘리는 모양. 꽃을 보고도 눈물이
흐른다는 의미이다. ○恨別(한별)─친한 사람과의 이별을 서러워하
는 것. 그 당시 두보의 가족은 부주(鄜州)로 피난했고 두보 자신은

장안에 잡혀 있었다. ○鳥驚心(조경심)―봄새가 울건만 마음은 아플 뿐이다.

解說 안녹산(安祿山)의 난(亂) 때 두보는 적군의 손에 붙잡혔다. 가족들은 부주(鄜州)로 피난시켰으나 포로의 몸이 된 그는 그 당시의 슬픔 심정을 시로 읊었다. 그것이 바로 이 시인 것이다.

봉화연삼월　　가서저만금
烽火連三月　　家書抵萬金

백두소경단　　혼욕불승잠
白頭搔更短　　渾欲不勝簪

타오르는 봉화는 석 달이 되었건만 아직도 꺼지지 않고,
가족에게서 오는 편지는 1만금에 상당하는 귀중품 같기만 하다
걱정 때문에 희어진 머리칼을 긁적이니 그것은 점점 짧아져서,
이제는 동곳을 꽂아도 전혀 꽂히지가 않누나

語釋 ○烽火(봉화)―위급함을 알리는 불꽃. 전쟁이 벌어지고 있음을 나타낸다. ○連三月(연삼월)―3개월 동안이나 계속되다. ○家書(가서)―집에서 온 편지. ○抵(저)―상당한다. ○搔(소)―긁적거리다(근심이 너무 되는 나머지 머리를 긁적거린다는 뜻). ○更短(경단)―점점 짧아지다. ○渾(혼)―아주. 모두. ○欲不勝簪(욕불승잠)―잠(簪)은 머리칼이 흐트러지지 않게 하기 위하여 꽂는 비녀. 그것이 이제 꽂혀지지 않는다는 뜻.

解說 안녹산의 난 때 반란군은 756년 6월 장안을 함락시켰다. 가족

들을 부주(鄜州)로 피난시킨 두보는 그 해 8월 운수 나쁘게도 반란군에게 붙잡힌 몸이 되어 구금당했다. 그리고 이듬해 5, 6월 경에 두보는 장안을 빠져나와서 봉상(鳳翔)으로 갔으니 이 시는 그 직전에 쓴 것이다. 즉 그의 나이 46세 때일 것으로 추정된다.

(作者)　**두보**(杜甫) : 712~770. 자(字)는 자미(子美), 호는 소릉(小陵)이다. 뒤늦게 벼슬길에 나갔는데 안녹산(安祿山)의 난(亂) 때는 몸을 피하여 방랑했다. 시성(詩聖)이란 별호(別號)가 있다. 서사시에 뛰어나고 시격(詩格)이 엄정하며 구법(句法)이 변화가 많아 길이 후세에 궤범(軌範)이 되었다.

왕소군(王昭君)

── 당(唐) 백거이(白居易)

만 면 호 사 만 빈 풍　　미 소 잔 대 검 소 홍
滿面胡沙滿鬢風　　眉銷殘黛臉銷紅

수 고 신 근 초 췌 진　　여 금 각 사 화 도 중
愁苦辛勤顦顇盡　　如今却似畫圖中

얼굴에 가득 차는 것은 오랑캐 땅의 모래요, 머리에 가득 차는 것은 바람뿐이로다,

눈썹 그린 칠도 지워지고 얼굴의 붉은 색깔도 지워졌도다

근심과 걱정이 보잘것없는 용모로(초췌하게) 만들어 버렸으니,

이제야말로 오히려 (이전에 畫工이 그린) 그림 내용과 닮았구나

(語釋)　o 王昭君(왕소군)─본명은 왕장(王嬙). 후세에서는 진(晉)나라 문제(文帝)의 이름인 사마소(司馬昭)의 소(昭)와 같다 하여 왕명군(王明君), 또는 명비(明妃)라고 부르게 되었다. o 胡沙(호사)─오랑캐 땅. 즉 사막의 모래. o 鬢(빈)─머리 좌우쪽에 나 있는 터럭. o 眉(미)─눈썹. o 銷(소)─사라지다. o 殘黛(잔대)─사라져가는 눈썹의 칠. o 臉(검)─볼. 얼굴. o 愁苦辛勤(수고신근)─수고 · 신근, 모두 근심스러움에 마음이 쓰리고 아프다는 뜻이다. o 顦顇(초췌)─몸이 여위고 파리하다. o 盡(진)─다하다는 뜻이다. o 如今(여금)─지금. 현재. o 却(각)─오히려. 반대로. o 畫圖(화도)─그림.

(解說)　　중국 대륙의 서북부에 있는 광활한 사막과 이 고장에 살면서 때때로 중국에 습격해오는 흉노(匈奴)는 중국 사람들에게 있어서는 이역 땅이자 또한 자기네들과는 너무나 거리가 먼 땅이며, 두려운 민족이기도 하였다. 그러기에 중국 정부에서는 두려운 존재인 이 이민족과 서로 화목하게 지내기 위해서는 볼모, 곧 인질로 아리따운 여자를 내주기로 했던 것이다.

그 대상으로 선발되었던 여인이 왕소군인데 천자(天子) 앞에 나와서 고별 인사를 할 때, 그녀의 모습을 보니 언필칭 군계일학(群鷄一鶴)으로 빼어난 미모였다. 그러나 오랑캐 땅으로 가는 길인 사막의 비정한 모래 바람은 그녀를 휩쓸어서 누구인지 알아볼 수 없게 만들었다. 하염없이 흘러내리는 눈물은 모래와 뒤범벅이 되었으니 그 모습은 이승의 사람이 아니었다.

이 시의 1, 2연(聯)에서는 황량한 사막을 지나가는 가련한 여성의 모습을 그리고 있고, 3, 4연에서는 이미 알고 있는 이야기를 인용하여(이전의 비극을 자아내게 할) '그 그림과 이제는 닮았구나'로 끝을 맺고 있다. 이백(李白)의 시 〈왕소군〉을 참조하기 바란다.

(作者)　　**백거이**(白居易) : 26쪽 참조.

제오강정(題烏江亭)

── 당(唐)　두목(杜牧)

승 패 병 가 불 가 기 　　 포 수 인 치 시 남 아
勝敗兵家不可期　　包羞忍恥是男兒

강 동 자 제 다 호 준 　　 권 토 중 래 미 가 지
江東子弟多豪俊　　捲土重來未可知

이기고 지는 것은 군사로서 예측할 수 없는 일이고,

(비록 패했다 해도) 한때의 수치를 참아낼 수 있는 것이 또한 사나이가 아니겠는가?

(더군다나) 강동의 젊은이들 가운데는 훌륭한 인물이 많이 있었으니,

(그 젊은이들과 함께) 질풍이 흙먼지를 피어 일으키게 하는 것 같은 세력으로 다시 일어선다면 그 결과는 예측할 수 없었을 것이다

(語釋)　o烏江(오강)―시　제목인 〈제오강정(題烏江亭)〉의　오강은　안휘성 오강포(烏江浦)이다.　오강포는　한고조(漢高祖)　유방(劉邦)과의　전투에서 패배한 항우(項羽)가 전사(戰死)한 곳이다.　o亭(정)―숙소. 당시의 제도로서 1백 리에 1정(亭)을 두고 책임자인 정장(亭長)을 두었다. 정장은 여행자를 숙박시킴과 동시에 도둑을 다스리는 일도 했다. 유방도 젊었을 때 고향 패현(沛縣)에서 정장으로 일한 적이 있었다.　o兵家(병가)―병법가(兵法家). 군인(軍人).　o不可期

(불가기)-예측할 수 없다. ㅇ江東(강동)-강남(江南)과 같다. 양자강 하류 부근. 오늘날의 강소성 남쪽으로부터 절강성 북쪽에 걸친 땅. ㅇ子弟(자제)-젊은이. ㅇ多豪俊(다호준)-빼어난 재주를 가진 사람들이 많다. ㅇ捲土重來(권토중래)-흙먼지를 심히 일으키면서 달려오는 것처럼 한번 패배한 자들이 다시 일어나 세력을 길러서 몰아닥치다. '권토중래'라는 고사성어는 이 시에서 유래했다. ㅇ未可知(미가지)-결과를 예상할 수 없다.

(解說)　한고조 유방과 천하를 놓고 격렬한 전투를 벌였던 항우는 전황(戰況)이 불리해지더니 마침내 패잔병 20여 기(騎)와 함께 오강(烏江) 나루터에까지 쫓겨왔다. 이때 나룻배를 준비하여 대기하고 있던 오강 정장은 항우에게 '그 옛날의 본거지였던 강동에서 다시 한번 전열을 가다듬어 보라'고 권유했다.

그러나 항우는 '하늘이 이미 내 편이 아닌데 강을 건너보았자 무슨 소용이 있겠는가? 어디 그뿐인가? 나는 지난날 강동의 자제 8천 명과 이 장강(長江)을 건너갔었는데 지금은 그 젊은이들이 한 명도 안 남았으니 그들의 부모가 나를 불쌍히 여기어 도와준다 하더라도 내 무슨 면목으로 그들을 만날 수 있으리요'라며 장강을 건너지 않고 오강 나루터에서 목을 찔러 자결하고 말았던 것이다. 이 극적인 장면을 시로 읊은 것은 이 시말고도 많이 있다.

이 시는 그 중에서도 가장 유명한 것이다. 오강 정장의 권유를 받아들이어 항우가 재기를 꾀했더라면 천하의 형세는 어떻게 되었을까?

(作者)　**두목**(杜牧) : 803~853. 중국 만당기(晩唐期)의 시인. 자(字)는 목지(牧之), 호는 번천(樊川), 섬서성 사람이다. 내외의 관직을

역임했고 중서사인(中書舍人)에까지 벼슬이 올랐었다. 천성이 강직하여 천하의 대사(大事)와 고금의 성패(成敗)를 즐겨 논했었다. 시풍(詩風)도 호방하고 수려하며 시사(時事)와 풍유(諷諭)의 시가 많이 있다. 작풍이 두보(杜甫)와 비슷해서 소두(小杜)라고도 불린다.

기해세(己亥歲)

─ 당(唐) 조송(曹松)

택 국 강 산 입 전 도   생 민 하 계 낙 초 소
澤國江山入戰圖   **生民何計樂樵蘇**

빙 군 막 화 봉 후 사   일 장 공 성 만 골 고
憑君莫話封侯事   **一將功成萬骨枯**

강회(江淮) 일대의 낮고 습한 땅은 산이건 하천이건 전란에 휘말려서,

백성들은 어떻게 살아야 할지 막막하구나

제발 그대들에게 부탁하노니 전공(戰功)을 세워서 제후(諸侯)가 되는 등의 얘기는 그만두자,

한 장군이 공을 세워 출세하는 이면(裏面)에는 많은 무명용사들의 희생이 있기 때문이다

(語釋) ㅇ己亥歲(기해세)─'황소(黃巢)의 난(亂)'이 일어난 해. ㅇ澤國(택국)─지대가 낮고 습한 지방. 즉 황소의 난의 피해지인 양자강 하류의 회하(淮河) 유역을 가리킨다. ㅇ江山(강산)─여기서는 지방이란 뜻. ㅇ入戰圖(입전도)─전쟁하는 지역으로 들어간다는 의미. ㅇ生民(생민)─백성들. ㅇ何計(하계)─무슨 계책이 있겠는가? ㅇ樂樵蘇(낙초소)─땔나무를 하고 풀을 베는 즐거움. 일상생활의 즐거움. ㅇ憑君(빙군)─사람들에게 부탁하다. ㅇ莫話(막화)─말하지 마라. ㅇ封侯事(봉후사)─제후(諸侯)로 봉하는 일. ㅇ一將(일장)─한 명의 장

68   동양 삼국의 명한시선(名漢詩選)

수. ○功成(공성)—공을 세우다. ○萬骨枯(만골고)—많은 사람의 주검들.

解說   기해년(己亥年)은 당(唐)나라 희종(僖宗) 건부(乾符) 6년, 즉 879년에 해당한다. 때마침 황소(黃巢)가 반란을 일으키려고 광주(廣州)에서 의병을 모집하는 등 준비를 하더니 마침내 '당왕조(唐王朝) 타도'의 기치를 높이 들고 낙양(洛陽)과 장안(長安)을 향하여 북진(北進)을 개시했던 해이다.

원래 이 황소는 소금의 암매상인(暗賣商人)이었다. 당시 소금의 전매제도(專賣制度)를 실시하고 있던 당나라 조정이 재정적 궁핍의 해결책으로서 소금값을 올리고 또 엄하게 암매상인들을 단속하였는데 이에 불만이 점점 커진 암매상들은 드디어 반란을 일으키고 말았던 것이다.

이 반란은 몇 해동안 이어졌거니와, 반란군들은 이 혼란기를 기화로 하여, 당시 군벌화(軍閥化)하려는 정부군의 장수들과 마찬가지로 전쟁을 위한 전쟁을 일삼게 되었다. 사태가 이렇게 되자 참화를 입고 고생하는 것은 백성들뿐이었다.

이 시는 그러한 민중의 괴로움을 호소하고 공명(功名)을 위해서는 병사들을 죽음으로 몰아넣는 것도 주저하지 않는 전쟁의 비리를 비난하고 있다.

作者   조송(曹松) : 830~901. 중당(中唐)의 시인인 가도(賈島)에게서 시를 배웠다고 전한다. 나이 70세가 지나서야 진사(進士)에 급제하여 교서랑(校書郞)의 벼슬을 얻었다.

분서갱(焚書坑)
── 당(唐)　장갈(章碣)

죽 백 연 소 제 업 허
竹帛煙銷帝業虛　　關河空鎖祖龍居
관 하 공 소 조 룡 거

갱 회 미 랭 산 동 란
坑灰未冷山東亂　　劉項元來不讀書
유 항 원 래 부 독 서

　책을 태운 연기가 사라지기도 전에 천하통일의 대사업은 어처구니없이 무너지고,

　시황제의 궁성도 폐허화되고, 산하에 굳게 쌓은 요새(要塞)만이 남았구나

　구덩이의 재가 채 식기도 전에, 나라 안에서는 난리가 일어났는데,

　(진나라를 무너뜨린) 유방과 항우는 원래 책 읽은 사람들이 아니었다.

(語釋)　ㅇ焚書坑(분서갱)-'분서'는 책을 불태우다란 뜻. 즉 진시황(秦始皇)은 지식인들이 자신의 정책에 비판을 가한다며 의서(醫書)·농서(農書)·복서(卜書) 등을 제외한 모든 경전(經典)을 불태우게 했었다. 갱(坑)은 구덩이를 뜻하며 갱유(坑儒)의 약어(略語). 한편 진시황은 자신에게 반대하는 지식인, 즉 유가(儒家)들을 구덩이 속에 생매장했었다(해설 참조).　ㅇ竹帛(죽백)-책을 뜻한다. 진시황 때로부터 약 3백 년이 지난 후한(後漢)시대에 이르러서야 비로소 종이가

발명되었으므로 그 이전에는 대나무를 쪼개어 그 위에 글을 쓰거나 베 또는 비단에 글을 썼다. 대나무를 '죽(竹)' 천을 '백(帛)'이라고 하여 '죽백(竹帛)'인데 이는 곧 책을 의미한다. ○煙銷(연소)—연기로 사라지다. ○帝業(제업)—제왕(帝王)으로서의 사업. 여기서는 진시황(秦始皇)의 천하통일을 가리킨다. ○關河(관하)—관소(關所)와 산하(山河)의 방어를 철통같이 하는 요새(要塞). ○空銷(공소)—헛되이 사라지다. ○祖龍(조룡)—진시황 때 진시황이 있던 함양(咸陽). 지금의 섬서성 함양현. ○坑灰(갱회)—구덩이 속의 재. ○未冷(미랭)—식기도 전에. ○劉項(유항)—유방(劉邦)과 항우(項羽). 유방은 한(漢)나라를 일으킨 고조(高祖).

(解說)   진시황(秦始皇 : 기원전 259~기원전 210)은 13세라는 어린 나이에 진(秦)나라 왕위에 오르고 23세가 되던 해부터 직접 정사를 처결했는데 그로부터 16년 동안에 걸쳐 이웃 나라들을 정벌함으로써 중국 역사상 최초로 통일제국(統一帝國)을 이루는데 성공했다.

그리고 스스로를 황제(皇帝)라 칭하고 10년 동안 중국 천하에 군림하다가 50세에 세상을 떠났다. 그는 강력한 행정체제를 세우기 위하여 군현제도(郡縣制度)를 채택하고, 도량형(度量衡)·동화(銅貨)·문자(文字) 등을 통일하는가 하면 중앙집권적인 질서를 확립하였다.

또한 밖으로는 오랑캐, 즉 서북지역의 흉노(匈奴)를 무찌르는 한편, 재침을 방지하기 위해 만리장성을 이어서 쌓기도 하였다. 그리고 안으로는 재상 이사(李斯)의 건의를 받아들이어 실용적인 학문 외에는 모두가 국가에 대한 반항심을 기를 뿐이라는 이유로 의학(醫學)·농사(農事)·복술(卜術) 이외의 유학(儒學) 등 제자백가(諸子百家)의 경전(經典)을 모두 불사르고 그런 학자들 중 강경파들을 모두 죽이기로 결정했다.

위에서 언급했거니와 진시황은 만리장성을 쌓는 대역사로 인하여 수많은 무고한 백성들을 죽였다. 한편 보배로운 경전들을 불태웠으며 당시 함양(咸陽)에 살고 있던 학자만도 460명이나 구덩이 속에 생매장을 하였다.

이 사건이 그 악명 높은 '분서갱유(焚書坑儒)'이다. 그런데 그가 불태운 책들의 연기가 채 사라지기도 전에 반란이 온 나라 안에서 일어났고, 진나라를 무너뜨린 사람은 오랑캐도 아니고 선비도 아닌 유방(劉邦)과 항우(項羽)였다. 그들은 본디 책을 좋아하거나 공부하기를 즐기던 사람이 아니었다.

진시황은 분명 오랑캐를 막을 목적으로 수많은 사람의 생명을 대가(代價)로 지불하고 만리장성을 쌓았다. 그리고 식자(識者), 곧 선비들만 죽이면 자신이 마음놓고 횡포를 부릴 수 있을 것으로 생각했다. 그러나 결과는 어떠했던가? 난리를 일으킨 것은 만리장성 너머에 있는 흉노족이 아니었고, 나라 안에 있는 백성들이었던 것이다.

이 시는 독재와 권력의 덧없음을 노래한 역사상의 교훈이라고 할 수 있다. 여담이지만 1만 명을 수용했던 호화판 궁전인 '아방궁(阿房宮)'을 건축한 사람도 바로 진시황인데 이 아방궁 안에 연못을 파고 술로 그 연못을 채운 다음, 배를 띄웠으며 고기로 섬을 만들어 놓고 뱃놀이를 즐겼다고 한다. 은(殷)나라를 망하게 한 주왕(紂王)의 전철을 그대로 답습했던 것이다.

(作者) **장갈**(章碣) : 당(唐)나라 말기의 시인(詩人)인 장효표(章孝杓)의 아들. 건부의 진사에 올랐으나 말년에는 영락하여 언제 어디서 죽었는지 알 수가 없다. 저서로 《장갈집(章碣集)》이 있다.

우미인초(虞美人草)
── 송(宋) 증공(曾鞏)

홍 문 옥 두 분 여 설　　　십 만 항 병 야 류 혈
鴻門玉斗紛如雪　　　十萬降兵夜流血
함 양 궁 전 삼 월 홍　　　패 업 이 수 연 신 멸
咸陽宮殿三月紅　　　霸業已隨煙燼滅

홍문에서 옥주전자는 깨져 마치 눈처럼 부서졌고,
10만의 진(秦)나라 항병은 하룻밤에 피를 흘리며 죽어갔도다
함양(咸陽)의 궁전은 석 달동안이나 불꽃으로 붉게 물들어 있
었으니,
항우의 패업도 이미 연기를 따라 멸망하였도다

(語釋)　ㅇ鴻門(홍문)─섬서성 임동현(臨潼縣)의 동쪽에 있는 곳으로서 이
곳에서 항우와 유방이 회담을 가졌다. 이 모임에서 항우의 명참모였
던 범증(范增)은 유방을 모살코자 했으나 우유부단한 항우로 인하
여 유방은 도망을 쳤다. 이에 분개한 범증은 유방이 선물로 바친 옥
주전자[玉斗]를 부수어 버렸다. ㅇ紛如雪(분여설)─눈가루처럼 부
서진다. ㅇ十萬降兵(십만항병)─진(秦)나라 관중(關中) 땅에 항우가
들어가기에 앞서 항복한 진나라 군사 20만 명을 신안성 남쪽에서
학살했던 사건을 가리킴이다. ㅇ三月紅(삼월홍)─진나라의 도읍 함
양성(咸陽城) 궁전이 항우의 군사에 의한 방화로 말미암아 3개월
동안이나 빨갛게 불탔던 일.

(解說) 이 시 역시 항우(項羽)와 유방(劉邦)의 격렬했던 싸움과 진나라의 최후, 그리고 항우의 애첩이었던 우미인(虞美人)을 그린 시이다. 여기서는 편의상 네 구(句)씩 나누어 감상하도록 한다.

첫 번째 네 구에서는 진나라의 최후와, 항우가 패배하게 되는 원인을 암시하고 있다.

강 강 필 사 인 의 왕　　　음 릉 실 도 비 천 망
剛强必死仁義王　　　陰陵失道非天亡
영 웅 본 학 만 인 적　　　하 용 설 설 비 홍 장
英雄本學萬人敵　　　何用屑屑悲紅粧

강직하고 고집이 세면 반드시 죽는 법, 인의만이 왕이로다,
음릉(陰陵)에서 길을 잃게 된 것은 하늘이 망하게 한 일은 아니로다
영웅은 '만인(萬人)의 적(敵)'을 배워야 한다고 했으렷다!
그게 무슨 소용이리요, 고작 우미인과의 이별을 슬퍼했음이여!

(語釋) ○剛强(강강) - 강직하고 강인하다. 항우의 성격을 나타낸 것이다. ○仁義(인의) - 인정이 깊고 올바르다. 유방의 성격을 나타낸 것이다. ○陰陵(음릉) - 안휘성 정원현 서북쪽의 지명(地名). 항우는 이곳에서 농부에게 길을 물었으나, 그 농부에게 속은 결과 늪지대로 접어들고 말았다. ○非天亡(비천망) - 하늘이 망하게 한 것이 아니다. 즉 스스로 멸망을 초래했다는 뜻. ○本學萬人敵(본학만인적) - 만인적(萬人敵)은 수많은 적을 상대로 하여 싸우는 병법. 항우는 소년시절에 글과 무술을 배웠으나 두 가지 모두 신통치 아니했다. 그러자 항우는 숙부인 항량(項梁)에게 꾸중을 들었다. 그때 항우는

'글은 성명 석 자만 쓸 줄 알면 되고 무술은 한 사람의 적과 싸울
때 필요한 것이니 이왕이면 만인의 적과 싸우는 것을 배우겠습니다'
라고 말했다 한다. 그래서 항량은 그때부터 항우에게 병법을 가르쳤
다는 것이다. ㅇ屑屑(설설)－연약하다. ㅇ紅粧(홍장)－부인. 여기서
는 우미인을 가리킨다.

(解說)   해하(垓下)에서 있었던 항우의 최후와 그가 소년시절에 영웅
되기를 꿈꾸던 것을 풍자한 대목이다.

삼 군 산 진 정 기 도   옥 장 가 인 좌 중 로
三軍散盡旌旗倒   玉帳佳人座中老
향 혼 야 축 검 광 비   청 혈 화 위 원 상 초
香魂夜逐劍光飛   青血化爲原上草

항우의 군사가 이미 사방으로 흩어졌고, 군기(軍旗)는 땅에
쓰러졌는데,
옥장식을 한 휘장 속의 우미인도 순식간에 늙어졌도다
(자결한 우미인의) 영혼은 밤의 칼빛에 쓰러지듯 날아가고,
(그녀가) 뿌린 피는 화(化)하여 들판의 풀이 되었도다

(語釋) ㅇ三軍(삼군)－전군(全軍)이란 뜻. 여기서는 항우의 군대란 의미이
다. ㅇ旌旗倒(정기도)－깃발, 즉 군기(軍旗)가 쓰러지다. 패전(敗戰)
했음을 가리키는 말이다. ㅇ玉帳(옥장)－옥으로 장식한 휘장. ㅇ座
中老(좌중로)－순식간에 늙어지고 말다. ㅇ香魂(향혼)－우미인의 영
혼. ㅇ逐劍光飛(축검광비)－칼빛에 쓰러지다. 여기서는 우미인이 자
결한 것을 가리킨다. ㅇ青血(청혈)－새빨간 피. 방금 흘린 피.

(解說)　항우가 완전히 패전한 것과 우미인의 자결을 읊은 내용이다. 전설에는 자결한 우미인은 '우미인초(虞美人草)'가 되었다고 한다.

방 심 적 막 기 한 지　　구 곡 문 래 사 렴 미
芳心寂寞寄寒枝　　舊曲聞來似斂眉

애 원 배 회 수 불 어　　흡 여 초 청 초 가 시
哀怨俳徊愁不語　　恰如初聽楚歌時

미인의 꽃다운 마음씨는 쓸쓸한 풀 가지에 매달린 듯하고,

옛 곡조에 귀를 모으고 눈썹을 찡그린 것 같도다

가슴에 품은 원한, 바람 속을 배회하며 시름에 잠겨 말이 없으니,

마치 (해하에서 우미인이) 처음으로 '사면초가(四面楚歌)'를 들었을 때와 같음이여

(語釋)　ㅇ寄寒枝(기한지)—쓸쓸한 풀 가지에 매달린 듯. ㅇ舊曲(구곡)—해하(垓下) 땅에서 항우가 포위당했을 때 애첩 우미인이 들려준 노래. ㅇ斂眉(염미)—눈썹을 찡그리다. 수심에 잠긴 모습. ㅇ楚歌(초가)—해하 땅에서 항우가 유방(劉邦)의 한(漢)나라 군사들에게 포위당했을 때 한나라 군사들은 일제히 초나라 노래를 불렀다. 그 노랫소리를 듣고 항우와 그의 군사들은 향수에 젖었으며 포위망이 압축되어 오는 것을 절감하게 되었다. 항우와 그의 군사들은 모두 초(楚) 땅의 출신들이었던 것이다. 여기서 '사면초가(四面楚歌)'라는 고사성어가 생겼다.

(解說)　우미인은 이미 죽었고 '우미인초(虞美人草)'로 화했는데 그 우미인초의 모양이 마치 '사면초가'를 처음 들었을 때의 우미인처

럼 보인다는 것을 시인이 표현하고 있는 대목이다.

도 도 서 수 유 금 고　　한 초 홍 망 양 구 토
滔滔逝水流今古　　漢楚興亡兩丘土

당 년 유 사 구 성 공　　강 개 준 전 위 수 무
當年遺事久成空　　慷慨樽前爲誰舞

도도하게 흐르는 물은 예나 지금이나 변함이 없지만,

한때 흥했던 한(漢)나라나, 한때 망했던 초(楚)나라나 지금은
언덕의 한 줌 흙이더라

당시의 옛일은 이미 오랜 옛날의 일이니 자취도 없이 사라진
지 오래이거든,

임의 술잔 앞에서 슬픔을 견디지 못하던 그 몸부림, 지금은 누
구를 위하여 저리도 하늘거리는가?

(語釋) ○滔滔(도도)―많은 물이 흐르는 모양. ○樽前(준전)―연회석상(宴
會席上).

(解說)　우미인초는 일명 '개양귀비'이다. 이 시는 유교(儒敎) 사상의
입장에서 볼 때, 항우의 행위를 비판하는 한편, 우미인초라고 하
는 가련한 빨간 꽃을, '해하(垓下)' 땅에서 자결한 항우의 애첩
우희(虞姬)의 화신(化身)이라며 애도하고 있다. 그와 함께 인생
무상(人生無常)도 노래한 시이다.

즉 초패왕(楚覇王) 항우는 한고조(漢高祖) 유방의 군사로부터
공격을 받고 '오강(烏江)'에서 패망한다. 그때 항우의 애첩인 우

희는 하루 전날 밤에 자살하고 말았던 것이다.

그 우희의 묘지(墓地) 위에 자라난 풀을 우미인초라고 한다. 이런 전설을 근거로 하여 항우의 말로(末路)를 슬퍼하고 나아가서는 이 전쟁에서 승리를 거두었던 한(漢)나라나 이 전쟁에서 참패했던 초나라나 남아 있는 것은 아무것도 없다면서 인생무상을 슬퍼하고 있다.

또 항우의 강력하고 비정했던 성격과 유방의 온후(溫厚)하고 포용력 있는 아량을 대조적으로 그리기도 했다. 한편 비정하기 그지없었던 항우도 애첩의 죽음과 자신의 비운(悲運) 앞에서는 몇 방울의 눈물을 흘렸다는, 인간의 나약함을 그리기도 하였다.

천하를 주름잡던 항우. 소년시절부터 읽기와 무예(武藝)보다 영웅심에 사로잡히어 안하무인격(眼下無人格)이었던 항우, 그의 꿈은 순조롭게 이루어져서 한때는 천하를 손아귀에 넣었었다. 그러나 그것은 오래 가지 못하였다. 왜 그랬을까?

항우에게는 '인의(仁義)'가 결여되어 있었기 때문이다. 그것은 결코 하늘이 망하게 했던 것이 아니라 항우 스스로가 자초했던 일이라고 작가는 평하고 있는 것이다.

(作者)　**증공**(曾鞏) : 1019~1083. 송(宋)나라 때의 학자. 자(字)는 자고(子固). 남풍(南豊 : 강서성 여천현) 출신이며 남풍선생(南豊先生)으로 불리기도 하였다. 당송팔대가(唐宋八大家)의 한 사람으로 꼽히기도 하며 특히 고문(古文) 작가로 유명하다. 송나라 인종(仁宗) 가우(嘉佑) 2년(1057년)에 진사(進士)가 되었고 사관수찬(史館修撰)·중서사인(中書舍人) 등을 거쳐 한림학사(翰林學士)가 되었다.

명비곡(明妃曲)
― 송(宋) 왕안석(王安石)

<table>
<tr><td>명 비 초 출 한 궁 시
明妃初出漢宮時</td><td>누 습 춘 풍 빈 각 수
淚濕春風鬢脚垂</td></tr>
<tr><td>저 회 고 영 무 안 색
低回顧影無顏色</td><td>상 득 군 왕 부 자 지
尚得君王不自持</td></tr>
<tr><td>귀 래 극 괴 단 청 수
歸來郤怪丹青手</td><td>입 안 평 생 미 증 유
入眼平生未曾有</td></tr>
<tr><td>의 태 유 래 화 불 성
意態由來畫不成</td><td>당 시 왕 살 모 연 수
當時枉殺毛延壽</td></tr>
</table>

명비(明妃)가 처음으로 한(漢)나라 궁실(宮室)을 나올 때,
눈물은 봄바람 속에 젖어 흐르고, 머리 꼬리는 힘없이 드리워져 있더라

서성이며 자신의 그림자를 돌아보는데 그 안색은 없지만(초췌하지만),
오히려 군왕으로 하여금 스스로 안절부절못하게 하더라

(군왕은) 침실로 돌아와서 화공(畫工)의 솜씨를 의심한다,
화상(畫像)은 평생에 눈에 든 적이 없었거니

마음씨는 본시 그리려고 해도 못 그리는 법,
일부러 그림을 잘못 그렸다 하여, 그 당장에 모연수(毛延壽)를 잡아 죽이더라

語釋　ㅇ明妃(명비)－왕소군의 별칭.　ㅇ淚濕(누습)－눈물에 젖다.　ㅇ鬢脚垂(빈각수)－머리 꼬리가 늘어져 있다.　ㅇ低回(저회)－기운이 꺾이어 이리저리 돌아보며 슬퍼하다.　ㅇ無顔色(무안색)－안색이 없다. 안색이 안좋다.　ㅇ尙得君王(상득군왕)－군왕의 마음을 얻은 적이 없었다.　ㅇ不自持(부자지)－안절부절못하다.　ㅇ歸來(귀래)－(군왕이 침전으로) 돌아오다.　ㅇ怪(괴)－수상하다. 수상하게 생각하다. ㅇ丹靑手(단청수)－그림 그리는 사람. 또는 그림 솜씨.　ㅇ入眼(입안)－눈에 들다.　ㅇ未曾有(미증유)－아직까지 한번도 있어본 적이 없다.　ㅇ意態(의태)－가슴속에 지니고 있는 마음씨.　ㅇ畵不成(화불성)－그리려고 해도 그리지 못한다.　ㅇ枉殺(왕살)－사실이 아닌 것을 그렸다면서 죽이는 것.　ㅇ毛延壽(모연수)－화공(畵工)의 이름.

解說　왕안석에게는 같은 제목의 시가 두 수 있는데 여기서는 한 수만 싣는다. 왕소군이 흉노의 첩이 되어 가는 전말과 한나라 궁궐을 잊지 못해 망향의 수심이 절절하였음을 동정하는 시이다.

作者　**왕안석**(王安石) : 1021~1088. 자(字)는 개보(介甫), 호는 반산(半山)이라고 했다. 임천(臨川 : 현 江西省) 사람으로서 시와 글에 뛰어났다. '당송팔대가(唐宋八大家)'의 한 사람이다.

　신종(神宗) 때 재상에 임명되어 이른바 신법(新法)을 만들어서 정치상 대혁신을 단행했으나 너무 급격하게 서두른 나머지 반대세력에게 밀려나고 말았다. 그후 종산(鐘山 : 현 江西省 江寧縣)에 은거하였다.

　저서에 《임천문집(臨川文集)》《주관신의(周官新義)》《당백가시선(唐百家詩選)》 등이 있다.

적벽(赤壁)
― 청(淸) 원매(袁枚)

일 면 동 풍 백 만 군 　　당 년 차 처 정 삼 분
一面東風百萬軍　　當年此處定三分
한 가 화 덕 종 소 적 　　지 상 교 룡 경 득 운
漢家火德終燒賊　　池上蛟龍竟得雲

한쪽으로 불어닥치는 동풍으로 위(魏)나라 군사 백만(百萬)을
격파하고,
　당시 이곳(적벽)에서 천하를 셋으로 나누기에 이르렀도다
　결국 촉한(蜀漢)의 화덕(火德)이 적국인 위(魏)나라를 불태우고,
　연못 속의 교룡(蛟龍)으로 불리던 유비(劉備)가 마침내 구름과
비를 얻어 크게 비약한 것이로다

(語釋)　ㅇ赤壁(적벽)―위나라 조조(曹操)가 80만 대군을 이끌고 촉(蜀)나
라의 유비, 오(吳)나라의 손견(孫堅)과 싸워서 참패한 '적벽대전(赤
壁大戰)'을 가리킨다. ㅇ一面東風(일면동풍)―적벽대전은 동풍의 도
움을 힘입어 촉·오 연합군이 조조의 위나라 군사 80만을 강 위에
서 불태워 죽임으로써 승전을 장식했다. 여기서 백만(百萬)이라고
한 것은 대강으로 적은 것에 불과하다. ㅇ此處(차처)―이곳. 즉 적
벽을 의미한다. ㅇ定三分(정삼분)―중국 천하를 위·오·촉 등 세
나라로 구분한 것은 이 싸움의 결과였다는 뜻이다. ㅇ火德(화덕)―
촉한(蜀漢 : 漢나라를 계승했다고 유비는 주장했다)은 오행(五行)으

로 본다면 화(火 : 火德), 즉 불의 덕을 가지고 왕이 되게 되어 있었다. ㅇ池上蛟龍(지상교룡)－오(吳)나라 장수인 주유(周瑜)는 촉한의 유비를 용의 일종인 교룡(蛟龍)에 비유했었다. 연못 속의 교룡이란 의미. ㅇ竟得雲(경득운)－필경에는 구름을 얻다란 뜻.

(解說) 작자는 적벽에서 노닐며, 옛날의 싸움터를 회고하는 한편 소동파(蘇東坡)가 적벽에서 놀던 일을 되돌아보고 시를 읊어 나갔다.

<table>
<tr><td>강 수 자 류 추 묘 묘</td><td>어 등 유 조 적 분 분</td></tr>
<tr><td>江水自流秋渺渺</td><td>漁燈猶照荻紛紛</td></tr>
<tr><td>아 래 불 공 취 소 객</td><td>오 작 한 성 정 야 문</td></tr>
<tr><td>我來不共吹簫客</td><td>烏鵲寒聲靜夜聞</td></tr>
</table>

강물은 옛날과 변함없이 흐르고, 강물 위의 가을 풍경은 넓기만 하며,

고기잡이 등불이, 강가에 우거져 있는 갈대를 환하게 비추누나 (이 갈대로 火攻을 했겠지)

(내 이번 뱃놀이에는 소동파처럼) 통소 부는 사람은 데리고 오지 않았지만,

(그 대신) 까막까치가 추운 듯한 목소리로 밤의 적막을 깨뜨려 준다

(語釋) ㅇ江水自流(강수자류)－강물은 저절로 흐른다. ㅇ秋渺渺(추묘묘)－가을철의 강은 넓기만 하다. ㅇ漁燈(어등)－고기잡이 배가 켜놓은 등불. ㅇ猶照(유조)－환하게 비추다. ㅇ荻紛紛(적분분)－갈대가 우거져 있다. ㅇ我來不共(아래불공)－나와 함께 오지 아니했다. ㅇ吹

簫客(취소객)—퉁소를 부는 손님. ㅇ烏鵲(오작)—까마귀와 까치. 이 오작은 조조(曹操)의 〈단가행(短歌行)〉에 '월명성희(月明星稀)'하니 '오작남비(烏鵲南飛)'라는 구절이 있고 또 소동파의 〈적벽부(赤壁賦)〉에도 그 구절이 인용되어 있다. ㅇ寒聲(한성)—추위하는 것 같은 목소리. ㅇ靜夜聞(정야문)—한밤중에 조용히 들려오다.

(解說) 소동파의 〈적벽부〉 구절을 인용하면서 옛날의 싸움터에서의 치열했던 당시의 싸움을 돌이켜본 시이다. 위(魏) 무제(武帝)의 〈단가행(短歌行)〉 및 조익(趙翼)의 〈적벽(赤壁)〉 등을 참조할 것.

(作者) 원매(袁枚) : 1716~1797. 청(淸)나라 시대의 문인(文人). 자(字)는 자재(子才), 호는 간재(簡齋) 또는 수원(隨園), 절강성 전당현 출신. 1739년 진사에 합격했고 강소성 여러 현(縣)의 자사(刺史)를 역임하면서 치적을 쌓았다. 퇴임한 후에는 남경(南京) 남쪽 소창산(小倉山)에 별장을 짓고 시를 즐겼다.

적벽(赤壁)

── 청(淸)   조익(趙翼)

의연형승액형양 **依然形勝扼荊襄**	적벽산전고루장 **赤壁山前故壘長**
오작남비무위지 **烏鵲南飛無魏地**	대강동거유주랑 **大江東去有周郎**

(적벽 땅은) 지금도 옛날 그대로 형주(荊州)·양주(襄州) 땅의 일대를 이루고 있고,

그 산 앞에는 옛날의 보루(保壘)가 (지금도) 길게 뻗어 있다

(조조는) 오작남비(烏鵲南飛)라고 큰소리를 쳤지만 이윽고 위(魏)나라를 잃었으며,

주유의 이름을 떨치게 했던 큰 강물만 동쪽으로 흐르누나

語釋   ○形勝(형승) ─ 형세. 요새(要塞)가 견고한 지형(地形). ○扼荊襄(액형양) ─ 액(扼)은 잡다란 뜻. 즉 형(荊 : 荊州)과 양(襄 : 襄州)을 이루고 있다는 의미이다. ○赤壁山前(적벽산전) ─ 적벽산의 앞. ○故壘長(고루장) ─ 옛날의 보루(保壘)가 길게 남아 있다. ○烏鵲南飛(오작남비) ─ 조조(曹操)의 시 〈단가행(短歌行)〉의 한 구절. 까막까치가 남쪽으로 날아가다. ○大江東去(대강동거) ─ 양자강의 큰 물줄기가 동쪽으로 흐른다. ○周郎(주랑) ─ 오(吳)나라의 젊은 장수 주유(周瑜). 이 주유가 위(魏)나라 조조의 80만 대군을 적벽에서 격파했다.

(解說)   적벽대전(赤壁大戰)을 회상하며 그 감회를 읊은 시이다.

천 추 인 물 삼 분 국   일 편 산 하 백 전 장
千秋人物三分國   一片山河百戰場
금 일 경 과 이 진 적   월 명 어 부 창 창 랑
今日經過已陳迹   月明漁父唱滄浪

당시 세 나라 인물들은 모두 천추에 이름을 떨치기에 족한 영
웅들이며,
(이곳은) 한 조각 산과 강이지만 백전의 전쟁이 있었던 곳이다
오늘 이곳을 지나노라니 이미 옛날의 싸움터가 되었고,
달 밝은 밤에는 어부가 '창랑(滄浪)의 노래'를 부를 뿐이다

(語釋)   ○千秋人物(천추인물)—역사에 길이 기록될 인물.   ○三分國(삼분
국)—위(魏)나라·촉(蜀)나라·오(吳)나라 등, 세 나라가 천하를 셋
으로 나누다.   ○已陳迹(이진적)—이미 옛 전쟁터가 되었다.   ○滄浪
(창랑)—창랑의 노래. 《맹자(孟子)》에 있는 노래이다.

(解說)   위(魏)나라 조조가 대군을 이끌고 적벽강에서 오(吳)·촉(蜀)
등 두 나라와 승패를 결정지으려고 하다가 패배했던 적벽대전을
주제로 해서 쓴 시인데 영웅들의 불장난을 한탄하기도 했다.

(作者)   **조익**(趙翼) : 1727~1812. 청(淸)나라 중기의 고증학자, 시인,
자(字)는 운송(耘松), 호는 구북(甌北). 《통감집람(通鑑輯覽)》을
편집하고 《이십이사차기(二十二史箚記)》 등의 명저를 남겼다.

유우중문(遺于仲文)
── 고구려(高句麗)　을지문덕(乙支文德)

신 책 구 천 문　　묘 산 궁 지 리
神策究天文　妙算窮地理

전 승 공 기 고　　지 족 원 운 지
戰勝功旣高　知足願云止

신기한 책략(策略)은 하늘 이치에 통하였고,
교묘한 계략(計略)은 땅의 이치에 달통했도다
싸워서 이긴 공(功)이 이미 드높았거니,
만족할 줄 알고 그쳐주기 바라오

(語釋)　ㅇ遺于仲文(유우중문)─우중문에게 보내는 글. 우중문은 수(隋)나라 장수로서 대군을 이끌고 고구려에 쳐들어왔었음.　ㅇ究天文(구천문)─하늘의 글에 통달하다.　ㅇ妙算(묘산)─교묘한 계략.　ㅇ窮地理(궁지리)─땅의 이치에 도통하다. 지리에 능통하다.　ㅇ旣高(기고)─이미 높다.　ㅇ知足(지족)─만족할 줄 알다.　ㅇ願云止(원운지)─그만 두기 바란다. 그치기를 원한다.

(解說)　고구려 장군 을지문덕이 수나라 장군 우중문에게 거짓 항복하는 시(詩)이다. 고구려 영양왕(嬰陽王) 23년, 즉 612년에 수(隋)나라 장수 우중문을 선두로 하여 대군(大軍)이 고구려에 쳐들어왔다. 수나라 2백만 대군 중 살수대첩(薩水大捷)으로 평양성에

까지 육박한 수는 30만 명이었는데, 이 시는 우중문에게 회군(回軍)토록 고구려 을지문덕 장군이 종용한 시이다. 이는 5언 4구의 한시로, 현재 전하는 가장 오래된 한시이다.

(作者)   **을지문덕**(乙支文德) : 생몰연대 미상. 고구려의 명장(名將). 지략과 무용(武勇)에 뛰어났으며 시와 글씨에도 능했음. 수나라 대군이 쳐들어왔을 때 살수(薩水)에서 물리쳤다.

분원시(憤怨詩)
── 신라(新羅)   왕거인(王居仁)

연 단 읍 혈 홍 천 일
燕丹泣血虹穿日

추 연 함 비 하 락 상
鄒衍含悲夏落霜

금 아 실 도 환 사 구
今我失途還似舊

황 천 하 사 불 수 상
皇天何事不垂祥

연태자(燕太子) 단(丹)의 피어린 눈물, 무지개 되어 해를 뚫고,
추연(鄒衍)이 머금었던 슬픔, 여름에도 서리를 날린다
지금에 이르러서는 이내 시름도 그와 같구나,
황천(皇天)은 어찌하여 아무런 표시도 없단 말인가?

(語釋) ○憤怨詩(분원시)─분하고 원통하여 호소하는 시. ○燕丹(연단)─중국 전국시대 말기 연(燕)나라의 태자(太子) 단(丹). 진(秦)나라에 인질로 잡혀 있다가 풀려났는데 그 원수를 갚기 위해 자객(刺客) 형가(荊軻)를 진나라에 보내어 시황제(始皇帝)를 암살코자 했으나 실패했고 연나라는 멸망당한다. ○泣血(읍혈)─피눈물. ○虹穿日(홍천일)─무지개가 하늘을 찌르다. ○鄒衍(추연)─중국 전국시대 제(齊)나라의 사상가. 오행상생설(五行相生說)을 주장하였다. 추연(騶衍)이라 쓰기도 한다. ○含悲(함비)─슬픔을 머금다. ○還似舊(환사구)─옛날의 그 일들과 흡사하다. ○皇天(황천)─크고 넓은 하늘, 하느님. ○不垂祥(불수상)─표시를 내려주지 않는 것일까?

(解說)   신라 진성여왕(眞聖女王)이 정사를 어지럽히자 나라 사람들이

근심 걱정하던 끝에 은어(隱語)를 만들어 시중에 은거중인 왕거인(王居仁)의 소행이라며 그를 붙잡아다가 옥에 가두었다. 왕거인은 이 억울한 일을 시로 지어 하늘에 호소했던 바 갑자기 번개가 치며 천둥이 요란해져서 그는 처형을 면하게 되었다고 한다.

(作者) **왕거인**(王居仁) : ?~892. 신라 진성여왕(眞聖女王) 때의 은자(隱者).

동궁춘첩(東宮春帖)
── 고려(高麗) 김부식(金富軾)

서 색 명 루 각　　춘 풍 착 유 소
曙色明樓角　　春風着柳梢
계 인 초 보 효　　이 향 침 문 조
鷄人初報曉　　已向寢門朝

날이 밝으니 누대(樓臺) 머리 환하여지고,
버드나무 우둠지엔 봄바람이 하늘거리누나
순라군이 돌아가며 새벽을 알리는데,
어느덧 침문(寢門)에서는 아침 문안을 드리는구나

(語釋) ○東宮(동궁)─세자궁(世子宮). ○春帖(춘첩)─봄을 읊다. 봄에 붙이다. ○曙色(서색)─새벽이 훤하게 밝아오다. ○樓角(누각)─누대(樓臺). 다락머리. ○柳梢(유소)─버드나무의 우둠지. ○鷄人(계인)─옛날 궁중에서 시각을 알려주는 소임을 맡았던 관원. 또는 궁중을 경계하는 순라군. ○報曉(보효)─새벽을 알다. ○已向(이향)─이미 하고 있다. 어느덧 하고 있다. ○朝(조)─새벽 문안.

(解說)　시제(詩題)인 '동궁춘첩(東宮春帖)' 즉 '세자궁에서 봄을 읊음'이 말해주듯, 작자가 궁중에서 새벽을 맞으며 그 소감을 읊은 시이다. 뿌옇게 동이 터오자 봄바람이 버드나무 우둠지를 스쳐가는데 순라군은 새벽을 알리고 있다. 그런데 벌써 세자의 침실 문 앞에서는 세자궁의 나인들이 문안을 드리고 있다는 궁중 풍경을

잘 그려냈다. 옛날의 조회(朝會)는 임금님을 비롯하여 모든 고관
들이 새벽에 했었다. 동궁도 역시 새벽 일찍이 일어났던 것이다.

(作者) **김부식**(金富軾) : 1075~1151. 고려시대의 학자·정치가. 자
(字)는 입지(立之), 호는 뇌천(雷川)이며 숙종(肅宗) 때 과거에
급제했다. 인종(仁宗)의 명을 받아 1145년에《삼국사기(三國史
記)》를 찬(撰)했으며 묘청(妙淸)의 난을 평정하고 문하시중(門
下侍中)이 되었다. 시호는 문열(文烈)이다.

서보좌후장상(書黼座後障上)
—— 고려(高麗)　김인경(金仁鏡)

원 화 홍 경 수　　궁 류 벽 사 륜
園花紅鏡繡　　宮柳碧絲綸
후 설 천 반 교　　춘 앵 각 승 인
喉舌千般巧　　春鶯却勝人

동산의 꽃은 붉게 고운 수를 놓은 듯,
궁중의 버들은 치렁치렁 인끈 같은데
임금님께 아첨하는 무리들보다,
봄 꾀꼬리 변하는 게 차라리 낫지

(語釋)　○黼座(보좌)—수놓은 자리란 뜻인데 여기서는 보좌(寶座), 즉 임금님이 앉는 용상(龍床)을 가리킴.　○障(장)—장지문.　○喉舌(후설)—임금의 명령을 받아서 전하는 소임을 맡은 벼슬아치, 또는 임금의 총애를 받는 측근자.　○千般巧(천반교)—아첨을 하는 무리.

(解說)　작자가 고려 고종(高宗)의 용상 뒤에 있는 장지문에 쓴 시이다. 당시 고종의 총애를 받던 간신배들이 임금의 귀를 어둡게 하므로 임금에게 직간(直諫)하기 위해서 쓴 시라고 한다.

(作者)　**김인경**(金仁鏡) : ?~1236. 본관은 경주(慶州)이며 시호는 정숙(貞肅)이다. 명종(明宗) 때 문과에 급제했고 기거사인이 되었다. 최충(崔沖)을 따라 거란을 토벌했고 중서시랑평장사에 올랐다.

소상야우(瀟湘夜雨)

── 고려(高麗) 이제현(李齊賢)

풍엽노화수국추 　　　일강풍우쇄편주
楓葉蘆花水國秋　　一江風雨灑扁舟

경회초객삼경몽 　　　분여상비만고수
驚回楚客三更夢　　分與湘妃萬古愁

낙엽 지고 갈대꽃 핀 강촌에 가을이 오니,
한줄기 강바람에 빗줄기가 뱃전을 때리네
붙잡혀 온 나그네가 깊이 든 잠 깨어나서,
아황(娥皇) 여영(女英)의 만고 원한 생각해보네

(語釋)　○瀟湘(소상)―중국 호남성(湖南省)에 있는 동정호(洞庭湖)에 합류해서 흘러들어가는 소강(瀟江)과 상강(湘江). ○蘆花(노화)―갈대꽃. ○水國(수국)―강가에 있는 마을. ○一江風(일강풍)―한 줄기 강바람. ○灑(쇄)―뿌리다. ○楚客(초객)―붙들려온 나그네. ○三更夢(삼경몽)―한밤중의 꿈. 깊은 꿈. ○湘妃(상비)―아황(娥皇)과 여영(女英). 고대 중국 전설적 임금인 요(堯)임금의 두 딸이며 순(舜)임금의 아내들이다. 순임금이 남방을 순행하다가 창오산(蒼梧山)에서 죽으니, 아황과 여영이 순임금을 그리다가 눈물을 뿌리며 소상강에 빠져서 죽었는데 그후 소상강의 갈대가 그 피눈물의 자국으로 물들여져 소상 반죽(斑竹)이 되었으며 유명해졌다.

(解說)　제목 그대로 중국 소상강(瀟湘江)에 밤비가 내릴 때의 감회를

읊은 시이다. 작자는 당시 중국에 가있었는데 중대한 임무를 띠고 있었을 것이다. 붙잡혀온 나그네가 깊은 잠 깨어나서란 구절이 그것을 말해주고 있다. 작자의 우국충정의 정신이 잘 나타나 있는 시이다.

(作者)　　**이제현**(李齊賢) : 1287~1367. 고려시대의 문신(文臣)·학자. 자(字)는 중사(仲思), 호는 역옹(櫟翁), 1301년 문과에 급제하여 벼슬이 문하시중(門下侍中)에 이르렀다. 왕명으로 원(元)나라 연경(燕京)에 가서 요수염(姚燧閻)·조맹부(趙孟頫) 등과 교유하며 학문을 연구했다. 충선왕(忠宣王)이 원나라에 의해 서번(西蕃)으로 귀양갈 때 따라갔었다. 충혜왕(忠惠王) 때는 원나라에 가서 외교 절충에 성공한 바 있고 한림부원군(翰林府院君)에 피봉되기도 했다. 공민왕(恭愍王) 때는 우정승에 임명되었고 그후 정동성사(征東省事)를 지내다가 사직하였다.

과양구읍(過楊口邑)
── 고려(高麗) 원천석(元天錫)

파옥오상호　　　민도이역무
破屋烏相呼　　　民逃吏亦無

매년가폐막　　　하일득환오
每年加弊瘼　　　何日得歡娛

전속권호택　　　문련포악도
田屬權豪宅　　　門連暴惡徒

자유수가석　　　신고경하고
子遺殊可惜　　　辛苦竟何辜

허물어진 집터에는 까마귀가 서로 짖어대고,
백성들이 흩어졌으니 아전놈도 안 보이네
해마다 폐단으로 흩어짐이 더해갈 뿐이니,
어느 날에나 즐겁고 기쁜 일을 얻을 것인고
논밭은 세도가들의 차지가 되어 버리고,
문 앞에는 포학무도한 놈들만 줄지어 있네
어린것들은 보기에 불쌍하기만 한데,
괴롭고 쓰라린 것은 그 누구의 허물인고?

(語釋)　o烏相呼(오상호)-까마귀가 서로 지저귀다.　o民逃(민도)-백성들이 견디며 살기가 어려워서 도망치다.　o吏亦無(이역무)-아전들도 없다. 아전도 찾아오지 아니한다.　o弊瘼(폐막)-폐단으로 흩어진

다. ㅇ權豪宅(권호택)―권세 좋은 호족들. 권문세도가. ㅇ門連(문련)―문 앞에 즐비하게 줄지어 있다. ㅇ辛苦竟(신고경)―괴롭고 쓰라린 지경. ㅇ何辜(하고)―무슨 허물인가?

(解說) 가렴주구(苛斂誅求)로 말미암아 뿌리 박고 살던 터전을 버리고 백성들이 떠나 버린 폐허에는 까마귀 떼만 우짖고 있다. 어느 시대건 이런 폐단은 있게 마련이었지만 고려 말기에는 더욱 심했다. 작자는 양구(楊口) 땅을 지나면서 이 눈뜨고는 보기 어려운 광경을 애타는 마음으로 읊었다.

(作者) **원천석**(元天錫) : ?~?. 고려 말기의 은사(隱士). 자(字)는 자정(子正), 호는 운곡(耘谷). 고려의 정계가 문란한 것을 보고 치악산(雉岳山)에 들어가서 농사를 지으며 부모를 봉양하는 한편 이색(李穡) 등과 교유하면서 세상일을 개탄했다. 일찍이 이방원(李芳遠 : 조선조 太宗)을 가르친 일이 있어서 조선조 건국 후인 1400년 태종이 즉위하자 자주 불렀지만 응하지 않았다.

정부원(征婦怨)

── 고려(高麗) 정몽주(鄭夢周)

일 별 연 다 소 식 희   한 원 존 몰 유 수 지
一別年多消息稀   寒垣存沒有誰知

금 조 시 기 한 의 거   읍 송 귀 시 재 복 아
今朝始寄寒衣去   泣送歸時在腹兒

헤어진 지 몇 해인고, 소식조차 드무니,

수자리하는 임이 무사한 지 아는 사람 누구인고?

이제야 처음으로 핫옷을 꾸려 보내면서,

눈물짓고 하는 말이 태중(胎中)이라 전해 주오

(語釋) ○征婦怨(정부원)─출정(出征)한 남자의 부인이 원한에 맺혀 읊은 시(詩)란 뜻. ○一別(일별)─한 번 이별하다. ○年多(연다)─여러 해. ○消息稀(소식희)─소식이 드물다. ○寒垣(한원)─추운 담장, 여기서는 북방 국경의 경비에 임하는 이른바 수자리하는 것을 뜻한다. ○存沒(존몰)─살아 있는지 죽었는지. 즉 무고한지. ○有誰知(유수지)─아는 사람 누구인가? 누가 알았는가? ○始寄(시기)─처음으로 맡기다. 여기서는 처음으로 보낸다는 뜻이다. ○寒衣(한의)─솜을 두어 만든 겨울옷, 핫옷. ○泣送(읍송)─눈물을 지으면서 보내다. ○在腹兒(재복아)─배 속에 아이가 있다. 즉 수태중이다.

(解說) 먼 북방의 국경에서 수자리하는 남편에게 솜옷을 만들어 보내면서 한(恨)에 맺힌 아내가 읊은 시이다. 출정(出征)한 남편과

집을 지키고 있는 아내는 예로부터 시의 소재로 많이 다루어졌었
다. 이 시 역시 그리워하면서도 원망에 찬 아내의 넋두리를 읊은
시이다.

(作者) **정몽주**(鄭夢周) : 1337~1392. 자(字)는 달가(達可), 호는 포
은(圃隱), 본관은 연일(延日)이다. 초명(初明)은 몽란(夢蘭), 영
천(永川) 출신이다. 1357년 감시(監試)에 합격하고 1360년 문과
에 장원으로 급제했다. 고려 말 삼은(三隱)의 한 사람이다. 공민
왕(恭愍王) 때 성균관학감(成均館學監)으로 있으면서 오부학당
(五部學堂)을 세워 후진을 가르치고 향교(鄕校)를 베풀어서 유
학(儒學)을 크게 진흥시키는 한편 성리학(性理學)의 기초를 세
웠다.

조준(趙浚)·정도전(鄭道傳) 등이 이성계(李成桂)를 왕으로
추대하려는 음모가 있음을 알고 이들을 제거하려고 하다가 이방
원(李芳遠 : 조선조 太宗)이 보낸 자객 조영규(趙英珪)에게 선죽
교(善竹橋)에서 피살되었다. 저서에 《포은집(圃隱集)》이 있다.

등백운봉(登白雲峰)
—— 조선(朝鮮) 이성계(李成桂)

인 수 반 라 상 벽 봉
引手攀蘿上碧峰

일 암 고 와 백 운 중
一庵高臥白雲中

약 장 안 계 위 오 토
若將眼界爲吾土

초 월 강 남 기 불 용
楚越江南豈不容

댕댕이 덩굴을 휘어잡으며 상봉(上峰)에 올라가니,
암자 한 채, 구름 속에 덩그러니 서 있도다
눈에 들어오는 땅이 만약 장차 내 땅이 된다면,
초(楚)·월(越) 강남(江南)인들 아니 넣고 어쩌리

(語釋) ㅇ登白雲峰(등백운봉)—삼각산(三角山) 백운봉에 올라. ㅇ攀蘿(반라)—댕댕이 덩굴. 다년초(多年草)의 일종임. ㅇ上碧峰(상벽봉)—상상봉에 오르다. ㅇ高臥(고와)—높이 눕다. ㅇ若(약)—만약에, 만일. ㅇ將(장)—장차, 장래에. ㅇ眼界(안계)—눈앞에 들어오다. ㅇ爲吾土(위오토)—내 땅이 되다. ㅇ楚越(초월)—중국 춘추시대(春秋時代) 때의 초나라와 월나라. ㅇ豈不容(기불용)—어찌 아니 넣겠는가? 어찌 아니 안기겠는가?

(解說) 조선조(朝鮮朝)를 건국한 태조(太祖) 이성계(李成桂)가 삼각산(三角山) 백운봉에 올라가서 그의 포부를 읊은 시이다. 고려조(高麗朝)를 무너뜨리고 조선조를 개국한 연후에 쓴 시로서 초나

라와 월나라 등 중국 강남 땅 모두를 손아귀에 넣고 싶다는 야망을 불태우고 있는 그의 의욕을 엿볼 수 있다.

作者 **이성계**(李成桂) : 1335~1408. 재위(在位) 1392~1398년. 함경도 영흥(永興) 사람으로서 무예(武藝)에 뛰어났었다. 여진족(女眞族)과 왜구(倭寇) 토벌에 큰 공을 여러 차례나 세우고 중추(中樞)에 참여하는 요직에 올랐다. 1388년 고려가 원(元)나라를 돕기 위해, 요동(遼東)을 점령하고 있는 명(明)나라 군사를 공격할 목적으로 군사를 동원했을 때, 이성계는 우군도통사(右軍都統使)가 되어 출병했는데 위화도(威化島)에서 회군(回軍)하여 친원파(親元派)를 일소하는 한편 우왕(禑王)을 폐위시키고 창왕(昌王)을 세운 다음 '친명정책(親明政策)'을 선언했다. 이어서 그 다음해에는 창왕을 폐위하고 공양왕(恭讓王)을 세웠으며 스스로 삼군도총제사(三軍都摠制使)가 되었다가 1392년 드디어 군신(群臣)에게 추대되어 조선조를 개국했다. 그후 집권 6년만에 왕자들의 권력 다툼에서 떠나 함경도에 오래 있었으며 불교에 귀의하여 여생을 보냈다. 건국 이념을 불교 배척, 유교 숭상, 농본주의(農本主義)로 삼아서 조선조 5백 년 동안의 근본정책이 되게 하였다. 그밖에도 관제(官制)의 정비, 병제(兵制)와 전제(田制)의 재조정 등 초기 국가의 기틀을 다지는 업적을 이룩했다.

사인증사의(謝人贈蓑衣)
── 조선(朝鮮) 하위지(河緯地)

남아득실고유금   두상분명백일림
男兒得失古猶今   **頭上分明白日臨**
지증사의응유의   오호연우호상심
持贈蓑衣應有意   **五湖煙雨好相尋**

사나이가 해야 할 일은 예나 지금이나 같거니와,
햇빛처럼 뚜렷한 길, 머리 위에 있도다
도롱이를 가져다 준, 그 뜻이 있으려니,
오호(五湖)의 안개 속에서 함께 즐기자는 것이겠지요

(語釋) ㅇ謝人贈蓑衣(사인증사의)─도롱이 준 사람에게 사례하다. ㅇ蓑衣
(사의)─도롱이. 짚이나 띠풀 따위로 엮어서 어깨에 걸쳐 입는 비옷
의 일종. ㅇ古猶今(고유금)─예나 지금이나 한 가지이다. ㅇ白日臨
(백일림)─햇빛이 임하다. 햇빛처럼 뚜렷하다. ㅇ持贈(지증)─가지
고 와서 주다. ㅇ應有意(응유의)─응당 뜻이 있다. 당연히 뜻이 있
다. ㅇ煙雨(연우)─안개와 비. 안개비. ㅇ好相尋(호상심)─서로 찾
음을 즐기다. 서로 만나서 놀자.

(解說) 도롱이를 준 사람, 즉 초야(草野)에 묻히기를 권하는 사람에게
감사해서 쓴 시이다. 어떤 사람이 도롱이를 보냈다. 그것은 험난
한 세상에서 위태롭게 살지 말고 한가로운 초야에 묻히어 자연
을 즐기면서 살자는 뜻이다. 그러니 작자 하위지는 그 고마움을

느끼는 한편 임금, 즉 단종(端宗)을 충성으로 모시는 자가 많아
야 함을 뚜렷하게 토로하고 있다.

(作者) **하위지**(河緯地) : 1387~1456. 사육신(死六臣)의 한 사람. 자
(字)는 천장(天章). 호는 단계(丹溪)이며 본관은 진주(晋州)이다.
세종(世宗) 때 문과(文科)에 급제하여 집현전(集賢殿) 경연(經
筵)에서 왕을 모시고 경전(經典)을 강의하는 등, 임금의 학문에
많은 도움을 주었다. 수양대군(首陽大君)이 단종(端宗)을 폐위
하고 왕위를 찬탈하자 벼슬을 내놓고 선산(善山)으로 내려가 초
야에 묻혀 살았는데 수양대군이 즉위한 다음 예조참판(禮曹參
判)의 벼슬을 내렸다. 그는 마지못해 부임했으나 녹을 먹는 것을
부끄러워하여 받는 대로 별실(別室)에 쌓아두었다고 한다. 1456
년 사육신의 변이 일어나자 세조(世祖 : 수양대군)는 그의 재주
를 아끼어 몰래 그에게 모의 사실을 고백하면 살려주겠다고 했
지만 하위지는 이미 반역죄에 몰린 이상 무엇을 고백하겠느냐며
끝내 성삼문(成三問) 등과 함께 거열형(車裂刑)에 처해졌다.

문영월흉보(聞寧越凶報)
── 조선(朝鮮) 양녕대군(讓寧大君)

용 어 귀 하 처　　수 운 기 월 중
龍御歸何處　　愁雲起越中

공 산 십 월 야　　통 곡 소 창 궁
空山十月夜　　痛哭訴蒼穹

임금님은 어디로 가셨는고,
구름은 시름인 양 영월(寧越)에서 떠오르고
쓸쓸한 가을밤 밤을 새워 가면서,
하느님께 호소하며 통곡하였소

語釋　○龍御(용어)─임금님. 여기서는 단종(端宗)을 가리킴. ○愁雲(수운)─구름이 슬픔인 것처럼. ○越(월)─영월(寧越). 단종은 이곳에서 변을 당하였다. ○蒼穹(창궁)─창공(蒼空), 하늘, 여기서는 하느님.

解說　단종(端宗)이 변을 당하여 영월에서 승하했다는 비보(悲報)를 접하고 가눌 수 없는 슬픔을 토로한 시이다. 단종은 12세 때 왕위에 올랐으나 숙부인 수양대군(首陽大君)에게 왕위를 빼앗기고 노산군(魯山君)으로 강봉되어 영월에 유배되었다가 역시 수양대군[世祖]이 내린 사약을 받고 죽음을 당했다.

作者　**양녕대군**(讓寧大君) : 1394~1462. 조선조 태종(太宗)의 장

남이며 처음에는 세자(世子)로 책봉되었는데 그 아우 충녕대군
(忠寧大君)이 성덕(聖德)이 있고 또 부왕(父王)의 뜻이 충녕대
군에게 왕위를 물려줄 뜻이 있음을 알고는 미친사람 노릇을 하
며 세자 자리를 사양했다. 세상에서는 그를 태백(泰伯)의 지덕
(至德)이 있다 했으며 후일 세종묘정(世宗廟庭)에 배향(配享)했
고 시호는 강정(剛靖)이다.

몽중작(夢中作)
—— 조선(朝鮮) 세종대왕(世宗大王)

우요교야민심락
雨饒郊野民心樂

일영경도희기신
日暎京都喜氣新

다황수운유적루
多黃雖云由積累

지위오군신궐신
只爲吾君愼厥身

풍요로운 비 들에 가득, 백성들 마음 즐겁고,
서울에 상서로운 햇빛 비치니 기쁜 일이로다
비록 창황한 일들이 쌓여 있다고 하지만,
나라에는 밝은 정치 있어야 하지

(語釋) ○夢中作(몽중작)—꿈속에서 지은 시란 뜻. ○雨饒(우요)—풍요로운 비. 풍년들게 하는 비. ○日暎(일영)—햇빛이 비치다. ○京都(경도)—도읍, 서울. ○多黃(다황)—창황(蒼黃). 어떻게 할 겨를도 없이 다급한 것.

(解說) 꿈속에서 지은 시란 제목이지만 실은 그렇게 되어지기를 갈망하는 내용의 시이다. 국태민안(國泰民安)을 바라는 꿈이 어서 이루어지기를 바라는 성군(聖君)의 뜻이 담겨져 있다.

(作者) **세종대왕**(世宗大王) : 1397~1450. 조선조 제4대 왕. 태종(太宗)의 3남(三男)으로 22세 때 즉위했고 54세에 승하하여, 재

위 32년이다. 성군으로 추앙되기에 충분한 업적을 많이 남겼는데
그 중에서도 세종 28년, 즉 1443년에 제정 반포한 훈민정음(訓
民正音)은 업적 중 으뜸이라 하겠다.

남포(南浦)

── 조선(朝鮮) 김종서(金宗瑞)

송 객 강 두 별 한 다   관 현 처 단 불 성 가
送客江頭別恨多   **管絃凄斷不成歌**

천 교 풍 백 저 정 패   일 석 대 동 생 만 파
天敎風伯阻征斾   **一夕大同生晩波**

강 머리에서 임을 보내자니 서러움도 많고,

이별곡도 목이 메어 끊어질 듯, 이어질 듯하누나

하느님 비바람 내리게 하시어 출정하는 군기(軍旗)를 멈추게
하소서,

오늘 밤만이라도 대동강 물에 파도 일게 하시오소서

(語釋) ㅇ南浦(남포) ─ 대동강(大同江) 남쪽의 포구. ㅇ送客(송객) ─ 손님
을 보내다. 임을 보내다. ㅇ江頭(강두) ─ 강가. 강 머리. ㅇ恨多(한
다) ─ 설움이 많다. ㅇ管絃(관현) ─ 관악기와 현악기. 여기서는 이별
곡이란 뜻으로 풀었다. ㅇ凄斷(처단) ─ 이어질 듯, 끊어질 듯. ㅇ不成
歌(불성가) ─ 노래가 되지 아니한다. ㅇ天敎(천교) ─ 하느님, ……하
여 주시옵소서. ㅇ風伯阻征斾(풍백저정패) ─ 비바람이 일어 출정(出
征)하는 군기(軍旗)를 멈추게 하다. 정패(征斾)는 진군(進軍)할 때
들고 가는 군기이다. ㅇ生晩波(생만파) ─ 밤에 파도가 일다.

(解說)   대동강 남쪽 포구에서 소감을 읊은 시이다. 조선조 개국 이후
북방의 국경지대를 튼튼하게 하고 육진(六鎭)을 설치한 일명(一

名) 호랑이 장군으로 불렸던 김종서이지만 이렇게 따뜻한 인정
이 있었나 하고 고개를 갸우뚱하게 하는 서정시이다.

(作者)   **김종서**(金宗瑞) : 1405~1453. 자(字)는 국경(國卿), 호는 절
재(節齋). 야인(野人)들의 북방 변경 침입을 격퇴했고, 육진(六
鎭)을 설치하여 두만강(豆滿江)을 경계로 국경을 확정했다.《고
려사(高麗史)》의 개찬(改撰)과《고려사절요(高麗史節要)》의 편
찬을 총괄했다. 단종(端宗)이 즉위하자 좌의정(左議政)이 되어
어린 왕을 보필했는데 수양대군(首陽大君)의 찬탈(簒奪) 때 수
양대군에 의해 격살(擊殺)당했다.

위함길도절도사작(爲咸吉道節度使作)
── 조선(朝鮮) 유응부(兪應孚)

장 군 지 절 진 융 변　　　사 새 진 청 사 졸 면
將軍持節鎭戎邊　　沙塞塵晴士卒眠

준 마 오 천 시 류 하　　　호 응 삼 백 좌 루 전
駿馬五千嘶柳下　　豪鷹三百坐樓前

장군기(將軍旗) 높이 꽂고 오랑캐를 진압하니,
티끌 벗어진 변방(邊方)에서 낮잠자는 병사들이라
좋은 말 5천 필 잘 먹여서 버드나무 아래에 매어두고,
사냥매 3백 마리 길들였더니 누각 앞에 앉아 있다

(語釋) ㅇ爲咸吉道節度使作(위함길도절도사작)─함길도(咸吉道)의 절도사
가 되어. 절도사는 병마절도사(兵馬節度使)로서 각 도의 병마를 지
휘하는 종2품의 무관(武官). ㅇ持節(지절)─절(節)을 가지고 절
(節)이란 왕명(王命)을 받는 장군이 신표(信標)로 임금에게서 받는
기(旗). 여기서는 깃발을 가지고로 번역했다. ㅇ鎭戎邊(진융변)─국
경의 오랑캐를 진압하다. ㅇ沙塞塵晴(사새진청)─티끌이 멎은 변방.
ㅇ士卒眠(사졸면)─병사(兵士)들이 잠을 자다. ㅇ嘶柳下(시류하)─
버드나무 아래에 매어두다. ㅇ豪鷹(호응)─사냥하는 매. ㅇ坐樓前
(좌루전)─누각 앞에 앉아 있다.

(解說)   작자(作者) 유응부(兪應孚)가 함길도(咸吉道), 즉 함경도(咸
鏡道) 병마절도사로 부임하고, 느낀 소감을 읊은 시이다. 변방을

철저히 수비하는 데 만전을 기한 다음, 그 소회(所懷)를 적은 시
로서 사냥매까지 길러 놓았으니, 병사들이 편안하게 쉴 수 있다
고 그는 읊고 있다.

(作者)   **유응부**(兪應孚) : ?~1456. 사육신(死六臣)의 한 사람. 자
(字)는 신지(信之) 또는 선장(善長), 호는 벽량(碧梁), 본관은
기계(杞溪)이다. 문종(文宗) 때 벼슬이 부총관(副總管)에 올랐으
며 세조(世祖 : 수양대군)가 즉위하던 해인 1455년 동지중추원
사(同知中樞院事)에 올랐다. 성삼문(成三問) 등과 단종(端宗)
복위를 도모하다가 붙잡혔는데 끝까지 불복하다가 사형을 당했
다. 유학(儒學)에도 조예가 깊었으며 궁술(弓術)에 뛰어났다. 시
조 3수가 전하며 시호는 충목(忠穆)이다.

함흥(咸興)

── 조선(朝鮮) 유성원(柳誠源)

백 산 공 해 마 천 령
白山拱海摩天嶺

흑 수 횡 곤 두 만 강
黑水橫坤豆滿江

차 지 이 후 비 기 처
此地李侯飛騎處

잉 간 호 로 자 래 항
剩間胡虜自來降

백두산 바다 끼고 하늘 높이 솟았는데,
두만강 가로질러 오랑캐 땅 사이했네
이 땅은 이왕조(李王朝)가 싸워서 빼앗은 곳,
필경 오랑캐들도 저절로 항복했다오

(語釋) ○白山(백산) ─백두산(白頭山). ○拱海(공해) ─바다를 끼다. ○摩天嶺(마천령) ─하늘 높이 솟은 봉우리. ○黑水(흑수) ─오랑캐 땅의 강. ○橫坤(횡곤) ─땅을 가로지르다. ○此地(차지) ─이 땅. ○李侯(이후) ─이왕조(李王朝). 즉 이성계(李成桂)가 창건한 왕조. ○飛騎處(비기처) ─말을 달리어 나가 싸워서 얻은 곳. ○剩間(잉간) ─더구나. 필경. ○胡虜(호로) ─오랑캐. ○自來降(자래항) ─스스로 찾아와서 항복함.

(解說) 작자 유성원(柳誠源)이 함흥(咸興) 땅에 갔을 때 느낀 소회를 읊은 시이다. 작자는 함흥에서 조선왕조의 위업과 강산의 아름다움을 노래하고 있다. 이 함흥, 즉 함경도(咸鏡道) 땅은 고려조(高麗朝) 말까지 우리나라의 영토가 아닌 오랑캐의 영토였었던

것이다.

(作者)　　**유성원**(柳誠源) : ?~1456. 사육신(死六臣)의 한 사람. 자(字)
는 태초(太初), 호는 낭간(琅玕). 본관은 문화(文化)이다. 집현전
(集賢殿) 학자로 세종(世宗)의 총애를 받았는데 세조(世祖 : 수
양대군)가 즉위한 다음 성삼문(成三問) 등과 단종(端宗) 복위를
꾀하다가 탄로나자 스스로 목숨을 끊었다. 시조 1수가 《가곡원류
(歌曲源流)》에 전하며 시호는 충경(忠景)이다.

정부연(政府宴)

── 조선(朝鮮) 박팽년(朴彭年)

묘정심처동애사　　만사여금총부지
廟庭深處動哀絲　　萬事如今摠不知

유록동풍취세세　　화명춘일정지지
柳綠東風吹細細　　花明春日正遲遲

선왕대업추금궤　　성주심은도옥치
先王大業抽金匱　　聖主深恩倒玉巵

불락하위장불락　　갱가취포태평시
不樂何爲長不樂　　賡歌醉飽太平時

궁정에서 들려오는 풍악소리 처량도 하다,
세상일이 이렇게 되니 마음이 아프오
실버들 시름에 겨워 하늘거리고,
봄날에 꽃들은 피어나누나
가신 성왕의 거룩한 뜻 자취 감추고,
성군(聖君)의 깊은 은혜 깨어졌으니
처량한 이내 심사 오래지 않소,
태평시에 임 모시고 노래할 것을

(語釋)　ㅇ政府宴(정부연)－정부에서 베푸는 잔치. ㅇ廟庭(묘정)－궁정 안의 뜰. ㅇ動哀絲(동애사)－관현악기의 소리가 처량하다. ㅇ如今(여금)－지금처럼 되다. 이렇게 되다. ㅇ摠不知(총부지)－모두가 몰랐다.

○柳綠(유록)—푸른 버들. ○風吹(풍취)—바람이 불다. ○花明春日 (화명춘일)—봄날에 꽃이 피다. ○正遲遲(정지지)—늦게 피다. ○抽 金匱(추금궤)—여기서는 자취를 감춘다는 뜻임. ○倒玉巵(도옥치)— 깨어지다. ○不樂(불락)—즐겁지 않다. ○長不樂(장불락)—오래도록 즐겁지 아니하다. ○賡歌(갱가)—님과 함께 시가(詩歌)를 읊조리다. ○醉飽(취포)—술에 취하고 음식에 물리다.

(解說) 수양대군(首陽大君)이 단종(端宗)을 몰아내고 왕위에 오르자 그의 추종자들은 궁정 안에서 잔치를 베풀었다. 작자 박팽년은 그 잔칫자리에서 들려오는 소리를 듣고 미어지는 가슴을 억제할 길이 없어 그 슬픔을 읊은 시이다. 박팽년은 자결(自決)하려다가 성삼문(成三問)의 만류로 자결하지 않았고 이 자리에 참석했다 고 한다. 끓어오르는 비분(悲憤)과 앞으로 단종을 복위시킨 다음 에 우리도 이 이상의 잔치를 벌여보자는 뜻이 암시되어 있다.

(作者) **박팽년**(朴彭年) : 1417~1456. 사육신(死六臣)의 한 사람. 자 (字)는 인수(仁叟), 호는 취금헌(醉琴軒). 본관은 순천(順川)이 다. 집현전(集賢殿) 학자로서 세조(世祖 : 首陽大君)가 즉위한 후 충청도관찰사(忠淸道觀察使)로 나갔으나 조정에 올리는 글에 신(臣)이란 칭호를 쓴 적이 없었다. 그후 형조참판(刑曹參判)에 까지 올랐는데 성삼문(成三問) 등과 단종(端宗) 복위를 도모하 다가 아버지·동생·아들 등과 함께 사형당했다. 시호는 충정(忠 正)이다.

임사절필(臨死絶筆)

── 조선(朝鮮) 이개(李塏)

우정 중 시 생 역 대   홍 모 경 처 사 환 영
禹鼎重時生亦大   鴻毛輕處死還榮

명 발 불 매 출 문 거   현 릉 송 백 몽 중 청
明發不寐出門去   顯陵松栢夢中靑

짊어진 일 하려는데 그 삶은 크기만 하네,
임을 위해 죽을 때에는 목숨이 터럭이다
오매에도 잊지 못하는 가신 임 그 모습을,
마지막 짓밟으면서 길이 품고 가는구나

(語釋) ○臨死絶筆(임사절필)─죽을 때 쓴 마지막 시. ○禹鼎重時(우정중시)─짊어진 무거운 일을 하다. ○生亦大(생역대)─삶이 역시 크다. ○鴻毛輕處(홍모경처)─터럭처럼 가볍다. ○明發不寐(명발불매)─또렷하여 잊혀지지 않는다. ○出門去(출문거)─문을 나서서 떠나다. ○顯陵(현릉)─단종(端宗)의 아버지인 문종(文宗)의 능묘(陵墓). 여기서는 문종이 고명(顧命)한 말을 상징하고 있다. ○夢中靑(몽중청)─꿈속에서도 푸르르다. 즉 기억이 역력하다.

(解說) 작자(作者) 이개(李塏)가 단종(端宗)을 생각하며 죽기 전에 마지막으로 읊은 시이다. 문종(文宗)은 일찍이 조회를 끝내고 경연(經筵)을 마친 다음, 여러 신하들에게 어린 세자(단종)를 잘 보살펴 달라고 간곡히 부탁한 적이 있다. 작자는 죽음을 앞두고

그 일이 더욱 생생하게 떠올라서 이 시를 쓰며 애처로워했다고
한다.

(作者) **이개**(李塏) : 1417~1456. 사육신(死六臣)의 한 사람. 자(字)
는 청보(淸甫), 호는 백옥헌(白玉軒), 본관은 한산(韓山)이다.
훈민정음(訓民正音)의 창제에 참여했고 직제학(直提學)까지 지
냈다. 1456년(세조 2년) 단종(端宗) 복위를 도모하다가 발각되
어 처형당했다. 시호는 충간(忠簡)이다.

제이제묘(題夷齊廟)
── 조선(朝鮮) 성삼문(成三問)

당년고마감언비
當年叩馬敢言非

대의당당일월휘
大義堂堂日月輝

초목역점주우로
草木亦霑周雨露

괴군유식수양미
愧君猶食首陽薇

그 당시 말고삐를 잡고 달리던 자가 누구인고?

옳았던 그 일, 높고높아 마치 해와 달처럼 당당했다

아무리 푸나무인들 주(周)나라의 우로(雨露)를 먹고 자란 것일

진대,

그대여, 부끄럽지 않은가? 수양산(首陽山)의 고사리 먹은 것이

(語釋) ○題夷齊廟(제이제묘)―백이(伯夷)・숙제(叔齊)의 사당에서 느낀
소감을 읊은 시. ○叩馬(고마)―말을 두드리다. 말을 때리다. 여기서
는 말고삐를 잡다로 번역했다. ○敢言非(감언비)―잘못되었음을 말
로 타이르다. ○大義堂堂(대의당당)―대의명분(大義名分)이 뚜렷하
다. ○日月輝(일월휘)―해와 달처럼 비치다, 해와 달처럼 당당하다.
○亦霑(역점)―역시 젖다. 역시 먹고 자라났다. ○周雨露(주우로)―
주(周)나라의 비와 이슬. ○愧(괴)―부끄럽다. ○君(군)―그대. ○猶
食(유식)―먹기를 도모하다. 즉 먹다. ○首陽薇(수양미)―수양산(首
陽山)의 고사리.

(解說) 백이・숙제의 사당 앞을 지나가면서 작자가 자기 충성심을 읊

은 시이다. 백이·숙제는 중국 은왕조(殷王朝) 때 제후국(諸侯國)인 고죽국(孤竹國)의 두 왕자였다. 청렴결백했던 이 형제는 고죽군(孤竹君)이 왕위를 물려주려고 할 때, 서로 양보하다가 결국에는 둘 다 왕위에 오르지 못했다.

그후 주(周)나라에서 노인의 대접을 잘 해준다하여 주나라에 가 있었는데 주무왕(周武王)이 은나라를 치기 위해 군사를 일으키자 백이·숙제는 주무왕의 말고삐를 잡고 '신하로서 임금을 치는 것은 할 일이 못됩니다'라며 극구 간언했다. 그러나 주무왕은 그들의 말을 듣지 아니하고 은나라 주왕(紂王)을 쳐서 마침내 멸망시켰다.

백이·숙제는 '의로운 사람은 주나라 곡식을 먹지 않는다'라며 수양산에 들어가서 고사리를 캐먹다가 굶어 죽고 말았다. 작자 성삼문은 훈민정음(訓民正音) 창제 때 그 음운(音韻)을 조사 연구하기 위하여 당시 요동(遼東) 땅에 귀양가 있던 황찬(黃瓚)을 만나러 그곳을 열세 번이나 다녀온 바 있다.

그때 요동에 세워져 있는 백이·숙제의 사당에 들렀다가 이 시를 지었던 것이다. 백이·숙제의 충성, 그러나 고사리 캐먹은 일을 부끄러운 일로 규정한 성삼문은 그후 세조찬탈(世祖簒奪) 때, 그 절개를 굽히지 아니하고 거열형(車裂刑)를 받고 죽어갔다. 성삼문의 명시인 〈수형시(受刑時)〉를 보면 이 〈제이제묘(題夷齊廟)〉의 시를 쓴 작자의 고결한 정신을 한층 더 이해할 수 있겠다.

(作者) **성삼문**(成三問) : 1418~1456. 자(字)는 근보(謹甫), 호는 매죽헌(梅竹軒)이다. 세종(世宗) 때부터 집현전(集賢殿) 학사(學士)로 정인지(鄭麟趾) 등과 함께 훈민정음(訓民正音) 창제(創制)에 참여했다.

특히나 훈민정음의 음운(音韻)을 조사 연구하기 위하여 요동(遼東)에 귀양가 있던 황찬(黃瓚)에게, 열세 번이나 다녀왔었다는 이야기는 유명하다. 단종의 복위운동에 참여했다가 거열형(車裂刑)에 처하여 죽음을 당했다. 영조(英祖) 때 이조판서(吏曹判書)에 추증되었고 시호는 충문(忠文)이다.

수형시(受刑時)

── 조선(朝鮮) 성삼문(成三問)

격 고 최 인 명
擊鼓催人命   回頭日欲斜
황 천 무 일 점   금 야 숙 수 가
黃泉無一店   今夜宿誰家

북소리 둥둥둥, 이내 목숨 재촉하는데,
고개를 돌려 바라보니, 서산에 해는 지려 하네
저승으로 가는 길에는 주막이 하나도 없다거늘,
오늘 밤에는 누구네 집에서 묵고 가야 하나?

(語釋) ○受刑時(수형시)─참형(斬刑)이 집행될 때. ○擊鼓(격고)─북을 치다. ○催人命(최인명)─목숨을 재촉하다. ○回頭(회두)─고개를 돌리다. ○日欲斜(일욕사)─해가 넘어가려고 하다. 해가 비껴 있다. ○無一店(무일점)─주막이 하나도 없다. ○宿誰家(숙수가)─누구네 집에서 자고 간단 말인가?

(解說)   사육신(死六臣)의 한 사람인 작자 성삼문이 형장(刑場)으로 끌려가면서 읊었다는 유명한 시이다. 조선조(朝鮮朝) 5대 임금인 문종(文宗)은 젊은 나이에 세상을 떠났다. 그때 문종은 불과 열두 살이던 세자(世子)를 중신들에게 부탁하는 고명(顧命)을 남겼다. 이 문종에게는 수양대군(首陽大君)을 비롯하여 안평대군(安平大君)·금성대군(錦城大君) 등 여러 동생들이 있었다. 문

종은 동생들에게도 어린 조카를 잘 받들며 보필하라는 부탁의 말을 하였다.

그러나 한명회(韓明澮)·권람(權擥) 등의 부추김을 받은 수양 대군은 선왕조(先王朝)의 중신이었던 김종서(金宗瑞)를 죽이고 단종(端宗)을 내쫓은 다음 자신이 왕위에 오른다. 이른바 세조찬탈(世祖簒奪)이다. 성삼문(成三問)·유응부(兪應孚) 등 당시의 충신들은 기회를 엿보아 단종을 복위시키려고 했으나 마침내 그 계획이 사전에 누설되어 수양대군의 손에 의해 참형(斬刑)을 당하게 된다. 그 중에서도 대표적인 여섯 사람의 처형자가 사육신(死六臣)이다. 성삼문은 처형당하러 가는 도중에 이 시를 지었다고 한다. 그의 붉은 충성심과, 죽음에 의연했던 자세를 엿볼 수 있는 명시(名詩)이다. '회두일욕사(回頭日欲斜)'가 '서풍일욕사(西風日欲斜)'로 되어 있는 문헌도 있다.

(作者) **성삼문**(成三問) : 117쪽 참조.

위천어조도(渭川魚釣圖)

── 조선(朝鮮) 김시습(金時習)

풍 우 소 소 불 조 기
風雨蕭蕭拂釣磯

위 천 어 조 식 망 기
渭川魚鳥識忘機

여 하 노 작 응 양 장
如何老作鷹揚將

공 사 이 제 아 채 미
空使夷齊餓採薇

비바람 쓸쓸하게 낚시하는 강가에 부는데,
위수(渭水)의 어조(魚鳥)들은 기(氣)를 잃었구나
어이하여 늙은 태공(太公) 무용(武勇)을 떨치어,
부질없게도 백이(伯夷) 숙제(叔齊)를 고사리 캐먹다 죽게 했나

(語釋) ○渭川(위천)─위수(渭水). 중국 위수분지(渭水盆地)를 동서방향으로 흐르는 황하(黃河)의 대지류(大支流). 은(殷)나라 말기 태공망(太公望) 여상(呂尙)이 이곳에서 낚시질을 하다가 주문왕(周文王 : 당시는 西伯 昌)을 만나 주나라가 은나라를 타도하고 천자국(天子國)이 되는 데 큰 공헌을 했다. ○魚釣圖(어조도)─낚시하는 그림. ○釣磯(조기)─낚시터. ○識忘機(식망기)─기를 잃다. 정신이 없다. ○鷹揚(응양)─위엄이나 무용(武勇)을 드날리다. ○空使(공사)─쓸데없는 짓을 하다. 부질없다. ○夷齊(이제)─백이(伯夷)와 숙제(叔齊). 고죽국(孤竹國)의 왕자들로서 서로 왕위계승을 양보하다가 서백창(西伯昌)이 노인 대우를 후하게 한다는 소문을 듣고 찾아간다. 해설 참고. ○餓採薇(아채미)─고사리를 뜯어 먹으면서 연명하다가 굶어 죽다.

(解說)　세조(世祖)가 왕위를 찬탈했을 때 생육신(生六臣)의 한 사람이었던 작자가 태공망(太公望) 여상(呂尙)을 원망한 시이다. 어석(語釋)에서도 언급한 것처럼 태공망 여상은 주문왕(周文王)의 군사(軍師)로 있다가 그가 죽고 무왕(武王)이 즉위하자 계속 군사로서 은(殷)나라의 폭군 주왕(紂王)을 정벌하는 데 큰 공을 세운다. 이때, 의인(義人)이었던 백이와 숙제는 무왕의 수레채를 붙잡고 "부왕(父王)의 상중에 정벌을 나서는 것은 불효요, 제후국(諸侯國)으로서 천자국(天子國)을 치는 것은 불충(不忠)"이라며 개전(開戰)하지 말 것을 간곡히 간했다. 무왕의 군사들이 백이·숙제를 베려고 하자 여상은 "안돼! 그분들은 의인이다"라며 만류하여 무사했다. 그러나 무왕은 끝내 은나라 정벌에 나섰고 백이·숙제는 '주(周)나라의 녹은 먹을 수 없다'며 수양산(首陽山)에 들어가 고사리를 캐서 연명하다가 종래는 굶어 죽고 말았다.

　작자는 태공망 여상이 늙은 나이에 부질없이 무공(武功)을 떨치어 결과적으로 의인인 백이·숙제를 굶어 죽게 만들었다고 한탄했는데 이는 세조가 단종을 내쫓고 왕위를 찬탈한 사건을 은연중에 비방한 것이다.

(作者)　**김시습**(金時習) : 1435~1493. 조선시대의 학자. 자(字)는 열경(悅卿), 호는 매월당(梅月堂), 또는 동봉(東峰). 생육신(生六臣)의 한 사람이다. 세조 찬탈 후로 삭발을 하고 승려가 되어 방랑생활을 했으며, 우리나라 최초의 한문 소설인 《금오신화(金鰲神話)》를 썼고 저서에 《매월당집(梅月堂集)》이 있다.

북정시작(北征時作)

── 조선(朝鮮) 남이(南怡)

백 두 산 석 마 도 진   두 만 강 수 음 마 무
白頭山石磨刀盡   **豆滿江水飮馬無**

남 아 이 십 미 평 국   후 세 수 칭 대 장 부
男兒二十未平國   **後世誰稱大丈夫**

백두산에 있는 돌은 칼을 갊으로써 닳아 없어지게 하고,
두만강 물은 말이 마심으로써 모두 마르게 하리라
사나이 나이 20세에 나라의 근심거리를 평정하지 못한다면,
후세에 그 누가 대장부라고 하겠는가?

(語釋) ○北征時(북정시)─북쪽으로 정벌을 하러 갔을 때. ○磨刀盡(마도
진)─칼을 갈아서 없애다. 즉 칼을 갊으로써 (돌을) 닳아 없어지게
한다.   ○飮馬無(음마무)─말이 마심으로써 (물을) 없어지게 한다.
○男兒二十(남아이십)─사나이의 나이 20세. ○未平國(미평국)─나
라의 화근을 평정하지 못한다면. ○誰稱(수칭)─누가 칭하겠는가?

(解說)   작자가 북쪽 정벌에 나섰을 때의 느낌을 읊은 시이다. 나이 28
세에 병조판서(兵曹判書)에 올랐던 작자다운 기백이 넘치는 작
품이다. 다소 과장된 표현이기는 하지만 백두산의 돌을 모두 칼
을 갊으로써 닳아 없어지게 하고, 두만강의 물은 말들에게 마시
도록 함으로써 말려 버리겠다고 했으니 그 병력(兵力)은 굉장한

수일 것이다. 시(詩)에서는 흔히 이처럼 과장된 비유법을 쓰게
마련이다.

이 시에서 '남아이십미평국(男兒二十未平國)의 '미평국'은 작
자가 나라를 걱정하는 우국충정(憂國衷情)에서 한 말인데 이 3
절로 말미암아 작자 남이 장군은 비극적 최후를 맞게 된다. 즉
예종(睿宗) 때 간신인 유자광(柳子光)은 이 구절을 미득국(未得
國), 다시 말해서 '나라를 얻지 못한다면'으로 고치어 무고했고
작자 남이 장군은 죄가 인정되어 참형(斬刑)에 처해지고 말았던
것이다.

(作者)　　**남이**(南怡) : 1441~1468. 조선조 세조(世祖) 때의 무신(武
臣). 태종(太宗)의 외손(外孫)으로서 본관은 의령(宜寧)이다. 약
관(弱冠)의 나이에 무과(武科)에 장원으로 급제했고 세조(世祖)
의 지극한 총애를 받았다. 이시애(李施愛)의 난을 평정하고 적개
공신(敵愾功臣) 1등에 오르고 완산군(完山君)에 봉해졌으며 28
세의 나이로 병조판서에 올랐다. 1468년 예종이 즉위한 후, 유자
광이 그를 질투하던 끝에 무고하여 억울하게 참형을 당했다.

영월군루작(寧越郡樓作)

── 조선(朝鮮) 단종(端宗)

<table>
<tr><td>일 자 원 금 출 제 궁
一自寃禽出帝宮</td><td>고 신 척 영 벽 산 중
孤身隻影碧山中</td></tr>
<tr><td>격 면 야 야 면 무 격
假眠夜夜眠無假</td><td>궁 한 연 년 한 불 궁
窮恨年年恨不窮</td></tr>
<tr><td>성 단 효 잠 잔 월 백
聲斷曉岑殘月白</td><td>혈 류 춘 곡 낙 화 홍
血流春谷落花紅</td></tr>
<tr><td>천 롱 상 미 문 애 소
天聾尚未聞哀訴</td><td>하 나 수 인 이 독 청
何奈愁人耳獨聽</td></tr>
</table>

천고의 원한을 가슴에 품고 나온 이 몸이,
깊은 산속 외로운 신세 처량하구나
밤마다 잠을 빌어도 잠은 오지를 않고,
해마다 해는 가지만 한스러움은 가지를 않네
새벽녘에 우는 두견, 봉우리에 걸린 달빛 하얗고,
봄 골짜기 지는 꽃에 내 눈물 뿌려다오
애끓는 이 하소연을 하느님은 어찌 못 들으시고,
한 많은 사람들만 귀 밝으니 웬일인고

語釋 ○樓(누)─강원도 영월에 있는 자규루(子規樓). ○出帝宮(출제궁)─
왕으로 있다가 폐위되어 왕궁에서 쫓겨남을 가리킴. ○假眠(격면)─
격(假)은 '이르다'란 뜻. 즉 잠에 이르다. 잠이 들다라는 의미이다.

ㅇ無假(무격)−이르지 못하다. 즉 잠을 청해도 잠이 들지 못한다는 의미. ㅇ恨不窮(한불궁)−한(恨)이 끝나지 않다. ㅇ曉(효)−새벽녘. ㅇ岑(잠)−산봉우리. ㅇ殘月白(잔월백)−날이 밝아올 때의 밤, 즉 새벽녘에는 달이 하얗게 보이다. ㅇ天聾(천롱)−하늘이 듣지를 못하다. 하느님은 어찌하여 듣지를 못하시는가. ㅇ哀訴(애소)−애처롭게 호소하다.

(解說) 단종이 영월에 유배되어 한많은 생활을 하고 있을 때 자규루(子規樓)에서 읊은 시이다. 제왕(帝王)의 신분에서 숙부 수양대군(首陽大君)과 그 일파들에 의해 노산군(魯山君)으로 강봉되고 죄인이 되어 귀양살이를 하고 있는 그 처지와 심정을 눈물로 호소하건만 하느님조차 들으시지 못한다는 절규의 시이다.

(作者) **단종**(端宗) : 1441~1457. 조선조 제5대 왕인 문종(文宗)의 장남. 12세에 즉위했으나 숙부인 수양대군에게 왕위를 빼앗겨 노산군으로 강봉되고 강원도 영월 땅에 유배되었다가 죽음을 당했다. 죽은 지 2백 년 후인 숙종(肅宗) 때 왕위를 추복(追復)하여 묘호를 단종이라고 했다.

독송사(讀宋史)

── 조선(朝鮮) 최부(崔溥)

도 등 철 독 철 장 우	천 지 간 무 일 장 부
挑燈輟讀輟長吁	天地間無一丈夫
삼 백 년 래 중 국 토	여 하 부 여 노 선 우
三百年來中國土	如何付與老單于

등불 끄고 책도 덮고 길게 한숨 지었네,
(송나라) 천지간에 대장부가 하나도 없었던가
3백 년 이어오던 중국의 아름다운 강토를,
어이하여 늙은 오랑캐에게 내주었단 말인가

(語釋) ○讀宋史(독송사)─《송사(宋史)》를 읽고. ○燈輟(등철)─등불을 끄다. 철(輟)은 하던 일을 멈춘다는 뜻. ○讀輟(독철)─책 읽기를 멈추다. 즉 읽던 책을 덮다란 뜻. ○長吁(장우)─길게 한숨 짓다. 우(吁)는 탄식하다란 의미. ○與(여)─주다. ○單于(선우)─흉노(匈奴 : 몽고족)의 우두머리. 흉노는 만리장성 북쪽의 유목민족으로서 송나라는 1271년 결국 이 흉노의 선우였던 칭기즈칸(成吉思汗)의 후손인 쿠빌라이에게 멸망당하고 말았다.

(解說) 흉노족은 역대 중국의 제왕들에게 있어 큰 두통거리였다. 유목민족이었던 흉노는 가을철이 되면 월동준비를 위해, 농경민족이었던 한족(漢族)의 곡식을 강탈하려고 남하하곤 했기 때문이다. 전국시대(戰國時代)로부터 진시황(秦始皇) 때에 이르기까지 만

리장성을 축조한 이유가 바로 이 흉노족을 방어하기 위함이었다. 그러나 송나라는 결국 흉노족에게 멸망당하고 만 것이다. 이 역사적 사실을 한탄하고 있다.

作者 **최 부**(崔溥) : 1454~1504. 조선조의 문신(文臣). 자(字)는 연연(淵淵), 호는 금남(錦南). 1486년 문과중시(文科重試)에 급제, 교리(校理)로 《동국여지승람(東國輿地勝覽)》 등을 편찬했다.

1498년 무오사화(戊午士禍) 때 단천(端川)으로 유배되었고 갑자사화(甲子士禍) 때 참형당했다. 저서에 《금남집(錦南集)》이 있다.

재해진영중(在海鎭營中)
—— 조선(朝鮮) 이순신(李舜臣)

수 국 추 광 모　　경 한 안 진 고
水國秋光暮　　驚寒雁陣高
우 심 전 전 야　　잔 월 조 궁 도
憂心輾轉夜　　殘月照弓刀

바다에서 가을빛이 저무는데,
추위에 놀란 기러기가 높이 진(陣)을 쳤다
나랏일이 걱정되어 잠을 이루지 못하는 밤,
새벽달이 활과 칼을 비추누나

語釋 ㅇ在海(재해)—바다에 있으면서. ㅇ水國(수국)—바다. ㅇ秋光(추광)—
가을철의 햇살. ㅇ驚寒(경한)—추위에 놀라다. ㅇ雁陣(안진)—기러
기의 진(陣). 여기서는 기러기가 줄을 지어 날아가는 것을 전쟁을
하려고 진을 치는 것에 비유한 것임. ㅇ憂心(우심)—근심스러운 마
음. ㅇ輾轉(전전)—이리 눕고 다시 돌아 눕고 하는 것. ㅇ殘月(잔
월)—새벽달. ㅇ弓刀(궁도)—활과 칼.

解說 바다에 친 진영에서 소감을 읊은 시이다. 수군(水軍)은 바다에
서 생활해야 한다. 바다에서 날이 저물고, 바다에서 해가 뜨고
그런 생활 속에서도 세월은 흐른다. 저무는 가을과 함께 날씨가
싸늘해지자 여기에도 기러기가 찾아든다. 하늘 높이 떠서 날아가
는 기러기들의 모습에서도 작자는 군사들이 싸우기 위해 진을

친 것을 연상한다. 수군(水軍) 최고의 사령관이며 국가의 운명을
양 어깨에 짊어지고 있는 몸이니 잠시인들 편안하게 잠을 잘 수
있겠는가. 몸을 이리 뒤집고 저리 뒤집으며 걱정으로 밤을 지새
는데 새벽 달빛이 벽에 걸어놓은 활과 칼을 비추고 있다.

(作者) **이순신**(李舜臣) : 1545~1598. 조선 선조(宣祖) 때의 명장
(名將). 자(字)는 여해(汝諧), 시호는 충무(忠武), 본관은 덕수
(德水)이고 서울 출신이다. 무예를 배우고 32세 때 무과(武科)
에 급제하여 군문에 투신했는데 47세 때인 1591년 유성룡(柳成
龍)의 추천으로 전라좌수사(全羅左水使)가 되었다. 이듬해인
1592년에 임진왜란이 일어나자 옥포(玉浦)·당포(唐浦)·한산도
(閑山島) 등 남해안 일대에서 혁혁한 공을 세우고 최초의 삼도
수군통제사(三道水軍統制使)가 되었다.

그러나 1597년 왜군이 다시 쳐들어온 정유재란(丁酉再亂) 때
원균(元均)의 모함으로 투옥되었고 사형을 받게 되었으나 정탁
(鄭琢)의 상소로 28일만에 풀려나와 권율(權慄) 장군의 막하(幕
下)에서 백의종군(白衣從軍)하였다. 그후 원균이 이끄는 수군
전군이 패하자 이순신은 다시 삼도수군통제사에 임명되어 통렬
하게 왜군의 왜적선(倭敵船)을 무찔렀다.

1598년 정유재란의 마지막 해에 고하도(古下島)에서 고금도
(古今島)로 진(陣)을 옮기고 그곳에서 명(明)나라의 수군도독(水
軍都督) 진린(陳璘)이 이끌고 온 5천 명의 해군과 연합함대를
편성했다. 때마침 일본 본토에서 왜적의 괴수 도요토미히데요시
(豊臣秀吉)가 죽자 침략해 들어왔던 왜적이 허둥지둥 돌아가려
고 했다. 이순신은 그들을 뒤쫓아 남해의 노량(露梁) 바다에서
큰 접전을 감행하던 중, 불행하게도 적의 유탄(流彈)에 왼편 겨
드랑이를 맞아 장렬하게 순국하였다. 향년은 54세. 그는 충성심

이 강하고 전략이 뛰어난 용장이었을 뿐만 아니라 글에도 능하
여 그가 쓴 《난중일기(亂中日記)》는 국보 제76호로 지정되어 있
다. 정이 넘치는 눈물과 정서를 잘 나타내고 있는 명문(名文)일
뿐만 아니라 글씨 또한 남들이 모방할 수 없는 독창성과 개성(個
性)을 지닌 명필로 신필(神筆)이라고 일컬어진다.

　이순신에 관한 유적지마다 사당과 비석 및 동상(銅像)이 세워
져 있으며 그의 묘소인 현충사(顯忠祠)는 성역(聖域)으로 보존
되어 관광명소가 되어 있다.

용만서사(龍灣書事)
── 조선(朝鮮) 선조(宣祖)

국사창황일	수능곽이충
國事蒼黃日	誰能郭李忠
거빈존대계	회복장제공
去邠存大計	恢復仗諸公
통곡관산월	상심압수풍
痛哭關山月	傷心鴨水風
조신금일후	영복갱서동
朝臣今日後	寧復更西東

나랏일이 이처럼 다급한 때에,
누가 능히 곽이(郭李)의 충성을 할까
빈(邠) 땅을 버리고 떠난 것은 큰 계획이 있어서인데,
그대들이 회복시킬 것을 믿는 바이요
관산(關山)의 달 바라보며 통곡을 하고,
압록강에서 부는 바람에 한숨을 짓네
조신(朝臣)들이여! 앞으로는,
동서(東西)의 당파싸움 다시는 마오

語釋) ○龍灣(용만)─임진왜란 때 선조(宣祖)가 파천(播遷)했던 의주(義州)의 용만관(龍灣關). ○蒼黃(창황)─어떻게 할 겨를도 없이 다급하다. ○誰能(수능)─누가 능히 하겠는가. ○郭李(곽이)─중국 당

(唐)나라 현종(玄宗)·숙종(肅宗) 때, 안사(安史)의 난(亂), 즉 안녹산(安祿山)과 사사명(史思明)이 난을 일으켰을 때 그 난을 평정하고 나라를 회복시킨 곽자의(郭子儀)와 이광필(李光弼). ○去邠(거빈)―빈(邠)은 주(周)나라 선조(先祖)인 공유(公劉)의 땅으로서 견융(犬戎)이 침입해오자 백성들의 피해를 줄이기 위해 공유는 이 땅에서 떠났다가 후일 돌아와 주나라 중흥의 기틀을 마련했다. 임진왜란 때 선조도 서울을 버리고 의주로 파천한 것은 권토중래(捲土重來)의 큰 뜻이 있음을 은유한 것. ○關山月(관산월)―용만관(龍灣關)에 뜬 달. ○鴨水(압수)―압록강(鴨綠江).

(解說) 1592년 임진왜란이 일어나고, 왜군들이 물밀 듯이 북상(北上)해 오자 선조는 중신들과 함께 의주(義州)에까지 파천할 수밖에 없었다. 용만관에 달은 떠오르고 압록강의 바람은 소슬하게 불어오는데 어찌해야 좋을지 갈피를 못잡고 있는 임금의 회포를 읊은 시로서 제발 앞으로는 당쟁(黨爭)을 그치라고 하는 끝 구절이 마음에 와 닿는다.

(作者) **선조**(宣祖) : 1552~1608(재위, 1567~1608). 휘(諱)는 송(昖). 덕흥대원군(德興大院君)의 셋째 아들. 이황(李滉)·이이(李珥) 등 많은 인재를 등용하여 국정에 힘을 썼으나 동인(東人)·서인(西人) 사이의 당쟁이 치열한 가운데 1592년 임진왜란을 당하여 의주에까지 파천하는 등, 재위기간은 고난의 연속이었다. 서화(書畵)에 뛰어났었다.

검명(劍銘)

── 조선(朝鮮) 임경업(林慶業)

삼 척 용 천 만 권 서 　황 천 생 아 의 하 여
三尺龍泉萬卷書　皇天生我意何如

산 동 재 상 산 서 장 　피 장 부 혜 아 장 부
山東宰相山西將　彼丈夫兮我丈夫

석 자의 용검(龍劍)과 1만 권의 책이 있는데,
하늘은 나를 낳으시매, 그 뜻은 무엇인고?
천하를 주름잡는 정승과 장군들이여,
그대들이 장부라면 나도 또한 장부로다

(語釋) ○劍銘(검명)─칼에 새겨놓는 글. ○龍泉(용천)─칼 이름. 옛날 중국 춘추시대(春秋時代)에 있었다는 명검(名劍)의 이름. ○皇天(황천)─하늘. ○生我(생아)─나를 낳다. ○意何如(의하여)─그 뜻이 무엇이란 말인가? ○山東(산동)─중국의 태산(泰山) 동쪽의 지방 이름. ○山東宰相山西將(산동재상산서장)─산동의 재상과 산서의 장군. 즉 천하를 쥐고 흔드는 사람이란 뜻이다. ○彼丈夫(피장부)─너도 장부. ○我丈夫(아장부)─나도 장부.

(解說) 작자가 자기 칼에 새길 것을 전제로 하여 지은 시이다. 용장(勇將)으로 이름 높은 임경업(林慶業) 장군의 기개가 잘 나타나 있다. 때는 조선조 인조(仁祖) 2년, 즉 1624년 인조반정(仁祖反正) 때의 2등공신인 이괄(李适)이 평안병사(平安兵使)로 좌천된

것을 불평하여 반란을 일으켰다. 이때 '이괄의 난'을 평정하는 데 결정적인 역할을 한 사람이 임경업 장군이다. 그뿐 아니라 병자호란(丙子胡亂) 때도 공로가 많았던 임경업 장군의 설화(說話)는 여러 가지가 전해오고 있다. 이 시는 임경업 장군의 포부를 알아보는 데 큰 도움이 되는 시라 하겠다.

(作者) **임경업**(林慶業) : 1594~1646. 조선 인조(仁祖) 때의 무관. 자(字)는 영백(英伯), 호는 고송(孤松)이며 본관은 평택(平澤)으로서 충주(忠州) 출신이다. 인조 때 무과(武科)에 급제하여 '이괄(李适)의 난'을 평정했다. 병자호란(丙子胡亂) 때, 의주부윤(義州府尹)으로서 청(淸)나라 군사를 국경에서 막으려고 명(明)나라에 구원병을 청했지만 김자점(金自點)의 방해로 인하여 구원병이 오지 않았으므로 패전했다. 이에 청군(淸軍)은 급기야 남한산성(南漢山城)을 포위하기에 이르렀다.

  그후 인조 20년(1642년) 청군이 금주(錦州)를 포위할 때 임경업은 명나라와 내통하여 청군에게 대항하다가 일이 탄로되어 명나라에 도피했다. 그러나 남경(南京)이 청군에게 함락되자 청나라 군사에게 잡혀갔다. 청나라에서는 온갖 부귀를 약속하면서 달랬지만 임경업은 끝내 굴하지 않았다. 청나라에서는 그의 충성심에 감탄하여 죽이지는 않고 투옥했다. 그후 본국으로 송환되었으나 김자점 등의 모략으로 끝내 죽음을 당하고 말았다. 좌찬성(左贊成)에 추증되었고 시호는 충민(忠愍)이다.

제변부사생일연(題卞府使生日宴)

— 조선(朝鮮) 무명씨(無名氏)

금 준 미 주 천 인 혈　　옥 반 가 효 만 성 고
金樽美酒千人血　　玉盤佳肴萬姓膏

촉 루 낙 시 민 루 락　　가 성 고 처 원 성 고
燭淚落時民淚落　　歌聲高處怨聲高

황금 술통에 들어 있는, 향기로운 술은 천 사람의 피요,
옥으로 만든 상에 차려놓은 맛있는 안주는 만백성의 기름이로다
촛농이 떨어질 때마다 백성들의 눈물이 떨어지고,
노랫소리 드높은 곳에 원망하는 소리도 드높구나

語釋　ㅇ金樽(금준)—금으로 만든 훌륭한 술통. ㅇ美酒(미주)—향기 높은 고급 술. ㅇ血(혈)—피. ㅇ玉盤(옥반)—옥으로 만든 소반. ㅇ佳肴(가효)—맛좋은 안주. 고급 안주. ㅇ萬姓(만성)—만백성. ㅇ膏(고)—기름. ㅇ燭淚(촉루)—촛농. ㅇ民淚(민루)—백성들의 눈물. ㅇ歌聲(가성)—노랫소리. ㅇ怨聲(원성)—원망하는 소리.

解說　한국 고전문학을 대표하는 《춘향전(春香傳)》의 클라이맥스를 장식하는 시이며 거의 완전무결한 한시라고 할 수 있겠다. 때는 조선시대 후반기로서 장소는 전라도(全羅道) 남원(南原) —. 남원부사의 아들인 이몽룡(李夢龍)과 퇴기(退妓) 월매(月梅)의 딸 성춘향(成春香)은 서로 사랑하는 사이이다. 그런데 정들자 이별

이라고 했던가, 남원부사가 한양의 중앙직에 영전이 되니 그들은 후일을 기약하며 눈물로 헤어지게 된다.

이몽룡이 떠난 다음 새로 남원부사로 부임한 변학도(卞學徒)는 춘향의 소문을 듣고 수청을 들라고 강요한다. 그러나 춘향은 이에 응하지 아니하고 온갖 곤욕을 감수한다. 노기충천한 변부사(卞府使)는 춘향을 옥에 가두고 자기 생일 잔칫날에 처형키로 한다.

한편 한양에서 과거에 장원급제하고 암행어사(暗行御史)가 된 이몽룡은 남원으로 내려오던 도중 이 소문을 듣게 된다. 걸음을 재촉하여 남원에 이르니 바로 변학도의 생일잔치가 질펀하게 벌어지고 있었다. 옥에 갇혀 있던 춘향이 동헌(東軒) 앞에 끌려나와 형틀에 묶여 있는데 난데없이 웬 걸인(乞人) 하나가 나타나 야료를 부린다. 그가 바로 암행어사 이몽룡이란 것을 우리는 다 알고 있다. 생일잔치에 초대받은 하객들인 방백들은 그를 쫓아내기 위해 시를 짓게 하거니와 그때 걸인이 지은 시가 바로 여기서 소개한 훌륭한 시이다. 이 시는 《춘향전》이란 소설에서뿐만 아니라 여러 세대를 두고, 탐관오리라든가 토호(土豪) 등, 이른바 부유층의 향락에 대하여 일침을 가하는 고전적 명시(名詩)가 아닐 수 없다.

(作者) 《춘향전》 자체가 작자 미상인 구비문학(口碑文學)이니 이 시의 작자도 알 길이 없다.

낙조(落照)

── 조선(朝鮮) 박문수(朴文秀)

낙 조 토 홍 괘 벽 산　　　한 아 척 진 백 운 간
落照吐紅掛碧山　　　寒鴉尺盡白雲間

문 진 행 객 편 응 급　　　심 사 귀 승 장 불 한
問津行客鞭應急　　　尋寺歸僧杖不閑

방 목 원 중 우 대 영　　　망 부 대 상 첩 저 환
放牧園中牛帶影　　　望夫臺上妾低鬟

창 연 고 목 계 남 로　　　단 발 초 동 농 적 환
蒼然古木溪南路　　　短髮草童弄笛還

넘어가는 해는 붉은 빛을 토하며 푸른 산에 걸렸는데,
추위에 떠는 갈가마귀, 흰 구름 사이로 날아간다
나루터를 찾는 길손은, 응당 말에 채찍을 빨리 할 것이요,
절을 찾아 돌아오는 중의 지팡이는 한가할 리가 없다
방목(放牧)을 하는 들판에는 소의 그림자가 길게 드리웠고,
남편을 기다리며 높은 대(臺) 위에 서 있는 아내의 쪽 그림자
가 낮다
푸른 고목이 들어선 냇가 남쪽 길에는,
단발한 초동(樵童)이 피리를 불며 돌아오더라

語釋 ○落照(낙조)─해가 떨어지다. 해가 넘어가다. ○吐紅(토홍)─붉게
토하여 비치다. ○掛(괘)─걸리다. ○碧山(벽산)─푸른 산. ○寒鴉

(한아)―추위 속에 날아가는 갈가마귀. o白雲間(백운간)―흰 구름
의 사이. o問津(문진)―나루터를 묻다. o行客(행객)―길손. 나그
네. o鞭(편)―채찍. o鞭應急(편응급)―채찍질을 급하게 하다. o尋
寺(심사)―절을 찾다. 절로 돌아오다. o歸僧(귀승)―돌아오는 승려.
o杖不閑(장불한)―지팡이가 한가롭지 아니하다. 즉 바쁘게 걷다.
o望夫臺上(망부대상)―남편을 대(臺) 위에서 기다리다. o妾低鬟
(첩저환)―아내의 쪽이 나지막하다. 아내의 쪽이 낮게 처져 있다.
o蒼然古木(창연고목)―푸르른 고목. o草童(초동)―나무하는 소년.
초동(樵童). o弄笛(농적)―피리를 불다. o還(환)―돌아오다.

(解說)   해가 넘어가는 때를 시제(詩題)로 하여 쓴 시인데 작자(作者)
박문수(朴文秀)가 과거(科擧)에 급제할 때 쓴 시라고 한다. 암행
어사(暗行御史)로 유명한 박문수는 33세가 되도록 과거에 급제
하지 못했었다. 그날도 그는 과거에 응시하기 위해 길을 떠났다.
서울에 들어가기 전 시흥(始興)에서 해가 뉘엇뉘엇 넘어가려고
하자 그는 주막을 정했다.

그런데 좀처럼 잠이 오질 않았다. 하지만 박문수는 내일 과거
에 대비하여 억지로 잠을 청했다. 서너 칸은 실히 될 것 같은 방
에 네댓 명의 길손이 코를 골고 있었다. 모두가 자기와 같은 행
색들인 것으로 미루어보아 과거를 보러 가는 나그네들인 것 같
았다. 다른 점이 있다면 자기가 그 중에서 제일 나이가 많다는
사실뿐이다. 여러 사람이 묵는 이 주막에는 등잔불이 깜박이고
있었다.

'내일은 어떤 일이 있어도 과거에 꼭 급제해야겠는데……'

이렇게 생각하자 정신은 점점 더 맑아질 뿐이었다. 과거를 보
기에는 나이가 너무 많은 33세인즉 이번에 또 낙방을 하면 늙은
어머니를 비롯하여 가족들을 대할 면목이 없다.

그때 문득 조금 전 저녁 무렵의 생각이 떠올랐다. 그는 일찌감

치 이 주막을 정했었다. 내일 새벽에 길을 떠나면 정시(定時)에 넉넉히 과시장(科試場)에 당도할 수 있을 것이다. 그는 주막에 짐을 풀어놓자 몸을 씻기 위해 으슥한 계곡으로 들어갔다.

인적이 드문 곳을 찾아 몸을 정결히 씻고, 시냇가에서 잠시 쉬고 있었다. 때마침 멀리 서산 마루에 해가 넘어가고 있었다. 사방을 돌아보니 형언할 수 없을 만큼 아름다운 경치였다.

그때였다. 체격이 당당한 백발노인이 황소를 끌고 다가오고 있었다. 그 소의 등에는 한 소년이 타고 있었는데 손에 퉁소가 쥐어져 있었다. 다소 낯선 행색이어서 박문수는 유심히 살펴보았다. 그런데 그들이 그의 등뒤를 지나갈 때 노인은 박문수에게 들어보라는 듯이 소리쳤다.

"이놈의 황소야! 피리를 꼭 불어야 하겠니!"

박문수는 지금도 잠자리에 누워 있으면서 그 소리가 귓가에 쟁쟁했다. 박문수의 별명이 '황소'였다. 그러기에 더욱 그 소리가 귀에 남았다. 박문수는 원래 성품이 온순했다. 그러나 한 번 화가 났다 하면 황소처럼 무서웠고 어떤 일이든 한 번 하려고 결심한 다음에는 황소처럼 끈기있게 해내고 말았던 것이다.

그런 생각을 하며 전전반측하던 그는 어렴풋이 잠이 들었다. 그런데 비몽사몽간에 아까 그 노인이 다시 나타났다. 그리고 계곡의 냇가에 앉아 있는 그에게 말을 걸어오는 것이었다.

"젊은이, 어디로 가는 길이오?"

"예, 서울에 갑니다."

박문수는 앉음새를 고치면서 공손히 대답했다.

"서울에는 왜?"

"내일 과거가 있지 않습니까? 그래서 과거를 보러 가는 길입니다."

그러자 노인은 깜짝 놀라며 입을 열었다.

“과거라니? 과거는 이미 끝나지 않았소?”

“뭐라구요?……”

이번에는 박문수가 깜짝 놀랐다. 아무리 생각해봐도 그럴 리가 만무했다.

“내가 그 장원급제한 사람의 글귀까지 듣고 왔는걸.”

“아니, 어르신. 그게 무슨 말씀이십니까?”

박문수가 묻자 노인은,

“그래, 맞았어. 글 제목이 ‘낙조(落照)’였었지. 해가 서산으로 넘어간다는 낙조 말일세.”

“그게 정말이십니까?”

그러자 그 노인은 장원급제 되었다는 시구를 태연하게 외는 것이 아닌가.

“넘어가는 해는 붉은 빛을 토하면서 푸른 산에 걸렸는데 / 추위에 떠는 갈가마귀, 흰 구름 사이로 날아간다 / 나루터를 찾는 길손은 응당 말에 채찍을 빨리 할 것이요 / 절을 찾아 돌아오는 중의 지팡이는 한가할 리가 없다 ……이상이 첫 번째의 4구절이고…… 방목하는 들판에는 소의 그림자가 길고 / 남편을 기다리며 높은 대(臺) 위에 서 있는 아내의 쪽 그림자가 낮다 / 푸른 고목이 들어선 냇가 남쪽 길에는……”

여기까지 왼 노인은 고개를 갸우뚱했다. 그리고 기억을 더듬는 듯한 표정을 짓더니,

“마지막 글귀가 뭐더라?”

라며 영 기억이 안 난다는 듯 고개를 가로젓는 것이었다. 박문수는 눈을 번쩍 떴다. 그런데 그 노인은 간 데가 없었다. 주변의 모습은 그대로인데 말이다. 박문수는 방안을 두리번거리며 살펴보았다.

등잔불은 희미하게 깜박이고 있었고, 한방에서 묵는 과거 응시

생들은 하나같이 잠이 들어 있었다.

'이상한 일이로다……. 노인은 분명 엊저녁에 보았던 그 노인이었는데…….'

그런데 더욱 괴상한 일은 꿈속에서 외웠던 그 시구가 너무나 생생하게 머리속에 각인되어 있는 것이었다.

'낙조라고 했겠다! 낙조라……. 거참 이상한 일이로고…….'

이렇게 되뇌이던 박문수도 어느덧 깊은 잠에 빠져들었다.

"여보시오! 그만 일어나시오"

박문수가 눈을 떠보니 이미 세수까지 하고 들어온 나그네가 자기를 흔들어 깨우고 있었다. 날은 이미 환하게 밝았고 밖에서는 아침 식사 준비를 하느라고 왁자지껄했다. 그 나그네는,

"코를 골면서 잘도 잡다."

라며 빙긋이 웃었다. 박문수는 일어나서 세수를 했는데 어젯밤의 그 시구가 더욱 선명하게 떠오르는 것이었다. 되뇌이면 되뇌일수록 기가 막히게 뛰어난 구절이었다. 그러나 노인이 잊었다고 말한 마지막 구절은 숙제로 남아 있었다.

그는 새벽녘에 자기를 깨워주었던 선비와 함께 길을 재촉하여 남대문을 지나 과거장으로 들어섰다. 팔도에서 모여든 내로라하는 선비들이 구름처럼 몰려들었다. 황소라는 별호를 가진 뱃심 두둑한 박문수였지만 가슴이 두근거리지 않을 수 없었다.

마침내 과거 응시제목이 나붙었다. 그것을 보는 순간 박문수는 너무 놀란 나머지 자기의 눈을 의심하지 않을 수 없었다. 그 제목은 틀림없는 '낙조(落照)'였던 것이다. 그의 가슴은 두방망이질을 치기 시작했다.

눈을 지긋이 감고 마음을 진정시킨 그는 먹을 진하게 갈아 붓에 듬뿍 찍어가지고 익숙한 솜씨로 휘두르기 시작했다. 어젯밤부터 외고 있던 일곱 구절을 순식간에 써내려간 다음, 잠시 손을

쉬고 붓을 조용히 벼루 위에 놓았다. 그러자 다시 어제 저녁 때 계곡에서 자기의 등뒤를 지나가던 노인이 했던 말이 떠오르는 것이었다.

'이놈의 황소야! 피리를 꼭 불어야 하겠니!'

박문수는 빙그레 웃고는 마지막 구절을 휘갈겨 썼다.

'단발한 초동(樵童)이 피리를 불며 돌아오더라.'

그는 시험지를 들고 일어나서 시관(試官)에게 제출했다. 아직 먹도 다 갈지 않은 선비도 있을 만큼 빠른 시각이었다.

뒤이어 과거장에는 큰 파문이 일기 시작했다. 제일 먼저 제출한 시가 장원에 뽑혔던 것이다. 후세 사람들은 박문수의 이 시를 일컬어 신선(神仙)이 가르쳐 준 시라고 했다. 물론 그렇게 생각할 수도 있을 것이다. 그러나 박문수가 전날 저녁 때 계속 시냇가에서 바라보던 낙조가 그의 머릿속에서 시로 엮어짐으로써 꿈속에 나타난 것은 아니었을까? 꿈속에서 시를 지었다는 예는 많이 있다. 어떻든 이 시는 박문수의 장원시(壯元詩)라 하여 널리 퍼져 전해오고 있다.

(作者) **박문수**(朴文秀) : 1691~1756. 자(字)는 성보(成甫), 호는 기은(耆隱), 본관은 고령(高靈)이다. 1723년, 문과(文科)에 급제하여 사관(史官)이 되었고 1727년 사서(史書)에 등용되어 영남(嶺南) 암행어사로 나가 부정 관리를 적발하였다. 이인좌(李麟佐)의 난(亂) 때는 종사관(從事官)으로 출전하여 무공을 세워 경상도 관찰사로 발탁되었다. 영조(英祖)의 신임이 두터워 여러 차례 암행어사로 나가 공이 많았고, 지방관으로 있으면서도 선치(善治)를 많이 베풀었다. 호조판서(戶曹判書)로 있으면서 균역법(均役法)의 제정에 진력하였다. 시호는 충헌(忠憲)이다.

시랑(豺狼)

── 조선(朝鮮) 정약용(丁若鏞)

시 혜 랑 혜
豺兮狼兮

기 취 아 독   무 서 아 양
旣取我犢　母噬我羊

사 기 무 유   이 기 무 상
笥旣無襦　椸旣無裳

옹 무 여 해   병 무 여 량
甕無餘醢　瓶無餘糧

기 부 기 탈   비 저 기 양
錡釜旣奪　匕筯旣攘

비 도 비 구   하 위 부 장
匪盜匪寇　何爲不臧

살 인 자 사   우 수 장 혜
殺人者死　又誰戕兮

늑대여, 이리여!
우리 소를 뺏어갔으니,
우리의 양은 그냥두거라
옷장 속에는 저고리도 없고,

횃대에는 치마도 없다

항아리 속에는 남은 반찬도 없고,
뒤주 속에는 남은 쌀도 없다
무쇠솥과 가마솥 모두 앗아갔고,
숟가락 젓가락도 모두 돈 쳐 갔도다

도둑도 아니고 침략자도 아닌데,
어찌 이처럼 남기지를 않느냐?
살인한 자는 이미 죽었거늘,
또 다시 누구를 죽이려고 하느냐

〔語釋〕 ○豺狼(시랑)—이리와 늑대. ○旣取(기취)—이미 취해가다. ○犢(독)—송아지. ○毋噬(무서)—건드리지 마라. ○笥(사)—상자. 옷장. ○襦(유)—저고리. ○椸(이)—횃대. 시렁. ○裳(상)—치마. ○醢(해)—젓갈, 반찬. ○錡釜(기부)—무쇠솥과 가마솥. ○匕箸(비저)—숟가락과 젓가락. ○匪(비)—아니다. ○不臧(부장)—남기지를 않는다. ○戕(장)—죽이다.

낭 혜 시 혜
狼兮豺兮

기 취 아 방　　　무 박 아 계
旣取我尨　　**毋縛我雞**

자 기 죽 의　　　수 매 오 처
子旣粥矣　　**誰買吾妻**

이 박 아 부　　　이 퇴 아 해
爾剝我膚　　**而槌我骸**

시 아 전 도　　역 공 지 애
視我田疇　　亦孔之哀

낭 유 불 생　　기 유 호 래
稂莠不生　　其有蒿萊

살 인 자 사　　우 수 재 혜
殺人者死　　又誰災兮

늑대여, 이리여!
우리 삽살개를 잡아갔으니,
우리의 닭은 잡아가지 마라
사랑하는 자식마저 죽과 바꾸었는데,
내 아내를 누가 사가겠는가?

너희는 내 가죽을 벗겨갔었고,
이제 다시 뼈마저 부수려는구나
우리의 논밭을 바라보아라,
구멍이 난 저 구슬픈 모습을 보아라

강아지풀도 자라지 못하니,
명아주나 쑥인들 어찌 돋아날 것인가
살인한자 이미 죽었는데,
또 다시 누구를 해치려느냐?

語釋　ㅇ我尨(아방)―우리 삽살개.　ㅇ剝(박)―벗기다.　ㅇ槌(퇴)―두드리다.
부수다.　ㅇ田疇(전도)―논과 밭.　ㅇ稂莠(낭유)―강아지풀과 가라지.
모두 잡초이며 여기서는 모두 강아지풀로 번역했다.　ㅇ蒿萊(호래)―

명아주와 쑥.

시 혜 호 혜　　　불 가 이 어
豺兮虎兮　　　不可以語

금 혜 수 혜　　　불 가 이 후
禽兮獸兮　　　不可以詬

역 유 부 모　　　불 가 이 시
亦有父母　　　不可以恃

부 언 왕 소　　　유 여 충 이
簿言往憩　　　襃如充耳

시 아 전 도　　　역 공 지 참
視我田疇　　　亦孔之慘

유 혜 전 혜　　　전 우 갱 감
流兮轉兮　　　塡于坑坎

부 혜 모 혜　　　양 육 시 담
父兮母兮　　　粱肉是啖

방 유 기 녀　　　안 여 함 담
房有妓女　　　顔如菡萏

늑대여, 호랑이여!
말할 나위가 없구나
날짐승과 길짐승이여!
꾸짖을 길조차 없구나

사또 역시 부모로 모신다고 하지만,

의지할 길 전혀 없어라
달려가서 하소연을 해보아도,
귀담아 들으려고조차 아니하누나

우리의 논과 밭을 바라보아라,
참혹한 그 모습을 바라보아라
유리하고 전전하다가,
시궁창 구렁텅이 속에 쓰러져 죽건만

아비요 어미라는 사또여!
기장밥에 고기를 먹고
사랑방에는 기생을 두었는데,
얼굴은 연꽃과 같구나

(語釋) ㅇ不可以語(불가이어)—말할 나위도 없다. ㅇ不可以詬(불가이후)—
꾸짖을 길이 없다. 후(詬)는 꾸짖다. ㅇ不可以恃(불가이시)—의지할
길이 없다. ㅇ愬(소)—하소연하다. ㅇ褎如充耳(유여충이)—웃기만
할 뿐, 귀를 막고 들으려 하지 않다. ㅇ亦孔之慘(역공지참)—처참한
모습을 역시 바라보아라. ㅇ流兮轉兮(유혜전혜)—유랑하고 전전하
다. ㅇ塡于坑坎(전우갱감)—시궁창과 구렁텅이에 쓰러져 죽다. ㅇ粱
肉(양육)—기장밥과 고기반찬. ㅇ房有妓女(방유기녀)—방안에 기생
을 두다. ㅇ菡萏(함담)—모두 연꽃을 가리킴.

(解說)   작자 정약용의 시 〈전간기사(田間紀事)〉 6편 중 제5편 '시랑
(豺狼)'이다. 작자는 이 〈전간기사〉 6편의 서문에서 다음과 같이
기록하고 있다.

   기사년(己巳年 : 1809년) 나는 다산초당에 머물고 있었다. 이

해는 큰 가뭄이 들었는데 지난 겨울부터 금년 봄을 거쳐 입추(立秋) 절기에 이르기까지 비가 내리지 않았다. 들에는 풀포기 하나 볼 수 없어서 이른바 적지천리(赤地千里)였다.

6월부터는 유랑민들이 길바닥에 가득 찼다. 가엾기 짝이 없고 눈으로 차마 볼 수 없는데 다시는 살아날 것 같지 않았다.

생각컨대 자기 자신은 죄인의 행색으로 궁항 벽지에 유배된 처지인지라 남과 같은, 사람 대접을 받을 수도 없었다. 내가 아무리 나라를 사랑하는 일편단심이 끓어오르더라도 나라에 도모하도록 주청할 길이 없었으며 백성들의 생활을 묘사한 그림 한 장이라도 그려서 바칠 수가 없었다.

이따금 눈앞에 보이는 것들이나 유심히 보고, 이를 시가(詩歌)로 옮겼다. 이는 저 처량한 쓰르라미나 귀뚜라미로 더불어 차디찬 풀밭 속에서 구슬픈 노래를 부르는 격이다. 그러나 이도 역시 나의 감정에서 흘러나온 정의의 목소리로서 천지 자연의 화기(和氣)를 손상시키는 것이 되지는 않는다. 이럭저럭 써 모은 것이 몇편 되기에 〈전간기사〉라 했다.

또 이 '시랑' 시의 전문(前文)에서 작자는 이렇게 지적하고 있다.

'시랑'은 유랑하는 백성들을 가엾게 여기어 부른 노래이다. 남쪽 땅 두 마을, 즉 용촌(龍村)이요 봉촌(鳳村)인데, 용촌에는 갑(甲)이 살고 봉촌에는 을(乙)이 살았거니와 그들은 우연히 장난을 치다가 을이 맞아 죽었단다. 두 마을 백성들은 관청의 트집이 두려워서 "갑(甲)아, 네가 차라리 자살을 하는 게 낫겠다"고 말했다. 갑은 마을 사람들을 살리기 위해 흔연히 목숨을 끊었단다.

이로부터 두어 달이 지나 관리들은 소문을 듣고 두 마을을 토

색하여 돈 3만 냥을 거두어갔다. 한 치의 베와 한 알의 쌀인들 남음이 있을 것인가. 그 여파가 심하기는 흉년보다 더하고 관리들이 떠나던 날, 이 두 마을 사람들도 망하여 떠나버렸다. 억울한 여인이 고을 원님께 호소하니 고을 원님은 하는 말이 "네가 가서 찾으라"고 하더란다.

유배지인 전남 강진(康津)에서 있었던 일을 적나라하게 묘사한 시이다. 작자 정약용의 애민(愛民) 정신이 잘 나타나 있는 작품이며 그에게는 이런 시가 아주 많다.

(作者) **정약용**(丁若鏞) : 1762~1736. 조선조 말기의 학자. 자(字)는 미용(美鏞), 호는 다산(茶山)·여유당(與猶堂). 조선조 후기에 유형원(柳馨遠)과 이익(李瀷)의 실학(實學)을 계승하여 집대성했다. 저서에 《목민심서(牧民心書)》《흠흠신서(欽欽新書)》《경세유표(經世遺表)》 등이 있다.

만월대회고(滿月臺懷古)
── 조선(朝鮮) 신위(申緯)

대 업 삼 한 일 통 래 　자 손 부 탁 내 비 재
大業三韓一統來　**子孫付託奈非才**

궁 위 진 탕 가 병 인 　범 패 처 청 불 국 개
宮闈震蕩家兵人　**梵唄凄淸佛國開**

당 진 훈 명 다 발 호 　진 안 존 위 기 비 애
唐鎭勳名多跋扈　**晋安尊位寄悲哀**

번 화 왕 적 무 인 간 　만 월 대 전 생 녹 태
繁華往跡無人間　**滿月臺前生綠苔**

삼한(三韓)을 통일한 큰 사업이었건만,
자손들이 못났으니 어찌하리요
궁궐은 진탕하여 가병(家兵)들이 들어왔고,
범패(梵唄) 소리 처량하게 가람만 열렸더라
당진(唐鎭)에 공신들은 발호가 많았고,
진안(晋安)의 높은 자리는 슬픔에 붙였어라
번화한 옛 자취 물어보는 사람도 없어,
만월대 앞엔 푸른 이끼만 끼누나

語釋　ㅇ滿月臺(만월대)-고려조(高麗朝)의 왕궁터. 개성시(開城市) 송악
산(松嶽山) 남쪽 기슭에 있었다. ㅇ三韓(삼한)-여기서는 삼국, 즉
신라·백제·고구려란 뜻. 신라가 삼국을 통일했고 그 신하를 뒤집

어엎은 다음 고려조를 건국한 것을 의미한다. ㅇ非才(비재)-재주가 없다. 못났다. ㅇ震蕩(진탕)-폐허가 되었다. 벼락맞아서 휩쓸어 버린 듯하다. ㅇ梵唄(범패)-부처님의 공덕을 찬양하는 전통 형식의 노래. ㅇ佛國(불국)-가람. 즉 승가람마(僧伽藍摩). 승가람마란 중이 살고 있으면서 불도를 닦는 곳이다. ㅇ唐鎭(당진)-당(唐)나라의 수자리. ㅇ晋安(진안)-진(晋)나라의 사안(謝安). 고위직에 있었다. ㅇ尊位(존위)-높은 자리에 있는 벼슬아치. ㅇ綠笞(녹태)-푸른 이끼.

(解說) 작자가 51세 때인 기묘년(己卯年 : 1818년) 개성을 돌아보다가 읊은 시이다. 만월대는 고려조의 궁궐터-. 숱한 시인들이 만월대를 주제로 하여 인생과 권력의 무상을 읊었는데 작자 역시 그런 심정을 피력하고 있다.

(作者) **신위**(申緯) : 1769~1847. 조선조 후기의 시인. 서화가(書畵家). 자(字)는 한수(漢叟), 호는 자하(紫霞). 1799년 과거에 급제하여 벼슬이 이조참판(吏曹參判)에 이르렀으며 당시의 시(詩)·서(書)·화(畵) 삼절(三絶)로 일컬어졌음.

재아경사향(在俄京思鄕)

─ 조선(朝鮮) 민영환(閔泳煥)

의가미신유현방
宜家未信有賢方

선양진원득자강
先養眞元得自强

음찬무절첨신수
飮餐無節添新祟

비로난과임소강
憊勞難誇任小康

장생영약삼산원
長生靈藥三山遠

제중신초백초향
濟衆神草百草香

거세개지위이학
擧世皆知爲已學

욕소고막적음양
欲蘇痼瘼適陰陽

의사마다 병 고친다는 것 믿을 수 없고,
제 마음 제가 다스려야만 몸도 편안하지
먹고 마시는 것 절도 잃어 새 빌미 얻고,
애쓰고 괴로움 많아 견딜 수 없네
불사영약(不死靈藥) 구하려니 삼신산(三神山)은 멀고,
여러 중생(衆生) 살리는 약초 많기도 하이
세상 사람 자기 병의 뿌리 빼 버리려 해야 해,
근본 이치 어김없이 지켜야 하느니

語釋 ㅇ在俄京(재아경)─아라사(俄羅斯), 즉 러시아의 서울에 있으면서
란 뜻. ㅇ思鄕(사향)─고향을 생각하다. ㅇ宜家(의가)─의사(醫師).
의가(醫家)와 통함. ㅇ未信(미신)─믿을 수 없다. ㅇ賢方(현방)─올

바른 처방. 병을 고치다. ○先養(선양)―먼저 기르다. 먼저 바로잡다. ○眞元(진원)―참된 원기(元氣). 참된 마음. ○飮餐(음찬)―먹고 마시는 것. ○新祟(신수)―새로운 빌미. 수(祟)는 빌미 수. ○僶勞(비로)―애써 힘쓰는 것. ○難誇(난과)―어려움이 많다. ○三山(삼산)―삼신산(三神山). 중국 전설에 나오는 봉래산(蓬萊山)·방장산(方丈山)·영주산(瀛州山). 신선이 살고 있다고 하며 이곳에 오면 불로불사의 영약(靈藥)을 얻을 수 있다고 했다. ○濟衆(제중)―여러 중생(衆生)들. 모든 사람들. ○擧世皆知(거세개지)―온 세상이 모두 알다. ○欲蘇(욕소)―소생되기를 바라다. 회복시키기를 원한다. ○痼瘼(고막)―고질병. 병의 뿌리. ○陰陽(음양)―여기서는 근본 이치. 우주만물의 근원적인 이치.

(解說)　작자가 1896년 특명전권대사가 되어 러시아 황제 니콜라이 2세의 대관식(戴冠式)에 참석했었는데 그때 지은 시로 생각된다. 당시에는 우리나라가 후진국으로서 일본의 간섭을 받기 직전이었고 러시아는 이른바 열강(列强)으로 꼽히던 때이다. 따라서 작자는 이 시에서 러시아의 수도(首都)에 있으면서 낙후된 고국의 운명을 가슴아파하는 내용을 담고 있다.

(作者)　민영환(閔泳煥) : 1861～1905. 한말(韓末)의 문신이자 순국지사(殉國之士). 자(字)는 문약(文若), 호는 계정(桂庭)이며 본관은 여흥(驪興)이다. 특명전권대사로 러시아 황제의 대관식에 특파되었고 을사조약(乙巳條約)이 체결되자 이를 반대하는 뜻을 이루지 못하게 된 것을 한탄하던 나머지 유서를 남기고 자결했다. 시호는 충정(忠正)이다.

적거춘설(謫居春雪)

—— 일본(日本) 헤이안(平安)　스가와라노미치자네(菅原道眞)

영 성 일 곽 기 매 화　　　유 시 풍 광 조 세 화
盈城溢郭幾梅花　　猶是風光早歲華

안 족 점 장 의 계 백　　　오 두 점 착 사 귀 가
雁足黏將疑繫帛　　烏頭点著思歸家

　태재부(太宰府) 성 안팎에 쏟아지는 눈은 셀 수 없을 정도의 매화(梅花)가 일제히 피는 것 같은데,

　이는 역시 봄바람과 봄빛 속에서 일찍이 피어나는 꽃이로다

　기러기 발에 묻어 있는 눈을 보고는 하얀 비단에 쓴 편지가 아닌가 생각이 되고,

　까마귀 머리에 묻어 있는 눈을 보고는 집에 돌아갈 때가 되지 않았나 생각한다

語釋　○謫居(적거)—귀양가서 살고 있는 곳. 작자는 33세 때 문장박사(文章博士)가 되었고 벼슬이 우대신(右大臣)에까지 올랐으나 901년 후지와라노도키히라(藤原時平)의 참언(讒言)에 의해 치쿠젠(筑前 : 현재의 福岡縣)으로 귀양갔었다.　○城(성)·郭(곽)—성곽은 모두 도시 주위에 쌓은 성인데 내성(內城)을 성(城), 외성(外城)을 곽(郭)이라고 한다.　○早歲華(조세화)—새해에 일찍이 피는 꽃. 즉 매화(梅花)를 의미한다.　○雁足(안족)—기러기의 다리. 흉노(匈奴) 땅에

붙잡혀 있던 한(漢)나라의 소무(蘇武)가 기러기 다리에, 하얀 백서(帛書)를 묶어가지고 날려보냄으로써 자신이 살아있음을 보고했는데 그 결과 귀국할 수 있었다고 하는 고사(故事)에 바탕을 두고 있다. ㅇ黏將(점장)-들어본다. ㅇ烏頭(오두)-진(秦)나라에 인질로 잡혀가 있던 연(燕)나라 태자(太子) 단(丹)이 까마귀 머리가 까맣게 되었기 때문에 귀국할 수 있었다는 고사에 바탕을 두고 있다. ㅇ点著(점착)-점점(点点)이 달라붙다.

(解說) 903년 작자가 59세 되던 해 1월에 지은 시이다. 작자는 이 시를 쓴 다음 달 25일에 귀양지에서 일생을 마쳤다. 말하자면 작자 스가와라노미치자네의 절필시(絶筆詩)이다. 역사상 유명한 한(漢)나라의 소무(蘇武)와 연태자(燕太子) 단(丹)의 고사(故事)를 읊으면서 귀경하기를 무한히 원하는 뜻이 깃들어 있는 작품이다.

(作者) 스가와라노미치자네(菅原道眞) : 845~904. 헤이안(平安)시대의 대표적인 학자이며 문인(文人). 33세에 문장박사(文章博士)가 되었고 그후 벼슬은 우대신(右大臣)에까지 올랐다. 당대 유일한 한학자로 평가받았는데 901년 후지와라노도키히라(藤原時平)의 참언에 의해 귀양살이를 해야 했다.

좌우호풍래(左右好風來)

─ 일본(日本) 헤이안(平安) 후지와라노미치나가 (藤原道長)

호풍래처위심장　　　좌우표의하일망
好風來處慰心腸　　左右飄衣夏日忘

횡검요간연죽향　　　속명좌하송하향
橫劍腰間連竹響　　續銘座下送荷香

염유고권쌍금동　　　나기한거양빈량
簾惟高捲雙衿動　　羅綺閑居兩鬢涼

유락전지무고열　　　월명백랑첩빙상
唯樂前池無苦熱　　月明白浪疊氷霜

상쾌한 바람이 불어와서 마음속이 온화해진다,

여기저기서 불어오는 바람이 옷깃을 헤치니 여름 더위도 잊누나

칼을 찬 허리에서는 죽엽(竹葉) 스치는 소리가 연이어 나고,

명문(銘文)을 이어서 써놓은 좌석 밑에서는 연꽃 향기가 풍겨나네

발과 장막을 걷어올리니 옷깃이 바람에 흩날리고,

비단옷 걸친 채 집에서 조용히 있노라니 양쪽 귀밑머리가 바람에 날리어 시원토다

앞뜰에 있는 못[池]에는 여름철의 혹서(酷暑)도 없고,

달빛에 비친 물결이 얼음과 서리를 겹쳐놓은 양 즐겁기만 하다

(語釋) ㅇ左右好風來(좌우호풍래)-여기저기에서 서늘한 바람이 불어오다.
ㅇ心腸(심장)-마음속. 즉 마음. ㅇ銘(명)-금(金)이나 돌 따위에
새기기 위한 문장(文章). 명문(銘文). ㅇ荷香(하향)-연꽃의 향기.
ㅇ簾惟(염유)-발과 장막. 또는 발처럼 엮은 비단. ㅇ鬢(빈)-좌우
양쪽의 귀밑머리. 빈(鬢)과 같음. ㅇ前池(전지)-침실 앞쪽에 조영
(造營)한 정원.

(解說) 이 시는 당시의 서민들이 무더위에 고생을 하는데, 귀족들은
고급 저택을 짓고 침실 앞에는 연못을 파놓는 등 우아한 생활을
하고 있었음을 엿보게 한다.

(作者) **후지와라노미치나가**(藤原道長) : 965~1027. 헤이안(平安)시
대의 정치가. 후지와라노가네이에(藤原兼家)의 5남. 995년 형인
관백(關白) 미치가다(道陰)와 다음 형인 미치가네(道兼)가 연이
어서 죽었기 때문에 종이위우대신(從二位右大臣)으로서 내람(內
覽)을 겸하고 집안의 장남이 되었다. 이듬해 좌대신(左大臣)에
승진하여 권세를 확립했다. 후지와라씨(藤原氏) 영화(榮華)의 정
점(頂點)에 섰고 섭관직(攝關職)을 그 자손들이 독점하는 기초
를 만들었다. 또 후궁에 재녀(才女)를 많이 모아 《겐지모노가타
리(源氏物語)》를 정점으로 하는 여방문학(女房文學)을 개화시켰
다. 그의 일기(日記)인 《어당관백기(御堂關白記)》가 남아 있다.

죽작(竹雀)
── 일본(日本) 무로마치(室町) 기도슈신(義堂周信)

불 탁 태 창 속 **不啄太倉粟**	불 천 주 인 옥 **不穿主人屋**
산 림 유 생 애 **山林有生涯**	모 숙 일 지 죽 **暮宿一枝竹**

관소(官所) 창고의 곡물을 쪼아먹으려고 하지도 않고,
주인집에 구멍을 뚫으려고 하지도 않는다
산림(山林)에서 한평생을 살아가며,
저녁때가 되면 오직 한 가지의 대나무에 깃들어 잠을 잔다

(語釋) ㅇ竹雀(죽작)─대나무 숲속의 참새. ㅇ不啄(불탁)─쪼아대지 않는
다. ㅇ太倉(태창)─도읍에 설치한 정부의 미곡 창고. ㅇ粟(속)─곡
물의 총칭. ㅇ不穿主人屋(불천주인옥)─주인집에 구멍을 뚫지 않는
다는 뜻. 그 의미는 특별히 관계가 없지만 《시경(詩經)》〈소남(召
南)〉 '행로(行露)'에 '누가 참새에 부리가 없다 했소? 그렇다면 어떻
게 우리 지붕을 뚫었겠소?'(誰謂雀無角 何以穿我屋)라고 한 구(句)
를 의식하고 읊은 것인지 모르겠다.

(解說)   영화를 누리는 가문에 아첨하며 벼슬자리라도 구걸하려고 하
지 않고, 권세를 부러워하여 기대려는 생각도 하지 않으면서 청
빈한 생활에 안주하고 있는 참새, 그 참새는 어쩌면 작자 자신의

생활태도였을 것이다.

作者　　**기도슈신**(義堂周信) : 1325~1386. 도사(土佐) 사람. 별명은
공화도인(空華道人)이다. 무소소세키(夢窓疎石)에게서 사사(師
事)했다. 스승의 법도(法度) 포교를 위해 20여년 동안 가마쿠라
에 있었는데 아시카카요시미치(足利義滿)의 부름을 받고 상경하
여 건인사(建人寺)·남선사(南禪寺)의 주지가 되었다. 건강을
해쳐서 중국에 유학할 수 없게 되었고 시에 있어서는 제카이추
신(絶海中津)보다 다소 뒤졌다고는 하지만 자부하는 점이 있어
서, 명(明)나라 승려가 그의 시를 평하기를 '이는 대당인(大唐人)
의 작품이 아닌가 의심스럽다'고 했노라고 그의 일기《공화일용
공부집(空華日用工夫集)》에 적고 있다.

목모사(木母寺)

— 일본(日本) 에도(江戶) 가시와기죠테이(柏木
如亭)

격 류 향 라 잡 답 과　　성 인 래 곡 취 인 가
隔柳香羅雜沓過　　醒人來哭醉人歌
황 혼 일 편 미 무 우　　편 방 왕 손 묘 상 다
黃昏一片蘼蕪雨　　偏傍王孫墓上多

버들 저쪽을 참배객에 섞여 향기로운 비단옷 걸친 미인이 지
나가네,
(梅若의 墓 앞에서는) 술 취했다가 깬 사람은 그 비운(悲運)을
슬퍼하여 울고, 취한 사람은 큰 소리로 노래한다
황혼 때 가랑비 한 줄기가 궁궁이풀을 적시는데,
마음 탓인지 우메와카(梅若)의 묘지 일대에 쏟아지는 것처럼
생각된다

(語釋) ○木母寺(목모사)—도쿄(東京) 구로타구(黑田區) 츠츠미도리(堤通)
에 있는 절. 우메와카(梅若) 전설로 유명한 천태종(天台宗)의 사찰
이다. ○香羅(향라)—향기로운 비단옷. 이런 옷을 걸친 미인. ○一片
(일편)—조금. 약간. 주변 일대. ○蘼蕪(미무)—궁궁(芎藭). 미나릿
과의 다년생(多年生) 풀. 산골짜기에서 자람. 잎은 깃꼴로 깊게 갈
라지고 가을에 백색(白色)의 하얀 꽃이 줄기 끝에 밀집하여 핀다.
여기에서 '미무'란 말을 사용한 것은 당(唐)나라 맹지(孟遲)의 〈규

정(閨情)〉에 '미무도 또한 왕손(王孫)의 풀, 청춘을 보내고 객의(客衣)에 들지 말라'고 되어 있으며, 이 시의 결구(結句)에 왕손(王孫)이란 말이 사용되고 있기 때문이리라. ㅇ偏(편)－중정(中正)이 아닌 것. 여기서는 공정하지 않은 눈으로 보아서일까란 뜻. ㅇ王孫(왕손)－귀공자. 우메와카는 교토(京都)의 공경(公卿)의 자손이었기 때문에 이렇게 말한 것.

(解說) 여기서 읊고 있는 목모사(木母寺)는 어석(語釋)에서 설명했듯이 우메와카(梅若) 전설로 이름 높은 우메와카의 묘지 옆에 있는 천태종(天台宗)의 절이다. 그 전설이란 요곡(謠曲) 〈스미다가와(隅田川)〉에 있는 다음과 같은 내용이다. '인신매매자에게 잡혀간 아들 우메와카다루(梅若丸)의 행방을 찾아나선, 교토(京都) 기타시라가와(北白川)에 사는 어머니는 광란의 상태로 무사시쿠니(武藏國) 스미다가와(隅田川)에 도착한다. 나룻배의 사공에게서 우메와카가 1년 전 이곳에서 죽었다는 말을 들은 어머니는 그 무덤 앞에서 통곡을 하며 염불을 왼다. 그러자 우메와카의 죽은 영혼이 나타난다. 어머니는 미친 듯이 따라가는데 날이 밝은 다음에 보니 무덤만이 남아 있었다.'

(作者) **가시와기죠헤이**(柏木如亭) : 1763~1819. 에도(江戶) 간다(神田) 출생, 이름은 아키라(昶). 집안은 대대로 막부(幕府)의 목공직으로 있었다. 어렸을 때 아버지를 여읜 그는 가업(家業)을 동생에게 물려준 다음 자신은 삭발하고 시화(詩畵)를 파는 등 제국(諸國)을 방랑했다. 마지막에는 교토(京都)에서 궁핍하게 지내다가 세상을 떠났다. 시는 이치가와간자이(市川寬齋)에게서 배웠고 시인인 라이산요(賴山陽)와도 교분이 있었다.

매옹부(賣甕婦)
── 일본(日本) 에도(江戸)   다노무라치쿠덴(田能村竹田)

매옹부　유유모
賣甕婦　猶有母

부조사　종무자
夫早死　終無子

육수양모기차동　금조계진장매옹
鬻水養母飢且凍　今朝計盡將賣甕

모곡앙천기식고　부루천후습시소
母哭仰天氣息孤　婦淚濺喉濕始蘇

막도지중편유수　일매옹후각여무
莫道地中遍有水　一賣甕後却如無

군불견　도문호객옹금욕　일성호수기생속
君不見　都門豪客擁錦褥　一聲呼水肌生粟

동이물을 파는 여인은,
아직 노모(老母)가 살아 있다
남편은 일찍이 죽었고,
끝내 자식이 없었다
물을 팔아 어머니를 봉양하는데 언제나 허기지고 입을 게 없어,
오늘은 마침내 아무 계책도 없어서 물동이를 팔려고 결심했다
노모는 하늘을 우러러 통곡하다가 숨이 끊어질 듯했는데,

여인의 눈물이 노모의 목구멍에 닿자 그 습기로 겨우 소생하
였다
땅속에는 어디든지 물이 있다고 말하지 마오,
일단 물동이를 팔아 버리면 결국에는 물이 없는 것과 같소
여러분은 보았지요, 도읍의 부호들은 비단 금침 속에서,
‘물’하고 한 마디만 하면 소름이 끼칠 것 같은 찬물을 금방 갖
다바치는 생활을 하고 있는 것을

(語釋) ㅇ賣甕婦(매옹부)-물동이에 물을 이고 다니며 파는 물장수 아낙네.
ㅇ鬻水(육수)-물을 팔다. ㅇ飢且凍(기차동)-굶주린 데다가 헐벗다.
ㅇ將賣甕(장매옹)-장차 물동이를 팔려고 하다. ㅇ氣息孤(기식고)-숨
이 끊어질 것 같다. 고(孤)는 고립(孤立)되어 있다는 뜻. ㅇ却(각)-
무엇인가 해보자 했으나 결과는 그것에 반(反)하여 나타났다는 어
감의 글자. ㅇ都門(도문)-도읍을 뜻한다. ㅇ錦褥(금욕)-비단 금침.
ㅇ肌生粟(기생속)-너무 차가워서 살갗에 좁쌀 같은 소름이 돋는 것.

(解說) 이 시는 읽어보면 금방 알 수 있듯이 백거이(白居易)의 신악
부(新樂府) 〈매탄옹(賣炭翁)〉의 영향을 크게 받은 시이다. 정이
많았던 사람으로 알려진 작자 다노무라치쿠덴은 물장수 아낙네
를 대신하여 그 비애와 세상의 모순을 읊고 있다.

(作者) **다노무라치쿠덴**(田能村竹田) : 1777~1835. 호고고쿠(豊後
國 大分縣) 치쿠덴(竹田)에서 태어났다. 이름은 고켄(孝憲). 집
안 대대로 오카반(岡藩)을 섬겨온 의사(醫師)였다. 아버지 겐안
(硯庵)도 시의(侍醫)였으며 작자 다노무라치쿠덴은 차남이었다.
반교(藩校) 유학관(由學館)에서 배웠는데 반(藩)으로부터 유학
관에 근무하면서 학문에 전념할 것을 명받았다. 그후 유학을 하

는 한편으로 우라가미교쿠도(浦上玉堂) 등으로부터 화재(畵材)를 인정받았으며 남화가(南畵家)로서 기대를 모았다.

그러나 치쿠덴이 시화삼매(詩畵三昧)에 빠진 생활로 접어든 것은 오카반(岡藩)에게 농민들이 반발했을 때 반정개혁(潘政改革)의 의견을 올렸으나 받아들여지지 않자 귓병·눈병 등 지병이 악화되었다는 이유를 들어 은퇴했던 37세 이후의 일이다. 라이산요(賴山陽)와는 평생동안 친구 사이였다.

제벽(題壁)

— 일본(日本) 근세(近世) 무라마츠분소(村松文三)

<table>
<tr><td>남아입지출향관
男兒立志出鄕關</td><td>학약불성사불환
學若不成死不還</td></tr>
<tr><td>매골기기분묘지
埋骨豈期墳墓地</td><td>인간도처유청산
人間到處有靑山</td></tr>
</table>

사나이가 뜻을 세운 다음 고향을 떠나서,
만약 학문을 이루지 못한다면 죽어도 고향에 돌아가지 않으리라
뼈를 묻는 데 어찌 선조의 무덤 곁만 고집하겠는가?
이 세상에는 어디에나 푸른 산이 도처에 있지 아니한가?

(語釋) ○題壁(제벽)—벽에 썼다는 뜻. 시의 제목을 따로 마련하지 않고, 완성된 시를 그대로 벽에 쓴다는 뜻이지만 반드시 벽에 써야 하는 것은 아니다. ○立志(입지)—뜻을 세우다. ○出鄕關(출향관)—고향을 떠나다. ○學若不成(학약불성)—목표로 세운 학문을 만약 이루지 못한다면. ○死不還(사불환)—죽어도 돌아가지 아니한다. ○埋骨(매골)—뼈를 묻다. ○豈期(기기)—어찌 기약할 수 있는가? ○墳墓地(분묘지)—조상 대대의 무덤이 있는 곳. ○人間(인간)—여기서는 사람이란 뜻이 아니라 세상이란 의미이다.

(解說) 이 시는 작자가 나이 불과 15세 때에 뜻을 세우고 고향을 떠날 때, 자신의 굳은 의지를 벽에 썼다는 시이다. 한번 뜻을 세우

고 고향을 뒤로하여 떠난 이상, 학문을 닦고 떳떳한 인물이 되지 못하고서야 어찌 고향 땅을 다시 밟을 수 있겠느냐는 비장한 각오를 나타내고 있다.

이 시는 지난날 지방 학생들이 고향을 떠나 도시에서 하숙을 하며 공부할 때에 흔히 벽에 써붙이고 결의를 새롭게 다짐했다는 시이기도 하다.

(作者) **무라마츠분소**(村松文三) : 1828~1874. 일본 이세(伊勢) 미에현(三重縣) 출신으로 소위 권왕가, 즉 일본을 왕이 직접 다스려야 한다고 주장하던 기사들의 한 사람이다. 메이지유신(明治維新) 이전의 전근대적인 일본은 도쿠가와바쿠후(德川幕府)가 있어서 그 쇼군(將軍)이 대대로 나라를 통치했었다. 메이지유신 이후에 현지사(縣知事 : 우리나라의 도지사와 비슷한 관직) 등을 역임한 작자는 메이지(明治) 7년(1874년) 47세의 한창 나이로 세상을 떠났다.

3

자연과 명승지(名勝地)를 노래한 시

음주(飲酒)

─ 진(晉)   도잠(陶潛)

結廬在人境　而無車馬喧
問君何能爾　心遠地自偏
採菊東籬下　悠然見南山
山氣日夕佳　飛鳥相與還
此中有眞意　欲辯已忘言

(隱者는 산속에 집을 짓지만 나는) 시끄러운 마을 근처에 암자를 지었다,

하지만 수레나 말발굽 소리 요란하게 사람들이 찾아오는 일은 없다

왜 이렇게 살고 있느냐 하면,

마음은 이미 명예와 이욕(利欲)에서 멀어져 있고 또 집이 변두리에 떨어져 있기 때문이다

(책을 읽다가 지루하면) 동쪽 울타리 밑에 핀 국화 꽃가지를 꺾고,

문득 머리를 들면 유연히 솟아 있는 남산이 보인다
맑은 날 해저무는 산의 경치는 말할 수 없이 좋고,
하늘을 날아가는 새는 새로 짝을 지어 보금자리로 돌아간다
이와 같이 자연 그대로인 경치야말로 참된 맛이 있는 것 같아서,
대체로 그것을 나타내려고 하지만 적당한 말이 생각나지 않누나

(語釋) ○結廬(결려)-은자(隱者)가 짓는 것처럼 조그마한 집을 짓는다.
○在人境(재인경)-사람이 많은 곳에서 산다. ○而(이)-여기서는
'그러나'란 뜻. ○車馬喧(거마훤)-수레와 말발굽 소리가 시끄럽다.
즉 방문객이 많아져 시끄럽다는 뜻. ○問君(문군)-나에게 묻노니
란 뜻. 즉 여기서 '군(君)'은 자기 자신을 가리킨 말이다. 자문자답
(自問自答)의 형식이다. 제2인칭이 아닌 점에 주의할 것. ○何能爾
(하능이)-왜 그렇게 하고 있는가? ○心遠(심원)-마음이 명예라든
가 이욕(利欲)으로부터 멀다. ○地自偏(지자편)-사는 곳이 원래
변두리에 있기 때문이다. ○採菊(채국)-국화 꽃가지를 꺾다. ○東
籬下(동리하)-동쪽 울타리 아래. ○悠然(유연)-여유가 있는 모양.
○見南山(견남산)-남산을 바라보다. 남산이 바라보인다. ○山氣(산
기)-산의 경치. ○日夕(일석)-황혼. 저녁 무렵. ○佳(가)-좋다.
아름답다. ○飛鳥(비조)-날아가는 새. ○相與還(상여환)-서로 더
불어 돌아오다. ○此中(차중)-이 가운데. 여기서는 자연 그대로의
경치야말로란 뜻으로 사용했다. ○眞意(진의)-자연과 인생의 참된
맛. ○欲辯(욕변)-말하고자 하지만. ○已忘言(이망언)-이미 그 할
말을 잃었다.

(解說) 작자와 자연의 일치됨을 노래한 시이다. 이 시는 〈음주(飮
酒)〉란 제목의 20수나 되는 도연명의 시 가운데, 다섯 번째의
것으로서 이 제목의 시 중 제일 유명한 시이다. 《고문진보(古文
眞寶)》에는 〈잡시(雜詩)〉라는 제목으로 실려 있다.

그 당시는 정치적 혼란기의 절정을 이루던 때로서 군자(君子)·선인(善人)으로 일컬어지던 사람들은 하나같이 산속에 들어가 숨어 살았는데 도연명은 산속으로 들어가지 아니하고 인가(人家)가 있는 곳에서 전원생활을 했다는 점을 주목해야겠다.

주관(主觀)과 객관(客觀), 심경(心境)과 대상(對象)이 혼연일체가 되어 있는 것이 이 시의 특징이다. 이 시는 고금을 통하여 절창(絶唱)이라 일컬어진다.

(作者) **도잠**(陶潛) : 365~427. 자(字)는 연명(淵明). 호는 원량(元亮)이다. 심양(潯陽) 시상(柴桑 : 현 江西省) 출신으로 일찍이 팽택(彭澤) 현령(縣令)이 되었으나 그 유명한 〈귀거래사(歸去來辭)〉를 쓰고, 벼슬길에서 물러난 이후, 고향에서 농사를 지으며 '시와 술'로 세월을 보냈다.

원가(元嘉) 4년(427년) 63세의 나이로 세상을 떠났다. 지조가 굳고 취미가 다양하여 정절선생(靖節先生)이라 불렸다. 전원시인(田園詩人)으로서 동서고금 제일이라는 평을 받는 그는, 스스로 문 앞에 버드나무 다섯 그루를 심고《오류선생전(五柳先生傳)》을 지었는데 그밖에도 유명한 산문집인《도화원기(桃花源記)》등 수다한 작품을 남겼다.

춘효(春曉)

── 당(晉唐) 맹호연(孟浩然)

춘 면 불 각 효   처 처 문 제 조
春眠不覺曉   處處聞啼鳥
야 래 풍 우 성   화 락 지 다 소
夜來風雨聲   花落知多少

노곤한 봄잠은 날이 밝는 줄을 모르게 하고,
이곳저곳에서 지저귀는 새소리가 요란하구나
지난 밤에는 비바람 소리 유난하게 들린 것 같은데,
(만발했던) 꽃은 얼마나 떨어졌을까? (아마도 마당에 가득 떨어졌겠지)

(語釋) ○春曉(춘효)─봄날의 새벽. ○春眠(춘면)─봄철의 노근한 잠. ○不覺曉(불각효)─날이 밝았음을 알지 못한다. ○處處(처처)─곳곳마다. 여기서도 저기서도. ○聞啼鳥(문제조)─지저귀는 새소리가 들린다. ○夜來(야래)─어젯밤. 래(來)는 조사일 뿐이다. 즉 야래는 '어젯밤부터'란 뜻이 아니다. ○風雨聲(풍우성)─비바람 소리. ○花落知多少(화락지다소)─꽃이 어느 정도나 떨어졌는지 모르겠다. 여기에서의 꽃은 복숭아라든가 오얏·살구 등의 꽃이었을 것이다. 때는 봄철이고 또 집 근처에 만발한 꽃이었으니 말이다. ○知多少(지다소)─수효의 많고 적음을 묻는 의문사로서 얼마나 되는지를 모르겠다는 뜻. 하지만 이 말 속에는 '많이 떨어졌을 것이다'라는 느낌이

함축되어 있다.

(解說)　봄날 아침의 정경을 읊은 시이다. 지극히 평범한 표현으로서 흔히 있는 이야기를 쓴 시인데 놀라울 정도로 매력을 느끼게 되는 시이다. 제1구, 즉 기구(起句)에서는 이 시의 주제(主題)를 말하고 제2구 승구(承句)에서는 현재의 정경(情景)을 묘사했는데 첫 구와 함께 읽을 때 새소리가 들리는 것 같은 표현을 하고 있다. 제3구 전구(轉句)에서는 아물아물하는 의식을 가다듬으며 '그래, 꿈결 속에서 들었지만 그것은 생시였었고 필경 밤 한때의 심한 비바람이었어'라는 인상을 주고 있다. 그리고 마지막 제4구인 결구(結句)에서는 꽃이 질펀하게 떨어져 있는 광경을 연상시키고, 가는 봄과 함께 흘러가는 세월의 덧없음이라고 할까, 애수를 표현하고 있다.

　어쨌든 오언절구(五言絶句) 중 뛰어난 시이며 예로부터 우리나라에서 제일 많이 애송되던 시 중 하나이다.

(作者)　**맹호연**(孟浩然) : 50쪽 참조

임동정(臨洞庭)

── 당(唐) 맹호연(孟浩然)

팔 월 호 수 평　　함 허 혼 태 청
八月湖水平　　涵虛混太清
기 증 운 몽 택　　파 감 악 양 성
氣烝雲夢澤　　波撼岳陽城

때마침 8월, 호수의 물은 넘치듯하여 호수가는 평평하고,
어찌나 광활한지 하늘과 하나가 된 것 같아서 구별이 안되누나
수증기 뭉게뭉게 운몽택(雲夢澤)에 피어오르고,
넘실거리는 파도는 악양성(岳陽城)을 집어삼킬 듯하다

語釋　ｏ洞庭(동정)─동정호(洞庭湖). 호남성에 있으며 중국에서 제일 큰 호수이다. 예로부터 명승지로 이름이 높고 문인(文人)과 묵객(墨客)이 많이 찾던 곳이다. ｏ八月(팔월)─음력 8월로서 강물이 불어나서 호수가 넘치도록 물이 찼을 때를 가리킴이다. ｏ涵虛(함허)─허(虛)는 하늘. 호수가 하늘을 적시다. 즉 하늘과 물이 하나가 되어 있는 모양. ｏ太清(태청)─하늘. ｏ氣烝(기증)─수증기가 증발하다. ｏ雲夢澤(운몽택)─동정호 옆에 있는 큰 소택(沼澤)의 이름. 양자강을 끼고 북쪽에 있는 것이 운택(雲澤)이고 남쪽에 있는 것이 몽택(夢澤)인데 합쳐서 '운몽택'이라고 한다. 소택이란 큰 늪지대를 말함이다. ｏ波撼(파감)─파도가 느끼게 만든다. 파도가 느끼도록 한다. ｏ岳陽城(악양성)─호남성 악양현(岳陽縣)에 있는 곳으로서 동정호가 양자강으로 흘러드는 곳에 위치한다.

욕 제 무 주 즙   단 거 치 성 명
欲濟無舟楫   端居恥聖明

좌 관 수 조 자   도 유 선 어 정
坐觀垂釣者   徒有羨魚情

이 호수를 건너고 싶지만, 배도 없고 노(櫓)도 없다(세상에 나가서 천하를 다스리고 싶지만 재능이 없다),

그저 멍청히 앉아서 성천자(聖天子)의 태평세대를 구경만 하니 부끄럽구나

이곳에 앉아서 호수 위에 낚시 드리우고 있는 사람을 바라보니, 나도 고기잡고 싶은 마음이 (벼슬하고 싶은 마음이) 생기도다 (그러나 그것은 세상에 나가 출세하고자 하는 욕망에 지나지 않는다. 나는 처세술이 좋지 못하니 그런 짓은 하지 말아야지)

語釋   ○欲濟無舟楫(욕제무주즙)―제(濟)는 건너다. 주즙(舟楫)은 배와 노(櫓). 즉 이 호수를 건너고자 했지만 탈 배가 없고 노도 없다. 작자는 천하를 경영하고자 하지만 자기자신에게는 그럴 재능이 없음에 비유한 대목이다. ○端居(단거)―한거(閑居)와 같다. 즉 아무 일도 하지 않는 것. ○恥聖明(치성명)―성명(聖明)은 성천자(聖天子). 성천자가 다스리고 있는 태평세대에 아무 일도 하지 않는 것을 부끄러워한다는 뜻이다. ○坐觀(좌관)―앉아서 바라보다. ○垂釣者(수조자)―낚시를 드리우고 있는 사람. ○羨魚(선어)―물고기를 가지고 싶다. 《한서(漢書)》〈동중서전(董仲舒傳)〉에 '연못에 나가서 물고기를 잡으려는 것은 물러나서 그물을 깁는 것만 같지 못하다'라는 말이 있는데 이는 세상에 제대로 쓰임 받을 궁리는 하지 아니하고, 출세할 것만 노리는 것을 훈계하는 말이다.

(解說) 동정호에 온 작자가 그 장관(壯觀)을 보고 느낀 소감과 자신의 불우함을 한탄한 시이다. 전반(前半)은 서경(敍景)이고 후반은 서정(抒情)이다. 후반은 실제의 풍경에서 유도한 것으로서는 다소의 간격이 있는 것 같지만 이러한 장관(壯觀)에 접하면 정치적 관심이 강하게 발동하는 법이다. 그리고 주즙(舟楫)·수조(垂釣)·선어(羨魚) 등의 어휘를 사용하여 호수 위의 풍물과 동떨어지지 않으려는 세심한 배려를 한 것도 눈에 뜨인다.

전반의 그처럼 웅대한 구(句)를 이어나가는 데는 그에 못지 않은 구(句)를 구사해야만 한다. 그런데 작자는 이것을 이어나가는 데에 비중이 무거운 구(句)로써 하지 아니하고, 폭이 있고 여유가 있는 구(句)로써 이어나갔다. 이것이 도리어 복잡미(複雜美) 내지는 변화를 주어 한 편의 훌륭한 시로 이루어 놓았다.

이 시의 제목은 〈망동정호장승상(望洞庭湖張丞相)〉, 즉 '동정호를 바라보면서 장승상에게 바치다'란 제목으로도 쓰는데 이 장승상은 장구령(張九齡)을 가리키는 말이다. 즉 맹호연은 이 시를 장구령에게 바침으로써 암암리에 관료로 천거해 주기를 바랐었던 듯하다.

맹호연은 명리(名利)를 구하지 아니했고 속세를 초탈한 처지였지만 장승상과 같은 명신 아래서라면 벼슬을 바랐을는지도 모를 일이다. 그후에 그는 과연 형주(荊州)의 종사(從事)라는 벼슬을 한 적이 있는데 아마도 그것은 이 시를 지어서 바쳤던 결과였는지 모르겠다. 이 시의 제3구와 제4구는 아주 유명하기도 하려니와 대구(對句)로도 실로 뛰어난 작품이다.

(作者) **맹호연**(孟浩然) : 50쪽 참조.

녹채(鹿柴)

── 당(唐) 왕유(王維)

공산불견인   단문인어향
空山不見人   但聞人語響
반경입심림   부조청태상
返景入深林   復照靑苔上

적막한 산에는 사람 그림자 하나 보이지 않는다.
(그런데 인가가 가까이에 있는지) 어디선가 사람의 목소리가
들려오누나
때마침 저녁 황혼이 깊은 숲속에 비쳐들어서,
다시 푸른 이끼 위에 (몇 줄기) 비추고 있다

(語釋) ○空山(공산)─인기척이 없는 적막한 산. ○人語響(인어향)─사람의
말소리가 어디선가 들려온다. ○返景(반경)─저녁때의 황혼. ○復照
(부조)─다시 비치다. ○靑苔(청태)─푸른 이끼.

(解說)   녹채(鹿柴)란 사슴을 기르는 목책으로서 사슴 목장이 모여 있
는 곳을 가리킴이다. 작자 왕유는 만년(晩年)에 망천(輞川 : 섬서
성 남전현)에 별장을 짓고, 경치가 뛰어난 곳 20여 군데를 골라
서 시를 쓴 바 있거니와 이 시는 그 중 하나이다. 그리고 이 시
는 사슴을 기르는 '녹채'가 모여 있는 곳 부근의 경치를 노래한
시이다. 실로 한적함의 극치를 표현한 시라 하겠다.

作者 **왕유**(王維) : 699~759. 자(字)는 마힐(摩詰), 태원(太原 : 산서성) 사람이다. 남종문인화(南宗文人畵)의 시조로서 벼슬은 상서우승(尙書右丞)에까지 올랐다. 불교적 정적의 경지에 이른 왕유는 '안녹산(安祿山)의 난(亂)' 때 연좌되어 한때 하옥(下獄)된 바 있다.

종남별업(終南別業)
── 당(唐) 왕유(王維)

중세파호도   만가남산수
中歲頗好道   晩家南山陲

흥래매독왕   승사공자지
興來每獨往   勝事空自知

행도수궁처   좌간운기시
行到水窮處   坐看雲起時

우연치림수   담소무환기
偶然値林叟   談笑無還期

중년(中年)부터 무턱대고 불도(佛道)에 흥미를 느꼈었는데,
만년에 이르러서야 겨우 종남산(終南山) 기슭에 집을 지을 수
있었다
감흥(感興)이 일면 언제나 홀로 나아가지만,
아무리 즐거운 일이더라도 결국은 그것이 헛되다는 것을 나는
안다
걷다가 물 흐르는 곳을 찾기도 하고,
앉아서 구름이 이는 것을 보기도 한다
우연히 나무꾼을 만나기라도 하면,
얘기를 나누기에 시간을 보내다가 귀가할 시각조차 잊는 수가
있다

(語釋) ○終南(종남)─산 이름. 남산(南山)이라고도 한다. 장안(長安)의 서남쪽에 있다. ○別業(별업)─별장(別莊). ○中歲(중세)─중년(中年). ○好道(호도)─도(道)를 좋아했다. 도(道)는 여기서는 불도(佛道)를 가리킨다. 작자 왕유는 불교 신앙이 깊었던 사람이다. ○晩(만)─만년(晩年). ○勝事空自知(승사공자지)─아무리 즐거운 일이더라도 결국 그것은 아무 쓸데없는 일임을 자신은 잘 알고 있다. ○坐看(좌간)─앉아서 쳐다보다. ○値(치)─만나다. ○林叟(임수)─나무하는 사람. 초부(樵夫). ○無還期(무환기)─돌아가야 하는 것을 잊고 말았다. 어떤 책에는 무(無)가 체(滯)로 되어 있기도 하다.

(解說) 작자 왕유는 만년에 종남산 속에 별장을 지었는데 그곳에서 유유자적하는 즐거움을 노래한 시이다. 아무리 즐거운 일이 있더라도 그것은 결국 덧없는 헛된 일임을 알았다는 구절로 미루어보아 왕유가 불도(佛道)의 오묘한 경지에 이르렀음을 짐작케 한다.

  그리고 흐르는 물과 피어나는 구름, 즉 자연의 아름다움과 오묘한 섭리를 깨달았음일까? 인생사의 덧없음에 비한다면 저 웅장하고 변화무쌍한 자연의 신비는 얼마나 아름다운 것인가?

(作者) **왕유**(王維) : 180쪽 참조.

산중문답(山中問答)
── 당(唐) 이백(李白)

문 여 하 의 서 벽 산   소 이 부 답 심 자 한
問余何意栖碧山   笑而不答心自閑

도 화 유 수 묘 연 거   별 유 천 지 비 인 간
桃花流水杳然去   別有天地非人間

나에게 묻기를 왜 그런 첩첩산중에서 사느냐고 한다면,
나는 그저 웃을 뿐, 대답하지 않지만, 마음만은 스스로 한가
로울 뿐이다
만발한 복사꽃은 흘러흘러 어디론가 떠내려가지만,
이곳에는 인간세상과 다른 별천지가 있다오

語釋 ㅇ山中問答(산중문답)─산속에서 묻고 대답하다. ㅇ問余(문여)─나
에게 물어오다. ㅇ何意(하의)─무슨 뜻. 무슨 취미. ㅇ栖碧山(서벽
산)─푸른 산속. 즉 깊은 산속에서 살다. ㅇ笑而不答(소이부답)─웃
기만 할뿐 대답을 하지 않는다. ㅇ心自閑(심자한)─마음은 저절로
한가롭다. ㅇ桃花(도화)─복숭아꽃. ㅇ杳然(묘연)─어디론가 사라져
버렸다. ㅇ別有(별유)─따로 있다. ㅇ非人間(비인간)─인간세상이
아니다.

解說   산속에서 문답 형식으로 읊은 시이다. 즉 이 시는 산속에서 속
인(俗人)에게 대답을 한다는 형식으로 지은 것인데 첩첩산중에

서 은둔하는 즐거움을 역력하게 표현하고 있다. 이 시구(詩句) 중 '별유천지비인간(別有天地非人間)'의 끝 구절은 널리 알려진 구절로서 우리나라의 고전인 《별주부전》에도 인용되어 있다.

(作者) **이백**(李白) : 53쪽 참조.

풍교야박(楓橋夜泊)

── 당(唐)　장계(張繼)

월 락 오 제 상 만 천　　강 촌 어 화 대 수 면
月落烏啼霜滿天　　江村漁火對愁眠
고 소 성 외 한 산 사　　야 반 종 성 도 객 선
枯蘇城外寒山寺　　夜半鐘聲到客船

달은 지고 까마귀 울음소리 들리며, 어두운 밤하늘에는 차가운 서리가 가득 찬 듯한데,

문득 시름에 겨워 잘 자지 못한 눈에, 고기잡이 배의 불빛이 비친다

고소성(枯蘇城)의 한산사(寒山寺)에는,

울려오는 한밤중의 종소리가 이 나그네 여행중인 배에까지 들려오누나

(語釋)　ㅇ月落(월락)─달이 지다. ㅇ烏啼(오제)─까마귀가 울다. ㅇ霜滿天(상만천)─서리가 하늘에 가득 차다. ㅇ漁火(어화)─고기잡이 배의 불. ㅇ對(대)─여기서는 눈에 비치다(보이다). ㅇ愁眠(수면)─나그네의 시름으로 하여 잠을 이루지 못한 가수(假睡) 상태. ㅇ枯蘇城(고소성)─소주(蘇州). 옛날 오(吳)나라의 왕 부차(夫差)의 궁전. 고소대(枯蘇臺)가 있다. ㅇ寒山寺(한산사)─소주 서쪽에 있는 절. 현재 이 시를 새긴 시비(詩碑)가 여기에 세워져 있다. ㅇ鐘聲(종성)─종소리. ㅇ到(도)─이르다. ㅇ客船(객선)─여행중에 있는 배.

(解說)　　소주(蘇州) 교외에 있는 풍교(楓橋) 근처에서 배를 멈춘 작자는 그 배 위에서 하룻밤을 묵게 되었는데 그때 지은 시이다. 수심에 겨운 나그네의 꿈결 속에서 날 밝기를 고대하는데 ── 그때 달은 지고 까마귀는 울고, 찬서리가 가득 찬 것을 보고 들으니 이제 날이 새는가 싶었는데 때마침 산사(山寺)의 밤 종소리가 들려온다. 그 소리를 들으니 아직도 한밤중임을 알게 되어 작자는 실망하는 빛이 역력하다.

　　‘까마귀 울고, 종소리가 들려오는 것’은 모두 달이 진 뒤, 한밤중을 느끼게 해주는 청각적인 세계이고 암흑 속에서 시각적인 것은 강가의 단풍과 고기잡이 배의 횃불뿐이다. 가물거리는 불빛과 그로 인하여 비쳐지는 강가의 단풍이 선명한 인상을 주는 시이다.

(作者)　　**장계**(張繼) : ?~779?. 자(字)는 의손(懿孫), 호남성 양주 사람이다. 753년, 진사에 급제하여 검교사부낭중(檢校師簿郎中)까지 벼슬이 올랐다. 그의 시풍(詩風)은 청원하다고 하며 시집 한 권이 전해온다.

등관작루(登觀鵲樓)

── 당(唐) 왕지환(王之渙)

백 일 의 산 진
白日依山盡

황 하 입 해 류
黃河入海流

욕 궁 천 리 목
欲窮千里目

갱 상 일 층 루
更上一層樓

빛나는 태양이 점점 산에 기대듯이 가라앉는데,
황하(黃河)는 저 멀리의 바다로 뛰어들 듯이 힘차게 흘러내린다
이 절경을 머나먼 천 리까지라도 더 바라보고 싶은 마음에서,
이 누각을 다시 한층 더 올랐던 것이다

語釋 ㅇ觀鵲樓(관작루)─산서성 영제현(永濟縣) 서남쪽 성벽에 있는 3층 누각(樓閣)으로서 황하를 내려다볼 수 있는 경승지이다. 많은 시인들이 이곳에 와서 그 경치를 즐겼고 시를 짓기도 했다. 관작루는 황하 가운데에 생긴 섬에 있었고 황새가 둥지를 튼다는 데서 생긴 이름이었는데 물의 흐름이 변하여 이 섬이 물속에 잠겨 버렸기 때문에 성벽 위로 옮겨졌다. ㅇ白日(백일)─태양. ㅇ白日依山盡(백일의 산진)─이 구(句)에 대한 해석이 많다. 크게는 두 가지로 해석되는데, 그 중 하나는 '희게 빛나는 태양이 높은 산에 가로막혀 그 모습을 감춘다'이고, 또 하나는 '지는 해가 산에 기대는 것처럼 넘어간다'는 것이다. 여기서는 '백일'의 '백(白)'을 승구(承句)인 '황하'의 '황(黃)'자와 대조적으로 해석하여 '빛나는 태양이 점점 산에 기대듯이 가라앉는다'로 해석했다. ㅇ黃河入海流(황하입해류)─황하는 그

저 '하(河)'라고도 한다. 황하는 이 관작루 가까이에서 동쪽으로 굽어 하남(河南)·하북(河北)·산동(山東) 등의 성(省)을 거쳐서 멀리 발해(渤海)로 흘러가는데 이 관작루에서 바다로 흘러들어가는 것을 볼 수는 없다. 황하가 힘차게 흘러가는 모습을 표현한 것. ○窮千里目(궁천리목)—멀리 천 리까지 확인한다. ○千里目(천리목)—천 리 사방을 바라보는 조망(眺望). ○目(목)—안(眼)과 달라서 추상적인 눈의 움직임인 시선(視線) 등의 뜻이 있다.

(解說) 이 시는 기승전결(起承轉結)이 각각 대구(對句)로 되어 있는, 이른바 사구전대격(四句全對格)의 시이다. 백일(白日)의 백(白 : 흰색)과 황하(黃河)의 황(黃 : 노란색)은 색채의 대칭(對稱), 즉 색대(色對)이고 천리목(千里目)의 천(千)과 일층루(一層樓)의 일(一)은 수사(數詞)의 대칭, 즉 수대(數對)를 이루고 있다.

두 가지의 대구가 조화를 잘 이루어 아주 웅대한 풍경을 스무 글자만으로 집약하고 있다. 그렇다고 해서 어떤 어려운 내용이 함축되어 있는 것도 아니고, 평이한 용어로 황하 연안의 광대한 경치와 여기에 우뚝 솟은 누각을 대조시킴으로써 그 모습을 생생하게 그려내고 있다. 예로부터 이 시는 절구(絶句) 중에서도 특별히 빛나는 시로 꼽히고 있다.

(作者) **왕지환**(王之渙) : 742년경의 사람으로서 정확한 생몰연대는 미상. 병주(幷州 : 산서성) 사람으로 중년에 이르러서야 글에 뜻을 두었고 그 이름이 일시에 높아지게 되었다. 고적(高適)·왕창령(王昌齡) 등과 교우관계를 맺었다고 하는데 그의 시는 정취가 높아 한 수를 지을 때마다 악인(樂人)이 그 시를 연주했었다고 한다. 또 그의 시는 호방하고 동적(動的)인 시로 높이 평가되고 있다.

유거(幽居)

— 당(唐) 위응물(韋應物)

<table>
<tr><td>귀 천 수 이 등
貴賤雖異等</td><td>출 문 개 유 영
出門皆有營</td></tr>
<tr><td>독 무 외 물 견
獨無外物牽</td><td>수 차 유 거 정
遂此幽居情</td></tr>
</table>

신분의 높고 낮음과 계급의 차이는 있다 하더라도,

집 문을 나서서 사회에 서면 각기 명리(名利)를 구하기 위해 안달을 한다

다만, 나만은 부귀·공명에 마음을 뺏기지 않으므로,

이처럼 숨어살면서 그 기분을 충분히 맛볼 수 있다

語釋 ○幽居(유거)—세상을 피하여 한가롭게 살아가는 것. ○雖(수)—비록. ○異等(이등)—등급이 다르다. ○皆有營(개유영)—모두가 명예와 이득(利得)을 꾀한다. ○獨無(독무)—홀로 없다. 홀로 하지를 않는다. ○外物(외물)—자신의 마음과 몸 이외의 것. 즉 부귀와 명리(名利) 등. ○牽(견)—견제하다. ○遂此(수차)—이것을 따르다. ○幽居情(유거정)—한가롭고 조용히 사는 생활을 즐기는 마음.

解說 한가롭게 살아가는 기쁨을 읊은 시이다. 이 네 구절에서는 누구나 구하기에 안달을 하는 부귀와 공명 따위를 떨쳐버리고 숨어서 살아가는 작자의 생활과 그 생활 속에서의 즐거운 마음을

노래하고 있다.

미 우 야 래 과　　부 지 춘 초 생
微雨夜來過　　不知春草生

청 산 홀 이 서　　조 작 요 사 명
靑山忽已曙　　鳥雀繞舍鳴

지난 밤에는 가랑비가 내린 듯한데,
봄풀이 나왔는지 모르겠구나
이미 비에 젖어 파랗게 된 산이 밝아오더니,
참새들이 집 둘레에서 지저귀기 시작하네

(語釋) ○微雨(미우)—가랑비, 이슬비. ○夜來(야래)—지난 밤. 어젯밤. 래(來)는 어조사로서 특별한 의미가 없다. 여기서는 온다는 뜻이 아니다. ○不知(부지)— ……인지 모르겠다. ○忽(홀)—금방. ○已(이)—이미. ○曙(서)—날이 밝다. ○鳥雀(조작)—참새. ○繞(요)—둘레. ○舍(사)—집. 여기서는 작자의 한가로운 집을 가리킨다.

(解說) 이 두 번째 소단(小段)에서는 은거하고 있는 집의 아침 정경을 묘사하고 있다.

시 여 도 인 우　　혹 수 초 자 행
時與道人偶　　惑隨樵者行

자 당 안 건 열　　수 위 박 세 영
自當安蹇劣　　誰謂薄世榮

때로는 도인(道人)을 만나기도 하고,
또 나무꾼을 따라서 산속을 헤매며 다닐 때도 있다
나와 같이 재능이 없는 사람은 이런 생활을 즐길 일일 뿐,
세상의 영예를 경시(輕視)하는 등의, 대범한 경지에는 이르지
못함이로다

(語釋) ㅇ時與(시여)―이따금 있다. 때로는. ㅇ道人(도인)―도사(道士)와
만나다. 작자는 이미 세상과 교제를 끊고 살기에 이따금 역시 속세
와 인연을 끊고 사는 도사를 만나는 경우가 있다고 했다. ㅇ樵者(초
자)―나무꾼. ㅇ蹇劣(건열)―건(蹇)은 절름발이 또는 다리가 없는
사람. 여기서는 재능이 없음을 비유하고 있다. 열(劣)은 못났다는
뜻. 즉 재능이 없어 못났다는 의미이다. ㅇ薄(박)―경시(輕視)하다.
ㅇ世榮(세영)―세속(世俗)의 영예. 부귀와 명예 따위.

(解說)   이 세 번째 소단(小段)에서는 은거생활을 하고 있는 것은 세
상을 경시해서가 아니라 작자 자신이 못났기 때문이라며 겸손해
하는 심정을 읊고 있다.
   전체적으로 이 시는 홀로 유폐되다시피 한 생활을 영위하면서,
그런 생활을 오히려 즐긴다는 감회(感懷)를 읊고 있다. 세상을
피하여 살면서도 별달리 세상을 백안시(白眼視)하는 일이 없고
언제나 겸손하게 지내는, 작자의 온후(溫厚)한 성격이 잘 그려져
있는 시이다.

(作者)   **위응물**(韋應物) : 736~804?. 자(字)는 불명(不明)이고 섬서
성 장안(長安) 출생이다. 젊어서는 임협(任俠)을 좋아했는데 현
종(玄宗)의 삼위랑(三尉郎 : 경호책임자)이 되어 현종을 측근에
서 모셨고 총애를 받았다. 현종 사후에는 학문에 뜻을 두고 정진

하여 관계에 진출, 좌사낭중(左司郎中)·소주자사(蘇州刺史) 등을 역임하였다. 문종(文宗) 때는 어사중승(御史中丞)에까지 벼슬이 올랐으나 벼슬을 그만둔 후로는 사람과 사귀기를 꺼렸다. 그의 시에는 전원산림(田園山林)의 고요한 정취를 소재로 한 작품이 많으며 당나라의 자연파 시인의 대표자로서 왕유(王維)·맹호연(孟浩然)·유종원(柳宗元) 등과 함께 왕맹위유(王孟韋柳)로 병칭(並稱)되기도 한다.

촌야(村夜)

— 당(唐) 백거이(白居易)

상 초 창 창 충 절 절　　촌 남 촌 북 행 인 절
霜草蒼蒼蟲切切　　村南村北行人絶

독 출 문 전 망 야 전　　월 명 교 맥 화 여 설
獨出門前望野田　　月明蕎麥花如雪

서리를 맞은 풀은 창백하게 늘어지고 벌레 소리가 애절하게 들리누나,

온 마을은 남쪽이건 북쪽이건 다니는 사람의 발길이 끊어졌는데 나 홀로 문 앞에 나와 들판의 밭을 바라다 본다,

달빛이 쏟아져 밝고, 메밀밭에 핀 꽃은 마치 눈이 내린 것 같구나

(語釋) ○村夜(촌야)—시골의 밤. 농촌의 밤. ○霜草(상초)—서리를 맞은 풀. ○蒼蒼(창창)—창백하다. 쇠잔하다. 즉, 풀이 생기를 잃고 시들은 모양. ○蟲切切(충절절)—벌레가 우는 소리의 표현. 벌레가 연이어 울고 있다는 뜻. ○村南(촌남)—마을의 남쪽. ○村北(촌북)—마을의 북쪽. 촌남·촌북으로 온 마을을 뜻하기도 함. ○行人(행인)—다니는 사람. 길을 가는 사람. ○獨出(독출)—홀로 나가다. ○望野田(망야전)—들에 있는 밭을 바라보다. ○蕎麥(교맥)—메밀. 이 메밀은 여름에서 가을에 걸쳐 하얀 꽃을 피운다. ○花如雪(화여설)—피어있는 꽃이 눈과 같다.

(解說)   작자 백거이는 원화(元和) 6년, 즉 811년 4월 3일 어머니의 상을 당했다. 그는 당시의 법도에 따라 한때 관직을 사직하고 어머니의 복상(服喪)을 위해 그가 살던 당시의 도읍 장안(長安)을 떠나 서쪽 교외 위수(渭水) 북쪽에 있는 하규(下邽) 땅에 가서 머물렀다. 백거이는 7년 전부터 이곳에 집을 마련했었고 그해 10월 8일에는 그의 조부모와 아버지도 이곳으로 이장(移葬)을 했다. 당시 그의 나이 40세였다.

그야 어쨌든 이 시는 그가 하규에 머물고 있을 때의 작품으로서 가을철 시골의 야경(夜景)을 그린 것이다. 인적도 없고 풀벌레가 울 뿐인 시골의 밤. 때마침 가을 달빛이 메밀밭의 하얀 꽃에 쏟아지고 있는 광경이 꿈처럼 떠오르게 한다. 마치 환상적인 한 폭의 그림을 보고 있는 것 같다.

(作者)   **백거이**(白居易) : 26쪽 참조

어옹(漁翁)

— 당(唐) 유종원(柳宗元)

<table>
<tr><td>어 옹 야 방 서 암 숙
漁翁夜傍西巖宿</td><td>효 급 청 상 연 초 죽
曉汲清湘燃楚竹</td></tr>
<tr><td>연 소 일 출 불 견 인
煙銷日出不見人</td><td>애 내 일 성 산 수 록
欸乃一聲山水綠</td></tr>
<tr><td>회 간 천 제 하 중 류
廻看天際下中流</td><td>암 상 무 심 운 상 축
巖上無心雲相逐</td></tr>
</table>

늙은 어부가 밤이 되자 서쪽 바위에 배를 대고 하룻밤을 지내더니,

새벽이 되자 맑은 상수(湘水)의 물을 긷고 초죽(楚竹)을 태운다(밥을 짓기 위해)

아침 안개 걷히면서 해가 뜨자 사람의 모습은 보이지 않는데,

문득 소리지르며 배를 저어 나가자 산도 물도 초록색이로다

멀리 수평선 근처를 되돌아보며, 강의 중턱을 흘러 내려가니,

바위 위에서는 무심한 구름이 서로 쫓고 쫓기듯이 흘러가누나

(語釋) ○漁翁(어옹)—고기잡이 노인. ○傍西巖(방서암)—서쪽 바위 곁에.
○西巖(서암)—서쪽에 있는 바위. ○宿(숙)—잠을 자다. ○曉(효)—
새벽. 날이 밝을 무렵. ○汲清湘(급청상)—상강(湘江)의 맑은 물을
길어가지고. 상강은 호남성에 있는 강으로서 동정호(洞庭湖)로 흘
러들어가는 큰 강이다. 작자가 귀양살이를 하던 영주(永州)는 이 상

강 상류에 있다. 상강은 물이 맑기로 유명하다. ㅇ燃楚竹(연초죽) —
초죽을 태우다. 초죽은 대나무의 일종으로서 초(楚) 땅에서 많이 생
산되므로 그런 이름이 붙여졌다. ㅇ煙銷(연소) — 아침 안개가 사라지
다. 연(煙)은 연기란 뜻으로 많이 쓰이지만 여기서는 아침 안개란
의미이다. ㅇ日出(일출) — 해가 뜨다. ㅇ不見人(불견인) — 사람이 안
보인다. ㅇ欸乃(애내) — 배를 저을 때 나는 소리. 또는 노를 젓는 소
리라고도 한다. 후일에는 뱃노래라는 의미로도 쓰였다. ㅇ一聲(일성) —
큰 소리. ㅇ山水綠(산수록) — 산과 물이 모두 녹색이란 뜻. ㅇ天際
(천제) — 하늘과 땅. 또는 물이 맞닿는 곳. 즉 수평선 근처. ㅇ下中流
(하중류) — 강의 중류를 내려오다. ㅇ巖上(암상) — 바위의 위쪽. ㅇ相
逐(상축) — 서로 쫓고 쫓기다.

(解說) 이 시 역시 〈강설(江雪)〉과 마찬가지로 작자 유종원이 영주
(永州) 땅에 유배되어 있을 때에 지은 것이다.

바위 옆에 배를 대고 하룻밤을 지낸 고기잡이 노인이 날이 밝
을 무렵에 깨끗하고 맑은 강물을 길어올리고 대나무 불을 피운
다는 묘사로부터, 이 시는 시작된다. 배를 집 삼아서 생활하는
어옹(漁翁)의 아침식사 준비이다.

아침 안개가 걷히면서 햇살이 퍼지기 시작하자 벌써 그 바위 곁
에는 어옹의 모습이 안 보인다. 그러나 갑자기 '애내(欸乃 : 어기
여차)' 노젓는 소리가 나서 쳐다보니 하늘도, 그리고 물도 온통 초
록색이 아닌가! 여기까지가 네 구절이고 시는 두 구절이 더 계속
된다.

멀리 하늘과 물이 맞닿은 곳을 바라보면서 소상강의 중턱을
흘러내려가니 지난밤 배를 대고 쉬었던 바위에는 무심한 구름이
서로 쫓고 쫓기며 흘러가고 있다.

그런데 이 시에 대하여 앞의 네 구절과 뒤의 두 구절을 나누
어 놓았다는 점에 대하여 관심을 가져보자. 송(宋)나라 때의 대

시인(大詩人)인 소식(蘇軾 : 蘇東坡)은 이 시에 대하여, '곰곰이 생각해 보면 이 시에는 기이한 점이 있다. 어쨌든 뒤의 두 구절은 없어도 좋지 않을까?'라고 평한 바 있다. 그후로부터 이 시는 그대로가 좋다는 의견과 소동파의 지적대로 마지막 두 구절은 삭제하고 절구(絶句)로 하는 편이 좋다는 의견으로 나뉘게 되었다.

어쨌든 이 시는 처음의 네 구절과 끝의 두 구절과는 다소 어울리지 않는 느낌을 준다. 처음의 네 구절은 완전히 객관적인 묘사이다. 자연과 그 자연 속에 융합되어 버린 고기잡이 노인과는 순수하게 작자의 감각을 통하여 이야기되고 있다. 그러나 끝의 두 구절은 작자와 고기잡이 노인이 한 몸이 되고 만 느낌이 있다.

이 시에는 당시 실의에 차 있던 작자 유종원의 — 자연과 그 자취인 것 같은 어옹(漁翁)의 생활에 대한 동경(憧憬) 같은 것이 숨어 있는 것 같고, 도연명(陶淵明)의 〈귀거래사(歸去來辭)〉에서 따왔다고 하는 '무심한 구름'은, 곧 어옹의 마음임과 동시에 작자 자신이 제일 부러워하는 최상의 경지이기도 한 것이다.

다시 말하여 앞의 네 구절에서는 자연과 한 몸이 되어 있는 존재로서의 어옹을, 객관적으로 묘사했다가 뒤에서는 작자 자신까지도 한 몸이 되어 가지고 어옹과 함께 자연을 바라보는 것이, 시로서의 성격을 따지기에 앞서 당시의 유종원에게 있어서는 필연적인 귀결이라고 볼 수 있겠다.

(作者)　　**유종원**(柳宗元) : 773~819. 자(字)는 자후(子厚). 장안(長安) 태생으로서 유하동(柳河東)·유유주(柳柳州)라고도 한다. 벼슬은 예부원외랑(禮部員外郞)에까지 올랐는데 왕숙문(王叔文) 사건에 연좌되어 영주사마(永州司馬)로 좌천되었고, 후에 유주자사(柳

州刺史)로 옮겨 갔다가 세상을 떠났다.

　시는 도연명(陶淵明)의 영향을 받아서 산수의 시를 뛰어나게 써냈고 간결 · 청아하였다. 왕유(王維) · 맹호연(孟浩然) · 위응물(韋應物)과 어깨를 나란히 한다. 그 글이 웅장하고 깊어서 한유(韓愈)와 더불어 '당송팔대가(唐宋八大家)'의 한 사람으로 꼽힌다.

강설(江雪)
── 당(唐) 유종원(柳宗元)

천 산 조 비 절   만 경 인 종 멸
千山鳥飛絶   萬徑人蹤滅

고 주 사 립 옹   독 조 한 강 설
孤舟蓑笠翁   獨釣寒江雪

모든 산이 (눈에 덮이어) 날아가는 새의 모습도 보이지 않고,
수많은 오솔길에는 사람의 그림자도 없어졌도다
가랑잎 같은 한 척의 배에는 도롱이를 걸치고 삿갓을 쓴 노인
이 홀로,
눈 내리는 추운 강에 낚시를 드리우고 있구나

(語釋) ○鳥飛絶(조비절)─새가 날아가 보이지 않다. 날아다니는 새도 없
다. ○萬徑(만경)─수많은 오솔길. ○人蹤(인종)─사람의 발자취. 인
적(人跡). ○滅(멸)─없어지다. ○孤舟(고주)─외로운 배. 단 한 척
의 배. ○蓑笠(사립)─도롱이와 삿갓. ○獨釣(독조)─혼자서 낚시질
을 하다.

(解說) 눈이 내리고 있는 강을 바라보며 읊은 시이다. 작자가 영주(永
州)로 귀양가 있을 때 쓴 작품일 것으로 추정한다. 여기의 고기
잡는 노인은 다름아닌 작자 자신의 모습이라고 한다. 송(宋)나라
때의 대시인(大詩人)인 소식(蘇軾 : 蘇東坡)은 이 시를 극찬하면

서 실로 품위가 있고 거의 하늘이 만든 시와 같아서 도저히 따라갈 수 있는 바가 아니라고 했다.

전반(前半), 즉 기승(起承)에서 천산(千山)과 만경(萬徑), 그리고 절(絶)과 멸(滅)로 대조되는 극한적 언어로서 백설에 뒤덮인 강촌(江村)의 풍경을 여실히 나타내고 있는데 그것에 더하여 후반에서는 삿갓을 쓰고 도롱이를 걸친 노인이 조각배에 몸을 싣고 눈내리는 추운 강심에서 홀로 낚시질을 하고 있다며 동적(動的)인 풍경을 곁들임으로써 한폭의 동양화를 실감하게 하고 있다. 실로 이 시는 수많은 화가들이 화재(畵材)로 삼았었다.

作者 **유종원**(柳宗元) : 197쪽 참조

심은자불우(尋隱者不遇)
—— 당(唐) 가도(賈島)

송 하 문 동 자　　언 사 채 약 거
松下問童子　　言師採藥去

지 재 차 산 중　　운 심 부 지 처
只在此山中　　雲深不知處

소나무 아래에 서 있는 시동(侍童)에게 물으니,
'선생님은 약초 캐러 갔습니다'라고 말한다
지금 이 산속에 있는 것이 분명하겠는데,
흰 구름이 어찌나 짙게 깔렸는지 그 있는 곳을 알 수가 없구나

語釋　○尋(심)-찾다. 여기서는 은자(隱者)인 친구를 찾아갔다는 뜻이다. ○隱者(은자)-학식이 있으면서도 벼슬을 하지 않고 시골에 숨어서 사는 사람, 이 은자는 작자 가도의 친구이다. ○不遇(불우)-만나지 못하다. ○松下(송하)-소나무 아래. 친구인 은자의 암자가 있는 곳을 가리킴이다. ○童子(동자)-심부름하는 아이. ○言師採藥去(언사채약거)-(동자가) 말하기를 스승은 약을 캐러 가고 없다는 것이다. 여기서의 약은 한약재(漢藥材)를 이름이다. ○只在(지재)-지금 (이 곳에) 있다. ○不知處(부지처)-있는 곳을 알 수가 없다.

解說　은자인 친구를 찾았으나 부재중이어서 만나지 못하고 그 정경을 읊은 시이다. 동자와 나눈 대화에 의해, 신선(神仙)과 같은

암자의 주인임을 어렴풋이나마 떠오르게 한다.

(作者)　　**가도**(賈島) : 779~843. 자(字)는 낭선(浪仙), 또는 낭선(閬仙). 범양(范陽 : 北京) 사람이다. 처음에는 출가하여 중이 되었고 무본(無本)이라 호(號)했으나 뒤에 환속하여 여러 번 과거를 보았는데 급제하지 못했다. 그러나 장강(長江)의 주부(主簿)를 지낸 적이 있어서 가장강(賈長江)이라 부르기도 한다. 환속한 것은 한유의 권유에 의한 것이며 그 시풍(詩風)은 속기(俗氣)가 없이 고담(枯淡)했는데 그런 점은 송대(宋代)의 시에 많은 영향을 끼쳤다.

장성(長城)

── 당(唐) 왕준(汪遵)

진 축 장 성 비 철 뢰
秦築長城比鐵牢

번 융 불 감 핍 임 도
蕃戎不敢逼臨洮

수 연 만 리 연 운 세
雖然萬里連雲勢

불 급 요 계 삼 척 고
不及堯階三尺高

진시황은 만리장성을 쌓아놓고 비유하되, 무쇠로 만든 감옥이라 하였는데,

오랑캐들은 과연 임도(臨洮)에까지, 올 생각을 하지 못했도다

그러나 구름과 땅이 맞닿는 곳까지 뻗어나간 만리장성이라고는 하지만,

요(堯)임금이 다스리던 석 자 높이의 담에도 미치지 못했었다

(語釋) ○長城(장성)─만리장성. 전국시대부터 연(燕)나라·조(趙)나라 등이 흉노의 침입을 막기 위해 부분적으로 축조해 놓은 성(城)들을 진시황(秦始皇)이 이어놓은 것. 그 길이가 2,400㎞에 이른다. ○鐵牢(철뢰)─무쇠로 만든 감옥. 견고한 것의 비유이다. ○蕃戎(번융)─오랑캐. 여기서는 흉노를 가리킨다. ○不敢(불감)─감히 하지를 못하다. ○逼(핍)─가까이 오다. ○臨洮(임도)─진(秦)나라 때의 현(縣) 이름. 오늘날의 감숙성 민현. 장성은 이곳을 서쪽의 기점으로 하여 동쪽으로는 만주의 요동(遼東)에까지 쌓았다고 한다. ○雖然(수연)─ ……라고는 하지만. ○連雲勢(연운세)─땅과 구름이 맞닿

는 곳에까지 이어진 세력. ㅇ不及(불급)—어찌 이를 수 있겠는가?
ㅇ堯階三尺高(요계삼척고)—요(堯)임금이 다스리던 궁성(宮城)의
계단. 불과 석 자의 높이였다고 한다. 사마천(史馬遷)의 《사기(史
記)》에 의하면 요임금·순(舜)임금은 덕치(德治)를 베풀었는데 궁
정의 높이가 석 자밖에 되지 않았으며, 흙계단의 수효가 세 단(段)
밖에 되지 않았다고 했는데, 여기서 나온 말이다.

(解說) 만리장성을 노래한 시인데 그 발상이 재미있다. 이 시는《당시
선(唐詩選)》에도, 그리고 《당시삼백수(唐詩三百首)》에도 빠져
있지만 아주 유명한 시이다.

전국시대의 병법가이자 정치가였던 오기(吳起)가 위(魏)나라
무후(武侯)에게 '덕(德)으로 위험을 멀리 하시오소서'라고 한 말
이라든가 '바른 사람을 등용하시어 울타리를 견고하게 만드시옵
소서'라고 말한 것도 이 시와 맥을 같이하는 말이다. 즉 국가의
방어는 산이나 강에 있는 것이 아니라 사람에게 있다는 뜻이다.

(作者) **왕준**(汪遵) : 당나라 경현 사람. 처음에는 하급관리가 되었으
나 곧 사직했다. 절구(絶句)의 시를 썼고 나중에 진사(進士)에
급제하였다.

원산(遠山)

— 송(宋) 구양수(歐陽脩)

산 색 무 원 근　　간 산 종 일 행
山色無遠近　　看山終日行

봉 만 수 처 개　　행 객 부 지 명
峰巒隨處改　　行客不知名

멀든 가깝든, 산 경치는 한가지인데,
나는 그 산들을 바라보며 온종일 걸었다
봉우리 모양은 가는 곳마다 변화했지만,
나그네는 그 이름을 하나도 모르겠더라

（語釋）　o 山色(산색) — 산의 모습. 경치. o 無遠近(무원근) — 멀든 가깝든 간에. o 看山(간산) — 손을 들어 햇볕을 가리면서 본다. 손과 눈으로 본다는 합의(合意)의 내용이다.　o 終日行(종일행) — 온종일 동안 가다.　o 峰巒(봉만) — 산봉우리. 봉(峰)은 작고 뾰족한 봉우리. 만(巒)은 둥근 봉우리.　o 隨處改(수처개) — 곳곳마다 다르다.　o 行客(행객) — 나그네. 등산객. 여기서는 작자 자신을 가리킨다.　o 不知名(부지명) — 그 이름을 모르다.

（解說）　먼 산을 바라보며 그 아름다움을 노래한 시이다. 그것은 아마 가을산이었으리라. 공기가 맑으니까 먼 산인지 가까운 산인지 구별이 안된다. 산 이름은 알아서 무엇하겠는가.

(作者) **구양수**(歐陽脩) : 1007~1072. 자(字)는 영숙(永叔), 호는 취옹(醉翁)·육일거사(六一居士), 강서성 노릉(盧陵 : 吉安) 사람. 북송(北宋) 초기의 뛰어난 문학가이며 정치가이다. 진사(進士)가 된 다음 추밀부사(樞密副使), 참지정사(參知政事) 등을 지내다가 태자소사(太子少師)로 치사(致仕)했으며 시호는 문충공(文忠公)이다. 시에 있어서는 평담(平淡)을 위주로 한, 새로운 시풍(詩風)을 개척하였고, 산문에 있어서는 한유(韓愈)와 유종원(柳宗元)의 고문(古文)운동을 계승하여 고문을 확정지어 '당송팔대가(唐宋八大家)'의 한 사람이 되었다.

춘야(春夜)

— 송(宋) 소식(蘇軾)

춘 소 일 각 직 천 금　　화 유 청 향 월 유 음
春宵一刻直千金　　花有淸香月有陰

가 관 누 대 성 적 적　　추 천 원 락 야 침 침
歌管樓臺聲寂寂　　鞦韆院落夜沈沈

봄밤은 가히 1천 금의 값어치가 있도다(춥지도 덥지도 않기 때문에),
꽃은 밝은 향기를 뿜으며, 달은 몽롱하게 흐려 있구나
노래와 피리 소리가 흥겹던 높직한 누각(樓閣)도 조용해졌고,
그네가 늘어져 있는 안뜰에도 밤이 깊어가도다

語釋　○春宵(춘소)—봄밤. ○一刻(일각)—오늘날의 15분. 즉 1시간의 4분의 1. ○直千金(직천금)—천금의 값어치. 여기서의 직(直)은 치(値)와 같은 뜻임. ○淸香(청향)—맑은 향기. ○月有陰(월유음)—달이 몽롱하게 흐려 있음. ○歌管(가관)—가무(歌舞)와 음곡(音曲). 관(管)은 통소 또는 피리 등 관악기. ○寂寂(적적)—적막한 모양. ○鞦韆(추천)—그네. ○院落(원락)—담장이 둘러쳐져 있는 집. 그 집의 안뜰. ○沈沈(침침)—조용히 밤이 깊어가다.

解說　봄날의 밤에 있을 수 있는, 모든 풍물들을 들어서 노래한 시이다. '춘소일각직천금(春宵一刻直千金)'이란 기구(起句)에서 우선

결론적인 감동을 읊은 다음, 이하(以下) 그 감동이 일어나게 되는 바를 자연 그대로 노래하고 있다. 이 구절은 예로부터 우리나라에서도 애송되어 오던 구절이다.

(作者) **소식**(蘇軾) : 1036~1101. 중국 송(宋)나라 때의 사람으로서 소순(蘇洵)의 아들이고 소철(蘇轍)의 형이다. 자(字)는 자첨(子瞻)이고 호(號)는 동파(東坡), 사천성(四川省) 미산(眉山) 사람이다. 시와 사(辭), 부(賦)에 있어 당시 첫손가락을 꼽는 인물이었으며 '당송팔대가(唐宋八大家)'의 한 사람이다. 명종(明宗) 때 진사에 급제하여 벼슬길에 나아갔으나 신종(神宗) 때 왕안석(王安石)의 신법(新法)이 실시되자 '구법당(舊法黨)'에 속했던 소식은 의견이 안맞아서 주로 지방관(地方官)을 역임했다.

　소식은 특히 고문(古文)의 대가(大家)로서 분방한 작품에 독자적인 경지를 개척했다. 시에 있어서는 칠언고시(七言古詩) 등에 재기(才氣)가 종횡한 작품이 많고, 가사(歌辭)에 있어서는 음률에 구애되지 않고 모든 제재를 마음대로 다루었다. 서화(書畵)에 있어서는 일대(一代)의 명수(名手)라는 말을 들었다. 아버지 소순, 동생 소철도 문장에 뛰어나 소식과 함께 삼소(三蘇)로 불리며 소식의 〈적벽부(赤壁賦)〉는 불후의 명작으로 꼽힌다.

절구(絶句)

── 고려(高麗) 최충(崔沖)

만 정 월 색 무 연 독　　인 좌 산 광 불 속 빈
滿庭月色無煙獨　　人座山光不速賓
경 유 송 현 탄 보 외　　지 감 진 중 미 전 인
更有松絃彈譜外　　只堪珍重未傳人

구름 없이 솟은 달,

뜰에 가득 차 있는데, 산 풍경이 하도 좋다기에 청함 없건만

찾아왔네

들려오는 바람마저 가락 없는 풍경이니,

그윽하고 맑은 취미를 인간에게는 주지 않았네

語釋　○絶句(절구)─한시(漢詩)의 근체시(近體詩) 형식의 하나로서 기
(起)·승(承) 전(轉)·결(結)의 네 구(句)로 이루어진 정형시이다.
5언절구와 7언절구가 있다. ○滿庭(만정)─뜰에 가득하다. ○無煙獨
(무연독)─구름 한 점 없이 홀로 떠 있다. ○不速賓(불속빈)─청함
이 없어도, 초대하지 않았어도. ○絃彈(현탄)─거문고를 타다. ○未
傳人(미전인)─인간에게는 전해주지 않다. 여기서는 자연의 그윽한
취미를 인간에게는 왜 전해주지 않느냐는 뜻이다.

解說　　자연의 풍광이 하도 아름답다기에 친구의 초대를 받지 않았건
만 밝은 달빛에 유혹을 받아 찾아나선다. 자연의 오묘함은 형언

할 수가 없이 아름다운데 어찌하여 인간에게는 그런 아름다움을
전해주지 않았느냐고 하소연하고 있다.

(作者) **최충**(崔沖) : 984~1068. 고려 초기의 학자. 자(字)는 호연(浩
然), 호는 성재(惺齋). 목종(穆宗) 때 과거에 급제하여 여러 벼슬
을 거치다가 문종(文宗) 때 문하시중(門下侍中)이 되었다. 치사
(致仕)한 후에는 사학(私學) 구재(九齋)를 일으키어 교육에 힘
을 쓰니 당시 해동공자(海東孔子)라 일컬었다. 시호는 문헌(文
獻)이다.

서도(西都)

── 고려(高麗) 정지상(鄭知常)

자 맥 춘 풍 세 우 과   경 진 부 동 유 사 사
紫陌春風細雨過   **輕塵不動柳絲斜**
녹 창 주 호 생 가 인   진 시 이 원 제 자 가
綠窓朱戶笙歌咽   **盡是梨園弟子家**

화사한 거리에 봄바람이 불고 보슬비가 촉촉히 내리는데,
거리에는 먼지가 자고 버들가지 늘어졌구나
화려한 집집마다 노랫소리가 들려오니,
이 모두가 가객(歌客)들이 사는 집인가?

語釋　○西都(서도)─고려시대와 조선시대에는 평양(平壤)을 서도, 또는 서경(西京)이라고 했다.　○紫陌(자맥)─자(紫)는 궁궐을 뜻하고 맥(陌)은 저잣거리를 뜻한다. 즉 도읍의 거리 또는 번화한 도시를 뜻함. 여기서는 평양성을 가리키는 것임.　○細雨過(세우과)─보슬비가 내리다.　○輕塵(경진)─먼지.　○不動(부동)─움직이지 않다. 즉 (먼지가) 자다.　○柳絲斜(유사사)─버들가지가 늘어져 있다.　○綠窓朱戶(녹창주호)─푸른 창에 붉은 문. 즉 호화스러운 저택.　○笙歌(생가)─기악에 맞추어 부르는 노래.　○盡是(진시)─이 모두가.　○梨園(이원)─중국 당(唐) 현종(玄宗) 때 가객(歌客)과 배우들이 가무(歌舞)와 기예(技藝)를 배우던 곳.

(解說) 화려했던 서경(西京), 즉 평양의 봄 경치를 읊은 시이다. 태평성대였던 듯 집집마다 풍악소리가 울려퍼지는 멋스러운 풍경이다.

(作者) **정지상**(鄭知常) : ?~1135. 고려 인종(仁宗) 때의 문신(文臣)·시인. 초명은 지원(之元)이고 호는 남호(南湖)이다. 묘청(妙淸)·백수한(白壽翰) 등과 함께 서경(西京) 천도와 칭제(稱帝)를 주장하다가 '묘청의 난'에 관여했다는 혐의로 김부식(金富軾)에게 피살되었다.

기관귀향(棄官歸鄕)
― 고려(高麗) 신숙(申淑)

경전소백일 채약과청춘
耕田消白日 採藥過靑春
유수유산처 무영무욕신
有水有山處 無榮無辱身

밭을 갈면서 한가한 세월을 보내고,
약초 뜯으며 청춘을 다 보냈다오
물 좋고 산이 좋아 머물러도 이 몸은,
영화도 굴욕도 멀리했다오

(語釋) ○棄官(기관)―벼슬을 내놓다. ○消白日(소백일)―한가한 날을 보내다. ○採藥(채약)―약초를 캐다.

(解說) 벼슬자리를 초개처럼 내던지고 고향에 돌아가 약초를 뜯으며 세월을 보내는 평안함을 노래한 시이다. 그 행위는 도연명(陶淵明)을 연상케 하고 시는 이백(李白)의 시 〈산중문답(山中問答)〉을 떠오르게 한다.

(作者) **신숙**(申淑) : ?~1160. 고려조의 문관. 의종(毅宗) 때 환관(宦官) 정성(鄭誠)이 함부로 권력을 휘두르는 것을 극간(極諫)하다가 삭직(削職)되자 벼슬을 버리고 고향에 돌아갔다.

연거(燕居)

— 고려(高麗) 백이정(白頤正)

왜 옥 소 조 십 주 여   분 향 정 독 성 인 서
矮屋簫條十肘餘   焚香靜讀聖人書
자 종 인 작 생 천 작   정 욕 추 림 일 점 소
自從人爵生天爵   情欲秋林日漸疎

조용한 오막살이 두어 칸 집에서,
향 피우고 옛 성인(聖人)의 글을 정독하도다
사람의 영화는 하늘의 뜻임을 알아 스스로 따르니,
정욕은 가을 숲에 지는 잎처럼 점차 사라지노라

(語釋) ○燕居(연거) - 한가한 틈을 타서 방안에 있을 때를 뜻함. 《논어(論語)》〈술이편(述而篇)〉에 '자지연거(子之燕居)', 즉 공자(孔子)가 조용한 틈을 타서 방안에 있을 때란 구절이 있다. ○矮屋(왜옥) - 보잘것없는 집. ○十肘(십주) - 1주(肘)는 옛날 2자 또는 1.5자라고 했으니 10주는 두어 칸을 뜻한다. ○人爵(인작) - 사람이 정한 영화(榮華). ○生天爵(생천작) - 하늘의 뜻에 따라서. ○日漸疎(일점소) - 날로 차츰 사라지다.

(解說) 부귀영화는 하늘이 내리는 것이니 인간으로서 그것을 잡으려고 애쓰기보다는 한가로이 경서(經書)를 읽으며, 진인사대천명(盡人事待天命)하며 안빈낙도(安貧樂道)하는 생활을 묘사하고

있다.

(作者)　　**백이정**(白頤正) : ?~?. 고려 충선왕(忠宣王) 때의 학자. 호
는 이재(彛齋). 중국 원(元)나라에서 정주학(程朱學 : 性理學)을
연구하고 돌아와 고려에 성리학을 전파하는 데 큰 공을 세웠음.

등전주망경대(登全州望京臺)
── 고려(高麗) 정몽주(鄭夢周)

천 인 강 두 석 경 횡 등 림 사 아 불 승 정
千仞岡頭石逕橫   登臨使我不勝情

청 산 은 약 부 여 국 황 엽 빈 분 백 제 성
靑山隱約扶餘國   黃葉繽紛百濟城

구 월 고 풍 수 객 자 십 년 호 기 어 서 생
九月高風愁客子   十年豪氣語書生

천 애 일 몰 부 운 합 교 수 무 유 망 옥 경
天涯日沒浮雲合   翹首無由望玉京

깎아지른 멧부리에 비탈길이 감겨 있고,
올라가 바라보니 즐겁기 한량없다
청산은 묵묵히 부여 나라의 흥망을 간직하고,
낙엽만 어지러이 백제성에 흩어진다
쌀쌀한 가을바람 나그네 시름 일깨우고,
10년 호기(豪氣)는 서생(書生)이 대변한다
서산에 해는 지고 뜬구름 모이는데,
고개 들어 바라보아도 서울은 안 보이네

語釋 ○登全州望京臺(등전주망경대)─전주(全州)의 망경대에 올라서란
뜻. ○千仞(천인)─천 길. 여기서는 몹시 높은 산이란 의미임. ○岡

頭(강두)—멧부리. ○石逕橫(석경횡)—돌길이 누워 있다. ○登臨(등림)—올라가다. ○使我(사아)—내가 바라보다. ○不勝情(불승정)—즐겁기 한이 없다. ○隱約(은약)—말이 없다. 묵묵하다. ○扶餘國(부여국)—부여 나라의 역사. 부여의 흥망(興亡). ○九月高風(구월고풍)—9월에 부는 쌀쌀한 가을바람. ○愁客子(수객자)—나그네의 시름을 일깨우다. ○語書生(어서생)—서생이 대변해 주다. ○天涯日沒(천애일몰)—서산(西山)에 해가 지다. ○浮雲合(부운합)—뜬구름이 모이다. ○翹首(교수)—고개를 들다. ○無由(무유)—보이지 않다. ○望玉京(망옥경)—서울을 바라보다.

(解說) 작자가 전주(全州)에 있는 망경대에 올라가서 소회(所懷)를 읊은 시이다. 명승고적에서 왕가(王家)의 허망함을 노래했다. 그런 허무가 자기자신과 고려(高麗) 왕조에도 닥쳐오게 될 것을 마치 예견이라도 한 듯이 말이다.

(作者) **정몽주**(鄭夢周) : 97쪽 참조

한거(閒居)
― 고려(高麗) 길재(吉再)

임 계 모 옥 독 한 거　　월 백 풍 청 흥 유 여
臨溪茅屋獨閒居　　月白風淸興有餘

외 객 불 래 산 조 어　　이 상 죽 오 와 간 서
外客不來山鳥語　　移床竹塢臥看書

시냇가에 띠집 짓고 혼자서 한가롭게 사노라니,
풍월에 흥이 겨워 주체할 바가 없네
외지에서 손님은 오지 않고 산새들만 지저귀는데,
대나무 언덕에 자리를 옮겨 놓고 누워서 책을 본다

語釋　o閒居(한거)―한가롭게 지내다.　o臨溪(임계)―시내에 임하여. o茅屋(모옥)―초가집.　o獨閒居(독한거)―혼자서 한가하게 지낸다.　o月白風淸(월백풍청)―달이 밝고 바람이 맑다.　o興有餘(흥유여)―흥이 남아돌다.　o外客(외객)―손님. 외지에서 온 나그네.　o山鳥語(산조어)―새가 지저귄다.　o移床(이상)―자리를 옮기다.　o竹塢(죽오)―대나무 숲이 우거진 언덕.　o臥看書(와간서)―누워서 책을 읽다.

解說　작자 길재는 고려 말기의 학자로서 왕조가 바뀌면서 두 나라를 섬길 수 없다 하여 낙향한 사람이다. 시냇가에 초가집을 지어 놓고 자연과 벗하며 한가로이 지내는 작자의 모습이 그대로 보

이는 것 같은 시이다.

(作者)　**길재**(吉再) : 1353~1419. 고려 말기에서 조선 초기의 학자. 자(字)는 재부(再夫), 호는 야은(冶隱). 이색(李穡)과 정몽주(鄭夢周)의 제자로서 성리학(性理學)을 수학했다. 성균관(成均館) 박사에 이르러 국자감(國子監)의 학생들을 가르쳤다. 고려가 망한 다음 친교가 있었던 이방원(李芳遠)이 불러 태상박사(太常博士)를 내렸으나 두 왕조를 섬길 수 없다며 끝내 나아가지 아니했다. 시호는 충절(忠節)이다.

제강릉(題江陵)
── 조선(朝鮮) 안성(安省)

변국위주불기년　　예성루관우추천
變國爲州不紀年　　藝城樓館又秋天

해산진시도원리　　하용구구학득선
海山盡是桃源裏　　何用區區學得仙

나라가 바뀌어 주(州)가 되었으니 그 해를 알 수가 없고,
강릉의 성루와 공관(公館)은 또한 가을하늘이로세
바다와 산 끝은 모두 이 도원경(桃源境) 안에 있으니,
구구하게 신선(神仙)됨을 배워 어디에 쓰려는고?

(語釋)　○變國爲州(변국위주)─고려조에서 조선조로 바뀐 다음 행정구역이
바뀌었다는 뜻. 고려조 말에는 강릉도(江陵道)라 하여 강릉이 행정
의 중심지였다. ○不紀年(불기년)─그 해를 알 수 없다. ○藝城(예
성)─강릉의 옛이름인 듯. ○桃源裏(도원리)─도원경(桃源境)의 안.
○何用(하용)─어디에 쓰겠나? ○學得仙(학득선)─신선(神仙)이 되
기를 배우다.

(解說)　　작자가 강원도관찰사(江原道觀察使)로 있을 때 강릉의 절경을
바라보며 읊은 시이다. 요즈음에도 강릉팔경(江陵八境)의 경관이
뛰어나거니와 5백여년 전의 강릉은 얼마나 아름다웠을는지 짐작
케 하는 시이다. 도원경(桃源境)이 바로 이곳이니 굳이 신선되는

도를 배워서 무엇하겠느냐는 시인의 묘사에 그런 광경이 그대로
드러나고 있다.

作者   **안성**(安省) : 1351~1421. 조선조 초기의 문신(文臣). 자(字)
는 습지(習之)이고 호는 천곡(泉谷)이며 본관은 광주(廣州)이다.
고려 조 말에 문과(文科)에 급제하여 밀직제학(密直提學)·상주
판관(尙州判官)을 역임했는데 조선조 개국 후에는 '두 나라를 섬
길 수 없다'며 태조(太祖:李成桂)의 부름에 응하지 않다가 조
정에서 노부(老父)를 협박함에 부득이 출사하여 봉상시소경(奉
常侍少卿)·경상도관찰사·강원도관찰사·평양백(平壤伯)을 지
냈다. 시호는 사간(思簡)이다.

퇴휴오로재(退休吾老齋)

—— 조선(朝鮮) 정종(鄭種)

세 간 종 부 부 종 빈
世間從富不從貧　　蔣踪幽谷耳襲人
유 유 건 곤 무 후 박　　수 연 모 옥 역 청 춘
猶有乾坤無厚薄　　數椽茅屋亦青春

세상에서는 부자되기를 따르고 가난하기를 따르지 않건만,
깊은 골짜기에 숨어서 사니 귀머거리가 다 되었소
하느님의 뜻은 후하고 박함이 없이 공평하기에,
서까래 몇 개 없은 띠집에도 봄은 찾아왔다오

(語釋) ㅇ退休(퇴휴)—벼슬을 내놓고 물러나서 쉬다. ㅇ吾老齋(오로재)—작자 정종(鄭種)의 호이자 당호(堂號). ㅇ從富(종부)—부자되기를 좇다. ㅇ蔣踪(장종)—숨어서 살다. ㅇ耳襲人(이습인)—귀머거리. ㅇ數椽(수연)—서까래 몇 개. 즉 보잘것없는 오막살이. ㅇ茅屋(모옥)—띠풀로 지붕을 이은 집. 초가집.

(解說) 부귀영화를 싫어하지 않는 것은 인지상정이거니와 조용한 산촌에 묻히어 사는 즐거움을 읊은 시이다. 자연은 거짓이 없을 뿐아니라 공평하여 부자에게 봄철의 따스한 햇빛을 줄 때, 가난한 은자(隱者)에게도 똑같이 준다는 구절은 감명 깊다 하겠다.

（作者）　**정종**(鄭種) : ?~1476. 조선조 초기의 무신(武臣). 자(字)는 무부(畝夫), 호는 오로재(吾老齋). 1442년 무과(武科)에 급제하여 이징옥(李澄玉)의 난, 이어서 이시애(李施哀)의 난을 평정하는 데 공을 세우고 적개공신(敵愾功臣) 3등에 동평군(東平君)으로 봉해졌으며 여러 벼슬을 거쳐 경주판윤(慶州判尹)에 이르렀다. 시호는 양평(襄平)이다.

전가(田家)

— 조선(朝鮮) 강희맹(姜希孟)

유 수 연 연 이 몰 제　　　　난 연 상 자 발 구 제
流水涓涓已沒蹄　　　煖烟桑柘鵓鳩啼

아 옹 해 사 아 동 건　　　　고 죽 통 천 과 안 서
阿翁解事阿童健　　　觛竹通泉過岸西

물 졸졸 흐르는 시냇가엔 올무 묻혀 있고,
연기 서린 뽕나무에선 비둘기가 우네
농사일에 늙은 할아범 궁통맞아서,
홈대를 쪼개어 서쪽 기슭에 물을 대누나

(語釋) ○涓涓(연연)―물이 졸졸 흐르는 모양. ○蹄(제)―올무. 통발. ○桑
柘(상자)―상(桑)은 뽕나무. 자(柘)는 산뽕나무. 산상(山桑)이라고도
한다. ○鵓(발)―집비둘기. ○童健(동건)―궁통(窮通)맞다. 즉 성질
이 침착하여 생각을 깊이 하다. ○觛竹(고죽)―대나무를 쪼개다. 대
나무 쪼갠 반쪽을 이어서 홈대를 만들었다는 뜻이다. ○通泉(통천)―
물을 흐르게 하다. 물을 대다. ○岸西(안서)―서쪽 건너편.

(解說) 봄철의 농촌 풍경을 읊은 시이다. 늙은 농부는 시냇가에 올무
를 놓아 짐승을 사냥하려 하고, 연기 자욱한 뽕나무 가지에서는
비둘기가 운다. 농부는 오랜 경험을 살리어 대나무를 쪼개어 그
것으로 홈대를 만들어 건너편 논에 물을 댄다. 한가로운 풍경에
동적(動的)인 활동이 곁들여진 동양화 한폭을 보는 것 같다.

(作者)　**강희맹**(姜希孟) : 1424~1483. 조선시대의 문인. 자는 경순(景醇), 호는 사숙재(私淑齋), 경사(經史)에 밝고 문장에 뛰어났다. 벼슬은 이조판서 좌찬성에 오르고 진산군(晋山君)에 봉해졌다. 시호는 문량(文良)이며 저서에 《사숙재집(私淑齋集)》이 있다.

어인(漁人)

── 조선(朝鮮) 이황(李滉)

협 리 풍 파 만 경 한 　 편 주 일 엽 숙 창 만
峽裏風波萬頃寒 　 扁舟一葉宿蒼灣

득 선 내 매 서 행 객 　 소 인 운 연 묘 애 한
得鮮來賣西行客 　 笑人雲烟杳靄閒

산골짜기 강물에는 풍파가 끝없이 차가운데,
일엽편주(一葉片舟), 푸른 물굽이에 묶어놓고
싱싱한 고기를 잡아 서울 가는 나그네에게 팔고는,
웃음지으며 구름 안개 속으로 사라지누나

(語釋) ○漁人(어인)-어부, 고기잡이. ○萬頃(만경)-끝없이 넓은 것을 의미함. 경(頃)은 넓이의 단위로서 약 10a, 1a는 1000㎡이다. ○蒼灣(창만)-짙푸르게 보이는 물굽이. ○西行客(서행객)-서울로 가는 나그네. ○杳靄(묘애)-어둠침침한 안개 속. 자욱하게 안개가 끼어 있는 속.

(解說) 1533년 퇴계 나이 33세 때 지은 시이다. 당시 퇴계는 그 다음 해인 갑오년(甲午年 : 1534년)에 있을 과거에 대비하기 위해 상경했었다. 그 상경길에 지은 시로서 탈속(脫俗)과 한적(閑適)의 경지를 무척 동경했던 듯하다.

(作者) 이황(李滉) : 1501~1570. 조선조의 대학자. 자(字)는 경호

(景浩), 호는 도옹(陶翁) 또는 퇴계(退溪). 성리학(性理學)을 체
계적으로 집대성한 대유학자로, 이이(李珥)와 함께 유학계의 쌍
벽을 이룸. 이기이원론(理氣二元論)과 사칠론(四七論)을 중심사
상으로 삼았다. 저서로《퇴계전서(退溪全書)》《주자서절요(朱子
書節要)》등이 있음.

퇴계(退溪)

── 조선(朝鮮) 이황(李滉)

신 퇴 안 우 분 　　학 퇴 우 모 경
身退安愚分　　學退憂暮境

계 상 시 정 거 　　임 류 일 유 성
溪上始定居　　臨流日有省

몸은 물러나 어리석은 분수에 편안하긴 하지만,
학문이 후퇴하니 늘그막에 근심이 되누나
시내 위에 비로소 자리잡고 살며,
흐르는 물에 날마다 반성코자 하노라

(語釋)　ㅇ退溪(퇴계)－1550년 2월, 벼슬길에서 물러난 작자는 퇴계 서쪽에
자리를 잡고 한서암(寒栖菴)을 지었고 정착했으며 호를 '퇴계'라 하
였다.　ㅇ身退(신퇴)－벼슬길에서 몸이 물러나다.　ㅇ暮境(모경)－늙
어가는 마당에. 늘그막에.　ㅇ定居(정거)－자리를 정하다. 정착하다.
ㅇ有省(유성)－뒤돌아보며 반성하다.

(解說)　퇴계는 왕명(王命)에 의해 여러 차례나 관직에 나갔지만 혼탁
한 정치판에서 물러나기 위해 그때마다 병약함을 이유로 사직하
기를 청했었다. 그러나 사직은 그의 뜻대로 이루어진 경우가 드
물었는데 그의 나이 50세 때인 경술년(庚戌年 : 1550년), 물러나
퇴계 서쪽에 자리를 잡았던 것이다. 처음에는 하명동(霞明洞) 자
합봉(紫霞峯) 아래에 터를 닦고 집을 짓다가 완공하지 못하고

다시 죽동(竹洞)으로 터를 옮겼다. 그러나 그곳은 골이 좁은데다가 냇물이 없으므로 퇴계에 자리를 다시 잡았다고 한다. 이 시는 당시 퇴계의 감회를 읊은 것이다.

(作者) **이황**(李滉) : 226쪽 참조.

난후과경복궁지감(亂後過景福宮趾感)
― 조선(朝鮮) 김명원(金命元)

포 아 초 백 유 미 분
蒲芽初白柳眉分　　太液池臺帶夕曛
각 선 당 년 두 릉 로
却羨當年杜陵老　　江頭猶見鎖千門

부들의 눈 새로 트고 버들 눈썹 벌어졌는데,
궁궐의 큰 못물과 누대(樓臺) 자리엔 석양빛이 물드누나
난리 후에 두소릉(杜少陵)이 늙었음을 부러워하오,
강가에 있는 버드나무는 아직도 천 개의 문인 양 늘어져 있네

(語釋) ○亂後(난후)―난리가 있는 다음. 즉 임진왜란이 있는 다음. ○過景福宮(과경복궁)―경복궁을 지나면서. ○趾感(지감)―성터를 보고 느낀 감회. ○蒲芽(포아)―부들의 눈. ○柳眉(유미)―버들의 눈썹. 버들의 꽃. ○太液池(태액지)―중국 궁궐의 큰 못〔池〕. 여기서는 경복궁의 못을 가리킨다. ○帶夕曛(대석훈)―석양을 띠다. ○羨(선)―부러워하다. ○杜陵老(두릉로)―두보(杜甫)가 늙다. 두보는 당(唐)나라의 시인. 당현종(唐玄宗) 때 이백(李白)과 쌍벽을 이루던 시인인데 자(字)는 자미(子美)이고 호를 소릉(少陵), 또는 노두(老杜)라고도 했다. 안녹산(安祿山)의 난(亂)을 만나 사방으로 유랑하다가 숙종(肅宗) 때 검교공부원외랑(檢校工部員外郞)으로 벼슬을 끝냈다. ○江頭(강두)―강 머리. 즉 강가.

(解說) 임진왜란이 끝난 다음, 왜군에 의해 폐허가 된 경복궁을 둘러보며 통한의 감회를 읊은 시이다. 경복궁은 조선조 말기 고종(高宗) 때 흥선대원군(興宣大院君)에 의해 재건되었거니와 임진왜란 직후에는 실로 바라보기에도 가슴이 아픈 일이었으리라.

(作者) **김명원**(金命元) : 1534~1602. 조선 중기의 문신(文臣). 자(字)는 응순(應順), 호는 주은(酒隱)이다. 명종(明宗) 때 문과에 급제했고 임진왜란 때는 도원수(都元帥)로 활약했으며 벼슬이 좌의정에 이르렀고 경림부원군(慶林府院君)에 봉해졌다. 시호는 충익(忠翼)이다.

추야(秋夜)

── 조선(朝鮮) 정철(鄭澈)

소 소 낙 엽 성　　　착 인 위 소 우
蕭蕭落葉聲　　錯認爲疎雨

호 동 출 문 간　　　월 괘 계 남 수
呼童出門看　　月掛溪南樹

우수수 떨어지는 낙엽 소리를,
성근 비 오는 줄로 잘못 알고서
아이 불러 문 열고 나가보랬더니,
시내 건너 남쪽 나무에 달이 떠있다네

(語釋) ○蕭蕭(소소)─바람이 우수수 부는 소리. ○錯認(착인)─잘못 인식
하다. ○疎雨(소우)─성글게 오는 비. 이따금 후두둑하고 떨어지는
비. ○看(간)─보다. ○掛(괘)─걸려 있다. ○南樹(남수)─남쪽의 나무.

(解說) 한적한 집, 그것은 아마 유배지(流配地)였을는지도 모른다. 조
용한 밤에 낙엽이 우수수 떨어지는 소리를, 후두둑 떨어지는 빗
방울 소리로 착각하고 아이를 불러 비설거지라도 시키기 위해
나가 보라고 했더니 개울 건너 남쪽 나뭇가지에 휘영청 달이 걸
려 있더라는 대답이었다니 아이를 보기에도 무안했을 것이다. 당
쟁에 휘말리어 귀양와 있는 작자의 곤두선 신경을 짐작케 해주
는 시이다.

(作者)　**정철**(鄭澈) : 1536~1593. 조선조 중기의 문신·시인. 자(字)는 계함(季涵), 호는 송강(松江)이다. 서인(西人)의 거장으로, 동인의 탄핵을 받아 유배되었다. 당대 가사문학(歌辭文學)의 대가(大家)로 국문학(國文學) 사상 중요한 작품을 남겼다. 작품에 〈관동별곡(關東別曲)〉〈사미인곡(思美人曲)〉 등 수많은 가사와 단가(短歌)가 있으며 벼슬은 좌의정에까지 이르렀다. 시호는 문청(文淸)이다.

구퇴유감(求退有感)

── 조선(朝鮮) 이이(李珥)

행장유명기유인 소지증비재결신
行藏由命豈有人 素志曾非在潔身

창합삼장사성주 강호일위재고신
閶闔三章辭聖主 江湖一葦載孤臣

소재지합경남묘 청몽도연요북신
疎才只合耕南畝 清夢徒然繞北辰

모옥석전환구업 반생심사불우빈
茅屋石田還舊業 半生心事不憂貧

오고가는 것은 사람의 운명에 있고,

간결한 이내 뜻 몸사림은 근본이 아니로다

임금님께 물러가겠다는 글월을 올리고,

강호(江湖)로 돌아가는 외로운 신하라

변변치 못한 이내 재주는 밭 갈기에 알맞고,

임금님 못잊는, 그리운 꿈은 대궐을 감도네

띠집에 살며 돌밭 일구는 옛 터전으로 돌아와,

반평생 근심 걱정 모르는 가난 속에서 살아가리

語釋 ㅇ求退有感(구퇴유감)─사직(辭職)을 한 후의 감회. ㅇ由命(유명)─운명에 달려 있다. ㅇ閶闔(창합)─궁궐의 정문. 여기서는 궁궐이란 뜻이다. ㅇ三章(삼장)─여기서는 글월이란 뜻이다. ㅇ辭(사)─

사직서. ㅇ合耕(합경)―경작, 즉 밭갈이하기에 알맞다. ㅇ繞北辰(요
북신)―임금님 곁을 감돌다. 요(繞)는 두르다, 감돌다의 뜻. 북신(北
辰)은 북극성(北極星), 또는 통치자란 뜻.《논어(論語)》〈위정편(爲
政篇)〉에 '다스림을 덕으로써 하면 마치 북극성이 제자리에 가만히
있으되 여러 별들이 공수(拱手)하고 따르는 것 같다(爲政以德 譬如
北辰)'고 했다. ㅇ茅屋(모옥)―띠풀로 지붕을 이은 집. 보잘것없는
집. ㅇ還舊業(환구업)―옛 터전으로 돌아오다. 옛날 하던 일을 다시
하다.

(解說) 작자 이이(李珥 : 栗谷)가 살던 시대는 당쟁이 한창이던 때였
다. 이이는 1583년 양관대제학(兩舘大提學)을 지낼 때 당쟁을
조장하고 있다는 동인(東人)들의 탄핵을 받고 사직한 적이 있는
데 그때의 감회를 읊은 시가 아닌가 생각된다. 물론 그것은 모함
이었고 그는 다시 판돈령부사(判敦寧府事)에 등용되었고 이조판
서(吏曹判書)에 올라 동서분당(東西分黨)의 조정에 나선다.

(作者) 이이(李珥) : 1536~1584. 조선조 중기의 대학자·문신(文
臣). 자(字)는 숙헌(叔獻), 호는 율곡(栗谷)·석담(石潭), 본관은
덕수(德水)이다. 아버지는 찰방(察訪)이었던 이원수(李元秀), 어
머니는 그 유명한 사임당(師任堂) 신씨(申氏)이다. 1564년 생원
시(生員試)와 문과(文科)에 모두 장원급제하여 구도장원공(九度
壯元公)으로 일컬어진다. 여러 벼슬을 거쳤고 이기일원론(理氣
一元論)을 주장하여 이기이원론(理氣二元論)을 주장한 이황(李
滉)과 대립했는데 이로써 이황의 영남학파(嶺南學派)에 대하여
기호학파(畿湖學派)가 형성되었다. 임진왜란이 일어나기 10년
전 그가 주장했던 10만양병설(十萬養兵說)은 유명하다.

과선죽교(過善竹橋)

—— 조선(朝鮮) 사명당(泗溟堂)

산 천 여 작 시 조 이　　옥 수 가 잔 문 기 시
山川如昨市朝移　　玉樹歌殘問幾時

낙 일 고 성 춘 초 리　　지 금 유 유 정 공 비
落日古城春草裏　　祇今惟有鄭公碑

산천은 어제인양한데 새벽 장터 부산하다,
옥수(玉樹)의 좋은 곡조는 묻노니 어느 때런고
봄풀 우거진 옛 성터에 해는 저물어가는데,
단지 정공(鄭公)의 비석만이 옛일을 말하는구려

(語釋)　ㅇ善竹橋(선죽교)—경기도 개성(開城)에 있는 돌다리. 고려 말기의
충신인 정몽주(鄭夢周)가 이성계(李成桂：太祖)를 문병하고 돌아오
다가 이성계의 아들 방원(芳遠：太宗)이 보낸 자객 조영규(趙英珪)
에게 철퇴를 맞고 죽은 곳임. 그 당시의 핏자국이 지금도 남아 있다
고 한다. ㅇ如昨(여작)—어제와 같다. ㅇ市朝移(시조이)—새벽 저잣
거리가 부산하다. ㅇ玉樹(옥수)—중국 진(陳)나라 후주(後主) 때 궁
중에서 불렀던 제일 좋은 풍류 곡조라고 한다. ㅇ問幾時(문기시)—
묻건대 어느 때인고? ㅇ惟有(유유)—오직 있을 뿐이다. ㅇ鄭公碑
(정공비)—정몽주(鄭夢周)의 비석.

(解說)　제목 그대로 선죽교를 지나가면서 감회를 읊은 시이다. 산천은
의구(依舊)한데 환경은 바뀌었고, 그 옛날 화려한 궁중에서 울려

퍼졌을 풍류는 어느 때의 것이었던가라며 세월의 무상함을 읊었고, 만고의 충신인 정몽주의 비석만이 남아있다며 작자는 안타까워하고 있다.

(作者)   **사명당**(泗溟堂) : 1544~1610. 조선조 임진왜란 때의 승병장(僧兵將). 속성은 임(任). 자(字)는 이환(離幻). 호가 사명당이며 법명은 유정(惟政)이다. 승과(僧科)에 급제했고 임진왜란 때 승병을 모집하여 이끌고 왜군과 싸워 큰공을 세웠다. 1604년 국서(國書)를 가지고 단신으로 일본에 건너가 우리나라 포로 3천 5백명을 구해서 돌아왔다.

춘수(春愁)

── 조선(朝鮮) 신광수(申光洙)

<table>
<tr><td>지심명월포
地深明月浦</td><td>춘암녹등성
春暗綠橙城</td></tr>
<tr><td>관기능조마
官妓能調馬</td><td>선인불외경
船人不畏鯨</td></tr>
<tr><td>문장풍토기
文章風土記</td><td>화조월조평
花鳥月朝評</td></tr>
<tr><td>지해방영장
知海防營將</td><td>시래위객정
時來慰客情</td></tr>
</table>

맑은 명월포(明月浦)는 땅이 깊고,
봄은 녹등성(綠橙城)에 어두워라
관기(官妓)는 능히 말을 탈 줄 알고,
뱃사람들은 고래를 두려워하지 않누나
문장(文章)은 풍토를 기록하고,
꽃과 새는 월조(月朝)의 평(評)이로다
바다를 잘 아는 방영장(防營將)이,
이따금 와서 나그네 근심을 덜어주네.

語釋 ○明月浦(명월포)─진(鎭) 이름. ○綠橙城(녹등성)─제주도에 있는
성. 녹등(綠橙)을 둘러 심었기 때문에 녹등성, 또는 등자성(橙子城)
이라고도 했다. ○能調馬(능조마)─능히 말을 다루면서 타다. ○畏

鯨(외경)―고래를 두려워하다. ○月朝評(월조평)―중국 여남(汝南)의 옛날 풍속. 여남 땅에 허소(許劭)란 사람이 정(靖)과 더불어 매월(每月) 화제를 갈아가면서 논평하기를 좋아했다. 사람들이 이것을 월조평이라 했다고 한다. ○防營將(방영장)―진영을 방어하는 장군. ○時來(시래)―이따금 오다.

(解說)   작자는 갑신년(甲申年 : 1764년)에 명을 받고 제주도에 들어갔다가 큰 바람을 만나 표류하여 제주에 회박(回泊)했는데 그후 2개월 동안 유관(留舘)하며 《탐라록(耽羅錄)》을 지었다. 이 시는 그 당시에 지은 것으로 추정된다. 때는 봄철, 관기(官妓)가 말을 타고, 뱃사람들이 고래를 잡는 등 제주도의 풍속도가 묘사되어 있고 방어진의 모습도 읊고 있다.

(作者)   **신광수**(申光洙) : 1713~1775. 조선조 후기의 문신. 자(字)는 성연(聖淵), 호는 석북(石北)·오악산인(五嶽山人)이다. 서화(書畵)에 뛰어났으며 벼슬은 돈녕도정(敦寧都正)에 이르렀다. 저서에 《부해록(浮海錄)》《석북집(石北集)》 등이 있다.

송경잡절(松京雜絶) 제2수
—— 조선(朝鮮) 유득공(柳得恭)

其一

문 천 호 만 총 성 회   잉 수 잔 산 춘 우 래
門千戶萬摠成灰   剩水殘山春又來

취 적 교 변 답 청 거   예 성 강 상 타 어 회
吹笛橋邊踏靑去   禮成江上打魚回

1

번화하던 옛 자취 다 없어지고,
산과 물만 남아 있고 봄은 또 왔네
다리 위에선 피리 불며 답청(踏靑)놀이 한참 하는데,
예성강(禮成江) 맑은 물가에선 고기를 잡네

其二

자 하 동 리 초 비 비   불 견 궁 희 병 마 귀
紫霞洞裡草菲菲   不見宮姬迸馬歸

위 군 신 왕 행 락 지   지 금 유 유 연 쌍 비
爲君辛王行樂地   至今猶有燕雙飛

2

자하동 깊숙한 골목 풀만이 푸르러 무성한데,

말을 따라 달리던 궁녀 이제는 볼 수 없네
지나간 고려 임금 언제나 놀던 놀이터에,
이제는 제비들만 쌍쌍이 날며 오가누나

(語釋) ㅇ松京(송경)―경기도 개성(開城). 송도(松都)라고도 한다. 고려 때의 도읍지. ㅇ剩水(잉수)―물이 넘치다. ㅇ踏靑(답청)―봄철에 파랗게 돋아나는 풀을 밟으며 즐기는 놀이. 봄들놀이. ㅇ禮成江(예성강)― 황해도 언진산(彦眞山)에서 발원하여 신계(新溪)·남천(南川)을 거쳐 한강(漢江) 하구로 흘러내려오는 강. ㅇ草菲菲(초비비)―풀이 우거지다. ㅇ迸馬歸(병마귀)―말을 따라서 돌아오다. ㅇ辛王(신왕)―고려 왕. 고려 말에는 요승(妖僧) 신돈(辛旽)이 권력을 잡고 마구 휘둘렀는데 이 신돈을 비아냥대어 신왕(辛王)이라고 한 듯. ㅇ燕雙飛(연쌍비)―제비들이 쌍쌍이 날아다니다.

(解說) 고려조 5백 년 도읍지인 송도(松都), 즉 오늘날의 개성(開城)을 돌아보며 권력의 무상함을 읊조린 시이다. 그 옛날과 산천, 즉 자연은 변한 것이 없는데 인걸은 간 데 없고 성터만 남았을 뿐이다. 그렇다면 인생은 무엇이며 권세는 또 무엇이란 말인가? 결국에는 일장춘몽에 지나지 않는 것이라며 시인은 탄식하고 있다.

(作者) **유득공**(柳得恭) : 1749~?. 조선조 후기의 실학자(實學者). 자(字)는 혜보(惠甫). 호는 냉재(冷齋). 일찍이 진사에 급제하여 박지원(朴趾源)의 문하생으로 실사구시(實事求是)를 주장하며 산업진흥에 힘써야 한다고 했다. 한학(漢學) 사가(四家)의 한 사람이며 벼슬은 중추부사(中樞府事)에까지 이르렀다.

관서행(關西行)
── 조선(朝鮮)　김립(金笠)

거 년 구 월 과 구 월　　금 년 구 월 과 구 월
去年九月過九月　　今年九月過九月

연 년 구 월 과 구 월　　구 월 산 색 장 구 월
年年九月過九月　　九月山色長九月

작년 9월에도 구월산(九月山)을 지나갔고,
금년 9월에도 구월산을 지나가도다
해마다 9월이 되면 구월산을 지나는데,
구월산의 그림자는 9월에 길게 드리웠구나

(語釋)　o關西(관서)─마천령(摩天嶺)의 서쪽 지방. 즉 평안남북도(平安南北道).　o去年(거년)─작년. 지난해.　o過九月(과구월)─구월산을 지나가다.　o九月山色(구월산색)─구월산의 그림자.

(解說)　작자 김삿갓이 전국을 방랑하고 다녔음은 누구나 잘 알고 있는 사실이다. 이 시를 보더라도 해마다 9월이 되면 구월산을 지났었다고 하니 그 얼마나 전국을 누비고 다녔었는지를 가히 짐작할 수 있겠다. 구월산은 황해도 신천(信川)에 있는 산으로서, 경기도 지방에서 관서지방(關西地方), 즉 평안도(平安道) 쪽으로 가려면 반드시 이 구월산 기슭을 지나가야 했다. 구월산과 9월의 대구(對句)가 재미있다. 작자 김삿갓이 구월산을 지나간 것

이 꼭 9월이었다고는 볼 수 없겠으나 여하튼 명시(名詩)임에는 틀림이 없다.

(作者)   **김립**(金笠) : 1807~1863. 조선시대의 방랑시인. 본명은 병연(炳淵)이고 속칭 김삿갓이라고 했으므로 한자(漢字)로는 김립(金笠)이라고 본다. 자(字)는 성심(性深)이고 호는 난고(蘭皐), 본관은 안동(安東)이다. 그는 순조(純祖) 7년인 1807년 당시 선천방어사(宣川防禦使)로 있던 김익순(金益淳)의 손자로 태어났다. 아버지는 김안근(金安根)이다.

김삿갓은 앞에서도 이야기했거니와 그의 이름도 아니고 물론 자도 아니며 호도 아니다. 말하자면 그의 별명인데 우리에게 그의 이름보다 더 알려져 있다. 그를 삿갓이라고 부르는 데는 그만한 이유가 있다.

김병연이 여섯 살 되던 해인 1811년 '홍경래(洪景來)의 난(亂)'이 일어났다. 평안도(平安道)에서 반란을 일으킨 홍경래는 물밀듯한 기세로 선천(宣川) 고을을 함락시켰다. 선천방어사 김익순은 홍경래에게 항복하지 않을 수 없었다. 그러나 그 이듬해 2월에 홍경래는 정부군에게 패하여 처형당했다. 한편 김익순은 반란군에게 항복한 죄를 물어 죽음을 당해야 했고 그 일족(一族)은 폐족(廢族)되었다.

이런 소용돌이 속에서 김병연을 구해낸 사람은 그의 집 노복(奴僕)으로 있었던 김성수(金聖秀)였다. 그는 김병연과 그의 형 병하(炳河)를 황해도 곡산(谷山) 땅으로 데리고 가서 숨어살았다. 그 후 처벌이 김익순 한 사람으로 그치게 되자 김병연은 아버지 김안근에게로 돌아가서 살았다. 어렸을 때 그런 난리를 겪었던 김병연은 집안 사정을 자세히 모르는 채 공부를 했고 야심만만한 젊은 선비로 성장했다.

그의 나이 20세가 되었을 때, 그는 처음으로 과거를 보았다. 과거의 시제(試題)는 '정가산(鄭嘉山)의 충절(忠節)을 논하고 김익순의 죄과(罪科)를 꾸짖는 시(詩)'였다. 김병연은 한숨에 김익순을 호통치는 시를 지었고 그는 이 시로 과거에 장원급제를 하게 되었다.

그러나 장원급제한 사람이 바로 김익순의 손자임이 밝혀지자 장원급제는 취소되었다. 김병연도 그제서야 집안 내력을 알게 되었고, 그는 나라에 지은 죄와 조상에게 지은 죄를 통탄하지 않을 수 없었다. 이런 죄인이 어찌 하늘을 우러를 수 있단 말인가. 그는 삿갓을 쓰고 방랑의 길을 나섰다. 그의 나이 22세 때의 일인데 그때 그는 이미 결혼을 하여 장남 학균(鶴均)이 있던 때였다.

3년 동안의 방랑생활을 한 끝에 그는 일단 귀가한다. 그리고 차남 익균(翼均)을 낳았다. 그리고는 다시 방랑생활에 나섰다. 그후 전라도(全羅道) 동복(同腹 : 和順郡) 땅에서 57세를 일기로 객사(客死)하기까지 35년이란 세월을 그는 3천 리 방방곡곡을 돌아다니며 풍찬노숙을 했던 것이다. 그의 차남 익균이 성장하여 아버지를 찾아나섰고 세 번씩이나 만난 적이 있었지만 김병연은 그때마다 적당한 구실을 붙이고 몸을 피하곤 하였다.

무제(無題)

── 조선(朝鮮) 김립(金笠)

사 각 송 반 죽 일 기	천 광 운 영 공 배 회
四脚松盤粥一器	天光雲影共徘徊
주 인 막 도 무 안 색	오 애 청 산 도 수 래
主人莫道無顏色	吾愛靑山倒水來

네 다리 소반에는 멀건 죽만이 한 사발,
맑게 갠 하늘과 구름이 (그 죽그릇에) 함께 비치누나
(하지만) 주인장이시여. 부끄러워할 것 없소이다,
나는 물속에 비치는 청산(靑山)을 좋아한다오

語釋 ㅇ四脚松盤(사각송반)─네 다리 소반. 조그마한 밥상. ㅇ粥一器(죽일기)─죽 한 그릇. ㅇ天光雲影(천광운영)─맑게 갠 하늘과 구름의 그림자. ㅇ共徘徊(공배회)─함께 떠다닌다. ㅇ莫道(막도)─ ……하지 마라. ㅇ無顏色(무안색)─부끄러워하다. 면목없어하다. ㅇ吾愛(오애)─나는 사랑한다. ㅇ倒水來(도수래)─물에 비치다.

解說 걸식(乞食)하며 방랑하던 작자가 어떤 집에 가서 극히 소홀한 대접을 받으면서 소회를 읊은 시이다. 빈궁했던 당시의 시대상과 아름다운 인정이 엿보이는 한편 작자 김삿갓의 인간성이 잘 드러나 있는 시이기도 하다. 청산이 물에 비치는 것을 좋아한다는 구절은 방랑시인다운 표현이거나와, 비록 죽 한 그릇이지만 그것

을 얻어 먹으면서도 감사하는 작자 김삿갓의 따뜻한 인간미가
잘 나타나 있다. '천광운영(天光雲影) 공배회(共徘徊)'란 한 구
절은 옛날의 한시(漢詩)에서 따온 것이다.

作者 김립(金笠) : 243쪽 참조

백구(白鷗)

── 조선(朝鮮) 김립(金笠)

구 백 사 백 양 백 백　　하 자 구 야 하 자 사
鷗白砂白兩白白　　何者鷗也何者砂

사 양 경 인 원 비 거　　연 후 구 구 사 자 사
斜陽驚人遠飛去　　然後鷗鷗砂者砂

갈매기도 희고 모래도 희어, 두 가지가 모두 희니,
어느 것이 갈매기이고 어느 것이 모래이뇨
해 넘어갈 무렵 사람들 소리에 놀라서 (갈매기가) 날아가니,
그제서야 갈매기와 흰 모래가 구별되누나

(語釋)　○鷗白(구백)─갈매기가 하얗다. ○砂白(사백)─모래가 하얗다. 새 하얀 모래. ○兩白白(양백백)─두 가지가 모두 하얗다. ○何者(하자)─어떤 것인지. ○鷗也(구야)─갈매기이다. ○何者砂(하자사)─어느 것이 모래인가? ○斜陽(사양)─해가 뉘엿뉘엿 넘어가다. ○驚人(경인)─사람 때문에 놀라다. ○遠飛去(원비거)─멀리 날아가다. ○然後(연후)─그런 다음에. ○鷗鷗砂者砂(구구사자사)─갈매기는 갈매기이고 모래는 모래이다. 즉 두 가지가 모두 하얗기 때문에 구별이 안되었는데 갈매기가 날아간 다음에야 흰 갈매기와 흰 모래가 구별되더란 뜻이다.

(解說)　갈매기와 모래가 모두 하얗다는 것은 누가 모르리요마는 역시

작자 김삿갓의 눈에 비친 흰 갈매기와 하얀 모래는 시상(詩想)
을 불러 일으키기에 족했으리라. 끝없이 펼쳐진 백사장(白砂
場) ─. 그곳에 날개를 쉬려고 앉아 있는 흰 갈매기─. 시원한
바다가 연상되는 장면이다. 방랑시인 김삿갓은 그런 장면을 무수
히 대했을 것이고 그것을 한 폭의 그림으로 그리듯 읊은 시이다.

(作者) **김립**(金笠) : 243쪽 참조.

가일한거(暇日閑居)
— 일본(日本) 헤이안(平安) 요시미네노야스요
(良岑安世)

가 일 제 번 상
暇日際煩想

춘 풍 독 초 사
春風讀楚詞

첨 한 제 조 환
簷閑啼鳥換

문 엄 세 인 희
門掩世人稀

초 순 황 변 출
初笋篁邊出

유 사 류 외 비
遊絲柳外飛

요 요 고 침 와
寥寥高枕臥

정 수 낙 화 시
庭樹落花時

한가한 날에 번거로운 세상사 모두 벗어 버리고,
봄바람 부는 가운데 《초사(楚辭)》를 읽는다
조용한 처마끝에서는 새들이 지저귀며 오가는데,
문이 닫혀 있으니 오가는 사람도 드물도다
죽순(竹笋)은 대숲 가장자리에 돋아나고,
아지랑이는 버드나무 곁에 난무한다
조용한 가운데 베개를 높이 베고 누우니,
정원수의 꽃잎이 하나둘씩 떨어지네

語釋 ○暇日(가일)－휴일·휴가. 한가한 날. ○煩想(번상)－번거로운 생

각. 평소 관리(官吏)의 복잡다단한 업무. ㅇ楚詞(초사)-《초사(楚辭)》와 같다. 《초사》는 중국 전국시대 말기 초(楚)나라의 굴원(屈原)과 그 문인(門人) 송옥(宋玉) 등의 사부(辭賦)를 모은 중국 고대의 대표적 문학작품집이다. ㅇ門掩(문엄)-문을 닫다. ㅇ初笋(초순)-초순(初筍)과 같다. 처음 돋아난 죽순(竹筍). ㅇ篁(황)-대나무 숲. ㅇ遊絲(유사)-아지랑이. ㅇ寥寥(요요)-조용하다. 적막하다.

(解說) 이 시는 응제(應製)·봉화(奉和) 등 칙명(勅命)이라든가 의식(儀式)에 관계되는 시가 많았던 당시의 작품으로는 진기하게도 일상생활의 신변 청담을 읊은 시로서 당시(唐詩)의 풍운(風韻)을 표방하고 있다.

(作者) **요시미네노야스요**(良岑安世) : 785~830. 헤이안시대(平安時代)의 시인. 제50대 환무천황(桓武天皇)의 아들. 요시미네조신(良岑朝臣)이란 성(姓)을 하사받고 신적(臣籍)에 들다. 벼슬은 대납언(大納言)에까지 올랐다. 육가선(六歌仙)의 한 사람인 헨죠(遍昭 : 俗名은 良岑宗貞)의 아버지이다. 어렸을 때는 무술을 좋아하고 기예(技藝)에 재능을 보였는데 자라고 난 다음부터는 학문의 세계에 마음이 끌렸다. 후지하라(藤原冬嗣) 등과 함께 《일본후기(日本後記)》의 편찬을 했다. 《경국집(經國集)》의 편찬에 있어서는 칙찬시집찬진(勅撰詩集撰進)의 칙명을 전선(傳宣)했다.

고사(古寺)
— 일본(日本) 무로마치(室町) 제카이추신(絶海中津)

고 사 문 하 향 古寺門何向	등 라 사 면 심 藤蘿四面深
첨 화 경 우 락 簷花經雨落	야 조 향 인 음 野鳥向人吟
초 몰 세 존 좌 草沒世尊座	기 소 장 자 금 基消長者金
단 비 무 세 월 斷碑無歲月	당 송 경 난 심 唐宋竟難尋

옛절의 문은 어느 쪽을 향하고 있는 걸까,
등나무와 담쟁이덩굴이 사면에 우거져 있네
처마 밑에 피어 있던 꽃은 젖어 떨어지고,
들새는 두려움도 없이 사람을 향해 지저귄다
풀은 석가상(釋迦像)의 대좌(臺座)를 에워싸고,
절터에 깔았던 장자(長者)의 황금도 사라져 버렸구나
깨어진 돌비석은 건립한 날짜 부분이 없어져서,
당(唐)나라 때의 절인지, 송(宋)나라 때의 절인지 알 수가 없다

語釋 ㅇ藤蘿(등라)—등나무와 담쟁이덩굴. 두 가지 모두 다년생 덩굴식물
이다. ㅇ四面深(사면심)—사방으로 뒤엉켜 있다. ㅇ世尊(세존)—석

가모니의 존칭. ㅇ基消長者金(기소장자금)－인도의 사위국(舍衛國)
수달장자(須達長者)가 그 나라의 태자(太子) 기타(祇陀)의 소유인
원림(園林)을, 그 일대에 깔아놓은 황금으로 구입하여 석가에게 바
쳤다는 고사(故事)가 있다. 이 구절은 옛날 이 고사(古寺)의 땅을
기증했을 장자(長者)도 지금은 이름까지 묻혀 버렸을 것이라는 의
미이다.

(解說) 찾는 사람이 거의 없는, 황폐한 절을 방문했을 때의 감회를 읊
은 시이다. 승려였던 작자 제카이추신(絶海中津)은 어떤 생각을
하면서 이 절을 뒤로 했을까?

(作者) **제카이추신**(絶海中津) : 1336~1405. 도사(土佐) 사람이다.
초견도인(焦堅道人)이라고도 한다. 무소오소세키(菱窓疎石)에게
서 배웠고 33세 때 명(明)나라로 유학을 갔다. 수업을 하는 사이
에 널리 문인 및 승려와 시를 응수했다고 하니 그의 이름은 세
상에 널리 알려졌을 것으로 생각된다. 홍무(洪武) 9년, 즉 1376
년 태조황제(太祖皇帝)의 부름을 받고 명에 따라 지은 시인 〈응
제삼산부(應制三山賦)〉가 전한다.

한강독조도(寒江獨釣圖)

── 일본(日本) 무로마치(室町) 제카이추신(絶海中津)

독 조 한 강 하 처 옹　사 의 감 설 우 감 풍
獨釣寒江何處翁　莎衣堪雪又堪風

득 어 지 환 어 촌 주　미 필 객 성 경 한 궁
得魚只換漁村酒　未必客星驚漢宮

추운 강에서 홀로 낚시질을 하고 있는 사람은 어느 곳의 노인
인고?

　사초(莎草)로 만든 도롱이는 겨우 눈바람을 막을 뿐이로다
　고기를 낚더라도 어촌의 술과 바꾸어 마실 뿐,
　그 엄광(嚴光)처럼 궁중에 초대받는 일은 없을 것이다

語釋　ㅇ獨釣(독조)─홀로 낚시질을 하다. ㅇ莎衣(사의)─사초(莎草 : 향부
자)를 말려서 만든 도롱이. ㅇ只換(지환)─단지 바꿀 뿐이다. ㅇ未
必(미필)─ ……가 반드시 있지는 않을 것이다. ㅇ客星驚漢宮(객성
경한궁)─《후한서(後漢書)》〈엄광전(嚴光傳)〉에 있는 고사(故事).
후한의 엄광은 젊었을 때, 후일 황위(皇位)에 오르는 광무제(光武
帝) 유수(劉秀)와 함께 유학(遊學)했었다. 유수가 제위(帝位)에 오
르자 엄광은 이름을 바꾸고 세상에서 몸을 숨기고 살았는데 그만
발각되어 황제의 부름을 받았으며 같이 잠을 자게 되었다. 엄광은
황제의 배 위에 다리를 올려놓은 채 잠이 들었다. 이튿날 아침 태사

(太史)는 '객성(客星)이 어좌(御座)를 범하였으니 긴급조치를 취하여야겠습니다'라고 아뢰었다. 이에 황제는 웃으면서 "친구 엄광과 같이 잤을 뿐이다."라고 대답했다. 엄광은 벼슬길에 나올 것을 권유받았으나 응하지 않고 부춘산(富春山)에 은거하면서 낚시질로 세월을 보내다가 세상을 떠났다. '객성(客星)'은 언제나 나타나는 별이 아니고 이따금 나타나는 별.《오잡조(五雜俎)》에는 5개가 있다 했는데 모두 길성(吉星)이 아니라고 했다.

(解說) 이 시는 당(唐)나라 유종원(柳宗元)의 시 〈강설(江雪)〉에 '모든 산은 눈에 덮였고 날아가는 새의 모습도 보이지 않네(千山鳥飛絶), 수많은 오솔길에는 사람의 그림자도 그치고 말았도다(萬徑人蹤滅), 가랑잎 같은 한 척의 배에는 도롱이를 걸치고 삿갓을 쓴 노인이 홀로(孤舟簑笠翁), 눈 내리는 추운 강에 낚시를 드리우고 있구나(獨釣寒江雪)'라고 읊은 것에 바탕을 두고 있다.

(作者) 제카이추신(絶海中津) : 252쪽 참조

객중(客中)

— 일본(日本) 무로마치(室町) 잇큐소쥰(一休宗純)

음자상백나쇠용
吟髭霜白奈衰容

풍과부운일편종
風過浮雲一片蹤

불식금소하처숙
不識今宵何處宿

일성고사모루종
一聲古寺暮樓鐘

시(詩)를 읊는 내 코밑 수염은 서리처럼 하얗게 되고 이 몸이
쇠해진 것은 어쩔 수가 없구나,
　바람이 뜬 구름을 불어 지나가게 해도 한 조각 흔적은 남는다
오늘밤은 어디서 자고 갈 것인지 미처 생각도 하기 전에,
　옛 사찰의 저녁 종루(鐘樓)에서는 만종(晚鐘) 소리가 들려온다

(語釋)　ㅇ吟髭(음자)―시 읊는 사람의 콧수염. 시를 구상할 때 콧수염을 움
찔거린다는 뜻이다.　ㅇ風過……(풍과……)―이 한 구절은 바람조차
도 흔적을 남기게 마련인데 나는 아무것에도 집착하지 아니한 채
나그네길을 계속해서 가고 있다는 의미이다.

(解說)　우리나라의 김삿갓을 연상케 하는 떠돌이로서 전설화된 작자
잇큐(一休)는 행운유수(行雲流水)와 같이 종적조차 남기지 않고
나그네길을 재촉하곤 했는데 그러한 자신의 행각을 잘 묘사한 작
품이다.

(作者)　　잇큐소쥰(一休宗純) : 1394~1481. 교토(京都) 사람. 별호는 광설자(狂雪子) 등 여러 가지가 있었다. 고코마츠천황(後小松天皇)의 서자(庶子)란 설도 있다. 어렸을 때부터 안국사(安國寺) 장로(長老)의 시동(侍童)이 되었었는데 그후 가소소돈(華叟宗曇)에게서 사사했다. 27세가 되던 해 5월 한밤중에 까치가 우는 소리를 듣고 크게 깨달았다고 한다. 황실의 존신(尊信)을 받고 81세 때 칙청(勅請)에 의해 대덕사(大德寺) 주지가 되었다. 일상생활에서는 위의(威儀)에 구애되지 않았고 기행(奇行)이 많았는데 그의 일생이 《잇큐바나시(一休咄)》《잇큐쇼고쿠모노가타리(一休諸國物語)》 등으로 만들어져서 전설화(傳說化)되어 있다.

즉사(卽事)

── 일본(日本) 에도(江戸) 간사잔(管茶山)

수 양 교 영 엄 전 영
垂楊交影掩前楹　　下有鳴渠徹底清
하 유 명 거 철 저 청

동 자 권 래 한 세 연
童子倦來閑洗硯　　奔流觸手別成聲
분 류 촉 수 별 성 성

늘어진 버들가지 그림자가 뒤엉키어 현관을 뒤덮었는데,

버들 밑으로 소리내며 흐르는 시냇물은 바닥까지 보일 만큼
맑구나

글공부하던 아이는 지루해지면 이곳에 와서 조용히 벼루를 씻
는데,

빠른 물소리는 아이의 손에 닿더니 다른 소리로 바뀌는 것 같다

(語釋)　○卽事(즉사)─즉석(卽席)에서 얻은 시(詩)란 뜻이다.　○前楹(전영)─
집 앞의 기둥. 현관(玄關)의 기둥.　○鳴渠(명거)─소리내며 흐르는
개울, 시냇물. 거(渠)는 도랑, 수로(水路), 시내 등의 뜻이다.　○徹
底清(철저청)─바닥까지 보일 정도로 물이 맑음.

(解說)　이 시는 서당(書堂)에서의 일상생활 속에서 있는 한 토막의
일을 묘사한 것이다.

(作者)　**간사잔**(管茶山) : 1748~1827. 비고고쿠(備後國) 간나베(神

邊 : 廣島縣 新邊町) 태생. 이름은 도키노리(晋帥). 호는 '차잔'
이라고도 했다. 19세 때 교토(京都)에 나와서 나와로도(那波魯
堂)에게 사사했다. 그후 34세 때 간나베(神邊)에 서당인 고요세
키요손자(黃葉夕陽村舍 : 후에 廉塾)를 열고 제자 교육을 했다.
송시(宋詩)를 창도(唱道)하고 그의 시풍은 친구였던 리큐뇨(六
如)와 통하는 점이 있었다.

유산(遊山)
── 일본(日本) 에도(江戸) 다노무라치쿠덴(田能村竹田)

낙 락 장 송 하　　포 금 좌 만 휘
落落長松下　　抱琴坐晚暉

청 풍 무 한 호　　취 입 벽 라 의
清風無限好　　吹入薜蘿衣

높이 뻗어올라간 소나무 뿌리에,
금(琴)을 안고 석양을 받으며 앉아 있노라니
맑은 바람 기분 좋게,
내 담쟁이덩굴로 만든 옷을 스쳐 지나가네

(語釋) ○落落(낙락)―나무가 곧추높게 뻗어올라간 모양.　○琴(금)―5현(弦)·7현 등의 현악기(絃樂器). 세속(世俗)을 버린 사람 등이 친구와 더불어 즐기는 것 중의 하나.　○晚暉(만휘)―석양. 휘(暉)는 빛.　○薜蘿(벽라)―담쟁이덩굴. 담쟁이덩굴로 만든 옷이란 은자(隱者)가 입고 다니는 옷을 뜻한다.

(解說)　속세를 싫어하고 세상사를 번거롭다고 생각했던 작자의 마음이 잘 묘사되어 있다. 그림도 잘 그렸던 다노무라치쿠덴의 화재(畫材)를 보여주는 것 같은 시이다.

(作者)　**다노무라치쿠덴**(田能村竹田) : 164쪽 참조.

도상(途上)
— 일본(日本) 에도(江戶) 라이산요(賴山陽)

한 장 즉 즉 잡 명 와　　촌 역 추 풍 마 영 사
寒螿唧唧雜鳴蛙　　村驛秋風馬影斜

절 과 중 양 국 미 발　　각 간 과 가 착 황 화
節過重陽菊未發　　卻看瓜架著黃花

쉴새없이 울어대는 쓰르라미 소리가 개구리 울음소리와 섞이어 들려온다,

마을 숙소에는 가을바람이 불고 말[馬] 그림자가 길게 드리워져 있다

중양절(重陽節)이 지났건만 아직도 국화는 피지 아니하고,

도리어 오이 지주(支柱)에는 노란 오이꽃이 피어 있네

(語釋) ○途上(도상)─길을 가면서. ○寒螿(한장)─쓰르라미. 황혼 때 많이 운다. ○唧唧(즉즉)─계속해서 울어대는 소리. ○重陽(중양)─음력 9월 9일. 이때 국화가 피고 명절로 꼽았다.

(解說) 이 시는 사츠마(薩摩 : 현재의 鹿兒島縣)의 시골을 여행할 때 읊은 시이다. 라이산요는 이와 같은 사생적(寫生的)인 시도 비범하게 써내는 면이 있었는데 그것은 스승인 간사잔(管茶山)에게서 이어받은 것이리라.

(作者)　**라이산요**(賴山陽) : 1780~1832.　아기(安藝 : 廣島縣)　태생, 이름은 노부루(襄).　히로시마반류(廣島藩儒)　라이하루미즈(賴春水)의 장남. 어머니 바이시(梅颸)도 문인(文人)이었고 숙부 교헤이(杏坪)도 저명한 학자였다. 어렸을 때부터 시문(詩文)에 비범한 재능을 보였는데 자주 울병(鬱病)의 발작을 보였고 21세 때에 탈반사건(脫藩事件)을 일으키어 폐적(廢嫡)당하게 되었다. 고독한 나날을 보내고 있던 라이산요를 이끌어준 사람이 간사잔(管茶山)이다. 그러나 야심에 차 있던 작자는 이 간사잔에게 있다가 겨우 2년만에 꿈을 안고 교토(京都)로 떠났던 것이다.

산거잡시(山居雜詩)
── 일본(日本) 에도(江戸) 니시나하쿠고쿠(仁科白谷)

채 산 조 수　　여 미 식 선
採山釣水　　茹美食鮮

앙 읍 유 하　　부 국 청 천
仰挹流霞　　俯掬清泉

일 권 남 화　　근 아 자 연
一卷南華　　近我自然

수 필 호 봉　　재 아 궤 전
數筆好峰　　在我几前

산에서 산나물 뜯고 강에서 물고기 낚시하여,
신선하고 맛있는 것을 먹는다
우러르니 채운(彩雲)이 길게 흘러가고,
구부려서 맑은 물을 움켜 마신다
마침 읽고 있던 《장자(莊子)》에 있는 말은,
내가 하고 있는 생활상과 비슷하구나
눈을 드니 붓처럼 뾰족한 멋진 봉우리들이,
책상 너머로 보이는구나

(語釋) ㅇ採山(채산)—산나물을 산에서 뜯다. ㅇ釣水(조수)—강에서 낚시질
을 하다. ㅇ流霞(유하)—흐르는 채운(彩雲). 하(霞)는 새벽이나 황

혼 때 붉으스름하게 끼는 안개. 신선들이 먹는 것이라고 한다. ㅇ南華(남화)-《남화진경(南華眞經)》의 약어(略語)로서《장자(莊子)》를 가리키는 말이다. ㅇ自然(자연)-본래인 그대로의 상태로서, 인위적으로 가감하지 않은 상태이다. 노장사상(老莊思想)에서는 최상구극(最上究極)의 것으로 친다. 무위자연(無爲自然).

(解說) 표면에 나타난 시인의 성행(性行)의 안쪽에는 그가 바라고 있는 은일(隱逸)의 생활이 있겠는데, 이 시는 그것을 읊은 〈산거잡시(山居雜詩)〉 23수의 하나이다. 작자 니시나하쿠고쿠는 이런 사언시(四言詩)도 잘 지었다.

(作者) **니시나하쿠고쿠**(仁科白谷) : 1791~1845. 비젠(備前 : 岡山縣)의 니시나고토우라(仁科琴浦)의 차남으로 태어났으며 이름은 미키(幹)이다. 아버지가 세상을 떠나자 에도(江戶)에 나와 가메다호사이(龜田鵬齋)에게 아버지 비문을 집필해 달라고 청했고 그의 문하에 입문했다. 그후 평생토록 스승 가메다호사이에게 경도(傾倒)했었다. 강직방정(剛直方正)한 성격에 가식이라고는 없었던 솔직성은 남들과 충돌하는 일도 많았으며 이에 따라 불우한 55년의 생애를 보냈다.

4

술과 벗과 이별을 읊은 시

단가행(短歌行)

── 위(魏) 무제(武帝)

대 주 당 가   인 생 기 하
對酒當歌   人生幾何
비 여 조 로   거 일 고 다
譬如朝露   去日苦多

술을 대하거든 마땅히 노래를 부를지어다,
인생의 수명이 그 얼마나 되는가?
비유하건대 아침 이슬과 같은 것,
지나가 버린 세월이 너무나 많구나

(語釋) ㅇ短歌行(단가행)―장가행(長歌行)의 반대 개념으로 붙여진 것. 옛날 중국에서는 국가의 제사나 연회(宴會) 등에 연주되는 음악을 '악부(樂府)'라고 했는데 이 시는 그 악부시(樂府詩)의 한 종류로서 장가행은 오언(五言)인데 비하여 사언(四言)이 한 구(句)로 되어 있으므로 이렇게 붙여진 것이라고 한다. ㅇ對酒(대주)―술을 대하다. ㅇ當歌(당가)―노래를 부르다. ㅇ幾何(기하)―그 얼마인가? ㅇ譬如(비여)―비유컨대 ……과 같다. ㅇ去日(거일)―지난날. 지난 세월. ㅇ苦多(고다)―너무나도 많다.

(解說) 인생의 덧없음과 짧음을 한탄하면서 술과 노래로 즐기라는 내용의 시이다. 여기서는 중요한 구절만 원문을 싣는다.

한탄하며 또 아파할지어다
걱정은 잊을 수가 없구나
무엇으로 이 걱정을 풀리요
그저 술이 있을 뿐이로다
생각건대 유비(劉備)와 손견(孫堅)은 젊은 날의 벗인즉
내 생각은 하염없을 뿐,
다만 그대들을 생각하기에
지금 또한 시름에 젖는다.
사슴이 울어서 벗을 부르고
들판의 쑥을 뜯는 것처럼
나는 가벼운 손님을 맞이한다면
거문고 뜯고 피리를 불리라
내 마음은 저 달처럼 밝은데
어찌 잡을 수가 없단 말인가?
내 걱정은 마음속에서 우러나와
단절(斷切)할 수가 없구나
이 길을 넘고, 저 길을 건너
찾아가서 문안을 드린다.
진심으로 사귀며 얘기하고 마셨는데
그 옛날의 마음은 어디에 있는가?

월 명 성 희　　오 작 남 비
月明星稀　烏鵲南飛
요 목 삼 잡　　하 지 가 의
繞木三匝　何枝可依

달이 밝으니 별들은 성글어지고,
까막까치는 남쪽으로 날아간다
(그 까막까치는) 나무 둘레를 세 바퀴나 돌아도,
어느 가지에 앉아야 할지를 모르는구나

(語釋) ○月明星稀(월명성희)−달이 밝으니 별이 성글다. 즉 달빛이 밝으
면 별빛은 희미해진다는 뜻. ○烏鵲南飛(오작남비)−까마귀와 까치
가 남쪽으로 날아간다. ○繞木(요목)−나무 둘레. ○三匝(삼잡)−세
바퀴를 돌다. ○何枝可依(하지가의)−어떤 가지에 앉아야 할지를
모른다.

(解說) 작자인 조조(曹操)가 적벽대전(赤壁大戰)을 앞두고 지은 시인
데 이 단원에서 그는 자기를 밝은 달에 비유하고 유비를 빛이
흐려진 별에 비유하고 있다. 그러기에 월명성희(月明星稀)하니
오작남비(烏鵲南飛), 즉 조조가 나타나니 유비 등은 빛을 잃고
남쪽으로 도망친다고 읊었던 것이다.
　　이 구절은 그후 송(宋)나라의 소동파(蘇東坡)가 그 유명한 〈적
벽부(赤壁賦)〉에 인용한 구절이기도 하다. 소동파는 적벽강에
배를 띄우고 손님들과 노닐 때 자신이 읊는 시에 맞추어 손님은
퉁소를 불었다. 그 퉁소 부는 솜씨가 너무나 빼어나서 소동파는
‘그런 가락이 어디서 나느냐?’라며 칭찬을 했는데 그 손님이 말
하기를 ‘월명성희하니 오작남비요’라고 대답을 했다. 그때 소동
파는 ‘아차! 이 시구(詩句)는 조맹덕(曹孟德 : 조조)의 시구가
아닌가?’라며 그 옛날 적벽강에서 있었던 싸움을 회상했노라
고 〈적벽부〉에서 적고 있는 것이다.
　　적벽대전에 관한 글은 여러 시인들이 적고 있으나 그 중에서
도 소동파의 〈적벽부〉는 아주 유명하며 그 재치에 탄복하지 않

을 수 없다.

산 불 염 고   해 불 염 심
山不厭高   海不厭深

주 공 토 포   천 하 귀 심
周公吐哺   天下歸心

산은 아무리 높아도 이를 높다고 아니하고,
바다는 아무리 깊어도 이를 깊다고 아니한다
주공(周公)은 먹던 음식을 뱉으면서 (손님을 맞아들이어),
천하의 인심을 샀다고 하지 않았던가?

(語釋) ○山不厭高(산불염고)―산은 높더라도 높다고 아니한다. ○海不厭深(해불염심)―바다는 깊더라도 깊다고 아니한다. ○吐哺(토포)―먹던 음식을 토해내다. ○歸心(귀심)―마음을 사다.

(解說) 이 시는 《삼국지(三國志)》로 유명한 조조(曹操)가 후한(後漢)의 황제를 등에 업고 천하를 호령하고자 할 때, 자기자신을 마치 주(周)나라 성왕(成王)을 보좌하면서 천하를 다스렸던 주공단(周公旦)에 비유하려고 했던 저의를 드러내고 있다.

그러나 촉(蜀)나라와 오(吳)나라의 두 왕, 즉 유비(劉備)와 손견(孫堅)이 자신의 뜻을 이해해 주지 않는 것이 그로서는 유감이었다. 조조는 촉나라의 유비는 말할 것도 없고 오나라 손견의 부형(父兄)과도 잘 아는 사이였기 때문에 그 두 사람을 귀한 손님으로 받들고자 했는데, 그런 꿈은 수포로 돌아갔고 이제 80만 대군을 이끌고 오나라와 일전을 벌이지 않으면 안될 괴로운 처지에 놓여 있었던 것이다. 그런 심정을 노래한 시이려니와 그 전쟁이 바로 그 유명한 적벽대전(赤壁大戰)이었으며 이 전쟁에서 조조는 참패하고 만다.

(作者) **조조**(曹操) : 155~220. 자(字)는 맹덕(孟德). 후한(後漢) 말기의 혼란한 시기를 틈타서 군사를 일으키어 중국 북방(北方) 일대를 통일하고 위(魏)나라를 세워 오(吳)나라 및 촉(蜀)나라와 함께 천하를 삼분(三分)하였다. 죽은 후에 무제(武帝)라 일컬어졌거니와 그의 아들 조비(曹丕 : 文帝)·조식(曹植)과 함께 문학자(文學者)로서도 유명하다.

추국유가색(秋菊有佳色)
── 진(晉) 도잠(陶潛)

추 국 유 가 색　　읍 로 철 기 영
秋菊有佳色　　裛露掇其英
범 차 망 우 물　　원 아 유 세 정
汎此忘憂物　　遠我遺世情

국화는 실로 그 색깔이 아름답구나,
이슬에 젖어 있는 그 꽃을 따서
근심 걱정을 잊게 하는 묘약(妙藥 : 술)에 띄워 마시고,
속세를 잊은 내 마음을 더욱 높이, 멀리하고 싶구나

(語釋) ㅇ秋菊(추국)－가을 국화. ㅇ佳色(가색)－아름다운 색깔. ㅇ裛露(읍
로)－자신이 이슬에 젖으면서. 일설에는 꽃이 이슬에 젖어 있다고
해석하는 수도 있다. ㅇ掇(철)－줍다. 여기서는 꺾는다. ㅇ其英(기
영)－그 꽃. 즉 국화를 가리킴이다. 초목의 꽃을 영(英)이라고 한다.
ㅇ汎此(범차)－그것을 띄우다. ㅇ忘憂物(망우물)－근심을 잊게 하는
물품. 여기서는 술을 가리킨다. 마시고 근심 걱정을 잊는다 하여 그
렇게 말한다. ㅇ遠我(원아)－세상에서 멀리 떨어진 나. ㅇ遺世情(유
세정)－유(遺)는 잊게 한다는 뜻. 즉 세상의 일을 잊어버리는 것.

(解說)   국화를 술에 띄워서 마시고 세상사를 잊는다는 심경을 노래한
시이다. 작자 도연명은 국화를 매우 좋아했고 또 국화주(菊花酒)
를 아주 좋아했다.

일 상 수 독 진　　배 진 호 자 경
一觴雖獨進　　杯盡壺自傾

일 입 군 동 식　　귀 조 추 림 명
日入羣動息　　歸鳥趨林鳴

소 오 동 헌 하　　요 부 득 차 생
嘯傲東軒下　　聊復得此生

대작(對酌)할 사람 없이 홀로 잔을 비우지만,

마침내 잔의 술이 다하고, 술병 또한 비고 말았구나

해가 지자 낮에 활동하던 모든 것들 쉴 시간이 되었고,

새들은 지저귀며 숲속으로 날아간다

나는 동헌(東軒) 밑에서 홀로 시를 읊자니,

벼슬살이로 잃었던 인생의 낙을 조금이나마 다시 알 듯하구나

(語釋) ○一觴(일상)―한 잔의 술. 상(觴)은 술잔. ○雖獨進(수독진)―비록 홀로 마시다. ○杯盡(배진)―술잔이 비다. 모두 마시다. ○壺自傾(호자경)―술병이 저절로 쓰러지다. 술병이 비다. ○日入(일입)―해가 지다. ○羣動息(군동식)―낮에 활동을 하는 모든 것들이 휴식하다. ○趨林鳴(추림명)―숲속으로 울면서 날아가다. ○嘯傲(소오)―홀로 시를 읊다. ○聊復(요부)―다시 회복하다. 요(聊)는 어조사이다. ○得此生(득차생)―인생을 다시 얻는다는 뜻.

(解說)　작자가 쓴 〈음주(飮酒)〉 20수 가운데 일곱 번째 수로서, 낮에 움직이던 모든 것이 쉬는 저녁 한때에는 인간도 자연의 진의(眞意)를 맛보고 인생의 진미(眞味)를 즐긴다는 내용의 시이다.

(作者)　**도잠**(陶潛) : 173쪽 참조.

의고(擬古)
─ 진(晉)   도잠(陶潛)

일 모 천 무 운　　춘 풍 선 미 화
日暮天無雲　　春風扇微和
가 인 미 청 야　　달 서 감 차 가
佳人美清夜　　達曙酣且歌

해가 저물자 하늘에는 구름 한 점 떠 있지 아니하고,
봄바람은 산들 불어 마음을 부드럽게 해준다
아름다운 사람이 이 맑은 밤을 사랑하여,
날이 새기까지 술을 즐기며 노래를 불렀다

(語釋) ㅇ擬古(의고)─옛날의 것과 비교한다는 뜻. ㅇ日暮(일모)─해가 지
다. ㅇ天無雲(천무운)─하늘에 구름이 없다. ㅇ微和(미화)─몽롱한
화기(和氣). 평온한 상태. ㅇ佳人(가인)─아름다운 사람. ㅇ美清夜
(미청야)─맑은 밤을 사랑하다. ㅇ達曙(달서)─새벽이 되다. ㅇ酣
(감)─술을 즐기다.

가 경 장 탄 식　　지 차 감 인 다
歌竟長歎息　　持此感人多
교 교 운 한 월　　작 작 엽 중 화
皎皎雲閒月　　灼灼葉中華

기 무 일 시 호　　　불 구 당 여 하
豈無一時好　　　不久當如何

이윽고 노래가 끝나니 긴 탄식이 나온다,
그 한숨은 많은 사람을 감동시키누나
구름 사이에 노니는 한가로운 달이든,
저 잎 속으로 화려하게 보이는 꽃이든
어찌 일시적인 아름다움이 없으리요마는,
오래 가지 못하는 것을 어찌하겠는가

(語釋)　ㅇ歌竟(가경)－노래가 끝나다.　ㅇ長歎息(장탄식)－길게 탄식하다. ㅇ持此(지차)－그것을 가지고. 그 때문에. ㅇ感人(감인)－사람을 감동시키다.　ㅇ皎皎(교교)－밝게 비추다.　ㅇ雲間月(운한월)－구름 속의 한가로운 달.　ㅇ灼灼(작작)－빛이 나는 모양.　ㅇ葉中華(엽중화)－잎 속으로 화려하게 보이다.　ㅇ豈無(기무)－어찌 없겠는가? ㅇ好(호)－좋다. 여기서는 아름다운 모양. ㅇ不久(불구)－길지 못하다. 영원성이 없다.

(解說)　　옛날 사람의 시(詩)와 비교한다는 이 〈의고(擬古)〉란 작품은 모두 9수가 있는데 이것은 그 일곱 번째의 것이다. 유한적(有限的)인 인생을 한탄하고 있는 내용이다.

(作者)　　**도잠**(陶潛) : 173쪽 참조

제장안주인벽(題長安主人壁)
── 당(唐) 장위(張謂)

세 인 결 교 수 황 금
世人結交須黃金　　황 금 부 다 교 불 심
黃金不多交不深

종 령 연 락 잠 상 허
縱令然諾暫相許　　종 시 유 유 행 로 심
終是悠悠行路心

세상 사람들은 친구를 사귐에도 돈을 필요로 하여,
돈이 많지 않으면 깊어지지 아니한다
가령 서로 마음을 터놓고 사귀는 한이 있다 하더라도,
마침내는 돈이 떨어지고 불우해지면 거리에서 스쳐가는 사람
처럼 냉담하게 마련이다

(語釋)　○題長安主人壁(제장안주인벽)―장안의 하숙집 벽에 (시를) 쓰다란 뜻.　○世人(세인)―세상 사람들.　○結交(결교)―교제를 맺는다.　○須 (수)―필요로 하다.　○不多(부다)―많지 아니하다.　○交不深(교불심)―교제함이 깊지 못하다.　○縱令(종령)―가령.　○然諾(연락)―그 렇게 하겠노라고 승낙하다.　○暫相許(잠상허)―잠시 상대방에게 마음을 주다.　○終(종)―나중에 가서는.　○悠悠(유유)―여기서는 무관심한 마음을 형용하고 있다.　○行路心(행로심)―길거리에서 지나치는 사람과 같이 냉정하고 무관심하다.

(解說)　작자 장위(張謂)가 장안(長安)에 머무르면서 진사(進士) 시험

을 치려고 했을 때의 일이다. 그때 시 제목의 하숙집 주인에게 하고픈 심정을 토로한 내용의 시이다. 과거에 낙방하자 하숙집 주인은 손바닥을 뒤집듯 냉담하게 푸대접을 했는데 이에 분개하여 그 방의 벽에 갈겨 쓴 시라고 한다.

금전의 다과(多寡)에 따라 서로의 교제가 좌우되는 얄팍한 세상 인정에 분개하여 지은 노래인 것이다. 이 시는 두보(杜甫)의 〈빈교행(貧交行)〉과 더불어 참된 우정이나 인정이란 그리 쉽지 않은 것이라고 읊고 있으며, 그러기에 예로부터 이 두 시는 여러 사람의 입에 회자되어 온 시이기도 하다.

(作者)　　**장위**(張謂) : ?~?. 자(字)는 정언(正言), 하남 사람이다. 천보(天寶) 2년에 진사가 되었으며 건원연간(建元年間)에는 상서랑(尙書郎)으로서 장사(長沙)의 지방관으로 있기도 했다. 이어서 대력연간(大曆年間)에는 예부시랑(禮部侍郎), 담주자사(潭州刺史)를 지냈다. 평생을 두고 면학(勉學)에 힘을 써서 1만 권의 책을 읽었다고 전해지며 권력(權力)에 굴복하지 않고 대장부의 품격을 지녔었다고 한다.

송두십사지강남(送杜十四之江南)
── 당(唐) 맹호연(孟浩然)

형 오 상 접 수 위 향　　군 거 춘 강 정 묘 망
荊吳相接水爲鄕　　君去春江正淼茫

일 모 고 주 하 처 박　　천 애 일 망 단 인 장
日暮孤舟何處泊　　天涯一望斷人腸

이곳 형(荊) 땅과 오(吳) 땅은 물이 맞닿아 있지만,
그대가 떠남을 전송하니 봄철의 저 강은 물이 많아 도도히 흐르누나
저녁때가 되면 그대를 태운 배는 외로이 어느 곳에 머무를까,
멀고 먼 하늘을 바라보면서 단장(斷腸)의 슬픔을 씹누나

語釋　○送(송)－보내다. ○杜十四(두십사)－두(杜)는 성(姓)이고 십사(十四)는 그 집안의 같은 항렬(行列) 형제 중 연령순으로 14번째인 사람을 가리킨다.　○江南(강남)－양자강 남쪽.　○荊吳(형오)－형(荊)은 형주(荊州)로서 지금의 호북성(湖北省) 강릉현(江陵縣), 오(吳)는 동오(東吳)를 가리키며 지금의 강소성 오현(吳縣：蘇州). 이 두 지방은 양자강을 사이에 두고 있다.　○水爲鄕(수위향)－물이 이어져 있다.　○君去(군거)－그대가 떠나다.　○春江(춘강)－봄철의 강. 여기서는 봄철의 양자강.　○淼茫(묘망)－강물이 도도히 흐르는 상태. 그러니 떠나는 친구는 위험하겠는데 이는 또 이별의 슬픔이 흐르는 물처럼 끝이 없다는 뜻도 함축되어 있다.　○日暮(일모)－해가 지다.

ㅇ孤舟(고주)-외로운 배. ㅇ何處泊(하처박)-어느 곳에 ,머물 것인가. ㅇ天涯(천애)-하늘과 땅이 맞닿은 곳으로서, 굉장히 먼 곳을 이르는 말. ㅇ斷人腸(단인장)-슬픔이 통절하다. 여기서의 인(人)은 자기 자신을 가리킨다.

(解說) 이별의 서러움을 읊은 시이다. '형오상접(荊吳相接)'이라든가 '수위향(水爲鄕)' 등은 다소 관념적이기는 하지만 대담한 표현이라 하겠다. 그것을 '춘강묘망(春江淼茫)' 등으로 이어나가며 관념적인 것을 실제적으로 이끌어 간다.

다시 떠나는 자의 외로움과 먼 하늘을 바라보는 자의 단장(斷腸)의 슬픔 등으로 구절마다 상응시키어 전편이 혼연일치하는 융합을 이룬다.

(作者) **맹호연**(孟浩然) : 50쪽 참조

잡시(雜詩)

── 당(唐) 왕유(王維)

군자고향래　　응지고향사
君自故鄉來　　應知故鄉事

내일기창전　　한매착화미
來日綺窓前　　寒梅著花未

그대는 고향에서 (멀리) 여기까지 왔노라,

그야 물론 (그러니까 응당) 고향 소식을 알고 왔겠지

여기에 오던 날 (내 아내의) 비단으로 된 창문 앞에 있는,

한매(寒梅)는 피어 있던가? 아직 피어 있지 않던가?

(語釋) ○雜詩(잡시)－별 생각 없이 쓴 시. 그러나 사실은 작자의 생각과 인생관 등을 읊은 시이다. '잡시'란 예로부터 많이 있던 시의 제목이다. ○君(군)－그대. ○自(자)－ ……에서. ……로부터. ○故鄉(고향)－선조의 무덤이 있고, 자기자신이 태어나서 어렸을 때 자라난 고장. ○事(사)－여기서는 소식. ○來(래)－오다. ○應知(응지)－의당히 알고 있을 것이다. 여기서 응(應)은 어떠어떠하리라는 추측을 나타낸다. ○來日(내일)－오던 날. 고향을 떠나던 날. ○綺窓(기창)－무늬가 있는 비단으로 바른 창. 여성이 거처하는 방의 창문에 사용된다. ○寒梅(한매)－겨울철 추위 속에서 피는 매화. ○著花未(착화미)－꽃이 피었는가? 어떻던가? ○未(미)－아직 ……하지 않았는지란 의문을 나타내고 있다.

(解說)　　작자가 고향에 남기고 온 육친(肉親), 특히 아내를 사랑하는 마음이 담기어 있는 것 같은 시이다. 표현은 지극히 평이하며 일상생활에서의 한 단면을 그대로 시로 읊은 것이다.

　　고향에서 멀리 떠나온 작자가 고향 사람을 오랜만에 만나서 정답게 나눈 이야기가 별 꾸밈새 없이 펼쳐져 있는 듯이 보인다. 제1구와 제2구에 '고향'이란 낱말의 사용이 중복되어 있어 작자의 고향에 대한 간절한 흠모의 정을 엿보게 하고, 기창(綺窓)·한매(寒梅)·화(花)라는 제3, 제4구의 표현에서는 봄을 맞이하는 ── 고향집에서 남편이 돌아오기를 기다리는 젊은 아내의 모습을 연상시키고 있다.

(作者)　　**왕유**(王維) : 180쪽 참조.

송원이사안서(送元二使安西)
── 당(唐) 왕유(王維)

위 성 조 우 읍 경 진　　객 사 청 청 유 색 신
渭城朝雨浥輕塵　　客舍青青柳色新
권 군 갱 진 일 배 주　　서 출 양 관 무 고 인
勸君更盡一杯酒　　西出陽關無故人

위성(渭城)의 아침 비는 가벼운 먼지를 촉촉히 적셨는데,

　여관집 주변에 파릇파릇한 가지를 늘어뜨린 버드나무의 색깔
이 한층 더 선명하구나

　자네에게 권하노니 이 한 잔의 술을 다시 비우게,

　이제부터 길을 떠나서 서쪽의 양관(陽關)을 넘어서면 친구도 없
을 것이 아닌가

(語釋)　ㅇ元二(원이)─성(姓)이 원(元)이고 이(二)는 그 집안의 같은 항렬
(行列) 형제의 두 번째 남자란 뜻이다. ㅇ使(사)─사신으로 가다.
ㅇ安西(안서)─지금의 신강성 구자현(龜玆縣). 당(唐)나라 때는 안
서도호부(安西都護府)를 두어 서역(西域)을 지키게 했던 요새지이
기도 하다. ㅇ渭城(위성)─장안(長安 : 지금의 섬서성 西安市)의 서
북쪽에 있는 함양(咸陽)의 별칭이다. 위수(渭水)가 바라보이는 곳에
있어서 이런 이름이 붙여졌다. 위수를 따라 장안과 마주 보이는 고
장으로서 당나라 때는 서쪽으로 떠나는 사람을 여기까지 배웅하는
습관이 있었다. ㅇ朝雨(조우)─아침에 내리는 비. ㅇ浥(읍)─적시다.

스며들게 하다. ㅇ輕塵(경진)－가벼운 먼지. 미풍(微風)에도 날리는 황토지대의 흙먼지. ㅇ客舍(객사)－여관. ㅇ柳色新(유색신)－버들잎이 비에 젖어 한층 더 선명한 모양. 중국에서는 송별(送別)과 버드나무와는 깊은 관계가 있었다. ㅇ勸君(권군)－그대에게 권하다. ㅇ更盡(갱진)－다시 비우라. 한 잔 더 들라는 의미. ㅇ陽關(양관)－서쪽으로 나가는 관문. 이곳은 감숙성 돈황현(敦煌縣) 서남쪽에 있으며 옥문관(玉門關)의 양(陽：南)에 위치하므로 이렇게 불렸다. 서역(西域)으로 통하는 교통과 군사의 요지.

(解說) 송별시(送別詩)의 대표적인 것으로서 작자가 원이(元二)란 벗이 안서(安西)에 사신으로 가게 되었을 때 배웅을 하며 읊은 것이다. 버드나무는 당시 길을 떠나는 사람에게 여행중의 평안을 기원하며 버들가지를 꺾어서 둥근 테를 만들어 주는 풍습이 있었다. 버들가지는 휘더라도 다시 펴지므로 헤어져도 다시 만난다는 것을 의미하기 때문이다.

또 송별곡(送別曲)을 ‘절양류(折楊柳)’라고 하였는데 이것은 버드나무를 꺾는다는 뜻이었다. 비는 눈물의 상징으로 이별과는 관계가 깊다. 버드나무며 비를 논하고 술 한 잔을 더 비우라고 권하는 것은 더 말할 나위 없는 감상(感傷)의 극치인데 여기에 한술 더 떠서 생소한 서역 땅에 가면 친구도 없지 않겠느냐고 한 마무리가 이 시를 고전(古典)으로 만들고도 남음이 있다.

표현상에 있어서도 앞의 1, 2구절은 봄철의 아침 비에 씻긴 버드나무의 신선한 모습을 한 폭의 동양화처럼 묘사하고 있으며 3, 4구절에는 서역지방의 낯설음과 두 사람이 얼마나 두터운 친분 사이인가의 내면세계(內面世界)가 숨겨져 있다.

(作者) **왕유**(王維)：180쪽 참조.

월하독작(月下獨酌)

── 당(唐) 이백(李白)

화간일호주　　독작무상친
花間一壺酒　　獨酌無相親
거배요명월　　대영성삼인
舉杯邀明月　　對影成三人

만발한 꽃나무 사이에서 한 병의 술을 기울였으나,
홀로 마실 뿐 말상대를 해줄 사람이 없구나
잔을 높이 들고 (마침) 떠오르는 달을 맞이했더니,
달과 나, 그리고 내 그림자까지 셋이 되었더라

(語釋) ○月下(월하)─달 아래. ○獨酌(독작)─홀로 술을 마시다. ○花間
(화간)─피어 있는 꽃나무 사이. ○一壺酒(일호주)─한 병의 술
이란 뜻. ○無相親(무상친)─상대할 사람이 없다. 친한 사람이 없
다. ○舉杯(거배)─잔을 들다. ○邀明月(요명월)─밝은 달을 맞이하
다. ○對影(대영)─그림자를 대하다. 즉 그림자가 생기다. ○成三人
(성삼인)─세 사람이 되다. 달과 나와 내 그림자까지 셋이 되었다는
의미이다.

(解說) 달밤에 만발한 꽃나무 아래서 홀로 술을 마시고 만취하여 꿈
속에서나마 은하수에서 달과 만나보고 싶다는, 이태백다운 기발
한 착상으로 쓴 시로서, 사람들의 의표를 찌르는 작품이다.

월 기 불 해 음　　영 도 수 아 신
月旣不解飮　　影徒隨我身

잠 반 월 장 영　　행 락 수 급 춘
暫伴月將影　　行樂須及春

달은 술을 마실 줄 모르고,
그림자 또한 내 몸의 흉내를 낼 뿐 쓸모가 없구나
(하지만) 잠시나마 달과 그리고 그림자와 함께,
봄(청춘)을 놓치지 말고 즐거움을 흠뻑 누리리라

(語釋)　○旣(기)—물론이며 그 위에. ○解(해)—가능(可能)을 시사하는 말. 이 해(解)와 같은 용법은 시(詩)에서 꽤 많이 쓰인다. 위의 부정사 (不定詞) 불(不)과 합쳐서 ……할 수 없다, 또는 ……할 줄 모른다 는 뜻이다. ○隨我身(수아신)—나를 따르다. ○暫伴(잠반)—잠시 함께하다. ○將(장)—여(與)와 같다. ○月將影(월장영)—달과 그림자. ○行樂(행락)—즐기는 것. ○須(수)—……하지 않으면 안된다. ○及 (급)—시기를 잃지 않는다. ○須及春(수급춘)—청춘(靑春)의 시기를 놓치지 않는 것이 좋다. '춘(春)'은 계절적으로의 봄과, 인생의 봄, 즉 청춘이란 뜻을 모두 가지고 있다.

아 가 월 배 회　　아 무 영 릉 란
我歌月徘徊　　我舞影凌亂

성 시 동 교 환　　취 후 각 분 산
醒時同交歡　　醉後各分散

영 결 무 정 유　　상 기 막 운 한
永結無情遊　　相期邈雲漢

내가 노래를 부르니 달은 하늘에서 춤을 추고,
내가 춤을 추니 내 그림자가 요란하게 움직인다
덜 취했을 때는 우리 셋이서 함께 즐기지만,
취하여 잠을 자면 셋이 모두 헤어진다
언제까지나 인간의 감정이 아닌 깨끗한 교유(交遊)를 맺고,
멀고 먼 은하수 가에서 재회하기를 기대해본다

(語釋) ○我歌(아가)―내가 노래하다. ○徘徊(배회)―여기서는 달이 허공에
서 움직인다. 또는 달빛이 내리 비춘다는 뜻이다. ○我舞(아무)―내
가 춤을 추다. ○凌亂(능란)―요란스럽게 움직이다. 어떤 책에는 '영
란(零亂)'으로 되어 있기도 한데 의미는 마찬가지이다. ○醒時(성
시)―술이 깼을 때. ○同交歡(동교환)―서로 함께 즐기다. ○醉後
(취후)―술이 취한 다음. ○分散(분산)―헤어지다. 흐트러져 집에
가서 잠을 자는 고로 그림자와, 그리고 달과 서로 모두 헤어진다는
뜻. ○無情遊(무정유)―인간과 같은 감정으로 맺는 것이 아닌 교유
(交遊). ○相期(상기)―재회를 기대하다. ○邈(막)―굉장히 멀다. ○雲
漢(운한)―은하수.

(解說) 이 〈월하독작〉은 《이태백시집》 권23에 실려 있는 4수 가운
데 제1수이다. 《고문진보(古文眞寶)》에도 이 제1수만 수록하고
있다.
    이백이 44세 때에 쓴 시라고 한다. 첫구인 '화간일호주(花間一
壺酒)'의 다섯 글자에서 이미 밤과 꽃의 색깔, 그리고 작자의 기
분, 즉 술을 손에 든 만족감과 그림자를 떨구는 고독(孤獨) 등이
모두 나타나 있다.
    이백이 즐겨 시로 노래한 술과 달인데 이 시는 그 중에서도
제일 잘 표현한 시 가운데 하나이다. 인간과의 교제에서 절망감

(絶望感)을 거듭 맛보고, 그런 것을 극복하려는 점에서 담담한 자연과의 교제를 그리고 있다.

(作者) **이백**(李白) : 53쪽 참조.

송우인(送友人)

── 당(唐) 이백(李白)

청산횡북곽　　백수요동성
青山橫北郭　白水遶東城

차지일위별　　고봉만리정
此地一爲別　孤蓬萬里征

푸른 산은 외성(外城) 북쪽에 연이어 서 있고,
맑은 강은 내성(內城) 동쪽을 돌아 흐르고 있다
(산천이 아름다운) 이 땅에서 그대는 이별을 고하고,
이제 한 포기 쑥이 (바람에 날려가듯) 먼 길을 떠나려고 한다

(語釋) ○送友人(송우인)─친구를 떠나보내다. 여기에서의 친구는 누구인지 분명하지가 않다. ○北郭(북곽)─곽(郭)은 외성(外城). 북쪽 시가지(市街地)란 뜻도 있다. ○白水(백수)─맑은 물. 역시 고유명사가 아니다. 청산, 즉 푸른 산과 더불어 색깔의 대조를 이룬다. ○此地(차지)─이 땅. 이곳. ○一爲別(일위별)─한 번 이별하다. ○孤蓬(고봉)─봉(蓬)은 쑥. 쑥은 뿌리가 짧아서 바람에 날리기 쉽다. 외로이 떠나가는 친구에 비유했다. ○萬里征(만리정)─만리 길을 떠나다. 여기서의 정(征)은 정벌(征伐)의 뜻이 아니다.

(解說) 작자 이백이 어디서 누구와 이별을 하며 읊은 노래인지는 알 수가 없지만 친구를 떠나보내며 지은 시이다.

부 운 유 자 의　　　낙 일 고 인 정
浮雲遊子意　　落日故人情

휘 수 자 자 거　　　소 소 반 마 명
揮手自玆去　　蕭蕭班馬鳴

하늘에 떠 있는 구름은 그대의 지금 심정을 말하는 것 같고,
떨어져가는 해는 우리의 재회를 기대하는 내 우정(友情)을 상
징하는 것 같도다
손을 흔들며 석별(惜別)코자 하니,
그대의 말[馬]까지도 이별이 서러운 듯 소리 높이 우는도다

(語釋)　○浮雲(부운)—떠 있는 구름. 구름이 하늘에 떠 있는 상태. ○遊
子(유자)—나그네. 여기서는 떠나가는 친구를 가리킨다. ○故人(고
인)—친구. 여기서는 작자인 이백 자신을 가리킨다. ○揮手(휘수)—
손을 흔들다. 손을 흔들면서 이별을 애석해하다. ○蕭蕭(소소)—여
기서는 말[馬]이 슬프게 우는 소리. ○班馬(반마)—반(班)은 이별
이란 뜻. 대열(隊列)에서 떨어져 나온 말. 떠나려는 친구의 말과 그
를 전송하는 작자 이백의 말은 그때까지 나란히 걸어왔으나, 이곳에
서 헤어져야겠기에 그 말이 아쉬워하며 슬피 울었다.

(解說)　이 시의 1~2구는 색채와 방각(方角)의 대칭(對稱)으로 이루
어졌으며 이별하는 장소를 읽는 이에게 선명히 전해주고 있다.
그리고 5~6구에서 작자는 멋진 대구(對句)를 사용함으로써 떠
나는 자와 보내는 자의 심정을 훌륭히 그려내고 있다.

(作者)　이백(李白) : 53쪽 참조.

산중여유인대작(山中與幽人對酌)
── 당(唐) 이백(李白)

<table>
<tr><td>양 인 대 작 산 화 개
兩人對酌山花開</td><td>일 배 일 배 부 일 배
一杯一杯復一杯</td></tr>
<tr><td>아 취 욕 면 경 차 거
我醉欲眠卿且去</td><td>명 조 유 의 포 금 래
明朝有意抱琴來</td></tr>
</table>

뜻이 맞는 두 사람이 마주 앉아 술을 나누니, 산장의 꽃이 피
어 웃는 듯하오,
한잔 한잔 또 한잔을 기울여가는 동안에
나는 취하여 졸리니 그대는 일단 돌아가도록 하오,
내일 다시 올 생각이 있거든 칠현금(七絃琴)을 가지고 오구려

(語釋) ㅇ幽人(유인)―세상을 피하여 숨어사는 사람. 은둔한 사람. ㅇ對酌
(대작)―마주 앉아서 술을 나누다. ㅇ山花(산화)―특정한 꽃이 아니
라 산장(山莊)의 뜰에 피는 꽃. ㅇ欲眠(욕면)―졸음이 오다. 졸립다.
ㅇ卿且去(경차거)―경(卿)은 2인칭으로 쓰여서 '그대'란 뜻. 차(且)
는 여기서는 잠시란 의미가 아니라 '일단 ……하라'며 상대방에게
권유하는 뜻이다. ㅇ明朝有意(명조유의)―내일 아침에 뜻이 있거든.
또 올 생각이 있거든이란 의미. ㅇ抱琴來(포금래)―칠현금(七絃琴)
을 안고 오다. 칠현금을 끼고 오시오란 뜻.

(解說) 술과 달은 이백(李白)의 시상(詩想)의 대상이었지만 그 대표

적인 시의 한 가지이다. 어떤 책에는 제목이 〈산중대작(山中對酌)〉으로 되어 있는 것도 있다. 천진난만하고 소탈한 면까지 보이는 시이다. 꽃과 술과, 그리고 칠현금의 구성도 재미있다. 분방한 전개 속에서도 청아를 잃지 않는 점이 이백다운 표현이다. 일배일배부일배(一杯一杯復一杯)는 유명한 성어(成語)가 되었다.

(作者)　**이백**(李白) : 53쪽 참조.

정야사(靜夜思)

— 당(唐) 이백(李白)

상 전 간 월 광　　의 시 지 상 상
牀前看月光　　疑是地上霜
거 두 망 산 월　　저 두 사 고 향
擧頭望山月　　低頭思故鄕

침대 앞에까지 흘러든 달빛을 보고는,

(나도 모르게 창가에 가서 뜰을 바라보니) 땅 위에 온통 서리
내린 것 같더라

(도대체 이 정체는 무엇일까 하고) 고개를 들어 산마루에 걸
려 있는 달을 보고는,

(역시 달빛이었구나, 고향 사람들도 이 달을 보고 있겠지) 고향
생각이 떠오르자 내 머리는 숙여지고 말았다

語釋　○靜夜思(정야사)—조용한 밤의 느낌.　○牀(상)—침대.　○看月光(간
월광)—어떤 책에는 명월광(明月光)으로 되어 있는 것도 있다. 달빛
을 바라보다란 뜻.　○疑是地上霜(의시지상상)—보는 순간 서리가
내린 게 아닌가 했다는 생각.　○擧頭(거두)—고개를 들다.　○望山月
(망산월)—산 위에 떠 있는 달을 바라보다. 어떤 책은 망명월(望明
月)로 되어 있다.　○低頭(저두)—고개를 숙이다.　○思故鄕(사고향)—
고향을 생각하다.

(解說)　　조용한 가을밤의 느낌을 읊은 시로서 작자 이백의 시 가운데 가장 뛰어난 작품의 하나이다. 침대 앞에 흘러든 달빛을 우연히 본 것을 기화로 하여 지극히 자연스럽게 승(承) 전(轉) 결구(結句)로 이어져 나가는 이 시는 마지막에 망향(望鄕)의 정으로까지 단숨에 감정을 비약시키고 있다. 전구와 결구의 거두(擧頭)와 저두(低頭)는 대구(對句)로도 훌륭하다.

(作者)　　**이백**(李白) : 53쪽 참조.

빈교행(貧交行)

── 당(唐) 두보(杜甫)

번수작운복수우
飜手作雲覆手雨

분분경박하수수
紛紛輕薄何須數

군불견 관포빈시교
君不見 管鮑貧時交

차도금인기여토
此道今人棄如土

손바닥을 뒤집듯이 바뀌는 게 세상의 얄팍한 인정이고,

이처럼 경박한 속물들은 얼마든지 있으니, 그것을 문제삼을 바
는 없겠으나

그대는 보지 못했는가? 저 관중(管仲)과 포숙아(鮑叔牙)의 그
가난했을 때에 나누던 우정을,

이처럼 훌륭한 인간의 도리를 오늘날에는 마치 흙 한 줌 버리
듯 하는구나

(語釋) ○飜手(번수)─손바닥을 위로 향하게 하다. ○作雲(작운)─구름이
되다. ○覆手(복수)─손바닥을 아래로 향하게 하다. ○紛紛(분분)─
어지럽도록 잡다한 모양. ○輕薄(경박)─인정이 없다. ○何須數(하
수수)─수가 많아서 헤아릴 필요도 없다. ○君不見(군불견)─그대는
보지 않는가? ○管鮑(관포)─춘추시대 제(齊)나라의 관중(管仲)과
포숙아(鮑叔牙). 두 사람은 우정이 두텁기로 유명하여 '관포지교(管
鮑之交)'라는 고사성어도 만들어졌다. ○此道(차도)─이와 같은 우
정의 도리.

(解說)　　이 시는 작자 두보가 장안(長安)에서 천보연간(天寶年間)에 빈궁한 생활을 하며, 벼슬자리를 구하고자 할 때에 지은 것인데, 그는 끝내 희망을 이루지 못했다. 네 구절로 짧은 시이지만 작자의 흉중에 품고 있던 울적한 심정을 그대로 토로하고 있다.

(作者)　　**두보**(杜甫) : 61쪽 참조.

곡강(曲江)

── 당(唐) 두보(杜甫)

조 회 일 일 전 춘 의   　매 일 강 두 진 취 귀
朝回日日典春衣　　每日江頭盡醉歸

주 채 심 상 행 처 유   　인 생 칠 십 고 래 희
酒債尋常行處有　　人生七十古來稀

천 화 협 접 심 심 견   　점 수 청 정 관 관 비
穿花蛺蝶深深見　　點水蜻蜓款款飛

전 어 풍 광 공 류 전   　잠 시 상 상 막 상 위
傳語風光共流轉　　暫時相賞莫相違

조정에서 물러나오면 날마다 봄옷을 잡히고,

곡강(曲江) 가에서 술을 마신 다음 만취하여 돌아오곤 하였다

술 외상값이란 언제 어디서나 있는 것이고,

인생이란 70세까지 산 사람이 흔하지 않도다

꽃 사이를 누비고 다니는 호랑나비는 아주 깊숙한 곳에 있는 것처럼 보이고,

꼬리로 물을 차며 나는 잠자리는 태평스럽지 아니한가

(내) 충고하겠는데 풍광(風光)이란 때에 따라 변하는 것이니,

잠시 좋은 경치를 보세. 모처럼의 이 좋은 기회를 놓칠 수야 없는 일이잖나

語釋　○曲江(곡강)—장안(長安)의 동남쪽에 있는 강으로서, 시민들이 행락을 즐기던 곳이다.　○朝回(조회)—조정에서 물러나다. 벼슬길에서 물러나다.　○典(전)—물건을 잡히다. 전당잡히다.　○春衣(춘의)—봄옷.　○江頭(강두)—강가. 곡강의 변두리.　○盡醉歸(진취귀)—술에 듬뿍 취하여 돌아오다.　○酒債(주채)—외상 술값.　○尋常(심상)—언제나. 늘. 날마다. 보통.　○古來稀(고래희)—예로부터 드문 일이다.　○穿花(천화)—꽃 사이를 수놓으며 날아다니다.　○蛺蝶(협접)—호랑나비.　○深深見(심심견)—깊숙한 곳에 있는 것처럼 보인다.　○點水(점수)—물을 묻히다. 여기서는 잠자리가 꼬리에 물을 묻힌다는 뜻.　○蜻蜓(청정)—잠자리.　○款款飛(관관비)—태평스럽게 날아다니다.　○共流轉(공류전)—때와 더불어 변해가다.　○莫相違(막상위)—모처럼의 기회를 놓칠 수 없다.

解說　　술에 만취한 작자가 곡강(曲江) 가에서 읊은 시이다. 작자 두보가 곡강 가에서 나비·잠자리·꽃·강물과 더불어 유유자적하는 모습이 지금도 눈에 선하게 보이는 것 같다. 네 번째 구절인 '인생칠십고래희(人生七十古來稀)'는 아주 유명한 성어(成語)인데 바로 이 시에서 유래된 말이다.

作者　　**두보**(杜甫) : 61쪽 참조.

병거행(兵車行)
── 당(唐) 두보(杜甫)

거 인 린 마 소 소 　　　행 인 궁 전 각 재 요
車轔轔馬蕭蕭　　　行人弓箭各在腰

야 양 처 자 주 상 송 　　　진 애 불 견 함 양 교
爺孃妻子走相送　　　塵埃不見咸陽橋

견 의 돈 족 난 도 곡 　　　곡 성 직 상 간 운 소
牽衣頓足攔道哭　　　哭聲直上干雲霄

덜거덕덜거덕 수많은 수레바퀴가 돌고 히힝히힝거리며 말이 울부짖는데,

새로 징집되어 전쟁터로 나가는 병사들은 저마다 화살을 허리에 찼도다

그들의 부모 처자가 행군을 따라오며 배웅을 하는데,

이들이 일으키는 흙먼지로 함양교(咸陽橋)는 보이지도 않도다

가족들은 달려들어 옷자락을 잡아당기며 발을 구르고 길을 막아서서 통곡을 하고,

그 통곡하는 소리는 높이 솟아올라서 마치 하늘을 찌를 듯하도다

語釋　○兵車行(병거행)─병거의 노래란 뜻. '행(行)'은 시(詩)의 한 가지 체(體)로서 악부(樂府)에 연원하는 것이다.　○轔轔(인린)─수많은

수레가 지나가는 소리.　ㅇ蕭蕭(소소)−말이 울부짖는 소리.　ㅇ行人(행인)−병역(兵役)에 동원되어 나가는 사람.　ㅇ弓箭(궁전)−활과 화살.　ㅇ在腰(재요)−허리에 차다.　ㅇ爺孃(야양)−야(爺)는 아버지. 양(孃)은 어머니.　ㅇ咸陽橋(함양교)−함양은 현(縣)의 이름. 오늘날의 섬서성 함양현(咸陽縣)이다. 위수(渭水)를 끼고 장안(長安)의 북쪽에 있다. 이 다리는 함양으로 건너가는 다리로서 장안으로부터 서쪽으로 나가려면 반드시 건너야 하며 병역에 나가는 사람은 이곳에서 가족들과 이별하는 것이 하나의 예로 되어 있었다.　ㅇ牽衣(견의)−(이별을 슬퍼하여 부모·처자가) 옷을 잡아당기는 것.　ㅇ頓足(돈족)−발을 구르며 슬퍼하는 것.　ㅇ攔道(난도)−길을 에워싸다. 가는 길을 방해하다.　ㅇ干雲霄(간운소)−통곡 소리가 하늘에까지 미칠 듯하다.

(解說)　전쟁터에 나가는 병사들을 보고 느낀 바를 읊은 시이다.

　여기까지가 제1해이다. 전선(戰線)에 나가는 병사와 석별(惜別)을 묘사하고 있다. 이 〈병거행〉은 34구절이나 되는데 이하 제2해와 제3해는 번역문만 싣되, 중요한 원문, 또는 반드시 참고할 만한 원문은 따로 추려서 싣기로 한다.

길가던 사람이 놀라서 병사에게 연유를 묻는다.

'대체 어찌된 일이오?'라고

'징집이 심하다오.' 병사의 대답은 짧고 담담했다.

어떤 자는 15세에 징집되어 북녘 황하(黃河)의 경비병이 되었는데

40세가 된 지금에도 서녘 변경의 둔전병(屯田兵)으로 간다는 것이다.

출정(出征) 때에는 성년이라 촌장(村長)이 머리를 올려주었는데

돌아오니 이미 백발이다. 그런데도 다시 변경의 수비병으로 나
간다는 이야기
변경지대는 사상자(死傷者)의 피가 흘러서 바다처럼 괴어 있
다는데
그렇건만 임금은 더욱 땅을 넓히려는 뜻을 거두지 아니한다
그대는 듣지 못했는가? (비옥했던) 산동(山東) 지방의 2백 고
을이
마을마다 황폐되어 가시덤불, 구기자덩굴이 엉켜있다는 소문을
설령 집안을 잘 지키는 아내가 있어, 비록 곡괭이를 들고 싸웠
다 한들
이랑인지 두렁인지 동(東)인지 서(西)인지를 분간하기 어렵다
는 이야기를,
게다가 이 지방 출신의 병사들은 힘이 좋아서 어떤 곤란한 일
도 잘 견뎌낸다고
전쟁터에 내몰리기를 마치 개와 닭이 내몰리듯 한다는 것을

　　여기까지가 제2해이다. 침략군들로 말미암아 병사들은 고전(苦
戰)을 하고 촌락(村落)은 황폐되어감을 읊은 내용이다.

병사는 말했다. ‘어르신이 물으신 말씀이긴 하지만
이 가슴속에 맺힌 원한을 어찌 이루 다 말할 수 있겠습니까?
우선 이번 겨울의 경우만 보더라도
아직 관서(關西)의 싸움이 끝나지 않아서(병력이 부족하여 우
리가 이처럼 징집되고)
(원래 병사의 집안은 세금이 면제되는데)관청은 혹독하게 세

금을 거두고 있답니다.
　이런 생활 속에서 바치는 세금은 대체 어디서 나오겠습니까?'

신 지 생 남 오　　　　반 시 생 녀 호
信知生男惡　　　　反是生女好

생 녀 유 득 가 비 린　　생 남 매 몰 수 백 초
生女猶得嫁比鄰　　生男埋沒隨百草

이제야 분명히 알았습니다. 역시 아들을 낳는 것보다,
딸을 낳는 것이 좋다는 것을
딸을 낳으면 이웃마을로 시집을 보냈다가 다시 만나볼 수도
있지만, 아들을 낳는다면 전선(戰線)에서 죽고,
잡초와 더불어 썩어질 뿐이니까요

(語釋)　ㅇ信知(신지)－분명히 알게 되었다는 뜻. ㅇ生男(생남)－아들을 낳
다. ㅇ生男惡(생남오)－아들 낳는 것이 나쁘다. ㅇ反是(반시)－그것
과는 반대로. ㅇ生女好(생녀호)－딸을 낳은 것이 좋다. ㅇ得嫁比鄰
(득가비린)－이웃으로 시집을 보내다. ㅇ埋沒(매몰)－묻다. ㅇ隨百
草(수백초)－잡초와 더불어.

보십시오 청해(靑海) 근처를,
예로부터 백골이 버려져 있지만 거두는 사람이 없는 것을

신 귀 번 원 구 귀 곡　　천 음 우 습 성 추 추
新鬼煩冤舊鬼哭　　天陰雨濕聲啾啾

그리고 새로 죽은 망령(亡靈)들은 원한에 몸부림치고 먼저 죽은 망령들은 큰 소리로 울부짖는데,

하늘이 흐리며 비라도 내리는 낮이면 귀신들의 흐느낌이 들리는 것을 ─.

(語釋) ○新鬼(신귀)─새로 죽어서 된 귀신. ○煩寃(번원)─원한에 사무쳐서 몸부림을 친다. ○舊鬼(구귀)─오래 전에 죽어 귀신이 된 것. ○哭(곡)─울다. 울부짖다. ○天陰(천음)─구름이 낀 하늘. 하늘이 흐리다. ○雨濕(우습)─비가 내리다. 비로 인하여 습해지다. ○聲啾啾(성추추)─흐느끼는 소리가 들려오다.

(解說) 여기까지가 제3해인데 이번 겨울에도 전쟁은 끝나지 않는다는 것이고, 안으로는 세금에 허덕이고 밖으로는 전사자를 숱하게 낼 뿐이라며 한탄하는 것으로 끝맺고 있다.

이 시는 작자 두보의 대표적인 시로서 그가 40세 무렵이 된 천보(天寶) 9년 12월에 지은 것이라고도 하고, 그 이듬해인 천보 10년에 지은 것이라고도 한다. 그야 어쨌든 작자가 아직 장안(長安)에 살면서 불우한 나날을 보내고 있을 때의 작품일 것으로 생각된다.

이때는 현종(玄宗)의 정치가 거의 끝날 무렵이며 현종 자신도 젊었을 때의 명군(明君)으로서의 기백을 잃고, 양귀비(楊貴妃)와의 사랑에 빠져서 정치의 실권을 양귀비의 오빠인 양국충(楊國忠)에게 넘기고 있을 때이다. 그 당시 당나라는 변경에서 이민족(異民族)의 반란과 침략 등이 있었다. 따라서 오랫동안의 전쟁으로 말미암아 백성들은 무거운 세금과 병역(兵役)으로 허덕이고 있었던 것이다.

이때 두보는 눈에 보이는 사회의 부조리와 정치에 대한 불만,

그리고 그것에 대하여 자기 자신의 불평까지를 한데 묶어서 통렬한 표현을 하고 있다. 어떻든 이 시는 정치나 사회의 비판을 주제(主題)로 하는 작품의 대표작이다. 천보 14년, 즉 755년 '안녹산(安祿山)의 난'이 일어나기 직전, 당나라의 사회적·정치적 실정을 아는 데 좋은 자료가 되기도 하는 작품이다.

(作者)   **두보**(杜甫) : 61쪽 참조.

절구(絶句)

── 당(唐) 두보(杜甫)

강 벽 조 유 백　　산 청 화 욕 연
江碧鳥逾白　　山靑花欲然

금 춘 간 우 과　　하 일 시 귀 년
今春看又過　　何日是歸年

강이 파라니 물새의 날개 빛이 더욱 희게 보이고,
산이 푸르니 꽃 색깔이 불타는 듯하도다
금년 봄도 지난 봄과 같이 또 헛되이 지나니,
어느 날이 내 고향으로 돌아가는 때인고?

(語釋) ○江碧(강벽)─강물은 파랗고. ○逾白(유백)─더욱 하얗다. ○欲然
(욕연)─붉게 타고. ○今春(금춘)─올 봄. 금년 봄. ○看(간)─보고
있는 사이. ○又過(우과)─또 지나간다. ○是(시)─이것이. ○歸年
(귀년)─돌아갈 시기.

(解說)　또 한 해의 봄이 지나감을 아쉬워하며 그것을 망향(望鄕)의
감정으로 연결하고 있다. 파란색과 흰색, 푸른색과 빨간색으로
대조시키어 실로 화려한 색채감이 넘친다.

(作者)　**두보**(杜甫) : 61쪽 참조

음주팔선가(飲酒八仙歌)

── 당(唐) 두보(杜甫)

지 장 기 마 사 승 선　　안 화 낙 정 수 저 면
知章騎馬似乘船　　眼花落井水底眠

하지장(賀知章)은 남쪽 오(吳) 땅 출신이어서 말을 못 타기에, 취하여 말에 오른 그 모습은 흔들리는 배를 탄 것처럼 위태롭기 그지없고,

취한 눈은 게슴츠레하여 우물 속에 빠진 것도 모르는 채, 그 바닥에서 잠을 잤을 정도였다

(語釋) ㅇ飲酒八仙歌(음주팔선가)―여덟 명의 주선(酒仙)이란 뜻. 두보가 살아가던 당시 '주중팔선(酒中八仙)'이란 말이 있었는데 그 여덟 명은 이 시에 나오는 여덟 명과는 일치되지 않는다. 이 시에 등장하는 여덟 명은 작자인 두보가 나름대로 자신이 알고 있는 주선 여덟 사람을 노래한 것으로 생각된다. ㅇ知章(지장)―시인 하지장(賀知章:659~744년). 자(字)는 계진(季眞)이고 태자빈객(太子賓客)을 역임했으며 예부시랑(禮部侍郞)에 올랐다. 만년에는 되는대로 생활을 하였고 이백(李白)을 천거하기도 했다. 포융(包融)·장약허(張若虛)·장욱(張旭) 등과 더불어 '오중사사(吳中四士)'로 불린다. ㅇ馬(마)―여기서는 말을 타다란 의미. ㅇ似乘船(사승선)―배를 타는 것과 비슷하다란 뜻. ㅇ眼花(안화)―눈이 게슴츠레한 모양.

여 양 삼 두 시 조 천　　도 봉 국 거 구 류 연
汝陽三斗始朝天　　道逢麴車口流涎

한 불 이 봉 향 주 천
恨不移封向酒泉

　여양왕(汝陽王) 진(璡)은 서 말 술을 먹고서야 조회에 들었다
는데,
　그렇게 마시고도 도중에서 술수레를 만나면 침을 흘렸단다
　(그리고) 주천군(酒泉郡)의 왕으로 봉함받지 못한 것을 한탄했
다네

語釋　○汝陽(여양)—당나라 현종(玄宗)의 형의 맏아들인 이진(李璡). 여
양군왕(汝陽郡王)에 봉해졌으며 하지장 등과 시주(詩酒)의 교류가
있었다. ○三斗(삼두)—세 말. 여기서는 세 말의 술을 마셨다는 뜻
이다. 당시의 한 말은 약 6리터. ○朝天(조천)—천자(天子) 앞에 나
아가다. 즉 조정에 조회하여 들어간다는 의미이다. ○道逢(도봉)—
길을 가다가 만나다. ○麴車(국거)—술을 싣고 가는 수레. 술을 싣
고 가는 수레에서는 술냄새가 났을 것이다. ○口流涎(구류연)—입에
서 침을 흘리다. ○移封(이봉)—봉(封)함을 옮기는 것. ○向酒泉(향
주천)—주천(酒泉)으로 옮기다. 주천은 감숙성 서쪽에 있는 지명인
데 술샘이 솟았다는 전설이 전해온다.

좌 상 일 흥 비 만 전　　음 여 장 경 흡 백 천
左相日興費萬錢　　飲如長鯨吸百川

함 배 낙 성 칭 피 현
銜杯樂聖稱避賢

좌승상 이적지(李適之)는 하루 술값이 만전(萬錢)이나 되었고,

그 마시는 모습은 큰 고래가 백강(百江)의 물을 마시는 것 같았는데

술잔을 입에 대고 하는 말이 청주(淸酒)를 즐길 일이지 탁주(濁酒)는 싫다고 했다나

(語釋) ○左相(좌상)−좌승상(左丞相). 여기서는 이적지(李適之 : ?~747). 그는 손님 접대하기를 좋아했으며 술 한 말을 마셔도 어지러워하지 않았다고 한다. 742년 좌승상이 되었는데 그후 현종(玄宗)의 신임을 받고 있던 이임보(李林甫)와 대립하다가 실각했고 마침내 자살하고 말았다. ○長鯨(장경)−거대한 고래. ○銜杯樂聖(함배낙성)−잔을 들어 입에 대는데 약주(청주)만 즐기다. ○稱避賢(칭피현)−탁주는 싫어하다. 성(聖)은 성인(聖人), 현(賢)은 현인(賢人)이란 뜻인데 삼국시대 위(魏) 무제(武帝) 조조(曹操)가 금주령을 내렸을 때 주당들이 청주를 성(聖), 탁주를 현(賢)이라며 은어를 쓴 것에서 유래된다.

종지소쇄미소년　　　거상백안망청천
宗之瀟灑美少年　　　擧觴白眼望靑天

교여옥수림풍전
皎如玉樹臨風前

소진장재수불전　　　취중왕왕수도선
蘇晉長齋繡佛前　　　醉中往往受逃禪

최종지(崔宗之)는 세련된 미남으로서,

잔을 들면 속인(俗人) 따위는 백안시(白眼視)하며 푸른 하늘을

우러러 마셨는데 그 모습은,
꼭 아름다운 나무가 바람에 나부끼는 것과 같더라
소진(蘇晉)은 수불(繡佛) 앞에서 오랫동안 재계(齋戒)를 했는데,
취중에는 가끔 좌선하다가 도망쳐 나오기를 잘했다

(語釋) ㅇ宗之(종지)—최종지(崔宗之). 제국공(齊國公) 최일용(崔日用)의
아들로서 글을 통해 이백(李白)과 두보(杜甫) 등과 사귀었다. ㅇ瀟
灑(소쇄)—깨끗하고 말쑥한 모양. ㅇ觴(상)—술잔. ㅇ皎(교)—흰 것.
깨끗하고 맑은 것. ㅇ玉樹(옥수)—옥나무. 예로부터 빼어나고 고귀
한 사람에게 비유했다. ㅇ蘇晉(소진)—소향(蘇珦)의 아들. 글을 잘
지었고 중서사인(中書舍人)·여주자사(汝州刺史)·태자좌서자(太子
左庶子) 등의 벼슬을 지냈다. ㅇ長齋(장재)—오랜 기간 재계(齋戒)
를 하는 것. ㅇ繡佛(수불)—수놓은 부처. 소진은 호승(胡僧) 혜징
(慧澄)에게서 수놓은 미륵불을 하나 얻어가지고 소중하게 간직하며
'이 부처는 미즙(米汁 : 술을 뜻함)을 좋아하여 꼭 내 성격과 맞으니
이 부처를 섬길 것이다. 다른 부처는 좋아하지 않는다'라고 했다 한
다. ㅇ逃禪(도선)—좌선을 하던 자리에서 도망치는 것. 세속(世俗)
으로 피하여 좌선한다로 풀기도 하나 그것은 잘못이다.

이 백 일 두 시 백 편　　　장 안 시 상 주 가 면
李白一斗詩百篇　　　長安市上酒家眠
천 자 호 래 불 상 선　　　자 칭 신 시 주 중 선
天子呼來不上船　　　自稱臣是酒中仙

이태백은 한 말 술을 마시면, 곧 백 편의 시를 지었고,
장안(長安) 거리의 술집에서 만취하여 잠을 잤다

천자(天子)가 불러도 배에 오르려 하지 않고,
스스로 말하기를 '나도 술 속에서는 신선이다'라고 하더라나

(語釋)　ㅇ一斗(일두)―한 말의 술.　ㅇ詩百篇(시백편)―백 편에 이르는 시.
ㅇ長安市上酒家眠(장안시상주가면)―현종(玄宗)이 이백을 불렀을
때 그는 친구들과 함께 어울려 술을 마시고 취한 끝에 장안의 술집
에서 잠을 자고 있었다. 잠을 깨라고 그의 얼굴에 냉수를 끼얹자 그
는 눈을 뜨자마자 붓을 들어 14수의 시를 지었다고 하는 유명한 이
야기가 전해온다.　ㅇ天子呼來不上船(천자호래불상선)―현종이 백련
지(白蓮池)에서 뱃놀이를 하다가 글을 짓게 하기 위하여 이백을 불
렀다. 그러나 이백은 이미 술에 만취되어 환관 고역사(高力士)의 부
축을 받고서야 겨우 배에 올랐다고 한다.　ㅇ臣是(신시)―신(臣)도
역시.　ㅇ酒中仙(주중선)―술 속에서는 신선이다.

장욱삼배초성전　　　탈모로정왕공전
張旭三盃草聖傳　　　脫帽露頂王公前

휘호낙지여운연
揮毫落紙如雲烟

초수오두방탁연　　　고담웅변경사연
焦遂五斗方卓然　　　高談雄辯驚四筵

장욱(張旭)은 석 잔 술을 마시면 그 자리에서 명필을 휘둘렀고,
임금 앞에서도 태연하게 모자를 벗고 맨 머리로 글을 써 보였다
그 대신 일단 붓을 들어 종이에 대면, 그곳에는 구름과 안개가
일어나는 것 같았었다
　초수(焦遂)는 다섯 말의 술을 마셔야 비로소 의기가 탁연하였다,

그 도도한 웅변으로 소리 높여 외침으로써 사람들을 깜짝 놀라게
했더라나

(語釋) ○張旭(장욱)―당나라 때 초서(草書)의 명인으로서 자(字)는 백고
(伯高)이다. 늘 술에 취하여 미친 듯 뛰어다니다가 글씨를 쓰곤 했
는데 간혹 머리에 먹을 묻혀 가지고 글씨를 쓴다 하여 장전(張顚)
이라 불리기도 하였다. ○焦遂(초수)―보통 때는 말더듬이였기 때문
에 손님과 말 한 마디 주고받지를 못했는데 술에 취하고 나면 거침
없이 말이 나왔다고 한다. ○方卓然(방탁연)―비로소 오연(傲然)해
지다. 탁연(卓然)은 스스로 자신있고 빼어난 듯하는 모양. ○四筵
(사연)―연회석 사방에 있는 사람들.

(解說)   당나라 현종 시대, 여덟 명의 주객들을 노래한 시이다. 여기에
등장하는 여덟 명은 모두 그 당시의 세파에 제대로 적응하지 못
하여 술로 세월을 보낸 사람들이다. 이런 주선(酒仙)들의 분방한
생활상에 시인으로서 공감하는 바가 있어서 쓴 작품일 것이다.
특히 '이백일두시백편(李白一斗詩百篇)'은 이백의 시와 술의 경
지를 표현한 명구로서 후세에까지도 계속 인용되고 있다.

(作者)   두보(杜甫) : 61쪽 참조.

복수(復愁)

── 당(唐) 두보(杜甫)

만 국 상 융 마　　고 원 금 약 하
萬國尚戎馬　　故園今若何

석 귀 상 식 소　　조 이 전 장 다
昔歸相識少　　早已戰場多

나라 안은 여전히 여러 곳에서 전란이 계속되고 있다,
내 고향 장안(長安) 근처는 지금쯤 어찌되어 있을까?
그 옛날에도 돌아가보니 알아보는 사람이 얼마 안되더니,
일찍부터 전란의 소용돌이 속에 있었으니 오늘날에는 더할테지

(語釋) ㅇ萬國(만국)─온 나라 안. ㅇ尚(상)─아직도. ㅇ戎馬(융마)─군마
(軍馬)와 같음. 즉 전란(戰亂)을 뜻함. ㅇ故園(고원)─고향. 두보의
고향은 장안(長安) 근교이다. ㅇ相識少(상식소)─서로 면식(面識)이
있는 사람이 적다는 의미.

(解說)　수심(愁心)에 잠긴 느낌을 노래한 시이다. 이 시는 두보가 '안
녹산의 난'이 있은 후, 기주(冀州)에서 전란으로 인해 세상의 어
지러움을 걱정하여 지은 시 13수의 연작시 중 세 번째 시이다.
전란 속에 파묻힌 고향을 애타게 걱정하는 시인의 마음이 잘 나
타나 있다.

(作者)　**두보**(杜甫) : 61쪽 참조.

추야기구이십이원외(秋夜寄丘二十二員外)
── 당(唐) 위응물(韋應物)

회 군 속 추 야　　산 보 영 양 천
懷君屬秋夜　　散步詠涼天

산 공 송 자 락　　유 인 응 미 면
山空松子落　　幽人應未眠

가을밤에 이따금 그대 생각이 떠오르면,

산책하며 맑은 하늘을 우러러 시를 읊노라

온 산에는 사람 그림자 하나 없고, 솔방울 떨어지는 소리만
들릴 뿐인데,

아마 그대는 아직 잠을 이루지 못하고 있겠지

(語釋)　ㅇ秋夜(추야)—가을밤.　ㅇ寄(기)—부치다. 보내다.　ㅇ丘(구)—성씨
(姓氏). 작자인 위응물의 친구 성씨.　ㅇ二十二(이십이)—한 집안,
같은 항렬(行列)의 순서. 즉 여기서의 이십이는 구씨(丘氏) 집안
의 같은 항렬의 22번째 사나이란 의미이다.　ㅇ員外(원외)—원외랑
(員外郎)의 약어(略語)로서 정원(定員) 이외의 벼슬아치.　ㅇ懷君
(회군)—그대를 생각하다.　ㅇ屬(속)—소속되다. 혹은 이따금.　ㅇ涼天
(양천)—맑은 하늘.　ㅇ松子(송자)—솔방울.　ㅇ幽人(유인)—세상을
피하여 숨어사는 사람. 여기서는 작자의 친구인 구원외(丘員外)를
가리킴이다.

(解說)　작자의 친구인 '구이십이(丘二十二)'에게 보낸 시이다. 친구의 성(姓)은 구(丘), 이름은 단(丹)인데 그는 당시 절강성 항현의 임평산 속에 숨어살고 있었다.

　가을밤에 친구를 그리워하는 소회(所懷)가 잘 표현되어 있는 시이다.

(作者)　**위응물**(韋應物) : 191쪽 참조.

유자음(遊子吟)

── 당(唐) 맹교(孟郊)

자 모 수 중 선　유 자 신 상 의
慈母手中線　遊子身上衣

임 행 밀 밀 봉　의 공 지 지 귀
臨行密密縫　意恐遲遲歸

수 언 촌 초 심　보 득 삼 춘 휘
誰言寸草心　報得三春暉

자애심이 깊은 어머니는 실을 손에 들고,

타향에 유학가는 아들의 옷을 꿰매고 있다

출발 직전에 한 땀 한 땀 정성을 다해서 꿰매는데,

마음속으로는 '행여 공부가 부진하여 늦게 돌아오지나 않을까'

걱정을 한다

도대체 누가 말하는가? (부모를 생각하는 아들의) 하찮은 마

음이,

아들을 생각하는 어버이의 마음을 따를 수 있다고?

(語釋)　ㅇ慈母(자모)─인자스러운 어머니. ㅇ手中(수중)─손 안에. ㅇ線
(선)─여기서는 실. ㅇ遊子(유자)─여기서는 타향으로 유학하려는
사람. 유학가려는 아들이란 뜻이다. ㅇ身上衣(신상의)─웃옷. ㅇ臨
行(임행)─출발에 즈음하여. ㅇ密密(밀밀)─촘촘하게. ㅇ縫(봉)─바
느질하다. 꿰매다. ㅇ意恐(의공)─마음속으로 두려워하다. ㅇ遲遲歸

(지지귀)-늦게 돌아오다. ㅇ誰言(수언)-누가 말하는가? ㅇ寸草心
(촌초심)-보잘것없는 잡초와 같은 내 마음. ㅇ報得(보득)-보답할
수 있다. ㅇ三春暉(삼춘휘)-봄날의 햇볕. 여기서는 부모의 따뜻한
은혜란 뜻으로 썼다.

(解說) 타향에 있는 사람이 고향을 그리워하며 읊은 시이다. 이 시에는
'어버이를 율상(溧上)에서 만나 지음'이란 작자의 주(注)가 붙어
있다. 율상이란 강소성 율양현(溧陽縣)에 있는 강 이름이다.

　작자 맹교는 고향을 떠난 후 오래되도록 과거에 급제하지 못
했었다. 그의 나이 50세가 거의 되어서야 진사(進士)에 급제하여
율양의 말단 관직을 얻었다. 오랜 고생 끝에 말단 관직이나마 얻
고 나서 고향의 어머니를 율양까지 모셔오게 되었는데, 그때에
지은 시가 바로 이 시라고 한다. 첫 구절부터 4구까지는 타향으
로 유학길을 떠나는 아들에 대한 어머니의 따뜻하고 깊은 애정
을 말하고, 끝의 두 구절은 자식이 아무리 부모를 생각한다 하더
라도 자식에 대한 어버이의 사랑을 만분지 1도 보답할 수 없음
을 한탄하고 있다. 어머니의 자식에 대한 깊은 사랑을 읊은 시로
는 이 시를 따를 만한 것이 없다는 평까지 받고 있다. 한편 작자
인 맹교는 54세까지도 진사에 오르지 못했다는 설도 있다.

(作者) **맹교**(孟郊) : 751~814. 자(字)는 동야(東野), 절강성 호주(湖
州) 무강(武康) 사람이다. 50세 전후에 가까스로 진사에 급제했고
변변찮은 관직을 맡아보았다. 한유(韓愈 : 韓退之)와 가까이 지냈
으며 그의 복고주의(復古主義)에 동조하여 작품도 악부(樂府)라든
가 고체시(古體詩)가 많았는데 외면적인 고풍(古風) 속에 예리하
고 창의적인 감정과 사상이 숨어 있다. 북송(北宋)의 강서파(江西
派)에 영향을 많이 끼쳤다. 만년에는 심히 불우한 생활을 했었다.

좌천지남관시질손상(左遷至藍關示姪孫湘)
── 당(唐) 한유(韓愈)

일 봉 조 주 구 중 천   석 폄 조 주 노 팔 천
一封朝奏九重天   夕貶潮州路八千
욕 위 성 명 제 폐 사   긍 장 쇠 후 석 잔 년
欲爲聖明除弊事   肯將衰朽惜殘年

한 통의 상소문을 어느 날 아침 구중궁궐에 계신 천자(天子)
님께 올렸더니,
그날 저녁에는 8천 리나 되는 조주(潮州) 땅으로 떨어져 나가
는 몸이 되었다
임금님을 위해, 폐해가 되는 일을 제거하기 바랐을 뿐,
어찌 늙은 몸을 가지고 남은 목숨 따위를 아끼려 하였겠는가

(語釋) ○至(지)─이르다. ○藍關(남관)─남전관(藍田關)의 동남쪽, 섬서성
남전현(藍田縣)의 협곡에 있다. 여기가 진령(秦嶺)이다. ○示(시)─
보이다. ○姪孫(질손)─형제의 손자. 즉 종손(從孫). ○湘(상)─한유
의 종손 이름. ○一封(일봉)─한 통의 상소문. ○朝(조)─아침. 어느
날의 아침. ○奏(주)─임금에게 아뢰다. ○九重天(구중천)─구중궁
궐 안에 있는 임금. 임금이 있는 곳까지는 9개의 문이 있고, 또 하
늘은 아홉 겹이라는 데서 나온 말이다. ○夕(석)─저녁. 하룻저녁에.
○貶(폄)─떨어뜨리다. 여기서는 관직을 떨어뜨리다란 뜻. ○潮州
(조주)─작자가 좌천된 고장. 지금의 광동성에 있는 조안현(潮安縣).

ㅇ路八千(노팔천)―8천 리의 길. 장안(長安)에서 조주까지의 거리.
ㅇ欲(욕)―바라다. ㅇ爲(위)―위하여. ㅇ聖明(성명)―천자(天子)를
높여서 하는 말. 여기서는 당시의 임금인 헌종(憲宗)을 가리킴이다.
ㅇ際(제)―제하다. 없애다. ㅇ弊事(폐사)―폐가 되는 일. 여기서는
불골(佛骨 : 佛家의 舍利)을 궁중에 들이는 일을 가리킨다. ㅇ肯
(긍)―어찌 ……하랴. ㅇ將(장)―……로서. ㅇ衰朽(쇠후)―늙어 쇠
약해진 몸(작자 한유는 당시 52세였고 그때는 52세라면 노인 취급을
했다). ㅇ惜(석)―아끼다. ㅇ殘年(잔년)―노후의 몸. 남은 목숨.

운 횡 진 령 가 하 재 　 설 옹 남 관 마 부 전
雲橫秦嶺家何在　雪擁藍關馬不前

지 여 원 래 응 유 의 　 호 수 아 골 장 강 변
知汝遠來應有意　好收我骨瘴江邊

구름은 진령(秦嶺)에 가로놓여 집은 어디에 있는지를 모르겠고,
눈은 남관(藍關)을 뒤덮어서 말[馬]이 앞으로 나가지를 못하
누나

잘 알고 있다. 네가 (나를 따라) 멀리까지 온 것은 응당 어떤
뜻이 있음을(아마 멀지 않은 내 여생을 걱정한 까닭이리라),
　좋다. 그렇다면 (나는 머지않아 귀양살이하다가 죽게 될 것이
니) 내 뼈를 독기(毒氣)가 떠도는 강가에서 거두어 주려무나

(語釋) ㅇ秦嶺(진령)―섬서성의 장안(長安) 남쪽에 솟아있는 산. 장안 부근
은 옛날 진(秦)나라 땅이었기에 이런 이름이 붙여졌다. 진령은 진령
산맥의 수봉(首峰)이며 진산(秦山)이라고도 한다. ㅇ家何在(가하재)―
집은 어디에 있는가? 자기가 살던 집은 어디에 있을까? ㅇ擁
(옹)―알다. 옹호하다. ㅇ不前(부전)―가지 않는다. ㅇ汝(여)―너.

그대. ㅇ遠來(원래)−멀리서 오다. ㅇ應有意(응유의)−필경 무엇인
가 마음속에 생각하는 바가 있을 것이다. ㅇ應(응)− ……라고 추
측함을 나타내는 조사(助詞). ㅇ好(호)−좋다. ……할지어다. ㅇ收
(수)−거두다. ㅇ我骨(아골)−나의 뼈. ㅇ瘴(장)−독기(毒氣). 사람
이 이것을 건드리면 질병에 걸린다고 하는 독기. ㅇ瘴江(장강)−독
기가 있는 강.

(解說) 작자 한유가 관직이 좌천되어, 남관(藍關)에 이르렀을 때, 그
소감을 써서 종손(從孫)인 상(湘)에게 준 시이다.

당나라 헌종(憲宗)은 불교를 독실하게 믿었다. 그는 원화(元
和) 14년, 즉 819년에 불골(佛骨 : 佛家의 舍利)을 궁중에 받아
들이어 3일 동안 공양하였다. 한유는 유교(儒敎)를 부흥시키려는
입장에서 〈논불골표(論佛骨表 : 불골을 논하는 표)〉를 헌종에게
올렸다. 한유는 그 내용에서 불골을 받든다는 것을 비난했을
뿐 아니라 한술 더 떠서 불교에까지 맹렬한 공격을 퍼부었던
것이다.

노기충천한 현종은 그를 사형에 처하려고 했으나 재상들의 만
류로 1단계 가볍게 하여 8천 리 밖인 조주자사(潮州刺史)로 좌
천시키었다. 한유는 겨우 목숨을 건지어 그날로 출발, 가까운 길
을 택하여 우선 남관(藍關)으로 나섰다.

때는 819년 2월 3일, 음력으로 1월 14일이었다. 추위는 심했
고 눈이 쌓여 있어서 말이 갈 수 없을 지경이었는데 종손 한상
(韓湘)이 그곳까지 따라왔다. 이때 한상에게 적어준 것이 바로
이 시였다고 한다.

‘일봉조주(一封朝奏)’와 ‘석폄조주(夕貶潮州)’의 대구(對句)가
절박한 대조를 나타내고, 좌천되면서도 자기 자신의 의사를 굽히
지 아니하는 신념을 간접적으로 용감하게 표현하고 있다. 제5구와

제6구의 대구, 즉 '구름이 진령에 가로놓이어 자기 집이 어디에 있는지를 모르겠고, 눈이 남관(藍關)을 뒤덮고 있어서 말이 앞으로 나가지를 못한다(雲橫秦嶺家何在 雪擁藍關馬不前)'는 절구(絶句)이다.

끝 구의 '호(好 : 좋다)'라는 말은 전편(全篇)의 시를 강하게 매듭짓는 말로서 작자 한유의 격렬한 기질과 높은 기개를 격조 있게 표현하고 있다. 한유는 조주자사로 좌천되어 있으면서도 선정(善政)을 베풀어 그 고장의 백성들로부터 존경을 받았다고 전해지며, 그 해 풀려나서 연주(兗州)로 옮겨졌다.

(作者) **한유**(韓愈) : 768~824. 당나라 때의 문학가·사상가·정치가. 자(字)는 퇴지(退之)이며 호는 창려(昌黎)이다. 일찍이 고아가 되어 형수에게서 자라났는데 공부를 열심히 하여 정원(貞元) 8년(792) 진사가 되었다. 벼슬은 감찰어사(監察御史)·국자박사(國子博士)가 되었으나 헌종(憲宗)이 불골(佛骨)을 궁중에 들여오는 것을 간(諫)하는 〈논불골표(論佛骨表)〉를 올렸다가 조주자사(潮州刺史)로 좌천되었다. 뒤에 다시 이부시랑(吏部侍郎)까지 승진하고 세상을 떠난 뒤 문공(文公)이란 시호를 받았다.

당송팔대가(唐宋八大家)의 제1인자로서 그의 최대의 업적은 산문 문체의 개혁이었다.

고원초(古原草)
── 당(唐) 백거이(白居易)

이리원상초　　일세일고영
離離原上草　　一歲一枯榮

야화소부진　　춘풍취우생
野火燒不盡　　春風吹又生

무성하게 자라난 들판의 풀은,
1년 동안에 한 차례 우거졌다가 시든다
겨울이 되어 불을 질러 태워도 다 없어지지 아니하고,
봄바람이 불어오면 또다시 나오누나

(語釋) ㅇ古原草(고원초)─옛 들판의 풀이란 뜻. ㅇ原上草(원상초)─들판
의 풀. ㅇ一歲(일세)─한 해. 1년. ㅇ一枯榮(일고영)─한 차례 무성
했다가 시들다. ㅇ野火(야화)─들판의 불. ㅇ燒不盡(소부진)─타서
없어지지 아니하다. ㅇ又生(우생)─다시 살아나다. 다시 돋아나다.

원방침고도　　청취접황성
遠芳侵古道　　晴翠接荒城

우송왕손거　　처처만별정
又送王孫去　　萋萋滿別情

멀리까지 뻗은 풀은 통행이 없는 옛 길을 뒤덮고,

맑은 날에는 황폐한 마을을 녹색으로 뒤덮는다
봄풀이 우거져서 푸르러졌을 때 친구를 전송하자니,
이별의 안타까운 정(情)은 봄풀과 그 더함을 다투는 것 같구나

(語釋)   ○遠芳(원방)─먼 곳에까지 뻗은 풀. ○侵古道(침고도)─사람의 통
행이 없는 옛 길을 침범하다. ○晴翠(청취)─맑은 날씨에 푸른빛이
반사하는 것. ○接荒城(접황성)─황폐해진 마을을 뒤덮다. ○王孫
(왕손)─왕자(王者)와 공손(公孫)의 약어(略語)로서 본디는 귀족의
자제를 가리키는 말이었다. 그러나 여기에서는 친구를 가리키고 있
다. ○萋萋(처처)─풀이 우거져 있는 모습. ○別情(별정)─이별의
안타까운 마음.

(解說)   들판의 무성한 풀을 보고 인생무상(人生無常)을 노래한 시이
다. 황폐해진 마을, 이제는 들판이 되어 버린 곳에 잡초가 우거
져 있다. 그 잡초의 왕성한 생명력을 보니 인생의 덧없음을, 그
리고 이별의 아쉬움을 더욱 통감(痛感)하지 않을 수 없음을 노
래하고 있다.

(作者)   **백거이**(白居易) : 26쪽 참조

대주(對酒)

── 당(唐) 백거이(白居易)

와 우 각 상 쟁 하 사　　석 화 광 중 기 차 신
蝸牛角上爭何事　　石火光中寄此身

수 부 수 빈 차 환 락　　불 개 구 소 시 치 인
隨富隨貧且歡樂　　不開口笑是癡人

달팽이 뿔 위와 같은 장소에서 도대체 무슨 일로 다투는가?

부싯돌을 치면 일어나는, 반짝하는 불빛 같은, 이 한 세상에

몸을 맡기고 있는 우리들의 처지가 아닌가?

부유하면 부유한 대로, 가난하면 가난한 대로 즐기며 지내리라,

입을 열어 껄껄 웃고 살지 않는다면 바보가 아니겠는가?

(語釋)　o對酒(대주)-술을 대하다.　o蝸牛(와우)-달팽이.　o角(각)-뿔.
o爭(쟁)-싸우다.　o何事(하사)-무슨 일.　o石火(석화)-돌을 맞
부딪쳤을 때 생기는 불빛.　o光中(광중)-불빛 속.　o寄(기)-기대
다.　o此身(차신)-이 몸.　o隨富(수부)-부유함에 따라.　o隨貧(수
빈)-빈곤함에 따라.　o且(차)-잠시.　o歡樂(환락)-기쁨을 누리다.
o開口(개구)-입을 열다.　o不開口笑(불개구소)-입을 열어 웃지
않다.　o是(시)-즉. 바로.　o癡人(치인)-바보. 어리석은 사람.

(解說)　'달팽이 뿔 위와 같은 좁은 장소', '부싯돌을 치면 일어나는 반
짝하는 불빛 같은 이 한 세상' ──. 좁은 장소와 짧은 시간치고
는 가장 놀라운 비유이다. 인생을 달관(達觀)하여 사소한 일에는

신경을 쓰지도 아니하는 대인(大人)의 풍모를 느낄 수도 있고, 불교에서 유래한 '인생무상(人生無常)'의 사상을 생각하게 하기도 한다.

즐기고 웃으며 살자는 데에 이르러서는 한편 향락주의 · 염세주의적인 사상을 고취하는 것처럼 느껴지기도 하지만, 그것이 작가의 의도는 아닐 것으로 본다. 동서고금의 숱한 시인들에게서 발견할 수 있는 어떤 동기의 호탕한 풍모라고 보는 것이 타당하겠다.

'와우각상(蝸牛角上)'이란 말은 전국시대(戰國時代) 양(梁 : 魏)나라의 혜왕(惠王)과 제(齊)나라의 위왕(威王) 사이에 얽힌 고사(故事)에도 나오는 말로서 역시 우주의 광대함에 비한다면 양나라건 제나라건 모두 달팽이 뿔 위와 같이 좁은 장소에 지나지 않는다는 비유로 쓰였다. 은자(隱者)인 대진인(戴晋人)이 제나라를 치려는 양혜왕에게 한 말이라고 한다.

(作者) **백거이**(白居易) : 26쪽 참조.

별사제종일(別舍弟宗一)
― 당(唐) 유종원(柳宗元)

영 락 잔 혼 배 암 연   쌍 수 별 루 월 강 변
零落殘魂倍黯然   雙垂別淚越江邊

일 신 거 국 육 천 리   만 사 투 황 십 이 년
一身去國六千里   萬死投荒十二年

계 령 장 래 운 사 묵   동 정 춘 진 수 여 천
桂嶺瘴來雲似墨   洞庭春盡水如天

욕 지 차 후 상 사 몽   장 재 형 문 영 수 연
欲知此後相思夢   長在荊門郢樹煙

영락하여 초라해진 목숨을 보전하는 이 몸은 이제 그대와의 이별로 더욱 암담한 마음 달랠 길 없어,

그대와 이별의 눈물을 월강(越江) 가에 흘리노라

나 홀로 6천 리 길 멀리 도읍을 떠나,

죽음을 무릅쓰고 살아오기를 12년이나 되었도다

계령(桂嶺)에서 떠오는 구름은 독기를 머금어 먹물처럼 까맣고,

저 동정호(洞庭湖)에 봄빛이 다할 때쯤이면 한없이 넓어 끝없는 물이 하늘과 맞닿네

이제부터 그대와 헤어져, 그리는 꿈은 어떤 꿈인가를 상상할 때에,

언제까지나 이 형주(荊州)의 연기처럼 자욱한 숲가에서 그대

와 옷소매 부여잡고 헤어지던 광경 꿈꿀 것이리

(語釋) ㅇ零落(영락)—집안 형편이 기울어지다. 여기서는 작자 유종원이 예부원외랑(禮部員外郎)에서 영주사마(永州司馬)로 좌천되고 다시 유주자사(柳州刺史)로 좌천된 것을 뜻함. ㅇ殘魂(잔혼)—겨우 부지하고 있는 목숨. ㅇ黯然(암연)—암담한 모양. ㅇ雙垂(쌍수)—둘이서 눈물을 흘리다. ㅇ別淚(별루)—이별의 눈물. ㅇ越江邊(월강변)—광서성을 흐르는 서강(西江) 가. ㅇ一身(일신)—이 한 몸. ㅇ去國(거국)—장안(長安)을 떠난 지. ㅇ萬死(만사)—온갖 고생. ㅇ投荒(투황)—미개지인 유주(柳州)로 좌천되다. ㅇ桂嶺(계령)—광서성 하현의 동북쪽에 있는 산. ㅇ瘴(장)—남방의 산천에서 일어나는 독기(毒氣). ㅇ似墨(사묵)—먹과 같다. 여기서는 구름이 시커멓다는 뜻. ㅇ洞庭(동정)—동정호(洞庭湖). ㅇ春盡(춘진)—봄이 지나가다. ㅇ水如天(수여천)—물이 하늘에 맞닿다. ㅇ欲知(욕지)—알고자 하다. ㅇ相思夢(상사몽)—서로 그립게 생각하는 꿈. ㅇ長在(장재)—언제까지나 있다. ㅇ荊門(형문)—형주(荊州). ㅇ郢(영)—춘추시대(春秋時代) 초(楚)나라의 도읍.

(解說) 제목 중 사인(舍人)이란 남에게 대하여 자기 아우를 말하니 이 시는 귀양지를 찾아온 동생 종일(宗一)과의 이별을 아쉬워하며 읊은 시이다. 작자인 유종원이 좌천되어 가 있던 중국의 변경, 즉 광서성 유주(柳州)에 찾아온 친동생 유종일과 이별할 때, 그 서러움을 노래한 시이다.

  작자는 벼슬이 예부원외랑(禮部員外郎)에까지 올랐었는데 왕숙문(王叔文)의 혁신정치운동 사건에 연좌되어 일단 영주사마(永州司馬)로 좌천되었다가 다시 유주자사(柳州刺史)로 좌천되었고 그곳에서 세상을 떠났다.

  고향에서 멀리 떨어져 있는 유주 땅에서 모처럼 찾아준 아우와 이별하는 괴로움이 구절구절마다 스며 있는 명시(名詩)이다. 이별을 한 연후에는 언제까지나 동생과의 이별 장면을 꿈으로 꿀 것이라고 노래한 마지막 구절은 서러움의 절정을 이룬다.

(作者) **유종원**(柳宗元) : 197쪽 참조.

제이의유거(題李疑幽居)
—— 당(唐) 가도(賈島)

한 거 소 린 병　　초 경 입 황 원
閑居少鄰並　　草徑入荒園

조 숙 지 변 수　　승 고 월 하 문
鳥宿池邊樹　　僧敲月下門

조용한 은거(隱居) 초막(草幕)에는 이웃집도 없고,
풀에 뒤덮인 오솔길이 황폐한 뜰에까지 뻗히었구나
새는 연못가 나무 그늘에 잠들고,
중이 달빛 아래에 있는 문을 두드린다

(語釋) ㅇ李疑(이의)—이응(李凝)으로 되어 있는 책도 있는데 그 인물에 대해서는 알 길이 없다. ㅇ幽居(유거)—은거(隱居). 은둔하고 사는 집. ㅇ閑居(한거)—조용한 집. ㅇ少(소)—모자라다란 뜻으로서 여기서는 있어야 할 것이 전혀 없다는 의미이다. ㅇ鄰並(인병)—이웃. 이웃집. ㅇ草徑(초경)—풀에 뒤덮인 오솔길. ㅇ入荒園(입황원)—황폐해진 뜰로 이어지다. ㅇ鳥宿(조숙)—새가 잠자다. ㅇ池邊樹(지변수)—못가의 나무. ㅇ僧敲(승고)—중이 두드리다.

(解說) 친구와 한 약속을 지키기 위하여 친구가 은거하고 있는 초옥(草屋)을 찾아간 소회(所懷)를 읊고 있다.

과 교 분 야 색
過橋分野色

이 석 동 운 근
移石動雲根

잠 거 환 래 차
暫去還來此

유 기 불 부 언
幽期不負言

다리를 건넜건만 아직도 들판 같기만 하고,
산속에서 구름이 이는 돌을 운반하여 이곳에 쌓았구나
잠시 다른 곳에 갔다가 이곳으로 왔소,
언약한 바를 잊을 수야 있으리까

(語釋) ○過橋(과교)—다리를 지나가다. ○分野色(분야색)—들판일 뿐. 분(分)은 분유(分有), 즉 나누어도 그대로 남아 있다는 의미. ○移石(이석)—돌을 옮기다. ○雲根(운근)—돌. 특히 산속에 있는 돌. 구름은 암석(岩石) 사이에서 생긴다 하여 이런 말이 생겨났다. 다시 말해서 돌을 옮긴다는 것과 운근(雲根)을 움직인다[動]는 것은 같은 의미이다. ○暫去(잠거)—잠시 떠나다. ○還來此(환래차)—다시 이곳으로 오다. ○幽期(유기)—밀약. 언약. ○不負言(불부언)—결코 어기지 않다.

(解說) 이 시는 '퇴고(推敲)', 즉 원고(原稿)를 고치다, 또는 원고를 다듬다란 말을 만들어서 일화(逸話)를 남기게 된 시이다. 작자 가도(賈島)가 과거를 보러 도읍으로 올라갈 때, 나귀에 몸을 싣고 이 시를 구상하던 중, '승고월하문(僧敲月下門)'의 구절에서 '고(敲)'자를 그대로 고(敲)자로 할까, 아니면 퇴(推)자, 즉 '밀다'로 할까 생각에 잠겨 있었다.

   그때 뜻밖에도 대윤(大尹 : 고을 사또)인 한유(韓愈 : 韓退之)의 행차를 만나게 되었다. 나귀에 탄 채 내리지 않는 가도를 본

아전들은 그를 잡아왔다. 그러나 사연을 들은 한유는 고(敲)자가
좋겠다고 가르쳐 주었다. 그리고 두 사람은 그 자리에서 장시간
시에 대해서 논했다고 한다.

(作者)　　**가도**(賈島) : 202쪽 참조

권주(勸酒)
─ 당(唐) 우무릉(于武陵)

권 군 금 굴 치　　만 작 불 수 사
勸君金屈巵　　滿酌不須辭

화 발 다 풍 우　　인 생 족 별 리
花發多風雨　　人生足別離

그대에게 이 황금 술잔을 권하노니,
가득 찬 이 술잔을 사양치 마오
꽃이 만발하면 비바람이 많은 법,
우리네 인생에는 이별만이 많습니다

語釋 ○勸酒(권주)—술을 권하다. ○勸君(권군)—그대에게 권하다. ○金
屈巵(금굴치)—황금으로 만든 술잔의 일종. 사치스런 술잔. ○滿酌
(만작)—가득 부은 잔. ○不須辭(불수사)—사양하면 안된다. ○花發
(화발)—꽃이 피다. ○多風雨(다풍우)—비바람이 많다. ○足(족)—많다.
그득하다.

解說 인생무상을 술로 달래며 술을 권하는 시이다. 꽃에는 비바람,
인생에는 이별의 슬픔을 직설적으로 표현하였건만 그 속에는 이
별을 서러워하며 술을 권하는 심정이 잘 묘사되어 있다.

作者 **우무릉**(于武陵) : 810~?. 이름은 업(業)이고 자(字)가 ‘무릉’
인데 흔히 우무릉이라고 부른다. 두곡(섬서성 서안 남쪽) 사람.

선종(宣宗)의 대중연간(大中年間)에 진사(進士)에 급제했는데 관직생활이 성격에 안 맞아서 책과 수금(豎琴)을 들고 천하를 주유했다. 항상 고고한 기개를 지니고 있었는데 명예나 영달 따위의 말을 입밖에 낸 일이 없었다고 한다.

이별(離別)

― 당(唐) 육구몽(陸龜蒙)

장부비무루　　불쇄이별간
丈夫非無淚　　不灑離別間

장검대준주　　치위유자안
仗劍對樽酒　　恥爲遊子顏

복사일석수　　장사즉해완
蝮蛇一螫手　　壯士卽解腕

소지재공명　　이별하족탄
所志在功名　　離別何足歎

대장부라 하더라도 눈물이 없는 것은 아니지만,
이별의 슬픔으로 눈물을 보이지는 않겠노라
칼을 지팡이 삼아 이별주를 나눌 때,
이별을 아쉬워하는 모습을 취함을 부끄럽게 여긴다
장부란 한 번 독사(毒蛇)에게 물리면,
즉시로 팔을 잘라 버린다던가
장부의 뜻하는 바는 공명(功名)에 있으므로,
어찌 이별을 슬퍼할 것이랴

(語釋) ㅇ非無(비무)－없는 것은 아니다. 하지 않는 것은 아니다. ㅇ淚
(누)－눈물. ㅇ不灑(불쇄)－뿌리지 않는다. 흘리지 않는다. ㅇ離別間

(이별간)-이별을 할 때. o仗劍(장검)-장부가 전쟁터로 떠날 때,
또는 먼 길을 떠날 때 지니는 칼. o對樽酒(대준주)-술독을 대하고
이별주를 나누다. o恥爲(치위)-부끄러워하다. o遊子顔(유자안)-
이별을 슬퍼하다. 유자(遊子)는 나그네. o蝮蛇(복사)-독사(살무
사). o螫手(석수)-손을 물다. o卽(즉)-곧. o解腕(해완)-팔을
잘라 버리다. o所志(소지)-뜻하는 바. o在功名(재공명)-공(功)
을 세워 이름을 드높이는 데 있다. o何足歎(하족탄)-어찌 슬퍼함
에 족하겠는가.

(解說) 아주 씩씩하고 사나이다운 시이다. 예로부터 이별이란 슬픈 것
으로 되어 있지만 일시적인 이별을 어찌 슬퍼할 것인가? 사나이
대장부의 씩씩한 공명심을 북돋아주는 정을 노래하고 있다.

(作者) 육구몽(陸龜蒙) : ?~881. 당나라 중기의 시인. 자(字)는 노
망(魯望), 호는 강호산인(江湖散人)·보리선생(甫里先生) 등이
다. 소주(蘇州 : 강소성) 사람. 시가(詩歌)와 부(賦)를 잘 지었으
며 선비로서 관직에 나오기를 종용받았지만 평생 벼슬을 하지
않고 초야에 묻혀 은둔생활로 시종하였다. 후에 송(宋)나라 때의
전원시(田園詩) 발전에 영향을 준 바 있는 전원시를 많이 썼다.

심호은군(尋胡隱君)
── 명(明) 고계(高啓)

도 수 부 도 수　　간 화 환 간 화
渡水復渡水　看花還看花

춘 풍 강 상 로　　불 각 도 군 가
春風江上路　不覺到君家

강을 건너고 또 건너서,

꽃을 보고 또 보며

봄바람 부는 강가의 길을 걷다보니,

나도 모르는 사이에 그대 집에 왔구려

(語釋) ○尋胡隱君(심호은군)－호은군(胡隱君)을 찾아서.. ○渡水(도수)－
강을 건너다. 여기서의 수(水)는 물이 아니라 강을 가리킨다. ○復
渡水(부도수)－또 강을 건너다. ○看花(간화)－꽃을 보다. ○江上
(강상)－강가. 강변. 여기서는 강 위란 뜻이 아니다. ○不覺(불각)－
모르는 사이에. ○到君家(도군가)－그대 집에 이르렀다.

(解說)   보고 싶어 그리던 집을 자기도 모르는 사이에 찾아오게 된 심
정을 잘 표현한 시이다. '도수(渡水)'와 '간화(看花)'란 말을 거듭
씀으로써 만발한 꽃과 흐르는 강물을 묘사해냈고, 친구를 그리던
마음을 간결하게 표현한 작품이다.

(作者)   고계(高啓) : 1331∼1370. 자(字)는 계적(季迪), 명(明)나라

초기의 문신이자 시인이다. 원(元)나라 말기의 전란(戰亂)을 피하기 위해 오송(吳淞) 부근의 청구(靑丘)에 한거(閑居)하며 호를 청구자(靑丘子)라고 했다. 홍무(洪武) 초에 벼슬길에 나아가 한림원(翰林院) 편수(編修), 호부시랑(戶部侍郞) 등을 역임했으나 《원사(元史)》 편찬에 참여했다가 사건에 연좌되어 요절형을 당했다.

4월 1일(四月一日)
— 조선(朝鮮) 정도전(鄭道傳)

산 금 제 진 낙 화 비　　객 자 미 귀 춘 이 귀
山禽啼盡落花飛　　客子未歸春已歸

홀 유 남 풍 정 사 재　　해 취 정 초 야 의 의
忽有南風情思在　　解吹庭草也依依

산새 울고 꽃도 져서 봄은 갔건만,
가신 임은 어이하여 오실 줄을 모르는고
그래도 바람만은 차마 못잊어,
다정하게 방초 위로 감돌아주네

（語釋）　○山禽(산금)－산에 사는 새.　○啼盡(제진)－울기를 다하다. 봄이 간 것을 암시함.　○客子(객자)－손님. 임.　○未歸(미귀)－아직도 돌아오지 않다.　○情思在(정사재)－생각하는 정이 있다. 못잊다.　○解吹(해취)－감돌아 불다.

（解說）　봄이 되면 다시 만나기로 하고 떠난 벗이, 약속한 기한이 지났건만 나타나지 않는 데 대한 기다림 ―. 인간사는 이처럼 약속을 어기는 수가 있지만 자연은 약속을 조금도 어기지 않음을 부러워하는 시인의 마음이 엿보인다.

（作者）　**정도전**(鄭道傳) : ?~1398. 고려 말기, 조선 초기의 문신(文

臣)·학자. 자(字)는 종지(宗之), 호는 삼봉(三峰). 이색(李穡)의 문인이며 고려 공민왕(恭愍王) 때 벼슬이 정당문학(政堂文學)에 이르렀고 조선조의 개국공신이 되어 좌상(左相)에까지 올랐으나 왕자 방석(芳碩)을 옹호하다가 왕자의 난을 당하여 방원(芳遠 : 太宗)에 의해 참수(斬首)되었다.

기부지(期不至)

— 조선(朝鮮) 안민학(安敏學)

황성우초헐　　낙일담추산
荒城雨初歇　落日淡秋山

가기격강포　　망망수운간
佳期隔江浦　望望水雲間

옛 성터에 오던 비 산뜻 개니, 지는 해 가을산에 걸려 더욱 곱
도다

그리운 임 만나려니 강이 막히어, 바라보니 물과 구름 아득하
여라

(語釋) ○期不至(기부지)—만나기로 기약했으나 오지를 않다. ○荒城(황성)—
옛 성. ○歇(헐)—(비가) 개다. ○淡(담)—곱다. ○佳期(가기)—임을
만날 기약, 약속. ○隔江浦(격강포)—강과 포구가 막히어 있다.

(解說) 만나기로 굳게 약속한 사람이 쏟아지는 비 때문에 강물이 불
어서 못 만나는 안타까움을 읊은 시이다. 작자는 율곡(栗谷) 이
이(李珥)나 우계(牛溪) 성혼(成渾)과의 약속이었다는 설이 있다.

(作者) **안민학**(安敏學) : 1542~1602. 조선조 초기의 문신. 자(字)는
습지(習之), 호는 풍애(楓厓). 제자백가(諸子百家)에 통달하고
필법(筆法)이 뛰어났음. 임진왜란 때 소모사(召募使)가 되어 군
량(軍糧)의 수송을 맡았으며 시호는 문정(文靖)이다. 저서에《풍
애집(楓厓集)》이 있음.

상야장군(傷野將軍)

── 일본(日本) 헤이안(平安) 가야노도요토시(賀陽豊年)

하 이 칭 란 구
蝦夷稱亂久　　택 장 속 오 현
擇將屬吾賢

굴 지 순 삼 략
屈指馴三略　　양 미 출 이 권
揚眉出二權

혜 두 훈 미 전
鼃頭勳未展　　마 혁 지 방 선
馬革志方宣

완 사 하 난 우
完士何難偶　　도 비 흉 문 전
徒悲凶問傳

동국(東國) 오랑캐가 조정에 배반한 지 오래되었다,
　정이장군(征夷將軍)을 선출했는데 현명한 친구 오노군(小野君)
이 맡았다
　오노군은 손가락으로 헤아리며 세 가지의 책략을 쓰고,
　눈썹을 치켜올리며 상(賞)과 벌(罰), 두 권병(權柄)을 내밀었다
　평가할 때는 자질구레한 공훈 따위는 세우고자 하지 않고,
　결사적인 마음으로 대처하는 것만을 올바르다 하였다
　이런 장군을 만나기란 얼마나 어려운 일인가,
　장군의 진몰(陣沒) 소식을 접하기도 전에 슬퍼했도다

(語釋) ㅇ蝦夷(하이)—고대 일본의 오오우(奧羽) 지방으로부터 홋카이도(北海道)에 걸쳐서 살며, 언어와 풍속 등을 달리하던 민족. 그들은 조정에 복종하지 않았다. ㅇ稱亂(칭란)—난을 일으키다. ㅇ擇將(택장)—정이장군(征夷將軍)을 뽑다. ㅇ三略(삼략)—황석공(黃石公)이 한(漢)나라 장량(張良)에게 주었다고 하는 병법서(兵法書)에 따른 세 가지의 계략. ㅇ二權(이권)—부하를 통어(統御)하는 두 가지의 권력, 즉 상(賞)과 벌(罰)의 이병(二柄)을 가리킨다. ㅇ鼷頭勳(혜두훈)—보잘것없이 작은 공적(功績), 혜두(鼷頭)는 생쥐의 머리로서 작은 것의 비유이다. ㅇ馬革志(마혁지)—후한(後漢)의 무장(武將)인 마원(馬援)이, 사나이라면 변경 땅에서 전사(戰死)하여 말가죽에 싸여서 돌아오는 게 소원이라고 말한 고사(故事)에서 생긴 말이다. ㅇ完士(완사)—장군으로서 완전하고 흠이 없는 것.

(解說) 이 시는 자별한 친구가 전쟁터에서 전사했다는 소식을 듣고 슬픔속에서 읊은 시이다. 작자와 전사한 친구 오노나가미(小野永見)는 젊었을 때부터 자별한 친구로서 두 사람 모두 충의(忠義)와 절조(節操)의 마음이 굳었던 사람이다. 그 오노가 정이대장군(征夷大將軍) 사카우에타(坂上田村麻呂) 밑에서 정이부장군(征夷副將軍)으로 종군했던 것 같다.

(作者) **가야노도요토시**(賀陽豊年) : 751~815. 헤이안(平安) 시대의 한시인(漢詩人). 간무(桓武)·헤이죠(平城)·사가(嵯峨)의 삼조(三朝)를 섬겼다. 벼슬은 종사위하식부대보(從四位武部大輔)에 까지 올랐고 사후(死後)에 정사위하(正四位下)가 추증되었다. 널리 경사(經史)에 밝아서 대재(大才)라고 칭했다. 《능운집(凌雲集)》 편찬에 관여했고 작품으로는 응제(應製)·봉화(奉和) 등 공적(公的)·의례적(儀禮的)인 제재(題材)를 다룬 것이 많은데 그것은 당시의 시대성을 반영한 것이다.

춘진(春盡)

—일본(日本) 헤이안(平安)   스가와라노미치자네
 (菅原道眞)

<table>
<tr><td>풍월능상여객심
風月能傷旅客心</td><td>취중춘진누난금
就中春盡淚難禁</td></tr>
<tr><td>거년마상행상송
去年馬上行相送</td><td>금일우강와독음
今日雨降臥獨吟</td></tr>
<tr><td>화조종영주경로
花鳥從迎朱景老</td><td>빈모하피백상침
鬢毛何被白霜浸</td></tr>
<tr><td>무인득의구언소
無人得意俱言咲</td><td>한살망망일수심
恨殺茫茫一水深</td></tr>
</table>

바람과 달은 나그네의 마음을 슬프게 하는데,

그 중에서도 봄날의 끝자락에는 섭섭하여 떨구는 눈물 그치기
어려워

지난해는 부임 중, 말 위에서 봄을 보냈는데,

오늘은 비내리는 관사(官舍)에 누워 홀로 시를 읊조린다

꽃과 새는 여름빛을 맞으며 늙어가고,

내 귀밑머리는 왜 흰 서리 맞고 희어지는가

마음 터놓고 함께 즐기며 담소(談笑)할 사람도 없고,

넓고 깊은 바다만 펼쳐져 있으니 한스럽기 그지없다

(語釋) ○旅客(여객)-나그네. 여기서는 산기슈(讚岐守)로 부임해가는 자기 자신을 나그네라는 의식으로 묘사하고 있다. ○就中(취중)-그 중에서도. ○去年(거년)-886년 3월 26일, 작자가 산기(讚岐)에 부임하던 때를 가리킴. ○朱景(주경)-빨간 태양빛. 여름철의 태양빛이란 의미이다. ○言咲(언소)-소(咲)는 소(笑)의 고자(古字). 담소(談笑)하다. 이야기를 나누며 웃다. ○恨殺(한살)-심히 원망하다. 살(殺)은 정도가 심함을 나타내는 조자(助字). ○茫茫(망망)-넓어서 끝이 없는 것. 여기서는 끝이 안 보이는 세도나이카이(瀨戶內海)를 가리킴.

(解說) 작자가 산기슈(讚岐守) 임지에서 1년간 지내던 봄날, 그것도 봄이 다 가는 3월 말경에 소회를 읊은 시이다. 마음이 통하는 벗이 한 명도 없는 처지에 바라보이는 망망대해가 쓸쓸하고 원망스럽기만 하다며 눈물짓노라고 하소연하고 있다.

(作者) **스가와라노미치자네**(菅原道眞) : 156쪽 참조

까치〔鵠〕

── 일본(日本) 무로마치(室町) 제카이추신(絶海
中津)

월 야 요 지 무 가 의　　편 편 척 영 지 남 비
月夜繞枝無可依　　翩翩隻影只南飛

조 래 우 향 청 첨 조　　차 일 행 인 귀 미 귀
朝來偶向晴簷噪　　此日行人歸未歸

까치가 달밤에 나뭇가지 주변을 맴돌다가,

머물 곳이 없자 날개를 파닥이며 남쪽으로 날아간다

아침 일찍 맑은 처마끝에서 까치가 지저귀는 것은,

집 떠난 사람이 돌아올 징조이지만, 오늘 돌아올 것인지 안 올

것인지

(語釋) o鵠(곡)―백조(白鳥)를 뜻하지만 까치란 의미도 있다. 여기서는 까
치를 뜻한다. o翩翩(편편)―새가 나는 모습의 형용. o簷(첨)―처마.

(解說) 이 시는 중국의 삼국시대 조조(曹操)의 〈단가행(短歌行)〉의
구절인 '달이 밝으니 별은 성글고(月明星稀) 까마귀는 남쪽으로
날아간다(烏鵲南飛). 나무 둘레를 세 번이나 돌아도(繞木三匝),
어느 가지에 앉아야 할지를 모르누나(何枝可依)'를 응용하고 있
다. 또 전구(轉句)와 결구(結句)는 까치가 짖는 것은 멀리 떠난
사람이 돌아올 징조라고 하는 속설에 따른 것이다.

(作者) 제카이추신(絶海中津) : 252쪽 참조

송자화지참주(送子和之參州)

— 일본(日本) 에도(江戸) 야마가타고쥬(山縣孝孺)

휴 창 양 관 삼 첩 사	양 관 삼 첩 불 승 비
休唱陽關三疊詞	陽關三疊不勝悲
송 군 다 마 하 변 류	절 자 남 지 지 북 지
送君多馬河邊柳	折自南枝至北枝

양관삼첩(陽關三疊)의 시(詩) 따위는 부르지 마세,

양관삼첩의 시는 이별의 슬픔을 불러일으키기 때문이야

그대를 전송하러 이 다마천(多馬川) 강가에까지 왔고, 이제는

드디어 이별이로군,

마침내 남쪽 끝에서부터 버들을 꺾기 시작하여 북쪽 끝까지

꺾고 말았네

(語釋) ㅇ送(송)—보내다. ㅇ子和(자화)—인명(人名). ㅇ參州(참주)—지명
(地名). ㅇ休唱(휴창)—노래를 그치다. 부르지 마라. ㅇ陽關三疊詞
(양관삼첩사)—당나라 때 왕유(王維)의 〈송원이안서(送元二安西)〉
라는 옛날 송별의 대표시. 제4구의 일부를 세 차례나 반복해서 읊는
다 하여 '양관삼첩(陽關三疊)'이라고 한다. ㅇ多馬河(다마하)—일본
도쿄(東京) 서쪽을 흐르는 다마가와(多摩川). ㅇ邊柳(변류)—강가의
버드나무. ㅇ折自南枝(절자남지)—중국에서는 당나라 때 도읍인 장
안(長安)을 떠나는 사람을 송별하려면 버들가지를 꺾어서 그것으로

고리를 만들어 준 일이 있으므로 이별을 절류(折柳)라고 한다.

(解說)   자화(子和 : 히라노깅가의 字)란 사람이 아이치현(愛知縣)의 참주(參州)에 갈 때 그를 전송하는 시이다. 일본에도 송별의 시는 많이 있었던 것 같은데 그 내용이 좋은 것은 그리 흔하지 않다. 이 시는 우정의 깊이가 스며 있어서 그런대로 가작(佳作)이라고 하겠다.

(作者)   야마가타고쥬(山縣孝孺) : 1687~1752. 호는 주남, 에도(江 戶 : 東京)에 나와서 공부를 했고 모리코를 섬겼다. 조선에서 건너간 사절을 접대했으며 문재(文才)를 크게 떨쳤다는 기록이 있다.

무신제석(戊申除夕)
─ 일본(日本) 에도(江戸) 가메다호사이(龜田鵬齊)

부유역분주 腐儒亦奔走	주채갱난사 酒債更難賖
일곡오궁구 一穀五窮具	촌심천려가 寸心千慮加
가빈처관고 家貧妻慣苦	지장아지과 志壯兒知誇
명세유하사 明歲有何事	야심소등화 夜深笑燈花

섣달 그믐에는 부유(腐儒)인 나도 돈 마련하기 위해 돌아다니는데,
  술값 외상이 있는 몸으로는 물건 사기가 어렵구나
  쌀조차 구할 수 없는 것은 액운 때문이겠으나,
  그로 인하여 마음은 천 갈래로 흩어진다
  집안 살림 빈궁하니 아내는 고생에 익숙해졌고,
  내 의지는 굳건하여 자식 자랑에 열올리네
  내년에는 무언가 좋은 일이 있을 것인지,
  밤이 이슥해졌을 때에야 등화(燈花)가 생긴다

(語釋) ○除夕(제석)─섣달 그믐. ○腐儒(부유)─벼슬길에 나아가지 않은 유자(儒者). ○酒債(주채)─술 때문에 진 부채. ○賒(사)─외상으로 사다. ○一穀(일곡)─한 종류의 곡물. 여기서는 쌀. ○五窮(오궁)─ 액운 또는 가난귀신이란 뜻. 당(唐)나라 한유(韓愈)의 〈송궁문(送窮文)〉에 있는 지궁(智窮)·학궁(學窮)·문궁(文窮)·명궁(命窮)·교궁(交窮)에 의한다. ○笑燈花(소등화)─등화(燈花)가 생기다. 등화는 등잔불 심지 끝에 생기는 검댕이 꽃 모양으로 굳어진 것. 이것이 생기면 재수가 있다고 하였다. 소(笑)는 꽃이 핀다는 의미이다.

(解說) 이 시는 작자 가메다호사이가 37세 때인 1788년 섣달 그믐에 쓴 것이다. 새해에는 가족들 모두가 행복해지기를 바라며 읊은 작품이다. 그로부터 5년 전 아사마야마(淺間山)의 화산 폭발로 간토(關東)에는 오곡을 구하기 어려워졌을 뿐만 아니라 대기근으로 고통을 받았는데 장서(藏書)를 팔아가지고 궁핍한 사람들을 구제했다고 하니 자신도 꽤나 궁핍한 생활을 했었으리라.

(作者) **가메다호사이**(龜田鵬齊) : 1752~1826. 에도(江戶) 사람. 이름은 쵸코(長興). 글씨는 미츠이신나(三井親和)에게서 배우고 유학(儒學)을 이노우에긴가(井上金蛾)에게서 배웠다. 관정이학(寬政異學)을 금했을 때 그 잘못을 주장했던 4명과 함께 오귀(五鬼)의 한 사람으로 꼽는다. 관학(官學)이라든가 시세에 반항하면서 평생 동안 사관(仕官)하지 않고 에도 시타마치(下町)의 유자(儒者)로 반역의 정신을 술로 달래어 유협(儒俠)으로도 불리었다. 천진난만하고 사물에 구애받지 않는 인품이었다고 한다.

강월(江月)

— 일본(日本) 에도(江戶) 가메다호사이(龜田鵬齋)

만강명월만천추	일색강천만리류
滿江明月滿天秋	一色江天萬里流
야반주성인불견	상풍소슬적로주
夜半酒醒人不見	霜風蕭瑟荻蘆洲

달빛은 강물 위에 가득 퍼져 있고 가을하늘에는 구름 한 점 없구나,
물과 하늘이 일색(一色)이 되어 멀리 만 리까지 흐르네
한밤중에 술 깨어 둘러보니 사방에는 사람 그림자도 없고,
단지 서리 바람이 소슬하게 억새와 갈대가 무성한 중주(中州)를 스쳐가네

語釋 o一色江天(일색강천)-강물과 하늘이 일색(一色)임. 당(唐)나라 장약허(張若虛)의 〈춘강화월야(春江花月夜)〉에 '강천일색섬진무(江天一色纖塵無) 교교공중고월륜(皎皎空中孤月輪)'이란 구절이 있다.
  o蕭瑟(소슬)-가을바람이 세차게 부는 소리. 《초사(楚辭)》〈구변(九辯)〉에 '슬프도다. 가을의 기색이여, 소슬바람 초목을 흔들어 떨어뜨리고 변쇠(變衰)시키도다'라는 구절이 있다.

解說 작자 가메다호사이에게 취가(醉歌)가 많음은 잘 알려진 사실

이다. 그 자신 '인간이 취했을 때는 술에서 깼을 때보다 훨씬 낫다'라고 읊기도 했다. 한번 취했다가 깬 다음에는 억새와 갈대가 우거진 들판에 차갑게 불어닥치는 가을바람을 듣고는 인생을 냉철하게 꿰뚫어볼 수 있는 그였으리라.

(作者) **가메다호사이**(龜田鵬齋) : 347쪽 참조.

주인모출선색서(酒人某出扇索書)
── 일본(日本) 근세 간신스이(菅晋師)

일 배 인 탄 주　　삼 배 주 탄 인
一杯人呑酒　　三杯酒呑人
부 지 시 수 어　　아 배 가 서 신
不知是誰語　　我輩可書紳

한두 잔 술을 마실 때는 술을 즐기는 것이지만,
석 잔 술부터는 술이 사람을 마시고 만다
그 누가 한 말인지는 모르겠지만,
우리 모두 잊지 말고 알아두어야 할 말이다

(語釋) ㅇ酒人某(주인모)—술꾼인 어떤 사람. ㅇ出扇(출선)—부채를 내밀
다. ㅇ索書(색서)—써 달라고 하다. ㅇ一杯(일배)—한 잔. ㅇ人呑酒
(인탄주)—사람이 술을 마시다. ㅇ酒呑人(주탄인)—술이 사람을 마
시다. ㅇ誰語(수어)—누구의 말인지.《법화경초(法華經抄)》에 '처음
에는 사람이 술을 마시고 다음에는 술이 술을 마시고 나중에는 술
이 사람을 마신다'란 구절이 있는 것을 짐짓 모르는 체하고 이렇게
말한 것이다. ㅇ書紳(서신)—잊지 않기 위해 기록해 두는 것. 신(紳)
은 옛날의 복장 장식으로서 큰 띠를 매고 나머지를 앞에 늘어뜨리는
것.《논어(論語)》에 '자장(子張)이 이것을 서신(書紳)하다'란 말이
있다.

(解說)　술꾼인 어떤 사람이 부채를 내밀면서 글을 써달라고 했을 때

써준 시이다. 흔히 말하기를 《논어》·《맹자(孟子)》에 '술 마시지 말라는 글귀는 없더라'고 하는데 《논어》를 보면 실은 공자(孔子)의 경우 '마시는 술의 양(量)에 일정한 양은 없었지만 난잡에 이르지는 않았다'라고 하였다. 또 이태백(李太白)의 〈산중여유인대작(山中與幽人對酌)〉이란 시에서 '한 잔 또 한 잔을 마시다 보니 나도 취하여 졸음이 쏟아지니 그대는 일단 돌아가도록 하오(一杯一杯復一杯 我醉欲眠卿且去)'라고 읊었거니와 이 시 역시 주덕(酒德)을 찬미하고 술에 대한 경계를 하고 있다.

(作者) **간신스이**(菅晋師) : 1748~1827. 자(字)는 예경, 호는 다산이다. 주자학(朱子學)을 공부했고 오사카(大阪)에 나가서 나카이(中井)·다케야마(竹山) 등 명문가(名文家)와 교유하다가 귀향하여 사숙(私塾 : 학원)을 개설하고 한때 원장으로 있었다. 한유(韓愈 : 韓退之)와 소식(蘇軾 : 蘇東坡)의 영향을 받아서 그의 시는 사실파에 속한다고 한다.

계림장잡영시제생(桂林莊雜詠示諸生)
── 일본(日本) 근세(近世)   히로세겐(廣瀨建)

휴 도 타 향 다 고 신
休道他鄉多苦辛　　同袍有友自相親
시 비 효 출 상 여 설　　군 급 천 류 아 습 신
柴扉曉出霜如雪　　君汲川流我拾薪

타향에서 공부하는 것은 힘들고 괴로움도 많겠지만,
여기서는 바지 한 개라도 나누어 입을 친한 벗이 있지 아니한가
동이 틀 때 사립문을 나서니 눈처럼 하얀 서리가 내렸는데,
그대는 냇가에 가서 물을 길어오소. 나는 땔나무를 주워오겠으니

(語釋) ○桂林莊(계림장)─작자 히로세겐이 열었던 학원의 이름. 당시 일본에서 제일가는 학원으로서 천하의 수재들이 모여들었다. ○示諸生(시제생)─모든 학생들에게 고함이란 뜻. ○休道(휴도)─말하지 않는 것이 좋다는 의미. ○多苦辛(다고신)─괴롭고 어려운 일이 많다. ○同袍(동포)─포(袍)는 기다란 하의(下衣). 친구 사이에 서로 포, 즉 바지를 빌어 입는 등등, 이런 일로 곤란을 면한다(《시경(詩經)》〈국풍(國風)〉 무의편(無衣篇)에 이와 비슷한 말이 있다). ○有友(유우)─친구가 있음. ○柴扉(시비)─사립문. ○霜如雪(상여설)─눈처럼 하얀 서리. ○君汲(군급)─그대는 길어오라. ○我拾薪(아습신)─나는 땔나무를 주워오겠다는 뜻.

(解說)   에도시대(江戶時代)의 사숙(私塾 : 학원) 풍경과 실태가 잘 나타나 있는 시다. 1, 2구에서는 취지에 치우쳐 있는데 그것을 3, 4구에서 구체화시킨 점이 좋다. 3, 4구는 고생스러운 모습이기도 하지만 서로 일치협력하는 모습이기도 하다.

(作者)   **히로세겐**(廣瀨建) : 1782~1856. 자(字)는 자기, 통칭은 구마. 그리고 호는 담장이다. 어렸을 때 가마이(龜井)·난메이(南冥) 등에게서 배우고, 귀향하여 계림장(桂林莊)을 설치하였다. 명리(名利)와 영달을 버리고 육영(育英)에 힘을 기울였다. 그의 학문은 유학(儒學)뿐만 아니라 노장(老莊)에까지도 통했으며 그의 글은 활달하고 큰 데다가 아름답다. 시는 격조가 청신하며 평담한 가운데 정채가 있다고 평해진다.

5

흘러가는 세월을 아쉬워하는 시

귀전원거(歸田園居)

── 진(晉) 도잠(陶潛)

소 무 적 속 운 　성 본 애 구 산
少無適俗韻　**性本愛丘山**

오 락 진 망 중 　일 거 삼 십 년
誤落塵網中　**一去三十年**

어렸을 때부터 세속(世俗)에 물드는 일은 전혀 없었고,

태어나면서부터 자연의 풍경을 사랑하는 성격이었다

(그런데) 잘못되어 속박을 많이 받는 관료(官僚) 세계에 떨어

져서,

어느덧 30년이란 세월이 흐르고 말았도다

(語釋)　○俗韻(속운)—세속적(世俗的)인 풍조. 세속의 취미. 세속의 습관. ○丘山(구산)—세속을 떠난 자연의 천지. ○塵網(진망)—풍진(風塵)의 그물. 관료(官僚)가 된 것을 가리킨다. 당시의 관계(官界)는 문란하기 짝이 없었다. 도연명(도잠)은 29세에 주(州)의 좨주(祭主), 즉 학교장으로 벼슬길을 시작했었다. ○一去三十年(일거삼십년)—도연명의 벼슬생활은 29세 때부터 41세 때까지인데 그것을 가리키는 말이다. 그 기간은 13년이므로 '일거십삼년(一去十三年)'이라고 해야 맞는다는 설(說)도 있다. 또 '삼(三)'을 '이(已)'라고 고치어 '벌써 10년'이라고 하는 설도 있다.

解說   작자 도연명이 본의아니게 한 관리(官吏)가 된 경위를 설명하고 있다. 그것은 결코 자신의 의지가 아니었는데 결과적으로 허무하게 세월을 보냈다며 한탄하고 있다.

기 조 연 구 림　　지 어 사 고 연
羈鳥戀舊林　　池魚思故淵

개 황 남 야 제　　수 졸 귀 원 전
開荒南野際　　守拙歸園田

멀리 날아간 철새도 살던 숲을 좋아하고,

연못에 잡혀온 물고기도 태어난 강기슭을 잊지 못하는 법

(나 역시 벼슬자리에 있기는 했지만 고향을 못잊다가) 마을

남쪽 들판의 황무지를 개간하고,

서투른 처세 그대로 고향의 전원으로 돌아온 것이다

語釋　ㅇ羈鳥(기조)-멀리 날아다니는 새. 철새. 새장 안에 갇혀 있는 새라고 풀이하는 설도 있다. ㅇ故淵(고연)-옛 연못. ㅇ開荒(개황)-황무지를 개간하다. ㅇ守拙(수졸)-졸렬한 처세 그대로. 수(守)는 그것을 바꾸고자 하지 않는다는 뜻이다.

解說   벼슬자리를 내놓고 고향으로 돌아온 상황에 대해서 읊고 있다.

방 택 십 여 묘　　초 옥 팔 구 간
方宅十餘畝　　草屋八九間

유 류 음 후 첨　　도 리 나 당 전
榆柳蔭後簷　　桃李羅堂前

대지(垈地)는 10묘(畝) 남짓하고,
초가집은 8, 9칸이라
느릅나무와 버드나무는 뒤뜰을 뒤덮었고,
복숭아나무와 오얏나무는 앞뜰에 나란히 서있도다

(語釋) ㅇ方宅(방택)－네모진 대지(垈地). ㅇ畝(묘)－넓이의 단위. 약 30평.
ㅇ草屋(초옥)－초가집. ㅇ八九間(팔구간)－여기서 간(間)은 방 수를
세는 수사(數詞). 방 하나를 한 칸이라고도 한다. ㅇ楡柳(유류)－느
릅나무와 버드나무. ㅇ後簷(후첨)－뒤채. ㅇ堂(당)－손님을 접대하
는 곳. 사랑채.

(解說)   은퇴하고 고향 전원에 마련한 집과 풍경을 묘사하고 있다. 뒤
뜰에 느릅나무와 버드나무를 심어서 그늘이 지게 하고 사랑채
앞에는 복숭아나무·오얏나무를 심었다.

애 애 원 인 촌　　의 의 허 리 연
曖曖遠人村　　依依墟里煙
구 폐 심 항 중　　계 명 상 수 전
狗吠深巷中　　雞鳴桑樹顚

멀리 바라보이는 마을은 흐릿하게 보이고,
시장이 서는 건넛마을에서는 연기가 하늘하늘 피어오르누나
골목 깊숙이에서는 개가 짖어대고,
뽕나무 위에서는 닭이 울고 있도다

(語釋) ㅇ曖曖(애애)－흐릿하게 보이는 모습. ㅇ墟里(허리)－장이 서는 마
을. 앞 구(句)의 ‘마을[村]’인 농촌의 대구(對句)이다. 황폐해진 마

을이라고 풀이하는 것은 잘못이다. ○深巷(심항)—골목 깊숙한 곳.

(解說) 부근의 정경을 노래하고 있다. 그 정경은 작자의 마음을 휴식하게 해주고 시상(詩想)을 떠오르게 하기에 충분하였으리라.

호정무진잡　　허실유여한
戶庭無塵雜　　虛室有餘閑

구재번롱리　　복득반자연
久在樊籠裡　　復得返自然

안뜰에는 쓰레기 하나 떨어져 있는 일이 없고,
사람도 세간도 없는 방에서 보내는 시간은 한가롭기만 하다
오랜 세월, 새장 속의 생활(관료 생활)을 하였지만,
이제야 겨우 자연의 품으로 돌아왔도다

(語釋) ○戶庭(호정)—뜰. 문안의 뜰을 가리킨다. ○塵雜(진잡)—쓰레기 따위가 어질러져 있는 것. 여기서는 세파(世波)의 진애(塵埃)에 비유한 것이다. ○虛室(허실)—인기척도 없고 세간도 놓여 있지 않은 방. ○餘閑(여한)—충분한 시간. 아주 한가로운 것. ○樊籠(번롱)—새장. 여기서는 관료 생활에 비유하고 있다.

(解說) 벼슬살이에 실망한 작가가, 전원생활 속에서 인생 본연의 자세를 재확인하고 기뻐하는 모습을 잘 그려내고 있다. 서두에 전원생활을 떠나서 벼슬살이를 시작했던 것은 본의가 아니었다고 술회한 다음, 다시 전원생활로 되돌아온 경위를 설명했다.
　그리고 자기집의 모습과 그 일대의 상황을 정묘하게 설명한

다음 그런 곳에서 살고 있는 기쁨을 노래했다. 맨 마지막 구절인 '복득반자연(復得返自然)'은 앞에서 나온 구절 '성본애구산(性本愛丘山)'의 대구(對句)로서 시 전체를 정리하고 있다.

처세의 졸렬함을 그대로 간직한 채 자연으로 되돌아온다는 것은 '노장사상(老莊思想)'에 근거한 진(晉)나라 시대의 은자(隱者)와 군자(君子)들의 생활태도이기도 한데 도연명은 산속에 들어가서 숨은 것이 아니라 사람들을 사랑하면서 전원으로 돌아왔던 것이다. 이 시는 다섯 수가 있거니와 여기서는 한 수만 실었다.

(作者)   **도잠**(陶潛) : 173쪽 참조.

잡시(雜詩) 제1수
── 진(晋) 도잠(陶潛)

성 년 부 중 래　　　일 일 난 재 신
盛年不重來　　一日難再晨

급 시 당 면 려　　　세 월 부 대 인
及時當勉勵　　歲月不待人

청춘은 두 번 다시 오지 않는 것이요,

하루 해는 다시 떠오르지 않는 것이니

지금 때를 잃지 말고 마땅히 힘쓸지어다,

세월은 사람을 기다리지 않는 법이니……

(語釋) ○雜詩(잡시)─옛날부터 많이 사용되어 오던 시(詩)의 제목으로서 작자의 생각이라든가 인생관을 읊은 것이 많다. ○盛年(성년)─혈기 왕성한 시기. ○不重來(부중래)─다시 오지 아니한다. ○難再晨(난 재신)─다시 밝음이 오지 아니한다. ○及時(급시)─좋은 시기를 놓치지 마라.

(解說)   이 시는 격언(格言)이 되다시피 했을 정도로 널리 알려져 있는 시이다. 그런데 이 시는 교훈(教訓)을 주기 위해 쓰여진 시가 아니라, 실은 인생의 덧없음을 한탄하는 내용의 시 가운데 들어 있는 '처세훈(處世訓)'이다.

제목에서도 밝혔듯이 도잠의 〈잡시〉 12수 중 제1수의 맨끝 4

연(聯)을 소개했는데 참고로 이 〈잡시〉 제1수의 앞쪽 8개 연(聯)
을 더 소개하면 다음과 같다.

> 인생이란 그 뿌리가 확실하게 박혀 있는 것이 아니어서
> 바람에 휘날리는 길바닥의 먼지와 같다
> 흐트러져서 바람결에 뒤집히나니
> 이는 벌써 떳떳한 몸이 아닌 것을 알리라
> 이 땅에 태어났으면 모두가 형제이거늘
> 어찌 제 골육만을 친해야 한단 말인가?
> 기쁜 일을 당하면 마땅히 함께 기뻐하고
> 말술을 앞에 놓고 이웃사람들을 부를지어다

즉 인생무상의 감개 속에서 생겨난 '처세훈'임을 알 수가 있다.

(作者)   **도잠**(陶潛) : 173쪽 참조.

제야작(除夜作)

—— 당(唐) 고적(高適)

여 관 한 등 독 불 면　　객 심 하 사 전 처 연
旅館寒燈獨不眠　　客心何事轉凄然

고 향 금 야 사 천 리　　상 빈 명 조 우 일 년
故鄕今夜思千里　　霜鬢明朝又一年

여관의 쓸쓸한 등불 아래서 홀로 잠 못 이루고,
나그네 마음은 점점 쓸쓸함을 더할 뿐이다
이렇게 한 해가 저무는 날 밤, 멀리 고향을 생각하며,
내일 아침이면 이 하얀 수염이 또 한 해의 나이를 먹는다

(語釋)　○寒燈(한등)—쓸쓸한 등불.　○獨不眠(독불면)—홀로 자지 않는다는
뜻.　○何事(하사)—웬일인지.　○轉(전)—더욱더.　○今夜(금야)—오
늘 밤.　○思千里(사천리)—멀리 떨어진 곳에서 생각하다.　○霜鬢(상
빈)—하얗게 센 구레나룻.　○明朝(명조)—내일 아침.　○又一年(우일
년)—또 1년. 다시 한 해.

(解說)　　타향에서 섣달 그믐날 밤의 감회를 읊은 시이다. 앞의 두 구절
에서는 여행하는 도중, 나그네의 외로움을 읊었고 뒤의 두 구절
은 그 외로움의 구체적인 내용을 읊고 있다. 이 시에서 표현한
초점은 마지막의 결구(結句)에 있다.
　　이튿날 아침이면 또 한 살을 더 먹게 된다는 간단한 표현 속

에 백발의 노인임에도 불구하고 아직도 이렇다 할 뜻을 이루지 못했음을 탄식하고, 각박한 세상을 은근히 원망하며, 늙은 나이에도 아직 타향을 방황하지 않으면 안되는 자기자신에 대한 연민의 정이 그려져 있다.

(作者)　　**고적**(高適) : 700?~765. 자(字)는 달부(達夫), 하북성 창주 사람이다. 벼슬은 감찰어사(監察御使)·절도사(節度使) 등을 역임하였다. 잠참(岑參)과 더불어 변경(邊境)의 풍물을 많이 읊었다. 나이 50세에 비로소 시를 공부했다고 전해지는데 시를 배우자마자 시인으로서 인정을 받았고 당나라 때의 시인으로서는 벼슬이 가장 높았다.

추포가(秋浦歌)

—— 당(唐) 이백(李白)

백 발 삼 천 장   연 수 사 개 장
白髮三千丈   緣愁似箇長
부 지 명 경 리   하 처 득 추 상
不知明鏡裏   何處得秋霜

나의 백발(白髮)은 3천 장(丈)이나 되고 말았구나,
시름에 젖어 이렇게 길어진 것이겠지
거울 속에 확실하게 비친 이 백발은 도대체,
어디에서 온 것인지 알 수가 없도다

(語釋) ㅇ秋浦(추포)—안휘성 귀지현의 한 지명. 작자 이백은 이곳에서 한 때 산 일이 있다. ㅇ三千(삼천)—이것은 숫자를 의미하는 것이 아니라 굉장히 길다는 뜻이다. 한편 많다는 뜻으로 '삼천궁녀(三千宮女)' '삼천식객(三千食客)' 등의 말도 있다. ㅇ緣(연)—의하다. 인하다. ……때문에. ㅇ似箇(사개)—이처럼. 여차(如此)의 속어. ㅇ不知(부지)—모른다는 뜻인데 자신에 대하여 묻는 마음을 표현한다. '나로서는 알 수가 없는데 도대체 ……된 것일까?'란 뜻으로 쓴다. ㅇ明鏡(명경)—확실하게 보이는 거울. ㅇ裏(리)—안쪽. 여기서는 …… 속이란 뜻. ㅇ何處得(하처득)—어디서 얻은 것일까? ㅇ秋霜(추상)—가을철에 내리는 서리. 여기서는 백발(白髮)을 비유한 말이다.

(解說) 작자가 추포(秋浦)에 살 때 자신이 늙어감을 한탄한 시이다.

그 내용으로 보아 이백이 만년(晚年)에 강남(江南) 땅에서 살 때에 쓴 것이 분명하지만 그가 강남에 체재했던 것은 촉(蜀) 땅에서 나온 이후 여러 차례나 있었으므로 어느 때라고 확정하기는 어렵다. '안녹산(安祿山)의 난(亂)'을 당하고 '영왕(永王)의 난'에 가담했다는 죄로 사형에 처해질 뻔했다가 특사를 받아 귀양을 갔었고 이어서 사면된다. 그 사건(57세) 전의 상당히 오랜 기간과 그 사건 후 죽을 때(62세)까지의 오랜 기간을 이백은 강남에서 지냈었던 것이다.

이백이 거울을 들여다보았을 때 (현대인과는 달라서 거울을 대하는 경우가 흔하지 않았을 것이다) 그 거울 속에 비친 자신의 얼굴을 보고 그는 깜짝 놀랐을 것이리라. 어느 사이에 이렇게 늙어서 백발이 이처럼 길어졌단 말인가? 이른바 '백발삼천장(白髮三千丈)'이란 말은 이 시로 말미암아 생겨난 말이다.

그리고 '사개(似箇)'란 말은 여차(如此)란 말의 구어(口語)인데 그는 당시로서는 감히 엄두를 내지도 못하던 구어를 이 시에서 도입하였다. 이 〈추포가〉는 모두 17수인데 이것은 그 중 제15수의 것이다.

(作者)　　**이백**(李白) : 53쪽 참조.

등고(登高)

── 당(唐) 두보(杜甫)

풍 급 천 고 원 소 애 　 저 청 사 백 조 비 회
風急天高猿嘯哀 　 渚淸沙白鳥飛廻

무 변 낙 목 소 소 하 　 부 진 장 강 곤 곤 래
無邊落木蕭蕭下 　 不盡長江滾滾來

만 리 비 추 상 작 객 　 백 년 다 병 독 등 대
萬里悲秋常作客 　 百年多病獨登臺

간 난 고 한 번 상 빈 　 요 도 신 정 탁 주 배
艱難苦恨繁霜鬢 　 潦倒新停濁酒杯

바람이 빠르며 하늘이 높고, 원숭이의 휘파람 소리가 구슬프게 들리는데,

물가가 맑으며 모래 흰 곳에 새가 날아 돌아오누나(새는 제 안식처를 찾아오건만 나는 어찌하여 그리운 고향에 가지 못하는가?)

끝없이 늘어선 나뭇가지 잎들은 쓸쓸히 떨어져 내리고,

다함이 없는 강물은 잇달아 유유히 흘러오누나

만리타향에서 가을을 슬퍼하며 늘 나그네 신세가 되니,

평생에 많은 신병(身病)을 가진 몸으로 높은 언덕에 홀로 오르도다

어려움과 괴로움으로 인하여, 헛되이 늙고 신병으로 신수가 사

나우매,

탁주잔을 새로이 손에서 멈추었노라(술을 끊었다)

(語釋) ○登高(등고)—높은 곳에 오르다는 뜻. 그러나 여기서는 음력 9월 9
일 조상에게 차례를 지내고 높은 곳에 올라 국화주를 마신 다음 수
유(茱萸)를 머리에 꽂아 액땜을 하는 행사이다. ○風急(풍급)—바람
이 세차게 불다. ○天高(천고)—하늘이 높고 맑다. ○猿嘯哀(원소
애)—원숭이의 울음소리가 슬프게 들린다. ○渚清(저청)—강가가 맑
다. ○沙白(사백)—모래가 깨끗하다. ○鳥飛廻(조비회)—새가 빙빙
돌면서 난다. ○無邊(무변)—가장자리가 없는 공간. ○落木(낙목)—
낙엽이 떨어지다. ○蕭蕭下(소소하)—쓸쓸하게 떨어지다. ○不盡(부
진)—끝이 없다. ○長江(장강)—양자강. ○滾滾來(곤곤래)—물이 꿈
틀거리며 흐르다. ○萬里(만리)—고향으로부터 떨어져 있기 1만 리.
○悲秋(비추)—슬픈 가을이란 의미. ○常作客(상작객)—항상 나그네
신세이다. ○百年(백년)—한평생이란 뜻. ○多病(다병)—병이 끊일
사이가 없다(작자 두보는 천식을 앓고 있었다). ○獨登臺(독등대)—
홀로 다락에 오르다. ○艱難(간난)—괴롭고 어렵다. ○苦恨(고한)—
심히 원망스럽다. ○繁霜鬢(번상빈)—서리가 많이 내려앉은 것 같은
구레나룻. ○潦倒(요도)—노쇠하다. ○新停(신정)—근자에는 그만두
다. ○濁酒杯(탁주배)—탁주잔. 신정탁주배는 탁주조차도 마시지 않
는다는 뜻.

(解說)   인생의 덧없음과 세월의 무상함을 읊은 시이다. 이 작품은 〈등
고(登高)〉란 제목을 붙이고 있으나 음력 9월 9일, 즉 중양절(重
陽節) 행사를 서술한 것이 아니고, 고향을 떠나 오랫동안 유랑생
활을 하는 동안에 몸은 병이 들고 노쇠하여 지칠대로 지쳐 있으
며 더욱이 시우(詩友)인 이백(李白)은 이미 고인(故人)이 되었
고 물질적으로 도움을 주던 엄무(嚴武)도 잇따라 세상을 떠나

니 의지할 곳이 없는 자신의 절망적 상황에서 그 감회를 읊은 것이다.

첫째 연(聯)에서부터 넷째 연까지 모두 대구(對句)의 형식을 취하고 있다. 그리고 전반(前半) 4구에서는 주위의 풍경을 서술하고 후반 4구는 방랑생활 및 노쇠와 질병 등의 비애를 읊고 있다.

(作者)   **두보**(杜甫) : 61쪽 참조.

낙치(落齒)

— 당(唐)　한유(韓愈)

거 년 낙 일 아　　금 년 낙 일 치
去年落一牙　今年落一齒
아 연 낙 육 칠　　낙 세 수 미 이
俄然落六七　落勢殊未已

지난해에는 어금니 한 개가 빠졌고,
금년에는 앞니 한 개가 빠졌다
(그럭저럭) 어느 사이에 6, 7개가 빠졌는데,
그 빠지는 기세가 좀처럼 줄어들지 않는다

語釋　ㅇ落齒(낙치)—이가 빠지다.　ㅇ去年(거년)—지난해.　ㅇ牙(아)—어금
니.　ㅇ齒(치)—앞니.　ㅇ俄然(아연)—갑자기. 여기서는 어느 사이에란
뜻으로 쓰였다.　ㅇ落勢(낙세)—이가 빠지는 기세.　ㅇ殊(수)—특별히.

解說　이가 빠져가는 것을 유머러스하게 노래한 시이다. 당시는 오늘
날과 달리 의치(義齒)를 해넣을 수도 없던 시대이니 이가 빠진
다는 것은 식생활에 있어 중대사가 아닐 수 없었을 것이다. 그야
어쨌든 이 시는 총 36구절로 되어 있는데 중요한 부분만 원문을
싣기로 한다. 나머지는 번역글만 싣는다.

여 존 개 동 요　　진 락 응 시 지
餘存皆動搖　　盡落應始止

억 초 낙 일 시　　단 념 활 가 치
憶初落一時　　但念豁可恥

나머지 이들도 모두 흔들리어,
모두 다 빠져야만 그칠는지도 모를 일이다
처음 한 개가 빠졌을 때를 생각하니,
훤하게 틈이 벌어져서 심히 부끄러웠다

(語釋)　ㅇ餘存(여존)―나머지.　ㅇ皆動搖(개동요)―모두 움직인다. 모두 흔들린다.　ㅇ盡落(진락)―모두 빠지다.　ㅇ應始止(응시지)―그때서야 멎다.　ㅇ憶初(억초)―처음의 일을 기억하다.　ㅇ落一時(낙일시)―한 개가 빠졌을 때.　ㅇ豁(활)―열리다. 여기서는 이 빠진 부분이 훤하게 벌어진 모습.　ㅇ可恥(가치)―가히 부끄럽다.

그것이 두 개, 세 개 빠져감에 따라서,
쇠약해지다가 이대로 죽는 게 아닌가 걱정되었다
한 개가 빠지려고 할 때마다,
나는 언제나 불안감에 사로잡히곤 했었지
음식을 먹기에도 부자유스럽고,
뒤집히기 때문에 양치질하기에 거북했다
이가 내 몸을 버리고 빠질 때,
마침내는, 산이 허물어지는 것같이 생각되었지
요즈음에는 이가 빠지는 일에도 익숙해져서,

빠지는 이를 보아도, 또 빠졌구나 할 뿐, 별다른 생각이 들지
않는다
남은 것은 앞으로 스무남은 개,
차례로 빠질 것이 분명하겠지
만약 해마다 한 개씩 빠진다 하더라도,
아직 24년은 걸리게 될 계산이다
또 만약 한꺼번에 빠져서 아무것도 남지 않는다 해도,
조금씩 빠지는 것이나 결국에는 다를 바 없을 것이다

인 언 치 지 락　　수 명 이 난 시
人言齒之落　　壽命理難恃

아 언 생 유 애　　장 단 구 사 이
我言生有涯　　長短俱死爾

어떤 사람은 말한다. 이가 빠지는 것은,
수명도 거의 다 되었다는 증거라고
나는 말한다. 인생은 유한(有限)이어서,
장수를 하건 단명(短命)하건 마찬가지로 죽는 것이라고

語釋　ㅇ人言(인언)―어떤 사람이 말한다.　ㅇ齒之落(치지락)―이가 빠지는
것.　ㅇ理難恃(이난시)―이치에 어렵게 된 연유.　ㅇ我言(아언)―내가
말한다.　ㅇ生有涯(생유애)―인생은 유한(有限)이다.　ㅇ長短(장단)―
길건 짧건.　ㅇ俱死爾(구사이)―모두 죽는다. 이(爾)는 어조사임.

또 어떤 이는 말한다. 이 사이에 틈이 벌어지면,
사람들이 눈이 동그래지면서 바라볼 것이라고
나는 말한다. 저 '장주(莊周 : 莊子)'가 말하기를,
재목(材木)과 기러기는 유능·무능한 점에 각기 기쁨이 있는
것이라 했다고
말하기가 거북하면 침묵을 지키는 것이 제일이고,
씹기가 거북해지면 연한 음식이 좋아질 게 아니겠는가
그래서 나는 이런 기분을 노래하고 한 편의 시(詩)로 써서,
그것을 내 아내와 자식들에게 보여주며 자랑한다

(解說) 이 작품은 이가 빠진다고 하는 인생의 한 가지 사소한 일을
들어서, 그것이 작자에게 있어서는 얼마나 중대한 문제인지를 상
세하게 말하고 결말(結末)에는 장자(莊子)의 말을 인용하고 있
다. 《장자》〈산목편(山木篇)〉에는 나무란 것은 재목으로서의 용
도가 있기에 벌채된다. 따라서 유능한 것은 먼저 희생을 당하고
무능한 것은 살아 남는다. 그런데 이것과는 반대로 기러기는 울
음소리가 나쁘기 때문에 먼저 죽음을 당한다. 즉 이것은 무능한
것이 먼저 희생을 당하고 유능한 것이 살아 남는다.
  이 세상에는 어떤 것이 행(幸)이고 어떤 것이 불행(不幸)인지
알 수 없는 일이다. 작자는 자신의 이도 이와 마찬가지여서 빠졌
기 때문에 말하기가 거북하면 침묵을 지킬 것인즉, 그것이 최고
의 미덕이 될 수도 있을 것이라며 스스로를 위로하고 있다. 또
이 말은 논의하기를 좋아하는 남과 싸우기를 잘하던 작자 자신
을 스스로 경계하는 말도 될 수 있으리라.

(作者) 한유(韓愈) : 319쪽 참조

유항(柳巷)

── 당(唐)　한유(韓愈)

유 항 환 비 서　　춘 여 기 허 시
柳巷還飛絮　春餘幾許時

이 인 휴 보 사　　공 작 송 춘 시
吏人休報事　公作送春詩

유항(柳巷) 근처에는 버들꽃이 어지러이 하얗게 날고 있으니,
남은 봄이 얼마 안될 것 같구나
부하들이여! 사무상(事務上) 보고는 잠시 하지 마라,
나는 지금 떠나려는 봄을 보낼 시(詩)를 구상하고 있으니 ──

(語釋)　○柳巷(유항)─버들이 많이 심겨져 있는 거리인 듯하다. ○還飛(환비)─어지럽게 난다. ○幾許(기허)─얼마. ○吏人(이인)─관리(官吏). 여기서는 작자 한유의 부하 관원. ○休(휴)─여기서는 하지 말라는 뜻이다. ○報事(보사)─사무상 사건에 대해 보고하다. ○公(공)─작자 자신을 가리키는 말. ○作(작)─짓다. 만들다.

(解說)　봄을 보내는 아쉬움을 읊은 시이다. 그렇건만 어딘지 모르게 능글맞다고 할만큼 너무나도 유유하다는 기분이 드는 시이다. 한유(韓愈)하면 고루한 도학자적(道學者的) 인상이 깊은데 이처럼 풍류적이고 부드러운 일면도 지니고 있었던 것이다.

(作者)　**한유**(韓愈) : 319쪽 참조

자오야제(慈烏夜啼)
── 당(唐) 백거이(白居易)

<table>
<tr><td>자 오 실 기 모
慈烏失其母</td><td>아 아 토 애 음
啞啞吐哀音</td></tr>
<tr><td>주 야 불 비 거
晝夜不飛去</td><td>경 년 수 고 림
經年守故林</td></tr>
<tr><td>야 야 야 반 제
夜夜夜半啼</td><td>문 자 위 점 금
聞者爲霑襟</td></tr>
<tr><td>성 중 여 고 소
聲中如告訴</td><td>미 진 반 포 심
未盡反哺心</td></tr>
</table>

효성스런 까마귀가 그 어미를 잃고,
까욱까욱 슬피 우네
어미와 함께 지내던 숲속을 떠나지 아니하고,
여러 해 지나도록 옛 보금자리를 지키고 있다
밤마다 한밤중에 슬피 울어,
그 우는 소리를 듣는 자의 옷깃을 적시게 한다
그 우짖는 소리는 하소연하는 것 같구나,
어미에 대한 효성이 미진했던 것을

(語釋) ○慈烏(자오) - 은혜를 갚는, 자애로운 까마귀. ○失其母(실기모) -
그 어미를 잃다. ○啞啞(아아) - 까마귀의 울음소리. 까욱까욱. ○吐
哀音(토애음) - 슬픈 소리로 운다. ○不飛去(불비거) - 날아가지 않는

다. ○經年(경년)―여러 해가 지나도록. ○守故林(수고림)―예로부
터 살던 숲속에서 떠나지 않고 지키다. ○夜夜(야야)―밤마다. ○夜
半啼(야반제)―한밤중이면 울어댄다. ○聞者(문자)―듣는 이. 듣는
자. ○爲(위)―그리하여. ○霑襟(점금)―옷깃을 적신다. ○聲中(성
중)―여기서는 까마귀가 우는 소리란 뜻. ○告訴(고소)―호소하다와
같은 의미. ○反哺心(반포심)―까마귀의 새끼가 그 어미에게 먹이를
씹어 먹임으로써 어렸을 때의 은혜를 갚는다는 효심.

백 조 기 무 모　　　이 독 애 원 심
百鳥豈無母　　　爾獨哀怨深

응 시 모 자 중　　　사 이 비 불 임
應是母慈重　　　使爾悲不任

석 유 오 기 자　　　모 몰 상 불 림
昔有吳起者　　　母歿喪不臨

뭇 새들에게도 어찌 어미가 없으리요마는,

너 혼자 그리도 슬퍼하는가?

이는 곧 네 어미의 자애로움이 지극했기 때문에,

너로 하여금 슬픔에 견디지 못하도록 하는가 보다

그 옛날 오기(吳起)란 자가 있었거니와,

그의 어머니가 죽어도 장사지내는 자리에 나타나지 않았단다

(語釋) ○百鳥(백조)―뭇 새. 여러 종류의 많은 새들. ○豈無母(기무모)―
어찌 어미가 없겠는가? ○爾獨(이독)―너만이 홀로. ○哀怨深(애
원심)―슬픔과 원망이 깊다. ○應是(응시)―곧, 이것은. ○母慈重
(모자중)―어미의 자애심이 두텁다. ○使爾(사이)―너로 하여금.

ㅇ悲不任(비불임)—슬픔을 견딜 수가 없다. ㅇ昔有(석유)—옛날에 있었다. ㅇ吳起者(오기자)—오기란 사람이. 이 오기는 전국시대(戰國時代) 위(魏)나라 사람으로서 춘추시대(春秋時代)의 손자(孫子)와 더불어 병법의 대가로 유명한 사람이다. 중국의 병법이 '손오병법(孫吳兵法)'으로 불릴 정도이다. 그는 청운의 뜻을 품고 고국을 떠날 때 어머니께 맹세하기를, '저는 상경(上卿 : 領相)이 되지 않으면 결단코 고향에 돌아오지 않겠습니다'라고 말했다 한다. 그후 증자(曾子) 밑에서 공부를 했는데 그때 고국에서 어머니가 세상을 떠났다는 기별이 왔으나 맹세했던 대로 고국에 돌아가지 아니했다. 그런 오기를 보고 증자는 비난을 했고 오기와 단교(斷交)까지 했다고 한다. ㅇ母歿(모몰)—어머니가 세상을 떠나다. ㅇ喪不臨(상불림)—초상을 치르러 오지 않다.

차 재 사 도 배 　 기 심 불 여 금
嗟哉斯徒輩 　 其心不如禽

자 오 부 자 오 　 조 중 지 증 삼
慈烏復慈烏 　 烏中之曾參

아아, 이처럼 불효하는 무리들은,

그 마음이 날짐승만도 못하구나

효성이 지극한 새여, 효성이 지극한 새여,

너는 진정 새 중의 증삼(曾參)이라 할 것이다

(語釋) ㅇ嗟哉(차재)—아아! 탄성을 지르는 소리. ㅇ斯徒輩(사도배)—이와 같은 무리들. ㅇ其心(기심)—그 마음. ㅇ不如禽(불여금)—날짐승만도 못하다. ㅇ復(부)—또. 거듭. ㅇ烏中(조중)—새들 가운데. ㅇ曾參(증삼)—춘추시대(春秋時代) 무성(武城) 사람. 공자(孔子)의 제자로

서 효행으로 이름이 높다.《효경(孝經)》은 공자와 이 증삼의 효행 (孝行)에 대한 문답을 기록한 책이다. 증자(曾子)라고도 한다.

(解說)　자오(慈烏)는 까마귀의 별명이다. 까마귀는 성장하면 그 어미에게 먹이를 물어다 주어, 어렸을 때의 은혜를 갚는다고 한다. 이 시는 까마귀가 그 어미를 잃고 슬피 우는 것을 듣고, 비록 조류(鳥類)라 하더라도 효심(孝心)이 있음에 감동하여 세상의 불효자들을 경계한 시이다.

이 시는 작자 백거이의 나이 40세 때의 작품이다. 그 해에 어머니의 별세로 인하여 한림학사(翰林學士)의 벼슬도 그만두고 장안(長安) 서쪽 위수(渭水) 가에서 복상(服喪)하고 있었다.

이 시는 그런 때에 지은 것으로서 어머니의 죽음에 대하여 슬퍼하는 작자의 심정과 명리(名利)만을 추구하여 효행의 대의(大義)를 저버리고 세속 일만을 추구하는 풍조에 대한 풍자를 자오(慈烏)인 까마귀를 빌어 읊은 것이다.

불효하는 사람을 경계하는 시의 대표적인 작품으로서 예로부터 우리나라에서도 널리 애송되어 오던 시이다.

(作者)　**백거이**(白居易) : 26쪽 참조

화공밀주동란이화(和孔密州東欄梨花)

— 송(宋) 소식(蘇軾)

이 화 담 백 유 심 청   유 서 비 시 화 만 성
梨花淡白柳深靑   柳絮飛時花滿城
추 창 동 란 일 주 설   인 생 간 득 기 청 명
惆悵東欄一株雪   人生看得幾淸明

하얀 배꽃에 푸른 버들잎이로다 (봄이 무르익누나),

버들 솜꽃이 흩날릴 때면 성안은 꽃으로 뒤덮일 게다 (그러면
이 봄도 지나가겠지)

동쪽 난간 밑의 한 그루 배꽃은 봄에도 수심과 슬픔을 금치
못하니,

내 인생에 있어, 앞으로 몇번이나 이 푸르고 좋은 날씨를 볼
수 있을까?

語釋   ○和(화)—시(詩 : 노래)에 화답하다. ○孔密州(공밀주)—작자 소동
파의 후임으로 공밀(孔密)의 자사(刺史)가 된 사람. ○東欄(동란)—
동쪽 마루의 난간. ○梨花(이화)—배나무 꽃. ○淡白(담백)—담담하
고 하얀 것. ○柳深靑(유심청)—짙푸른 버들잎. ○柳絮(유서)—솜처
럼 생기어 바람에 날리는 버들꽃. ○飛時(비시)—날아다닐 때이다.
○花滿城(화만성)—성 안에 꽃이 피어 가득하다. ○惆悵(추창)—근
심하고 슬퍼함. ○一株雪(일주설)—한 그루의 배나무 꽃이 눈이 내
린 것 같다고 비유한 것임. ○看得(간득)—볼 수 있음. ○淸明(청

명)—24절기의 하나. 여기서는 푸르고 좋은 날씨란 뜻.

(解說)   공밀주(孔密州)가 소동파에게 보낸 〈동란이화(東欄梨花)〉란
시에 화답하여 지은 시이다. 인생의 덧없음을 노래하고 있다. 배
나무 꽃을 주제로 하고 솜같은 버들꽃을 객체로 했으며 제3구의
일주설(一株雪)로써 다시 배꽃을 통하여 감회를 서술하고 있다.
배꽃은 봄철의 여러 꽃들 가운데 제일 늦게 피는 꽃으로서 모든
꽃들이 거의 지고 난 다음 버들꽃이 눈처럼 늦봄의 하늘을 날
때에 함께 지게 마련이다.

(作者)   **소식**(蘇軾) : 208쪽 참조.

추야우중(秋夜雨中)
── 신라(新羅) 최치원(崔致遠)

추 풍 유 고 음	거 세 소 지 음
秋風惟苦吟	擧世少知音
창 외 삼 경 우	등 전 만 리 심
窓外三更雨	燈前萬里心

가을바람 쓸쓸하고 애처로운데,
세상에는 알아주는 사람 거의 없구나
창밖에 밤은 깊고 비는 오는데,
등잔불 앞에서 마음은 만 리를 달리네

(語釋) ㅇ擧世(거세)─세상을 통틀어. 온 세상. ㅇ少知音(소지음)─알아줄
사람이 적다. ㅇ三更雨(삼경우)─깊은 밤에 내리는 비.

(解說) 작자가 당나라에 있을 때 가을철 한밤중에 내리는 빗소리를
들으며 고국의 그리움에 대한 소회를 읊은 시이다.

(作者) **최치원**(崔致遠) : 857~?. 자(字)는 고운(孤雲), 또는 해운(海
雲). 12세 때 당(唐)나라에 유학했는데 당나라 희종(僖宗) 때 과
거에 급제하여 한림학사(翰林學士)가 되었다. 당나라에서 문명
(文名)을 떨치다가 귀국한 다음 시독(侍讀) 겸 한림학사로 활동
했다. 진성여왕(眞聖女王) 때 세상이 시끄러워지자 명산대찰(名

山大刹)을 유랑하며 시문(詩文)을 지어가면서 소일하다가 최후
에는 해인사(海印寺)에 들어가 여생을 마쳤다. 저서가 많이 있었
다고 하는데 《계원필경(桂苑筆耕)》과 시문(詩文) 약간만 전해올
뿐이다.

칠석소작(七夕小酌)
── 고려(高麗) 이곡(李穀)

평생종적등부운	만리상봉신유유
平生蹤跡等浮雲	萬里相逢信有由
천상풍류우녀석	인간가려제왕주
天上風流牛女夕	人間佳麗帝王州
소담애애준여해	염막심심우송추
笑談欵欵罇如海	簾幙深深雨送秋
걸교폭의비아사	차빙시구견한수
乞巧曝衣非我事	且憑詩句遣閒愁

한평생 오고가는 것이 뜬구름과 같은데,
타향 만리 밖에서 만나보니 믿음직하구나
하늘 위에선 견우·직녀가 즐기는 칠석날 밤인데,
이곳은 인간의 문물이 화려한 서울거리라
술자리 풍성한데 우스개가 난만하고,
늦가을 비 차가운지 발이 드리워졌네
걸교(乞巧)하고 옷 말리는 것은 내가 할 일이 아니니,
시구(詩句) 읊고 한가로이 근심걱정 잊으리라

(語釋) ○浮雲(부운)─떠가는 구름. 뜬구름. ○帝王州(제왕주)─왕이 있는
곳. 즉 도읍. ○罇如海(준여해)─술독에 술이 많다. ○雨送秋(우송

추)—가을을 보내는 비. 즉 늦가을에 내리는 비. ㅇ乞巧(걸교)—옛날 중국 초(楚)나라에 있었던 풍속의 하나. 칠석(七夕)날, 부녀자들이 오색의 색실을 받쳐놓고 견우·직녀에게 제사를 지냈었다. 칠석에는 흔히 비가 내리므로 이때 부녀자들은 비를 맞고, 그 젖은 옷을 말리는데 작자는 그것이 아녀자가 할 일인즉 자기 자신과는 무관하다고 읊은 것이다. ㅇ曝衣(폭의)—옷을 볕에 쬐다. ㅇ非我事(비아사)—내가 할 일이 아니다. ㅇ遣(견)—마음을 달래다. 시름을 풀다.

解說   칠석날에 느낀 소회를 읊은 시이다. 뜬구름 같은 것이 인생일진대 인간사에 연연하지 말고 글을 읽고 또 술이나 들면서 유유자적하자고 호소하고 있다.

作者   이곡(李穀) : 1298~1351. 고려시대의 학자, 자(字)는 중보(仲父), 호는 가정(稼亭). 충숙왕(忠肅王) 복위 2년인 1333년 원(元)나라 제과(制科)에 급제했고 원제(元帝)에게 건의하여 고려에서의 처녀 징발을 중지하도록 했다. 한산군(韓山君)에 봉해졌다.

부벽루(浮碧樓)

── 고려(高麗) 이색(李穡)

작 과 영 명 사　잠 등 부 벽 루
昨過永明寺　**暫登浮碧樓**

성 공 월 일 편　석 로 운 천 추
城空月一片　**石老雲千秋**

인 마 거 불 반　천 손 하 처 유
麟馬去不返　**天孫何處遊**

장 소 의 풍 등　산 청 강 자 류
長嘯倚風磴　**山青江自流**

어제는 영명사(永明寺)에 들러서 (구경을 하고),
(오늘은) 잠시 부벽루에 올라온 (탑승객일세)
성(城)은 비어 있는 듯, 한 조각 달만 걸쳐 있고,
돌은 얼마나 오래된 돌인지, 구름만 오락가락하는구나
인마(麟馬)는 (언제) 갔는지 돌아오지 아니하고,
천손(天孫)은 어디서 노는지 (소식도 없네)
휘파람 불며 바람따라 비탈길 오르니,
산은 푸르고 강물은 절로 흐르네

語釋 ○永明寺(영명사)─평양 금수산(錦繡山) 속에 있는 절. 고구려(高句麗) 광개토대왕(廣開土大王)이 지은 절이라고 하는데 확실치는 않다. ○暫登(잠등)─잠시 오르다. ○城空(성공)─성은 비어 있다.

ㅇ月一片(월일편)-한 조각의 달. ㅇ石老(석로)-오래된 돌. ㅇ雲千秋(운천추)-구름이 오락가락한다. ㅇ麟馬(인마)-동명왕이 타고 하늘로 올라갔다는 기린말. ㅇ去不返(거불반)-가고 오지 아니한다. ㅇ天孫(천손)-왕손, 동명왕. ㅇ何處遊(하처유)-어디서 노는가? ㅇ長嘯(장소)-휘파람. ㅇ倚風(의풍)-바람따라. ㅇ磴(등)-비탈길. ㅇ山靑(산청)-산이 푸르다. 푸른 산. ㅇ江自流(강자류)-강물이 저절로 흐르다.

(解說)   대동강변(大同江邊)의 명승지인 부벽루(浮碧樓)에 올라 소회(所懷)를 읊은 시이다. 인마는 가서 오지 않고 천손은 어디서 노는지 소식이 없다는 구절은 인생의 덧없음을, 그리고 부귀공명의 허무함을 술회하는 뜻일 게다.

(作者)   **이색**(李穡) : 1328~1396. 자(字)는 영숙(穎淑), 호는 목은(牧隱)이며 고려말 삼은(三隱)의 한 사람이다. 원(元)나라 정시(庭試)에 급제하여 국사원 편수관을 지내고 귀국하여 우대언(右代言)·대사성(大司成) 등을 역임했다. 공민왕(恭愍王) 때 문하시중(門下侍中)이 되었고 시호는 문정(文靖)이며 저서에 《목은집(牧隱集)》 등이 있다.

춘궁원(春宮怨)

— 조선(朝鮮) 이수광(李晬光)

금원춘청주루희
禁苑春晴晝漏稀　　

한수여반투방비
閒隨女伴鬪芳菲

낙화야피동풍오
落花也被東風誤　　

비입궁장갱불귀
飛入宮墻更不歸

궁궐 안에 봄이 드니 날씨도 화사하다,
한가로운 궁녀들은 고움을 시새우누나
얄궂은 비바람에 지는 꽃 휘날리어,
궁장(宮墙) 안에 떨어진 채 다시 날 줄 모르누나

(語釋) ㅇ春宮怨(춘궁원)—궁녀(宮女)들의 봄 시름. ㅇ禁苑(금원)—대궐 안의 동산. 내원(內苑)이라고도 한다. ㅇ鬪(투)—시새우다. 질투하다. ㅇ芳菲(방비)—향기롭다. ㅇ東風誤(동풍오)—동풍으로 인하여 휘날리다. ㅇ宮墙(궁장)—궁궐의 담.

(解說)　궁녀들의 한(恨)을 읊은 시이다. 임금과 동궁(東宮)말고는 건강한 남성이 없는 금남구역(禁男區域)인 궁궐 안. 어린 나이에 궁궐에 들어온 궁녀들은 주상이 아니면 동궁의 총애를 받는 게 소원이었을 것이다. 그러나 그 확률은 실로 적다. 그녀들은 곱게 단장하고는 맡은 바 직분을 감당하며 그날이 오기를 기다리지만 대부분의 궁녀들은 한을 안고 늙어갔다. 얄궂은 운명에 어쩌다가 궁녀가 되어 한 번 피어보지도 못하는 꼴이 되었단 말인가?

（作者）　　**이수광**(李睟光) : 1563~1628. 조선조 중기의 문신·학자. 자
는 윤경(潤卿), 호는 지봉(芝峰). 실학 발전의 선구자이며 저서
에 《지봉유설(芝峰類說)》《채신잡록(采薪雜錄)》 등이 있다.

죽시(竹詩)

── 조선(朝鮮) 김립(金笠)

차 죽 피 죽 화 거 죽   풍 타 지 죽 낭 타 죽
此竹彼竹化去竹   風打之竹浪打竹

반 반 죽 죽 생 차 죽   시 시 비 비 부 피 죽
飯飯粥粥生此竹   是是非非付彼竹

빈 객 접 대 가 세 죽   시 정 매 매 세 월 죽
賓客接待家勢竹   市井賣買歲月竹

만 사 불 여 오 심 죽   연 연 연 세 과 연 죽
萬事不如吾心竹   然然然世過然竹

이대로 저대로 되어가는 대로,

바람부는 대로, 물결치는 대로

밥이면 밥, 죽이면 죽, 생긴 그대로,

옳은 건 옳다, 그른 건 그르다, 제대로 붙이고

손님 대접은 집안 형편대로,

시정(市井) 매매는 시세대로

만사를 내 마음대로 하느니만 못하니,

그렇고 그런 세상 그런 대로 지내세

語釋 o竹詩(죽시)─죽(竹)은 대나무로서 여기서는 그 음(音)을 따서 의존명사인 '대로'로 쓴다. 이런 한시는 있을 수 없겠지만 김삿갓 고유의 형체임을 이해하고 감상해야겠다. 구태여 제목을 붙인다면 '이런

대로 저런대로'라고나 할까. ㅇ此竹(차죽)—이대로. ㅇ彼竹(피죽)—저대로. ㅇ化去竹(화거죽)—되어가는 대로. ㅇ風打之竹(풍타지죽)—바람부는 대로. ㅇ浪打竹(낭타죽)—물결치는 대로. ㅇ飯飯(반반)—밥이면 밥. ㅇ粥粥(죽죽)—죽이면 죽. ㅇ生此竹(생차죽)—생긴 그대로. ㅇ是是非非(시시비비)—옳은 건 옳고 그른 건 그르고. ㅇ付彼竹(부피죽)—제대로 붙이다. ㅇ家勢竹(가세죽)—집안 형편대로. ㅇ市井(시정)—시장(市場). ㅇ歲月竹(세월죽)—시세대로. 세월대로. ㅇ吾心竹(오심죽)—내 마음대로. ㅇ然然然世(연연연세)—그렇고 그런 세상. ㅇ過然竹(과연죽)—그런 대로 지내다.

(解說) 세상살이를 풍자한 작품인데 염세적인 면도 보이는 시이다. 특이한 점은 대 죽(竹)만의 음(音)을 따서 읊은 시이다. 이와 비슷한 시를 작자 김삿갓의 시에서는 더러 볼 수가 있다. 심지어는 그 당시의 선비들이 외면하던 국문(언문) 시도 주저하지 않고 읊었던 김삿갓이니 한자의 음을 따서 시를 쓴다는 것은 조금도 이상할 것이 없다.

그의 일화(逸話) 가운데, 어떤 집에서 부고(訃告)를 써달라고 하자 김삿갓은 '柳柳(버들버들 : 부들부들 떨다가) 花花(꽃꽃해졌다)'라는 식으로 한자(漢字) 넉 자를 써주어서 웃겼다는 이야기도 있을 정도이다.

(作者) **김립**(金笠) : 243쪽 참조

자탄(自嘆)

— 조선(朝鮮) 김립(金笠)

차 호 천 지 간 남 아 　　　　지 아 평 생 자 유 수
嗟乎天地間男兒　　　知我平生者有誰

평 수 삼 천 리 낭 적 　　　　금 서 사 십 년 허 사
萍水三千里浪跡　　　琴書四十年虛詞

청 운 난 력 치 비 원 　　　　백 발 유 공 도 불 비
靑雲難力致非願　　　白髮惟公道不悲

경 파 환 향 몽 기 좌 　　　　삼 경 월 조 성 남 지
驚罷還鄕夢起坐　　　三更越鳥聲南枝

슬프도다, 천지간의 사나이들이여,

이내 평생 살아온 것을 그 누구가 알겠느뇨

부평초 물따라 3천 리를 방랑한 자취는 어지럽다,

노래와 글과 더불어 지내온 40년이 허사로다

마음대로 되지 않는 '부귀공명(富貴功名)' 따위는 원하지도 아
니하고,

백발이 (되는 것은) 오직 공도(公道)이니 슬퍼하지 않는도다

고향 그리는 꿈을 꾸다가 문득 놀라서 깨어 앉으니,

삼경(三更)에 두견새(그 새도 시름이 있는지 잘못 듣고) 남쪽
가지에서 우는구나

(語釋) ○自嘆(자탄)-스스로 한탄하다. ○嗟乎(차호)-슬프도다. ○知我平生者(지아평생자)-내 평생동안 알고 지내는 사람. ○有誰(유수)-누가 있겠는가. ○萍水(평수)-물을 따라 떠다니는 부평초(浮萍草). ○浪跡(낭적)-발자취. ○琴書(금서)-노래와 글. ○難力致(난력치)-힘으로 이루기 어렵다. ○非願(비원)-원하지 아니하다. ○惟公道(유공도)-오직 공도(公道)이다. ○驚罷(경파)-놀라서 깨다. ○還鄕夢(환향몽)-고향으로 돌아간 꿈. ○起坐(기좌)-일어나서 앉다. ○越鳥(월조)-두견새. ○聲南枝(성남지)-남쪽 가지에서 울다.

(解說) 한많은 자기자신의 생애를 슬퍼 탄식하며 읊은 시이다. 작자 김립은 무려 35년이란 세월을 방랑했다. 눈칫밥을 얻어먹고 별을 보며 잠을 자기를 얼마나 많이 했던가. 풍찬노숙(風餐露宿), 즉 바람을 먹고 이슬을 맞으며 잠을 잤던 김립이요, 동가식서가숙(東家食西家宿)이란 말은 바로 그를 위해서 만들어진 말 같을 정도이다. 김립의 또 다른 〈자탄시(自嘆詩)〉에 '사흘 동안 밥을 굶었으니 신선놀음 어디 있으랴'란 구절과 함께 그의 간난(艱難)을 엿볼 수 있는 시이기도 하다.

(作者) **김립**(金笠) : 243쪽 참조

화전유감(花前有感)
── 일본(日本) 헤이안(平安) 시마다노다타오미 (島田忠臣)

거 세 낙 화 금 세 발　　아 위 거 세 석 화 인
去歲落花今歲發　　我爲去歲惜花人

연 년 화 발 연 년 석　　화 시 여 신 인 불 신
年年花發年年惜　　花是如新人不新

작년에 진 꽃에 이어 금년에도 다시 꽃이 피었네,
나는 작년에 피었던 꽃을 사랑하고 아꼈던 사람이다
해마다 꽃은 피고 해마다 그것을 사랑하며 아낀다,
꽃은 언제나 새것인 것 같은데 꽃을 보는 사람은 해마다 나이
가 들어가누나

語釋　o有感(유감)─감회가 있다. 감회를 느끼다. o去歲(거세)─지난해.
작년. o落花(낙화)─시들어 떨어지는 꽃. o惜花(석화)─꽃을 사랑
하고 아끼다. o年年(연년)─해마다. o花是如(화시여)─꽃은 여전
하다. 피는 꽃은 해마다 같은 것 같다. o人不新(인불신)─사람은
그와 같지 아니하다. 새롭지 않다. 즉 늙어간다.

解說　이 시는 해마다 새로 피는 꽃을 바라보면서, 해마다 나이를 먹
어가는 인간의 탄식을 읊은 시이다. 당(唐)나라 시인 유정지(劉
廷芝)의 〈대비백두옹시(代悲白頭翁詩)〉에 나오는 '연년세세화상

사(年年歲歲花相似) 세세연년인부동(歲歲年年人不同)'이란 구
절에 바탕을 둔 시이다.

(作者) **시마다노다타오미**(島田忠臣) : 828~892?. 헤이안(平安)시대
의 한시인(漢詩人). 스가와라노미치자네(管原道眞)와는 거의 같
은 시대의 사람으로서 벼슬은 종오위상(從五位上)인 병부소보
(兵部少輔)에 그쳤으나 당대의 거장(巨匠)으로 알려졌었다. 후
지와라노모토츠네(藤原基經)가 그의 한시(漢詩) 5백여 수를 병
풍에 서사(書寫)시켰을 정도이다. 초기의 시에는 육조시(六朝詩)
의 영향이 엿보이는데 전체적으로는 백낙천(白樂天)의 영향이
현저하다. 시집에 《전씨가집(田氏家集)》이 있다.

조추(早秋)

　　── 일본(日本) 헤이안(平安) 시마다노다타오미
　　　(島田忠臣)

칠 월 상 현 순 만 시　　인 간 반 열 반 량 치
七月上弦旬滿時　　人間半熱半凉颸

광 음 점 욕 최 연 역　　야 루 초 응 대 효 지
光陰漸欲催年役　　夜漏初應待曉遲

백 씨 서 중 수 하 부　　제 가 집 리 열 추 시
百氏書中收夏部　　諸家集裏閱秋詩

감 상 물 색 환 성 벽　　차 벽 무 방 막 긍 치
感傷物色還成癖　　此癖無方莫肯治

초가을 7월, 상현달이 10일이 되었을 때,
지상(地上)의 인간세계는 반쯤은 덥고 반쯤은 선선한 바람이
불어
해와 달은 차츰 1년 농사를 다하도록 사람을 채근하고,
밤의 시각을 갈음하는 물시계는 늦은 새벽을 기다리게 하네
나는 여러 학자가 쓴 책 속에서 여름 부류의 책을 덮고,
숱한 시인들의 시문집 속에서 가을시를 골라 읽는다
가을의 풍물을 애달파하는 것이 내 버릇이 되었는데,
이 버릇은 고칠 길이 없으므로 굳이 고치고자 하질 않는다

⟮語釋⟯ ○早秋(조추)-이른 가을. ○上弦(상현)-활 등을 위쪽으로 향한 모양의 달. ○旬滿(순만)-상현(上弦)달이 음력 10일이 되어 반달로 꽉 찬 모습. ○人間(인간)-지상세계(地上世界). 지상의 인간세계. ○年役(연역)-그 해에 반드시 해야 할 일. 당시에는 특히 농사(農事)를 가리킴이었을 것이다. ○夜漏(야루)-밤에 시간을 재는 물시계. ○百氏(백씨)-수많은 학자. 제자백가(諸子百家). ○感傷(감상)-사물에 대한 느낌이 마음을 아프게 하다. ○物色(물색)-자연계의 풍물. 모습. ○無方(무방)-고칠 방법이 없다. 고치는 길이 없다.

⟮解說⟯   이 시는 입추(立秋)를 지나면 어느 사이에 가을의 정취를 느끼게 되는데 그것에 뒤쫓기는 듯이 작자의 신변에 변화가 일어나는 것을 명료하게 읊은 것이다.

⟮作者⟯   **시마다노다타오미**(島田忠臣) : 395쪽 참조.

만추유청수사상방(晚秋遊淸水寺上方)
──일본(日本) 헤이안(平安) 후지와라노미치나가
(藤原道長)

청 수 사 심 동 령 두   잠 사 진 경 초 당 유
清水寺深東嶺頭   暫辭塵境草堂幽

운 단 종 향 축 람 거   간 구 천 성 천 석 류
雲端鐘響逐嵐去   澗口泉聲穿石流

예 불 독 련 상 엽 로   반 승 동 입 모 산 추
禮佛獨憐霜葉老   伴僧同入暮山秋

윤 회 세 세 전 번 뇌   금 앙 대 비 기 유 수
輪廻世世纏煩惱   今仰大悲豈有愁

청수사(清水寺)는 동산 기슭 깊은 곳에 있는데,

잠시 세상 먼지 피하여 찾아가니 초당은 깊숙하여 조용하도다

구름 끝에서 들려오는 범종(梵鐘) 소리는

산에서 피어오르는 안개 따라서 사라지고,

골짜기 사이에서 소리를 내는 폭포수는 바위 구멍을 꿰뚫으며

흘러간다

예불을 끝내고 홀로 낙엽 밟으며 가는 것이 안쓰러워서,

스님따라 저녁 노을이 진 가을산길을 함께 간다

윤회(輪廻)를 반복하며 어느 세상에서든 번뇌는 있는 것,

지금 이 세상에서 관세음보살을 믿으면 내세의 극락왕생을 왜

걱정하리요

(語釋) ○淸水寺(청수사)-교토시(京都市) 히가시야마구(東山區)에 있는 북법상종(北法相宗)의 절. 당시는 관음(觀音)의 영장(靈場)으로 존신(尊信)되었었다. 본존(本尊)은 십일면천수관음(十一面千手觀音). ○塵境(진경)-속세. 더러워진 세상. ○草堂(초당)-짚으로 지붕을 이은 승당(僧堂). ○嵐(남)-산속에 피어오르는 안개. 산기(山氣). 남기(嵐氣). ○澗口泉聲(간구천성)-골짜기의 구멍 속으로 떨어지는 물소리. 여기서는 청수사 옆에 있는 폭포의 소리. ○輪廻(윤회)-불교용어(佛敎用語)로서 인과응보(因果應報)에 따라 태어남과 죽음이 돌고도는 것. 인간은 영원토록 고해(苦海)와 같은 세상에 태어났다가 죽고 다시 태어나게 된다는 사상. ○煩惱(번뇌)-불교용어로서 심신을 둘러싸고 일어나는 욕망, 마음의 미혹. ○大悲(대비)-대비보살(大悲菩薩). 관세음보살의 별칭임. ○豈(기)-어찌하여 ……일까란 의미로 반어(反語)를 나타낸다.

(解說)   이 시는 불교를 깊이 신앙했던 작자가 늦가을에 청수사를 찾았을 때의 감회를 읊은 것이다. 정치가로서 그리고 학자로서 이름이 있었던 작자이지만 세월의 무상함을 통감하지 않을 수 없었으리라.

(作者)   **후지와라노미치나가**(藤原道長) : 158쪽 참조

운전노시지(運轉老時至)
── 일본(日本) 헤이안(平安) 후지와라노다타미치 (藤原忠通)

노 지 경 중 변 괴 형   천 시 운 전 수 무 정
老至鏡中變怪形   天時運轉遂無停

불 감 애 발 경 상 백   욕 관 송 표 축 세 청
不堪艾髮經霜白   欲慣松標逐歲靑

아 인 광 음 공 모 루   인 생 오 십 시 쇠 령
我咽光陰空暮淚   人生五十是衰齡

매 개 시 석 일 비 감   구 사 조 령 격 시 청
每開詩席一悲感   舊事凋零隔視聽

늙어지니 거울 속에 비치는 괴상한 내 모습,
천시(天時)는 끊임없이 돌고돌아 멎는 일이 없도다
쑥색이던 내 머리가 세월이 지나자 백발이 된 것 슬픈 일인데,
소나무 가지가 언제까지나 푸르른 것처럼 살고 싶도다
나는 세월이 무상하게 흐르는 것을 슬퍼하여 눈물지으며 운다,
인생 50년, 벌써 쇠해진 노인의 나이가 아닌가
시회(詩會)를 열 때마다 더욱 슬퍼지는구나,
옛 친구들은 이미 세상을 떠났으니 보고들을 수가 없기 때문
이다

(語釋) ㅇ運轉(운전)－세월이 흐르다. ㅇ變怪(변괴)－보기 싫은 모습으로 바뀌다. ㅇ天時(천시)－세월을 주관하는 하늘. 하늘의 시간. ㅇ艾髮(애발)－쑥 색깔의 청색 머리. ㅇ松標(송표)－소나무의 가지. ㅇ光陰(광음)－세월. 시간. ㅇ衰齡(쇠령)－나이가 들어 쇠해진 연령. 즉 노년(老年). ㅇ舊事(구사)－옛날의 사건. 여기서는 옛 친구란 뜻이다. ㅇ凋零(조령)－시들고 쇠하여 떨어지다. 여기서는 사람의 죽음을 뜻한다. ㅇ隔視聽(격시청)－그 모습을 볼 수도 없고 그 소리를 들을 수도 없는 것. 차원(次元)을 달리했음을 뜻한다.

(解說) 이 시는 작자가 50세 전후하여 쓴 작품이다. 작자는 다음과 같은 후기(後記)를 한문으로 덧붙이고 있다.

'지난날 시회(詩會) 때에는 훌륭한 시인들이 많이 참석하여 성회를 이루었었다. 그후 세월이 흘러 지금은 이 세상에 남은 사람이 두어 명에 지나지 않는다. 나머지 사람들은 세상을 떠났거나 이리저리 흩어지고 말았다. 과거의 일을 생각하니 지금도 눈앞에 그때 그 사람들이 있는 것만 같은 그리움을 견디지 못하여 이 시구(詩句)를 짓는 바이다.'

당시는 평균수명이 낮아서 50세만 되어도 노인이었다.

(作者) **후지와라노다타미치**(藤原忠通) : 1097~1164. 헤이안(平安) 시대의 정치가. 섭정관백(攝政關白) 후지와라노다타미(藤原忠實)의 장남. 법성사(法性寺) 관백(關白)으로 칭해진다. 도바(鳥羽)·스우토쿠(崇德)·고노에(近衛)·고시라가와(後白河)의 4조(朝)를 섬기면서 섭정(攝政) 태정대신(太政大臣)에 각각 두 번씩 올랐었다. 정치수완과 함께 풍부한 문재(文才)를 지녔으며 시가(詩歌)와 글씨에 뛰어났었다. 희노(喜怒)를 겉으로 나타내지 않은 온후했던 인물로서 다방면에 문화적 재능을 보였다.

세조사객이작(歲朝謝客而作)
── 일본(日本) 무로마치(室町) 기도슈신(義堂周信)

신 년 일 월 지 심 상   속 습 성 풍 하 세 망
新年日月只尋常   俗習成風賀歲忙
수 로 봉 춘 편 애 수   막 래 감 아 흑 첨 상
垂老逢春偏愛睡   莫來感我黑甜床

설날이라 해도 일월(日月)은 하나도 변하는 것이 없는데,
세상에서는 습속에 따라 새해 인사 다니기에 바쁘구나
70세 가까운 노인은 비록 설날을 맞더라도,
오직 잠자는 게 좋으니 세배 와서 낮잠을 방해하지 말아다오

(語釋) ○垂老(수로) ─70세 가까운 노인. 여기서 노(老)는 70세. 수(垂)는
'되려고 한다'란 뜻이다. ○黑甜(흑첨) ─낮잠. 송(宋)나라 위경지(魏
慶之)의 《시인옥설(詩人玉屑)》에 북방어(北方語)로 '낮잠'이란 뜻
이라고 했다.

(解說)   근면한 노력형의 사람이었다고 한 기도슈신이었는데 이처럼
경묘(輕妙)한 작품도 남겼다. 기승구(起承句)를 범속(凡俗)한 풍
습을 풍자한 것으로 볼 것이냐라는 점은 독자의 자유이다.

(作者) 기도슈신(義堂周信) : 160쪽 참조.

추진(秋盡)
— 일본(日本) 에도(江戶) 다치류완(館柳灣)

정 리 공 경 세 월 류　　한 정 독 좌 사 유 유
靜裏空驚歲月流　　閑庭獨坐思悠悠

노 수 여 엽 소 난 진　　속 속 성 중 우 송 추
老愁如葉掃難盡　　蕭蕭聲中又送秋

조용한 생활 속에서 세월이 흐르듯 지나가는 것을 그저 공허
하게 놀랄 뿐이다,

한가한 뜰에 홀로 앉아 있노라니 생각은 꼬리를 무네

늙어짐과 함께 생기는 수심은 낙엽처럼 쓸어도 쓸어도 쓸 수
가 없고,

뚝뚝 낙엽지는 소리 속에서 이 해도 또 가을이 가는 것을 전
송하누나

（語釋） ○秋盡(추진)－가을의 끝자락이란 뜻. ○空驚(공경)－공허하여 놀
라다. ○閑庭(한정)－조용한 정원. ○獨坐(독좌)－홀로 앉아 있다.
○如葉(여엽)－낙엽처럼. ○掃難盡(소난진)－모두 쓸어 버리기 어렵
다. ○蕭蕭(속속)－꽃과 잎이 뚝뚝 떨어지는 소리.

（解說）　이 시는 만추(晚秋)의 정경에 자신의 마음을 심취시킨 작품으
로서 나가이가후(永井荷風)가 특히 애송했던 시이다. 나가이가후
는 그의 저서 《훈재만필(葷齋漫筆)》에서 이 시의 전결(轉結) 두

구(句)에 대하여 '날마다 쓸어도 쓸어도 다 쓸 수 없는 낙엽을 쓰는 가운데 날은 가고 가을도 가고 겨울이 온다. 나는 오동잎을 쓰는 정취를 사랑해마지 않는다……. 나도 역시 빗자루를 들고 홀로 저물어가는 뜰에 서자 일찍이 읽었던 옛사람의 구절이 문득 떠오르는 것이었다'라고 썼는데 그후에 이 시는 더욱 유명해졌다고 한다.

(作者) **다치류완**(館柳灣) : 1762~1844. 니카타(新潟) 출생. 이름은 하타(機). 13세 때 에도(江戶)에 나와 가메다호사이(龜田鵬齊)의 문하에 들어갔고 성장한 다음 막부(幕府)에서 속리(屬吏)로 근무했다. 16세로 치사(致仕)한 다음에는 에도의 모쿠바쿠다이(目白臺)에 은거(隱居)하면서 독서와 시작(詩作) 등을 즐기며 유유자적의 생애를 보냈다.

6

여류(女流) 시인들의 시

음마장성굴행(飮馬長城窟行)
― 한(漢) 무명씨(無名氏)

청청하변초　　면면사원도
青青何邊草　　綿綿思遠道

원도불가사　　숙석몽견지
遠道不可思　　夙昔夢見之

몽견재아방　　홀각재타향
夢見在我傍　　忽覺在他鄉

타향각이현　　전전불가견
他鄉各異縣　　輾轉不可見

고상지천풍　　해수지천한
枯桑知天風　　海水知天寒

입문각자미　　수긍상위언
入門各自媚　　誰肯相爲言

객종원방래　　유아쌍리어
客從遠方來　　遺我雙鯉魚

호아팽리어　　중유척소서
呼兒烹鯉魚　　中有尺素書

장궤독소서　　서상경하여
長跪讀素書　　書上竟何如

상유가찬식　　하유장상억
上有加餐食　　下有長相憶

강가의 풀도 파릇파릇 자라났는데,
먼 길 저쪽에 있는 남편을 사모하는 마음은 끝없이 계속되누나
멀고 먼 곳에 계시니 아무리 생각해 보았자 소용없는 일이긴
하지만,
엊저녁 꿈에는 꿈속에서 임을 만났네
꿈속에서 뵈올 때에는 내 옆에 계시더니,
꿈을 깨고 보니 역시 타관 사람에 지나지 않았다
그 타관은 이곳과는 현(縣)이 다르니,
아무리 몸을 뒤척여본들 만날 리가 있나
잎이 떨어진 나무도 불어오는 바람이 차가운 것을 잘 알고 있
으며,
바닷물은 얼지 않더라도 추운 것을 잘 알고 있다
우리집에 찾아와서 좋은 이야기를 해주는 사람은 많이 있어도,
그 어느 누구도 나를 위해 당신 소식 전해주는 이 없었소
이따금 당신 계신 곳에서 심부름꾼이 찾아와서는,
나에게 물고기 모양의 상자를 전해 주었소
사동(使童)에게 명하여 그것을 열게 했더니,
그 속에는 한 자쯤 되는 하얀 비단에 쓴 편지가 들어 있었소
두 무릎을 꿇고 편지를 읽었다오,
편지에는 무엇이 쓰여 있었던가
위편에는 밥을 많이 먹고 영양 섭취를 하라고 쓰여 있었고,
맨 끝에는 언제까지나 사모하는 마음 변치 않겠노라고 쓰여
있었소

語釋 ㅇ緜緜(면면)—길게 끊이지 않는 상태. 아득한 모양. ㅇ遠道(원도)—

아주 먼 길. 여기서는 먼 길을 떠나가 있는 임을 가리킨다. ㅇ夙昔
(숙석)—석(昔)은 석(夕)과 통하여 어젯밤을 가리킨다. ㅇ異縣(이
현)—다른 현(縣). 다른 고을. 남편이 타향의 다른 여러 고을들을
전전하고 있음을 뜻한다. ㅇ輾轉(전전)—뒤척이는 모양. ㅇ枯桑知天
風(고상지천풍)……—뽕나무는 잎은 떨어졌어도 부는 바람이 차가
운 것을 잘 알고 있으며, 바닷물은 얼음은 얼지 않았어도 날씨가 추
운 것을 잘 안다. 즉 아내인 나는 멀리 떨어져 있기는 하지만 남편
의 일을 잘 알고 있다는 뜻. 천풍(天風)·천한(天寒)은 ‘풍한(風寒)’
이란 한마디를 나누어서 쓴 것으로서 풍한은 감기란 뜻이다. ㅇ入門
(입문)—간혹 집에 찾아오다. ㅇ媚(미)—자애를 베풀다. ㅇ雙鯉魚
(쌍리어)—편지를 넣는, 물고기 모양의 상자. ㅇ烹(팽)—삶는다. 여
기서는 상자를 열다란 뜻. ㅇ尺素(척소)—한 자쯤 되는 하얀 비단.
ㅇ長跪(장궤)—공손히 두 무릎을 꿇다. ㅇ餐食(찬식)—식사를 하다.
ㅇ長相憶(장상억)—오래도록 사랑하는 것. 오래도록 잊지 않고 그리
워하는 것.

(解說)　이 〈음마장성굴행〉은 ‘악부(樂府)’ 중 한 가지 곡명(曲名)이다.
원래의 가사는 만리장성(萬里長城) 아래 동굴에서 말을 돌보고
있는 남편을 사모하며 아내가 노래한 것이라고 했는데, 나중에는
원정(遠征)중인 남편을 사모하는 아내가 그 애절한 정을 노래한
시에 모두 이런 제목이 붙여지게 되었다.
　여기서는 꿈속에서 남편을 만난 기쁨을 노래했다. 멀고 먼 곳
에 남편을 보내놓고 그리워하는 아내의 애절한 마음, 남편의 건
강을 걱정하는 아내의 정성이 잘 나타나 있다.
　작자는 《문선(文選)》에는 무명씨(無名氏)로 되어 있다.

(作者)　무명씨(無名氏)로 되어 있기 때문에 상세한 것은 알 길이 없다.

유대관령망친정(踰大關嶺望親庭)
── 조선(朝鮮) 사임당(師任堂) 신씨(申氏)

자친학발재임영
慈親鶴髮在臨瀛 　신향장안독거정
身向長安獨去情

회수북평시일망
回首北坪時一望 　백운비하모산청
白雲飛下暮山靑

늙으신 어머니는 임영(臨瀛) 땅에 계시는데,
이 몸은 홀로 임을 따라 서울로 가네
고개를 돌리어 이따금 고향 쪽을 바라보니,
흰구름 떠가는데 산은 어두워지누나

(語釋) ○踰大關嶺望親庭(유대관령망친정)─대관령에서 친정을 바라보다.
○慈親(자친)─자애로운 어머니. ○鶴髮(학발)─학의 털처럼 하얗게
센 머리. 늙은이. ○在(재)─있다. ○臨瀛(임영)─지명(地名). ○身
向(신향)─이 몸은 향하다. ○獨去情(독거정)─임을 따라서 홀로 떠
나다. 즉, 어머니를 남겨두고 떠나다. ○回首(회수)─고개를 돌리
다. ○時一望(시일망)─이따금 바라보다. ○飛下(비하)─떠서 가다.
○暮山靑(모산청)─산이 어두워지다.

(解說) 　작자 신사임당이 태어나서 자란 친정을 떠나 한양 시댁으로
갈 때, 대관령 고개에서 어머니를 생각하며 고향 쪽을 돌아보고
애절한 심정을 읊은 시이다. 율곡(栗谷) 이이(李珥)의 어머니인
작자 신사임당은 친정, 즉 강릉(江陵) 오죽헌(烏竹軒)에서 아들

율곡을 낳았다고 하니 그 사정이야 어떻든간에 결혼한 후 한참
만에 친정을 떠난 셈인데 그래도 부모를 생각하는 효심(孝心)을
누를 길이 없어서 이 시를 썼으리라. 대관령 고개뿐 아니라 친정
집을 나서면서부터 작자가 고향집을 뒤돌아보고 또 돌아보는 모
습이 눈에 선하다. 작자의 시 〈사친(思親)〉, 즉 〈어버이 생각〉
한 수를 더 감상해 보기로 한다.

사친(思親)

천리가산만첩봉　　　귀심장재몽혼중
千里家山萬疊峰　　　歸心長在夢魂中

한송정반쌍륜월　　　경포대전일진풍
寒松亭畔雙輪月　　　鏡浦臺前一陣風

사상백구항취산　　　파두어정매서동
沙上白鷗恒聚散　　　波頭漁艇每西東

하시중답임영로　　　채무반의슬하봉
何時重踏臨瀛路　　　綵舞斑衣膝下縫

우리집이 멀리 첩첩한 산 너머에 있으니,
돌아가고 싶은 마음 꿈길에서 맴도네
한송정(寒松亭) 비치는 달은 뚜렷하니,
경포대(鏡浦臺) 앞 호수에서는 한바탕 바람이 이네
모래 위에서 백구는 모였다가 흩어지고,
호수에서는 배가 왔다갔다 하누나
어느 때나 다시 임영(臨瀛) 땅에 돌아가서,
때때옷 입고 춤추며 어버이를 뵐 수 있을까

(作者)　　**사임당**(師任堂) **신씨**(申氏) : 1504~1551. 조선조 중기의 대

유학자(大儒學者) 율곡(栗谷) 이이(李珥)의 어머니. 선조(宣祖) 때의 진사(進士) 신명화(申命和)의 딸로서 호가 '사임당'이다. 어렸을 때부터 안견(安堅)의 그림을 배워 산수화와 포도 그림에 능했고 경사(經史)에 통했으며 부덕(婦德)이 높았다.

빈녀음(貧女吟)
── 조선(朝鮮) 난설헌(蘭雪軒) 허씨(許氏)

기 시 핍 용 색   공 침 복 공 직
豈是乏容色   工鍼復工織
소 소 장 한 문   양 매 불 상 식
少小長寒門   良媒不相識

어찌 얼굴이 아름답지 않으리요,
바느질도 잘하려니와 길쌈도 잘하도다
어려서부터 빈한한 집에 태어나서,
좋은 중매쟁이가 찾아오지를 않누나

(語釋) ○豈是(기시)─그러하지 않겠는가. ○乏容色(핍용색)─얼굴빛, 즉
생김새가 못나다. ○工鍼(공침)─바느질. ○復(복)─그리고. ○工織
(공직)─베를 짜다. 길쌈을 하다. ○少小(소소)─어렸을 때. ○長
(장)─성장하다. 자라나다. ○寒門(한문)─빈한한 집. 가난한 가정.
○良媒(양매)─좋은 중매쟁이. ○不相識(불상식)─만나지를 못하다.

(解說)   가난한 집 규수(閨秀)를 보고 감회를 읊은 시이다. 얼굴도 잘
생겼고 솜씨 또한 뛰어났건만 가난하고 보잘것없는 가문에 태어
났기 때문에 시집을 못가고 있는 빈궁한 집 규수를 동정하며 노
래한 시이다. 작자 허난설헌에게는 〈빈녀음(貧女吟)〉이란 제목의
시가 또 한 수 있는데 함께 감상해 보도록 하자.

빈녀음(貧女吟)

수 파 금 전 도　　야 한 십 지 직
手把金剪刀　　夜寒十指直

위 인 작 가 의　　연 년 환 독 숙
爲人作嫁衣　　年年還獨宿

손으로 바늘을 잡으니,
밤이 차가워서 손가락이 굳어지네
남의 혼수(婚需)는 짓고 있으나,
해마다 (그녀는) 홀로 자고 있네

이 시도 앞의 시와 그 내용은 비슷하다. 때는 조선조 중엽으로
서 빈부(貧富)와 귀천의 차이, 신분 계급의 차이가 있는 시대였
다. 그 시대상을 잘 반영해 주고 있는 시들이다.

作者　　**난설헌**(蘭雪軒) **허씨**(許氏) : 1563~1589. 조선조 중엽의 여
류작가. 본명은 초희(楚姬)이고 자(字)는 경번(景樊)이며, 본관
은 강릉(江陵)이다. 허엽(許曄)의 딸이고 김성립(金誠立)의 아내
이며 《홍길동(洪吉童)》의 작자로 유명한 허균(許筠)의 누나이다.
연암(燕巖) 박지원(朴趾源)의 《열하일기(熱河日記)》에 보면 허
난설헌의 작품이 그 당시 중국에까지 알려져 있었고, 중국 선비
들의 입에 오르내렸다고 하니 그녀의 명성을 짐작할 수 있다. 특
히 한시에 뛰어났으며 그림에도 능했는데 27세의 아까운 나이에
요절했다.

송하곡적갑산(送荷谷謫甲山)
—— 조선(朝鮮) 난설헌(蘭雪軒) 허씨(許氏)

원적갑산객　　함원행색망
遠謫甲山客　咸原行色忙

신동가태부　　주기초회왕
臣同賈太傅　主豈楚懷王

하수평추안　　관운욕석양
河水平秋岸　關雲欲夕陽

상풍취안거　　부단불성행
霜風吹鴈去　不斷不成行

멀리 갑산(甲山)으로 귀양가는 손이 되니,
함경도로 가는 행색(行色) 바쁘겠네
신하는 낙양재자 가태부(賈太傅)와 같다 하나,
임금님이 어찌 초(楚)나라 회왕(懷王)이리요

강물은 가을 언덕에 고요히 흘러가고,
북령(北嶺)의 저녁해는 지려고 하는데
서릿바람 맞으며 날아가는 기러기떼,
줄이 끊어져 행렬을 이루지 못하누나

語釋　o荷谷(하곡)−작자 허난설헌의 오빠이자 《홍길동》의 작자 허균(許

筠)의 형인 허봉(許篈 : 1551~1588)의 호. 1584년 율곡(栗谷) 이이(李珥)의 직무상 과실을 들어 탄핵했다가 갑산으로 귀양갔으며 그 이듬해에 풀려났으나 정치에 뜻을 버리고 방랑하다가 38세로 금강산에서 죽었다. ㅇ甲山(갑산)-함경남도 동북부에 있는 지명(地名). ㅇ遠謫(원적)-멀리 귀양가다. ㅇ賈太傅(가태부)-전한(前漢) 문제(文帝) 때의 문인(文人)인 가의(賈誼 : 기원전 201~기원전 169년). 문제가 가의의 재능을 인정하여 중용코자 하였으나 당시 조정의 신하들이 반대하여 좌절되었다. 가의는 좌천당하여 장사왕(長沙王), 그리고 양회왕(梁懷王)의 태부(太傅)가 되었거니와 시문(詩文)과 사부(辭賦)에 능했다. ㅇ楚懷王(초회왕)-전국시대 초나라의 왕. 재위 기원전 329~기원전 299년. 소인들의 말을 듣고 충신 굴원(屈原)을 배척하는 등, 정사를 잘 돌보지 못하다가 진(秦)나라에 잡혀가서 죽었다. ㅇ秋岸(추안)-가을철의 강 언덕. ㅇ欲(욕)- ……을 하고자 하다. ㅇ鴈去(안거)-날아가는 기러기떼. ㅇ不成行(불성행)-이루어 가지 못하다. 여기서는 기러기떼가 줄지어 가지 못한다는 의미이다.

(解說) 작자 허난설헌의 오빠인 허봉이 함경도 갑산으로 귀양가게 되었는데 그때의 감회를 읊은 시이다. 중국 한(漢)나라 문제(文帝) 때의 가의(賈誼)는 능력이 있으면서도 조정 신하들의 참소로 인하여 파천당함으로써 뜻을 펴지 못했던 것과 마찬가지로 허봉 역시 능력이 있으면서 귀양을 가게 된 것이라며 자기 오빠를 두둔하는 한편, 무능했던 초회왕(楚懷王)이 충신 굴원(屈原)을 알아보지 못했던 일을 들먹였으나 지금의 임금님은 그런 경우가 아니라며 극히 조심스런 표현을 하고 있다.

(作者) **난설헌**(許蘭雪軒) **허씨**(許氏) : 414쪽 참조

선도(善道)
── 조선(朝鮮) 지일당(只一堂) 전씨(全氏)

춘 래 화 정 성   세 거 인 점 로
春來花正盛   歲去人漸老
탄 식 장 하 위   지 요 일 선 도
歎息將何爲   只要一善道

봄이 오니 어김없이 꽃은 만발하고,
세월이 가니 인생은 점차 늙어가누나
탄식하노니 장차 어찌할꼬,
다만 한 가지 착한 길을 요할 뿐이로다

(語釋) ㅇ善道(선도)─선한 길. 착한 길. ㅇ春來(춘래)─봄이 오다. ㅇ花正盛(화정성)─꽃이 어김없이 만발하다. ㅇ歲去(세거)─세월이 가다. 세월이 흐르다. ㅇ人漸老(인점로)─사람이 점점 늙어가다. ㅇ將何爲(장하위)─장차 어찌한단 말인가? 장차 어찌할 것인가. ㅇ只(지)─ 다만. ㅇ一善道(일선도)─한 가지의 착한 일.

(解說) 인생무상을 한탄하며 오직 한 가지 착한 일을 해야겠다는 의지를 피로한 시이다. 세월은 흐르는 물과 같고 인생은 아침에 잠깐 풀잎에 맺혔다가 스러지는 이슬과 같은 존재이다. 어느덧 봄이 왔는가 했더니 어김없이 꽃은 만발하고 잎은 무성해진다. 곧 여름이 올 것이고 이어서 가을·겨울이 지나면 또 한 해가 저문다. 그러니 일촌광음(一寸光陰)인들 헛되이 버리지 말고 오직

선행(善行)을 하여 적덕(積德)을 해야겠다는 작자의 의지가 엿
보이는 시이다.

(作者)　**지일당**(只一堂) **전씨**(全氏) : 생원(生員) 전여충(全汝忠)의
딸이란 것 외에는 생몰연대 등 아무것도 전하는 것이 없다.

송춘(送春)

― 조선(朝鮮) 삼의당(三宜堂) 김씨(金氏)

사 군 야 불 매　　위 수 대 명 경
思君夜不寐　　爲誰對明鏡

소 원 도 리 화　　우 송 일 년 경
小園桃李花　　又送一年景

임 생각에 이 밤도 잠 못이루니,
누구를 위해 거울을 대할 것인가
동산에 핀 복숭아와 오얏꽃을 보니,
또 한 해를 보내게 되누나

(語釋)　○送春(송춘)―봄을 보내다. ○思君(사군)―임을 생각하다. ○不寐 (불매)―잠을 이루지 못하다. ○爲誰(위수)―누구를 위함이냐. ○對 明鏡(대명경)―거울을 마주보다. ○小園(소원)―동산. ○桃李花(도 리화)―복숭아와 오얏꽃.

(解說)　봄을 또다시 보내면서 세월의 빠름과 임을 그리는 심정을 노 래한 시이다. 임과 이별하고 그리운 정을 안고 하루하루 사는 사 이에 어느덧 봄이 오고 또 가는…… 덧없는 인생과 빠른 세월, 거기에 임을 그리는 등의 시제(詩題)라든가 시상(詩想)은 여류 작자들의 작품에서 많이 볼 수 있다.

(作者)　**삼의당**(三宜堂) **김씨**(金氏) : ?~?. 조선조 정조(正祖) 때 사

람으로 전라북도 남원(南原) 태생. 한 동네에 사는 하욱(河昱)과 그 출생연월일은 물론, 생시(生時)까지 같다 하여 그와 결혼했다고 한다. 시와 글에 능해서 문집에 많은 시가 전해온다.

태공조어도(太公釣魚圖)

—— 조선(朝鮮) 정씨(鄭氏)

학 발 투 간 객　　초 연 불 세 옹
鶴髮投竿客　　超然不世翁

약 비 서 백 렵　　장 반 왕 래 홍
若非西伯獵　　長伴往來鴻

학(鶴)처럼 하얀 머리의 사람이 낚싯대를 드리우고 앉아 있
는데,

초연히 앉아 있는 그 모습은 이 세상 노인 같지가 않구나

만약 문왕(文王)이 사냥을 나왔다가 데려가지 않았더라면,

언제까지나 물위에 떠도는 백구(白鷗)와 짝하고 지냈을 것을

(語釋)　○太公(태공)─중국 고대 주(周)나라 건국 때의 개국공신(開國功
臣). 성은 여(呂), 이름은 상(尙)인데 속칭 강태공(姜太公)이라고
한다.　○鶴髮(학발)─학처럼 새하얀 머리털.　○投竿(투간)─낚싯대
를 드리우다.　○不世翁(불세옹)─이 세상 노인 같지가 아니하다.
○西伯(서백)─주(周)나라 문왕(文王)을 가리킨다.　○西伯獵(서백
렵)─주문왕(周文王)이 주나라가 은(殷)나라를 쳐부수고 천하를 얻
기 전에 사냥을 나갔다가 낚싯대를 드리우고 앉아 있는 여상(呂尙)
을 만났다는 고사(故事). 자세한 것은 해설 참조.　○長伴(장반)─오
래 두고 함께 지내다.　○鴻(홍)─백구(白鷗).

(解說)　강태공과 낚시는 너무나도 유명한 고사이고, 병풍 등에 그려진

‘조어도(釣魚圖)’도 많이 있다. 그 그림을 보고 느낀 소감을 읊은 시이다.

때는 중국 은(殷)나라 주왕(紂王)이 폭정(暴政)을 하고 있던 시절. 백성들은 혁명이 일어나기를 기다리고 있었다. 그 무렵의 어느 날, 여상(呂尙)이란 백발의 노인이 위수(渭水) 가에서 낚시질을 하고 있었다. 당시 중국 서쪽 조그만 제후국(諸侯國)인 주(周)나라의 당주(當主)인 서백(西伯 : 後에 周文王)이 사냥을 나갔다가 여상을 발견하고 이야기를 나누어 보니 식견이 높은 인물임을 알 수 있었다. 서백은 자기 아버지인 태공(太公)이 ‘머지 않아서 훌륭한 인재가 나타날 것이고 그의 힘에 의하여 이 나라는 번영될 것’이라며 바라던 [望] 사람이야말로 바로 이 사람일 것으로 생각하며 모시고 돌아와서 스승으로 받들었다.

그래서 ‘아버지 태공(太公)이 바라던 분’이란 뜻으로 ‘태공망(太公望)’이라고 불렀는데 이것이 변하여 강태공(姜太公 : 呂尙은 姜氏의 성을 받았다) 또는 태공(太公)이 된 것이다. 어쨌든 그러한 태공망의 조어도(釣魚圖)를 잘 표현한 시이다.

(作者)　　정씨(鄭氏) : ?~?. 동래인(東萊人) 정자순(鄭子順)의 딸이자 군수(郡守) 우찬(禹纘)의 부인이다.

옥병(玉屛)

── 조선(朝鮮) 취선(翠仙)

동 천 여 수 월 창 창　　수 엽 소 소 야 유 상
洞天如水月蒼蒼　　樹葉蕭蕭夜有霜
십 이 세 렴 인 독 숙　　옥 병 환 선 수 원 앙
十二細簾人獨宿　　玉屛還羨繡鴛鴦

하늘은 물처럼 맑고 달빛은 푸르른데,
나뭇잎에는 쓸쓸히 밤서리가 반짝이네
열두 폭 발을 치고 혼자 자자니,
병풍에 수를 놓은 원앙새가 부럽구나

(語釋) ○玉屛(옥병)─아름다운 병풍. ○洞天(동천)─마을의 하늘. ○如水(여수)─물과 같다. ○蒼蒼(창창)─푸르다. 여기서는 푸른빛을 띤 달이 아득하게 떠있음을 가리키는 것임. ○樹葉(수엽)─나뭇잎. ○蕭蕭(소소)─쓸쓸하다. ○夜有霜(야유상)─밤에 내린 서리. ○十二細簾(십이세렴)─열두 폭의 가느다란 발. 기다란 발을 뜻함. ○還羨(환선)─몹시 부럽다. ○繡鴛鴦(수원앙)─원앙새를 수놓은 것.

(解說)　아름다운 병풍을 보고 임을 그리며 읊은 시이다. 하늘은 맑고 달빛이 교교한 밤, 나뭇잎은 뚝뚝 떨어지고 밤이슬은 반짝인다. 즉 가을밤에 혼자서 열두 폭 발을 내리치고 잠을 청하노라니 병풍에 수를 놓은 원앙새가 부럽기만 하다. 임을 그리워하는 상사시(想思詩)이다.

(作者) **취선**(翠仙) : ?~?. 호는 설죽(雪竹). 김철손(金哲孫)의 소실로서 시에 능했다고 한다.

백마강회고(白馬江懷古)
── 조선(朝鮮) 취선(翠仙)

만박고란사 서풍독의루
晚泊皐蘭寺   西風獨倚樓
용망강만고 화락월천추
龍亡江萬古   花落月千秋

느지막하게 고란사에 배를 대고는,
시름에 잠기어 다락 머리에 앉아있노라니
나라는 망했지만 강물은 계속하여 흘러가는데,
낙화암(落花巖)에서 꽃이 진 시절 얼마나 되었는가

(語釋) ○白馬江(백마강)─충청남도 부여(扶餘) 북쪽을 흐르는 강. 금강(錦
江)의 본류임. ○晚泊(만박)─느지막하게 배를 대다. ○皐蘭寺(고란
사)─충청남도 부여군 부여읍 부소산(扶蘇山)에 있는 절. 앞에는 백
마강이 흐르고 부근에 고란초(皐蘭草)가 남. ○獨倚樓(독의루)─홀
로 다락에 앉아 있다. ○龍亡(용망)─나라는 망하다. 임금이 망하다.
용은 임금으로 상징되었음. ○江萬古(강만고)─강은 만고에 변함없
이 흐르다. ○花落(화락)─꽃이 떨어지다. 백제(百濟)가 나당(羅唐)
연합군에 의해 멸망당할 때 3천 궁녀가 백마강에 몸을 던져 죽어갔
다. 그녀들이 떨어진 바위가 '낙화암'이다. ○月千秋(월천추)─세월
이 얼마나 많이 흘렀는가?

(解說) 660년, 즉 백제 의자왕(義慈王) 20년, 백제는 신라와 당(唐)

나라의 연합군, 즉 나당연합군(羅唐聯合軍)에 의해 멸망당했다.
이때의 비극은 3천 궁녀가 낙화암에서 백마강에 몸을 던져 산화
한 이야기가 충분히 대변해 주고 있다. 작자는 고란사 옆에 배를
대고 누대에 올라 그 당시 사건을 회상하고 있다.

作者   취선(翠仙) : 424쪽 참조.

양산관(楊山館)
── 조선(朝鮮) 양사언(楊士彦) 소실(小室)

창 망 장 도 불 엄 비   야 심 풍 로 습 라 의
悵望長途不掩扉   **夜深風露濕羅衣**
양 산 관 리 화 천 수   일 일 간 화 귀 미 귀
楊山館裏花千樹   **日日看花歸未歸**

먼 곳에서 돌아오지 않는 임을 기다리며 사립문 안닫고 있
는데,
   깊은 밤의 이슬이 비단옷 적시는구나
   임 계신 곳(양산관)에는 온갖 꽃이 피어있어서,
   날마다 꽃 보느라고 돌아오지 못하시나

(語釋)　ο楊山館(양산관)—집 이름. 작자의 남편, 즉 양사언(楊士彦)이 살던 집인 듯하다. ο悵望長途(창망장도)—먼 곳에 있는 사람이 오기를 기다림. ο不掩扉(불엄비)—사립문을 닫지 않다. ο濕羅衣(습라의)—비단옷이 젖다. ο裏(리)—집 뒤. ο看花(간화)—꽃구경을 하다. ο歸未歸(귀미귀)—아직도 돌아오지 않다.

(解說)　이 시는 멀리 있으면서 돌아오지 않는 임을 기다리느라고 사립문도 닫지 않은 채 안타까워하는 모습을 그리고 있다. 또 임 계신 곳에 피어있는 꽃을 보느라고 못 오는 것이겠지라며 마음을 달래는 심정을 묘사하고 있다.

作者　　**양사언**(楊士彦) **소실**(小室) : ?~?. 양사언(1517~1584)은 조선조 중엽의 유명한 시인이자 서예가(書藝家)이다. 그의 소실인 작자 역시 한시에 능했었다고 한다.

반월(半月)

── 조선(朝鮮) 황진이(黃眞伊)

수 단 곤 륜 옥　　재 성 직 녀 소
誰斷崑崙玉　　裁成織女梳

견 우 일 거 후　　수 척 벽 공 허
牽牛一去後　　愁擲碧空虛

누가 둥근 옥을 잘라서,
반달을 만들었을까?
칠석(七夕)날 임이 떠난 후에,
수심에 잠겨 하늘에 떠있구나

(語釋)　ㅇ半月(반월)─반달.　ㅇ誰斷(수단)─누가 자르다. 누가 끊다.　ㅇ崑崙玉(곤륜옥)─곤륜산에서 생산되는 고급 옥(玉).　ㅇ裁成(재성)─다듬어서 만들다.　ㅇ織女梳(직녀소)─여자의 빗. 여기서는 여자의 빗처럼 생긴 반달을 상징함.　ㅇ牽牛(견우)─견우성. 여기서는 정다운 임을 상징함.　ㅇ一去後(일거후)─한번 떠난 후에.　ㅇ愁擲(수척)─수심에 잠기다.　ㅇ碧空虛(벽공허)─텅 빈 푸른 하늘.

(解說)　반달을 상징적으로 들어, 임을 그리는 심정을 읊은 시이다. 7월 칠석날 견우성이 떠난 뒤에 수심을 이기지 못하여 여자의 머리를 빗는 빗과 같은 반달이 떠있다고 노래하고 있다.

(作者)　**황진이**(黃眞伊) : ?~?. 조선조 중종(中宗)~명종(明宗) 때의

명기(名妓). 자(字)는 명월(明月)이고 진랑(眞娘)이란 별명도 있다. 박연폭포(朴淵瀑布)와 서경덕(徐敬德)과 함께 송도삼절(松都三絶)로 전한다. 황진사(黃進士)의 딸로서 한시와 서화(書畵)·시조(時調)에 능했는데 《청구영언(靑丘永言)》에 빼어난 시조 6수가 전해온다.

송별소판서(送別蘇判書)
── 조선(朝鮮) 황진이(黃眞伊)

월 하 정 오 진　　상 중 야 국 황
月下庭梧盡　　霜中野菊黃

누 고 천 일 척　　인 취 주 천 상
樓高天一尺　　人醉酒千觴

유 수 화 금 냉　　매 화 입 적 향
流水和琴冷　　梅花入笛香

명 조 상 별 후　　정 여 벽 파 장
明朝相別後　　情與碧波長

오동잎은 달빛 어린 뜰에 떨어지고,
들국화는 서리 가운데 노랗구나
누대는 높이 솟아 하늘과 한 자 사이,
여러 잔의 술 마시고 사람들은 취했도다

강물은 가야금에 화답하며 차갑게 흐르고,
매화는 피리소리 구성진 가운데 향기로운데
내일 아침 서로 이별을 한 다음에는,
그리운 정이 푸른 강물처럼 끝없이 흐르리라.

語釋　ㅇ蘇判書(소판서) ─ 소세양(蘇世讓 : 1486~1562). 조선조 중종(中

宗) 때의 명신. 자(字)는 언겸(彦謙), 호는 양곡(陽谷) 또는 퇴휴당
(退休堂). 호조(戸曹)·병조(兵曹)·이조판서(吏曹判書) 등을 거쳐
우찬성(右贊成)·좌찬성에 이르렀고 시호는 문정(文靖)이다. ㅇ樓
高(누고)—높이 솟아 있는 누대(樓臺). ㅇ千觴(천상)—여러 술잔,
즉 물을 많이 마셨다는 뜻이다. ㅇ碧波(벽파)—푸른 강물.

(解說)   작자 황진이가 소세양과의 이별을 아쉬워하며 읊은 시이다. 일
설에 의하면 소세양은 기질이 굳건하여 굽히는 일이 없었는데,
당시의 남자들이 황진이의 미색(美色)에 매료되는 것을 보고 자
기는 황진이와 꼭 30일간만 함께 지내다가 미련없이 떠나오겠노
라고 친구들과 약속을 했다는 것이다. 그러나 그후 황진이와 30
일을 같이 지낸 그는 미련이 남아서 얼마동안 더 머무르고서야
돌아왔다고 한다. 한편 이 시는 소세양이 당시 황진이와 작별할
때 그가 황진이에게 써준 것으로 추정하는 사람도 있다.

(作者)   황진이(黃眞伊) : 429쪽 참조.

등마천령음(登磨天嶺吟)
── 조선(朝鮮) 송덕봉(宋德峰)

행 행 수 지 마 천 령
行行遂至磨天嶺

동 해 무 애 경 면 평
東海無涯鏡面平

만 리 부 인 하 사 도
萬里夫人何事到

삼 종 의 중 일 신 경
三從義重一身輕

걷고 또 걸어 마천령에 이르러보니,

동해는 거울처럼 끝없이 펼쳐졌네

부인의 몸으로 만리 길을 왜 왔던고?

삼종(三從)의 도리가 중하고 이 한 몸은 가볍기 때문일세

(語釋) ㅇ登磨天嶺(등마천령)─마천령에 오르다. 마천령은 함경남도와 함경북도의 경계를 이루는 산맥으로서 2,000m 이상의 고봉(高峰)이 많이 솟아 있다. ㅇ吟(음)─읊다. ㅇ遂至(수지)─마침내 이르다. 드디어 도착하다. ㅇ無涯(무애)─끝이 없다. ㅇ何事到(하사도)─무슨 일로 왔는가? ㅇ三從(삼종)─삼종지도(三從之道), 즉 봉건시대의 여자가 지켜야 할 세 가지 도리. 어려서는 아버지를, 시집가서는 남편을, 남편이 죽은 후에는 자식을 좇으라는 것.

(解說) 작자가 남편 유희춘(柳希春 : 1513~1577)이 1547년 양재역(良才驛) 벽서(壁書)의 사건에 연루되어 함경도 종성(鍾城)으로 귀양갔을 때, 단신으로 남편을 찾아간 일이 있는데, 그때 험준한 마천령을 넘으면서 지은 시이다. 남편을 그리워하던 나머지 온갖

위험을 무릅쓰고 험난한 길을 가는 여장부의 씩씩한 모습이 그려져 있다.

(作者) **송덕봉**(宋德峰) : 1521~1578. 조선 중기의 여류문인. 본관은 은진(恩津)이고 송준(宋駿)의 딸이며 미암(眉巖) 유희춘(柳希春)의 부인이다. 문집으로 《덕봉집(德峰集)》이 전해온다.

억석(憶昔)

── 조선(朝鮮) 매창(梅窓)

적 하 당 시 임 계 년　　차 생 수 한 여 수 신
謫下當時壬癸年　　此生愁恨與誰伸
요 금 독 탄 고 난 곡　　창 망 삼 청 억 옥 인
瑤琴獨彈孤鸞曲　　悵望三淸憶玉人

임께서 임진·계사년에 전쟁터에 나가시니,
이 몸의 한(恨)과 설움, 그 누구에게 호소하리
거문고 옆에 끼고 외로운 난새 노래 타면서,
삼청 세계 바라보며 내 임을 생각하네

語釋　○憶昔(억석)―옛일을 생각하다. ○壬癸年(임계년)―임진년(壬辰年)과 계사년(癸巳年). 즉 임진왜란이 한창때인 1592년과 1593년으로서 이때 작자 매창의 정인(情人)이었던 유희경(劉希慶)은 참전하고 있었다. ○鸞曲(난곡)―짝을 잃고 혼자 있음을 슬퍼하는 노래. 난새는 봉황(鳳凰)과 비슷하다는 전설상의 새이다. ○悵望(창망)―시름없이 바라보다. ○三淸(삼청)―신선(神仙)이 산다는 세계로 옥청(玉淸)·상청(上淸)·태청(太淸)을 가리킨다.

解說　전쟁과 이별을 주제로 한 시이다. 임진왜란이 일어나던 해, 방년(芳年)이었던 작자는 정을 주고받으며 살던 유희경(劉希慶)과 이별을 한다. 유희경이 의사(義士)들을 모아 왜군에게 항전하기 위해 떠났기 때문이다. 임을 그리워하는 시름이 애절하게 그려져

있다.

(作者) **매창**(梅窓) : 1573~1610. 전라도 부안(扶安)의 아전(衙前) 이었던 이탕종(李湯從)의 딸. 매창이 기녀가 된 것으로 보아 그 녀의 어머니도 기녀였을 것으로 짐작된다. 한시(漢詩)뿐만 아니 라 거문고 솜씨도 뛰어나서 전라도 지방은 물론이고 서울에까지 명성이 높았다. 유희경말고도 당대의 유명인사였던 이귀(李貴)· 권필(權韠)·허균(許筠)·한준겸(韓浚謙)·심광세(沈光世) 등과 교유하며 시를 주고받았다.

조약천상공(嘲藥泉相公)
─ 조선(朝鮮)　남종만(南從萬)의 부인

약 천 노 상 공　　수 운 근 력 진
藥泉老相公　　誰云筋力盡

행 년 칠 십 삼　　친 전 불 수 산
行年七十三　　親煎佛手散

약천 노상공(老相公)님,

누가 근력이 없다고 말하겠어요

금년 연세 일흔셋이건만,

손수 불수산(佛手散)을 달이고 계시네

(語釋)　ㅇ嘲(조)－조롱하다. 비웃다.　ㅇ藥泉(약천)－조선 후기의　명재상인 남구만(南九萬 : 1629~1711)의　호.　ㅇ行年(행년)－금년의　나이. ㅇ七十三(칠십삼)－73세. 남구만은 73세 때, 젊은 첩이 산기가 있으매 친히 약을 달였다고 한다.　ㅇ親煎(친전)－친히 달이다. 손수 약을 달이다.　ㅇ佛手散(불수산)－해산을 쉽게 하는 데 효과가 있는 한약. 궁귀탕(芎歸蕩).

(解說)　작자와 약천(藥泉) 남구만은 친척 사이인데 약천공이 73세의 늙은 나이에도 그 첩이 산기가 있자 불수산을 친히 달이고 있는 것을 보고 비아냥댄 시이다. 조롱하는 내용에는 노익장(老益莊)을 부러워하는 심정도 섞여 있는 것 같다.

(作者)　　**남종만**(南從萬)**의 부인** : ?~?. 성명도 알 길이 없으나 어려서부터 한시(漢詩)를 잘했고 늙어서까지 늘 한시를 음영했다고 한다. 시를 잘했기 때문에 친척이자 당시의 영의정이었던 남구만(南九萬)도 언제나 그녀를 후대했다고 한다.

독중용(讀中庸)
── 조선(朝鮮)   강정일당(姜靜一堂)

일 편 사 성 전　　천 재 계 개 다
一編思聖傳　　千載繼開多

체 립 무 편 의　　용 행 불 류 차
體立無偏倚　　用行不謬差

시 능 존 계 신　　종 가 치 중 화
始能存戒愼　　終可致中和

달 도 관 삼 덕　　성 재 이 숙 가
達道關三德　　誠哉理孰加

자사(子思)가 엮은 《중용(中庸)》을 읽어 보니,
오랜 세월 동안 마음을 많이 깨우쳐주네
몸을 바르게 세우고 치우침이 없으며,
행실에는 조금도 그릇됨이 없도다

삼가고 경계하는 마음 잘 간직한다면,
《중용》의 큰 도에 이를 수 있을 것이고
그 도에 이르면 삼덕(三德)에도 통할 것이니,
참되도다 누가 그 이치에 더 보탤 수 있겠는가?

語釋　◦讀中庸(독중용)─《중용》을 읽고 나서.　◦思聖傳(사성전)─자사
(子思)가 지은 《중용》이란 뜻. 자사는 공자(孔子)의 손자로서 이름

은 급(伋)이다. ○千載(천재)―1천 년. 여기서는 오랜 세월이란 뜻이다. ○開多(개다)―많은 것을 열어 주다. 즉 알게 해주다. 깨우쳐 주다. ○偏倚(편의)―치우치지 않다. ○謬差(류차)―조금의 그릇됨도 없다. ○戒愼(계신)―경계하고 삼가다. ○達道(달도)―도(道)에 이르다. ○三德(삼덕)―정직과 강(剛)과 유(柔)를 가리킨다. 또 지(智)·용(勇)·인(仁)을 가리키기도 한다. ○誠哉(성재)―진실되도다. 참되도다. ○孰加(숙가)―누가 더 보태겠는가란 뜻.

(解説) 《중용》을 숙독한 다음 그 소감을 읊은 시이다. 교양 및 수신서(修身書)의 극치임을 깨달은 시인은 더 보탤 말이 없노라고 찬양한다. 작자는 이런 수양서를 가까이했기에 험난한 평생을 살아가면서도 주옥같은 시를 남겼던 것이리라.

(作者) **강정일당**(姜靜一堂) : 1772~1832. 강재수(姜在洙)의 딸. 명망있는 학자의 집안에서 태어났으나 워낙 청빈했던 터라 당시로서는 만혼(晩婚)인 20세 때 여섯 살 연하인 윤광연(尹光演)에게 출가했다. 그러나 시가 역시 살림이 빈궁하여 3년 후에야 시집에 들어가 살았으며 남편이 글공부를 계속할 수 없게 되자 작자는 길쌈과 삯바느질로 가계를 꾸려나가며 글공부를 하도록 남편을 도왔다고 한다. 그러는 한편 작자는 시작(詩作)에 힘을 기울여 당대의 선비들에게까지 문명(文名)을 날렸거니와 평생을 두고 가난을 면치 못하는 가운데서도 삶의 자세를 흐트리지 않았다. 환갑을 한달 여 남기고 불우한 세상을 떠난 작자의 작품 150여 편의 시문을 그 남편이 1836년 《정일당유고(靜一堂遺稿)》로 편찬했다.

증박중로병은(贈朴仲輅秉殷)

── 조선(朝鮮) 강정일당(姜靜一堂)

남편을 대신하여 지음(代夫子作)

지 행 수 귀 근 　　문 로 수 심 정
志行雖貴勤　　門路須尋正
가 구 종 성 공 　　위 산 여 천 정
可久終成功　　爲山與鑿井

비록 뜻이 고귀하고 부지런히 행한다 해도,
가야할 길은 올바름을 탐구하는 일
끈기있게 견디어내면 성공할 것이니,
산에서 우물 파는 것처럼 노력해야지요

(語釋)　ㅇ贈朴仲輅秉殷(증박중로병은)─중로(仲輅) 박병은(朴秉殷)에게 드림. 박병이 누구인지는 상세히 알 수 없으나 작자의 남편인 윤광연(尹光演)의 친구인 듯하다.　ㅇ代夫子作(대부자작)─남편을 대신하여 지었다는 뜻. 작자의 작품 모음집인 《정일당유고(靜一堂遺稿)》에는 이처럼 남편을 대신하여 지은 시가 여러 편 실려 있다. 남편 윤광연은 작자보다 6세 연하였는데 그런 연치도 있어서였겠거니와 작자의 시작(詩作) 능력이 월등히 앞서 있었음을 말해 주는 증거이기도 하다.　ㅇ貴勤(귀근)─고귀하고 부지런하다.　ㅇ尋正(심정)─바른 것을 찾다. 즉 올바른 것을 탐구하다.　ㅇ鑿井(천정)─우물을 파다.

(解說)　　학문하는 각오와 태도에 대해서 읊은 시이다. 꾸준한 노력말고는 달리 도리가 없는 게 학문하는 태도이다. 산에서 우물을 파는 심정으로 계속 힘쓰는 것이야말로 학문을 성취하는 첩경이라고 강조하고 있다.

(作者)　　**강정일당**(姜靜一堂) : 440쪽　참조.

주하패강(舟下浿江)
── 조선(朝鮮)   운초(雲楚)

주 인 지 점 모 란 봉
舟人指點牧丹峰
취 벽 주 란 차 제 봉
翠壁朱欄次第逢

완 시 연 화 남 포 구
宛是蓮花南浦口
신 장 서 자 대 래 이
新妝西子對來茸

뱃사공이 저기라고 가리키는 모란봉,

푸른 벽과 붉은 난간, 차례로 마주치네

연꽃은 마치 남포(南浦) 연꽃과 같아서,

새로 단장한 서시(西施)가 온 듯 흐드러졌도다

(語釋) ○舟下(주하)─배를 타고 내려가다. ○浿江(패강)─대동강(大同江).
○指點(지점)─어떤 지점을 손가락으로 가리키다. ○牧丹峰(모란
봉)─평양시(平壤市) 서쪽에 있는 작은 산(山). ○翠壁(취벽)─푸른
색의 벽. ○朱欄(주란)─붉은 난간. ○次第逢(차제봉)─차례로 마주
치다. ○南浦(남포)─평양 남쪽 대동강변에 있는 포구. 먼 길을 떠
나던 사람들과 이별을 했던 곳으로 유명하다. ○新妝(신장)─새로
꾸미다. 새로 화장을 하다. ○西子(서자)─중국 춘추시대, 월(越)나
라의 미녀. 월왕(越王) 구천(勾踐)이 오왕(吳王) 부차(夫差)에게 미
인계(美人計)를 썼던 미녀의 이름이다.

(解說)   평양에서 배를 타고 대동강을 내려가며 모란봉 등, 경관을 읊
은 시이다. 이곳의 산자수명(山紫水明)한 경치는 예로부터 유명

했는데 특히 모란봉 을밀대(乙密臺)와 능라도(綾羅島)·반월도 (半月島) 등은 기성팔경(箕城八景)의 하나로 꼽히기도 했다.

(作者) **운초**(雲楚) : 1790?~1857?. 평안남도 성천(成川)의 기생. 이름은 부용(芙蓉), 또는 추수(秋水)라고 했다. 양반의 후예라고 하는 데 어찌된 연유인지 기녀가 되었다. 일찍부터 시재(詩才)를 떨치어 평양과 한양에까지 이름을 떨쳤다. 당시 정계의 원로였던 연천(淵泉) 김이양(金履陽 : 1755~1845)의 소실이 되었는데 김이양은 자신이 참석하는 시회에는 반드시 운초를 데리고 갔으며 상처(喪妻)한 후에는 운초를 정실부인으로 대우했었다고 한다.

십세작(十歲作)

— 조선(朝鮮) 박죽서(朴竹西)

창 외 피 체 조　　하 산 숙 편 래
牕外彼啼鳥　　何山宿便來
응 식 산 중 사　　두 견 개 미 개
應識山中事　　杜鵑開未開

창밖에서 울고 있는 저 새야,
간밤에 어느 산에서 자고 왔느냐
산중의 일은 네가 잘 알겠구나,
진달래꽃 피었는지 안피었는지

(語釋) ㅇ牕外(창외)－창문 밖. 창(牕)은 창(窓 : 窗)과 같다. ㅇ啼鳥(체조)－우
는 새. ㅇ便來(편래)－잠을 자고 오다. ㅇ應識(응식)－잘 알다. ㅇ杜
鵑(두견)－진달래.

(解說)　작자가 10세 때에 지은 시이다. 이 시는 중국 당(唐)나라 때의
시인인 왕유(王維 : 699~759)의 〈잡시(雜詩)〉에서 영향을 받은
것으로 보인다. 참고로 왕유의 〈잡시〉는 다음과 같다.

그대는 고향에서 여기까지 왔으니,
응당 고향의 소식을 알고 있겠지
떠나오던 날 비단으로 된 창문 앞에
한매(寒梅)가 피었던가, 안피었던가?

군자고향래 응지고향사
君自故鄕來 應知故鄕事

내일기창전 한매착화미
來日綺窓前 寒梅着花未

作者 **박죽서**(朴竹西) : 1819~1845. 박종언(朴宗彦)의 서녀(庶女)로서 호는 반아당(半啞堂). 아버지를 일찍 여의고, 병약한 몸으로 길쌈을 하며 가계를 도왔다. 내면세계에 침잠하는 성격으로 어렸을 때부터 시재(詩才)를 보였는데 서기보(徐箕輔 : 1785~1870)의 소실이 되었으며 당대의 문사(文士)인 홍한주(洪漢舟)와 서유영(徐有英) 등과도 교유가 있었다. 《죽서시집(竹西詩集)》이 전해온다.

춘우신접(春雨新蝶)

── 조선(朝鮮) 김청한당(金淸閑堂)

신 접 이 성 총　　분 비 세 우 중
新蝶已成叢　　紛飛細雨中
부 지 쌍 시 습　　유 자 무 춘 풍
不知雙翅濕　　猶自舞春風

새로 나온 나비가 무리지어서,
이슬비 내리는데 분분히 나는구나
두 날개 비 맞아서 젖는 줄도 모르고,
오히려 봄바람에 춤을 추누나

(語釋) ○新蝶(신접)―봄철에 새로 나온 나비. ○成叢(성총)―무리를 짓고
있다. ○紛飛(분비)―분분히 날아다닌다. ○雙翅(쌍시)―양 날개.
○自舞(자무)―스스로 춤을 추다.

(解說)　이른 봄철. 나비가 새로 나와 나풀나풀 춤을 추며 이꽃 저꽃을
찾아다니는 정경을 읊은 시이다. 총각들을 나비에 비유하고 있는
듯한 시이기도 하다.

(作者)　김청한당(金淸閑堂) : 1853~1890년. 의금부도사(義禁府都事)
인 김순희(金淳喜)의 딸이며 이현춘(李顯春)의 부인. 결혼한 지
3년만에 남편이 세상을 떠나자 자살하여 그 뒤를 따르려고 했으

나 시부모가 살아계시기 때문에 자결하지 못하고 시부모를 봉양
하는 데 힘썼다. 예조판서(禮曹判書)를 지낸 시아버지 이응진(李
應辰)은 며느리의 언행을 칭찬하며 유한당(幽閑堂)이란 당호
(堂號)를 내렸으나 극구 사양하여 다시 청한당(淸閑堂)이란 당
호를 내렸다. 1890년 시아버지의 3년상을 마친 후에 음독자살
했다. 《청한당산고(淸閑堂散稿)》가 전해온다.

하야(夏夜)

── 일본(日本) 에도(江戶)   에마사이코(江馬細香)

남 청 정 상 죽 풍 다　　신 월 여 미 섬 영 사
南晴庭上竹風多　　新月如眉纖影斜
심 야 탐 량 창 불 엄　　암 향 화 침 합 환 화
深夜貪凉窓不掩　　暗香和枕合歡花

비 개고 하늘이 맑으니 뜰에는 시원한 밤바람이 대나무를 스
치며 불어온다,
　초승달은 눈썹처럼 가느다랗게 비껴있구나
　밤은 깊은데 선선한 바람이 탐나서 창문을 열어놓고 있으니,
　어디선가 합환목(合歡木 : 자귀나무) 꽃향기가 베갯밑으로 밀
려오네

(語釋) ㅇ夏夜(하야)─여름밤. ㅇ竹風(죽풍)─대나무 사이로 부는 바람.
ㅇ新月(신월)─초승달. 여자의 눈썹에 비유한다. ㅇ暗香(암향)─어
디에선가 밀려오는 향기. ㅇ合歡花(합환화)─자귀나무의 꽃. 자귀나
무는 산과 들에 자생하는 고목(高木)으로서 여름철에 담홍색 꽃을
피운다. 밤에는 잎이 오므라지므로 합혼(合昏), 야합(野合)이라고도
하며 남녀의 화합을 의미한다. 작자 에마사이코는 한때 사랑하는 사
이였던 라이산요(賴山陽)를 생각하며 '합환'이란 시어(詩語)를 사용
했던 것으로 생각된다.

(解說) 시구 가운데 깊은 밤 청량(淸凉)한 기운 속에서 어디선가 밀려오는 꽃향기가 베갯머리에 와닿는다는 구절이 여성다운 표현이다.

(作者) **에마사이코**(江馬細香) : 1787~1861. 오가키반이(大垣潘醫) 에마란사이(江馬蘭齋)의 장녀. 이름은 다호(多保) 또는 다오(褭). 아버지는 한학(漢學)에 조예가 깊었는데 그 영향을 받아 시문(詩文)을 익혔다. 그후 27세 때 미노(美濃)를 여행하던 중 아버지 에마란사이를 찾았다가 그곳에서 라이산요(賴山陽)와 만났다. 라이산요는 결혼까지 생각했던 것 같은데 에마란사이의 반대에 부딪쳐 성사되지는 않았으며 그후 두 사람은 사제관계를 맺었다. 따라서 이 시에는 라이산요의 조언도 크게 작용한 것 같다.

자견(自遣)

— 일본(日本) 에도(江戶)   에마사이코(江馬細香)

일몽총총반백인
一夢匆匆半百人　　유회루루암창신
幽懷縷縷暗愴神

월휴월만망겸삭
月虧月滿望兼朔　　화락화개추우춘
花落花開秋又春

증사화의수유별
曾寫畵疑手猶別　　이간서각안중신
已看書覺眼重新

차신소원유무양
此身所願唯無恙　　유유고당로병친
猶有高堂老病親

꿈과 같이 총망한 가운데 50세가 되고 말았다,

남들에게 말할 수 없는 추억들이 차례로 떠오르고 마음은 슬픔에 잠긴다

달은 이지러졌다가는 차고 보름인가 했더니 벌써 그믐달,

꽃은 지는가 했더니 다시 피고 가을이 되었는가 했더니 다시 봄이다

옛날에 그린 그림을 보니 딴 사람이 그린 것 같고,

전에 읽었을 책이건만 처음 읽는 것 같구나

지금 내가 원하는 바는 다만 무병무화(無病無禍)일 뿐,

아직 집에는 노쇠하고 병들어 누워계신 아버지가 있으니

(語釋) ○一夢(일몽)—인생은 일장춘몽(一場春夢)과 같다는 정도의 의미. ○匆匆(총총)—총(匆)은 총(忽)의 약자. 즉 총망하다·분주하다는 뜻. ○半百(반백)—1백년의 반. 즉 50세를 가리킨다. ○幽懷(유회)—마음속에 감춰둔 추억거리. ○縷縷(루루)—다음에서 다음으로 이어지는 것. ○望兼朔(망겸삭)—망(望)은 음력 보름. 삭(朔)은 그믐. 여기서 겸(兼)은 화(和)나 여(與)와 같다. ○高堂老病親(고당로병친)—고당(高堂)은 사랑방. 아버지가 거처하는 방. 노병친(老病親)은 당시 80세인 아버지 에마란사이(江馬蘭齋)를 가리킨다.

(解說) 작자가 48세 때 쓴 시이다. 에마사이코는 라이산요(賴山陽)에 대한 사랑을 못잊어서인지 평생동안 독신으로 살았고 시화(詩畵)와 벗하는 생활을 이어나갔다. 그러나 젊음이 쇠해져감을 느끼던 이 무렵, 그녀는 고독한 자신으로서 남에게 말 못할 불안감이 있었을 것임에 틀림없다.

(作者) **에마사이코**(江馬細香) : 450쪽 참조

우흥(偶興)
── 일본(日本) 에도(江戶) 하라사이힌(原采蘋)

간 파 인 간 세　　한 면 유 위 루
看破人間世　**閑眠有煒樓**

몽 리 생 춘 초　　혼 위 호 접 유
夢裡生春草　**魂爲蝴蝶遊**

뜻대로 안되는 세상임을 알아차리고,
조용히 유위루(有煒樓)에서 졸고 있다
꿈속에서 풀싹이 돋아나는 것을 보고,
영혼은 호접이 되어 날면서 논다

(語釋)　ㅇ偶興(우흥)—우연히 얻은 감흥.　ㅇ人間世(인간세)—세상.《장자(莊子)》의 인간세(人間世)는 이 세상에서 처세하는 도(道)를 설파한 것이다.　ㅇ有煒樓(유위루)—작자 하라사이힌의 거실 이름.《시경(詩經)》〈패풍(邶風)〉 '정녀(靜女)'에 있는 구절에서 따온 것이다. ㅇ夢裡生春草(몽리생춘초)—남조말(南朝末) 사영운(謝靈運)이 온종일 시구(詩句)를 떠올리려고 했으나 끝내 떠올리지 못하다가 꿈속에서 사혜련(謝惠連)을 보고 '지당생춘초(池塘生春草)'란 가구(佳句)를 얻었다는 고사(故事)에 근거를 두고 있다(《南史》〈謝惠連傳〉). ㅇ魂爲蝴蝶遊(혼위호접유)—장주(莊周)가 꿈속에서 호접이 되어 즐겁게 날며 놀았는데 문득 깨어보니 원래의 상태인 자기였다. 자기가 꿈속에서 나비가 되었던 것인지, 나비가 꿈속에서 자기가 되었던 것인지 알 수 없었다고 하는 《장자》〈제물론(齊物論)〉편에 있

는 이야기에 바탕을 두고 있다.

(解說)   작자가 20세경에 쓴 작품이다. 젊은 나이의 시인은 현실과 꿈 이라는 상대적인 것을 어떻게 보고 있었는지 흥미를 자아내게 하는 작품이다.

(作者)   **하라사이힌**(原采蘋) : 1798~1859. 치쿠젠(筑前 : 福岡縣) 슈게츠반(秋月藩)의 유학자인 하라고쇼(原古處)의 딸. 이름은 미치(猷). 아버지는 두 아들과 마찬가지로 학문을 가르쳤는데 그녀도 잘 따랐다. 28세 때 에도(江戶)에 나가 20여년동안 체재했다. 그 사이에 라이산요(賴山陽), 야나가와세이간(梁川星巖) 등에게서 시(詩)의 지도를 받았는데 특히 라이산요로부터 영향을 많이 받았다고 한다. 그녀도 에마세이코(江馬細香)와 마찬가지로 평생 동안 독신으로 살았다. 그것은 그의 아버지가 반슈(藩主 : 領主)에게서 신용을 잃고 반교교수(藩校敎授)의 자리를 내놓은 다음 불우하게 살다가 세상을 떠났는데 그 아버지가 남긴 작품들(시집)을 상재(上梓)하기 위해서였고 또 시를 짓기 위해서였다고 한다.

사향(思鄉)

— 일본(日本) 에도(江戸) 야나가와고란(梁川紅
蘭)

홍 사 란 산 녹 사 신　　매 인 시 절 누 점 건
紅事闌珊綠事新　　每因時節淚霑巾
요 지 앵 순 등 주 처　　자 매 단 란 소 일 인
遙知櫻筍登廚處　　姉妹團欒少一人

붉게 피었던 꽃도 시들고 나무들은 녹색을 띠기 시작했구나,
계절이 지나갈 적마다 가족이 그리워서 눈물이 수건을 적시네
자매들 모두가 버찌나 죽순으로 요리를 만들고 있을 때,
그 즐거움 속에 나 한 사람만 빠져있는 정경을 아련하게 생각
하도다

(語釋)　ㅇ思鄉(사향)-고향을 생각하다. ㅇ紅事闌珊(홍사란산)-홍사(紅事)
는 빨간 꽃이 흐드러지게 피어있는 모습. 난산(闌珊)은 쇠해가는 모
양. 꽃이 지면서 흐트러지는 모습. ㅇ綠事(녹사)-초록빛을 띠기 시
작한 나무들. ㅇ淚霑巾(누점건)-눈물이 수건(손수건)을 적신다는
뜻. ㅇ櫻筍登廚處(앵순등주처)-버찌나 죽순이 시장에 나오는 음력
3월경을, 진중(秦中 : 陝西省)에서는 앵순절(櫻筍節)이라고 했다.
또 당(唐)나라 조정에서는 4월 중순에 이 두 가지 재료를 사용하여
요리를 만드는 것을 앵순주(櫻筍廚)라고 했다. ㅇ處(처)-여기서
는 '……을 할 때'란 의미. 장소를 나타내는 '곳'이 아니다.

(解說) 이 시는 작자가 21세 때 남편과 동행하여 규슈(九州)를 여행하면서 읊은 시이다. 전(轉)·결(結)의 두 구(句)는 육친에 대한 생각을, 단지 육친이 그립다는 것이 아니라 자기가 없는 상태에서의 단란한 모습을 그린 것으로서 다소 굴절된 표현을 하고 있다.

(作者) **야나가와고란**(梁川紅蘭) : 1804~1879. 미노(美濃 : 岐阜縣) 사람. 이름은 히카리(景). 재종(再從) 오빠 야나가와세이간(梁川星巖)의 사숙(私塾)인 하나무라초사(花村草舍)에서 시작(詩作) 등을 배우다가 17세 때 세이간에게 시집갔다. 결혼한 다음 남편과 함께 여행을 하면서 시재(詩才)를 다듬고 키웠다. 또 고향에서는 에마세이코(江馬細香), 교토(京都)에서는 라이산요(賴山陽) 등 시인들과도 교분을 나누었는데 그녀의 시에 큰 영향을 준 사람은 역시 남편 세이간이다. 또 국사(國事)에도 관심을 가졌는데 시에서도 읊었듯이 안세이(安政)의 대옥(大獄) 때에는 겨우 처형을 면했다는 일화의 소유자이기도 하다.

무제(無題)

── 일본(日本) 에도(江戶) 야나가와고란(梁川紅蘭)

계 전 재 작 약　　당 후 시 당 귀
階前栽芍藥　　**堂後蒔當歸**

일 화 환 일 초　　정 서 양 의 의
一花還一草　　**情緒兩依依**

뜰의 섬돌 앞에는 작약을 심고,

마루 뒤에는 당귀를 심었다

그 하나하나의 꽃과 잎을 보고 있노라면,

제각기 사모의 정이 피어오르네

語釋　o階(계)-섬돌. 계단. 마당에서 마루에 오르는 층계. o芍藥(작약)-미나리아재빗과의 풀의 총칭. 백작약·산작약·호작약·적작약 등이 있음. 꽃이 크고 아름다워서 정원에 관상용으로 심는다. 《시경(詩經)》〈정풍(鄭風)〉 '진유(溱洧)'에 '남자와 여자는 시시덕거리며 서로 작약을 꺾어 주네(維士與女 伊其相謔 贈之以芍藥)'라고 되어 있는 등 남녀가 애정을 나누면서 주는 것이라고 한다. o堂(당)-마루. 객실. o當歸(당귀)-미나릿과의 다년초. 여름에 다수의 백색오판화(白色五辨花)를 피운다. 보혈·강장 및 진정제의 한약재로 쓰이기도 한다. 당귀에는 '꼭 돌아오라'는 뜻이 있어서 시문(詩文)에 자주 인용되기도 한다. o情緖(정서)-때에 따라 일어나는 갖가지 감정. o依依(의의)-언제까지나 사모하는 마음.

(解說)   이 시는 신혼 초, 작자 야나가와고란을 남겨두고 여행을 떠난 남편 야나가와세이간(梁川星巖)을 학수고대하며 지은 시이다. 새 댁이 남편을 사모하는 정이 잘 드러나 있다. 참고로 남편은 길을 떠날 때 아내에게 '삼체시(三體詩)' 절구(絶句)를 꼭 읽으라고 했는데 3년이 지난 후 돌아와 보니 그녀는 율시(律詩)까지 모두 암송하고 있었다. 그 이후 남편은 아내의 시재(詩才)를 키워주기 위하여 언제나 함께 여행을 했고 각지에서 시인들과 시의 교류를 했다고 한다.

(作者)   **야나가와고란**(梁川紅蘭) : 456쪽 참조.

부　록(附錄)

　　이 책에 수록한 한시(漢詩) 외에, 표(表)·사(辭)·부(賦)를 실었다. 표(表)란 임금에게 올리는 글을 말함인데 그 목적은 임금을 깨우쳐 줌으로써 충성을 다하려는 것이다. 임금에게 올리는 글에는 4종이 있었다. 첫째는 은혜에 감사하는 글이요, 둘째는 사물에 대해서 진술하는 글, 즉 표(表)이며 셋째는 정치에 관한 글이고, 넷째는 평가할 일이 있을 때에 올리는 글이다. '표'는 시대에 따라서 '상서(上書)'라고 했다가 또 '상소(上疏)'라고 하기도 했다. 여기서는 제갈양(諸葛亮)의 〈출사표(出師表)〉와 〈후출사표(後出師表)〉를 실었다.

　　사(辭)란 문체(文體)의 일종으로 가사(歌辭)의 한 형식인데 한(漢)나라 이후의 사부(辭賦)란 이름의 문체와 같다. 전국시대(戰國時代) 굴원(屈原)의 〈어부사(漁夫辭)〉, 한(漢)나라 무제(武帝)의 〈추풍사(秋風辭)〉, 진(晋)나라 도연명(陶淵明)의 〈귀거래사(歸去來辭)〉 등이 유명하다. 사부의 글은 아름다움을 귀하게 여기는 문체이다. 여기서는 도연명의 〈귀거래사〉를 실었다.

　　부(賦)란 한(漢)나라 이후에 생긴 운문(韻文)의 일종으로서 당(唐)나라·송(宋)나라 때에 이르러서는 음률을 무시하는 산문적(散文的)인 부가 되었고, 명(明)·청(淸)나라 이후에는 거의 짓는 이가 없었다. 이 '부'의 특징은 서술적인 점에 있었는데 사물을 잘 형용하고 설화(說話)라든가 신화(神話), 공상(空想) 등을 서술한 서정적 감정이 풍부한 작품이 많다. 여기서는 소식(蘇軾)의 〈적벽부(赤壁賦)〉와 〈후적벽부(後赤壁賦)〉를 실었다.

출사표(出師表)

촉한(蜀漢) 제갈양(諸葛亮)

先帝創業未半 而中道崩殂 今天下三分 益州疲弊 此誠危急
存亡之秋也. 然侍衛之臣 不懈於内 忠志之士 忘身於外者 蓋
追先帝之殊遇 欲報之於陛下也. 誠宜開張聖聽 以光先帝遺德
恢弘志士之氣 不宜忘自菲薄 引喩失義 以塞忠諫之路也.
　宮中府中 俱爲一體 陟罰臧否 不宜異同 若有作奸犯科 及
爲忠善者 宜付有司 論其刑賞 以昭陛下平明之理 不宜偏私
使内外異法也.

선제(先帝)께서는 창업을 반도 못이루고 중도에 돌아가셨습니다.
지금 천하가 셋으로 나뉘어져 있고, 익주(益州)는 피폐해졌으니, 이
때야말로 진실로 존망이 달린 위급한 때입니다. 그러나 폐하를 모시
고 호위하는 신하들이 궁중에서 게으름을 피우지 않고, 충성스런 장
수들이 조정 밖에서 자신의 몸을 돌보지 않는 것은, 선제의 특별하신
대우를 추억하여 폐하께 보답하려 하기 때문입니다.
　진실로 폐하께서는 견문을 넓히시어 선제께서 남기신 덕망을 빛내
시고 뜻있는 인사들의 기개(氣槪)를 넓히셔야 합니다. 공연히 폐하
스스로 변변치 못하다고 여기시고 사리에 맞지 않는 비유를 들어 충
간(忠諫)의 길을 막아 버리시면 안됩니다.
　궁중(宮中)과 부중(府中)이 모두 한몸이 되어 잘한 자는 상을 주
고 잘못한 자는 벌을 주는 데 있어서 차별이 있어서는 안됩니다. 만
약 간사한 짓을 하거나 범법(犯法)행위를 한 사람이나 충성스럽고 착

한 사람이 있으면 관리에게 넘겨 상벌(賞罰)을 논정(論定)하여 폐하
의 공평하고도 밝은 다스림을 밝게 드러내셔야지, 사사로움에 치우쳐
안팎으로 법도(法度)가 다르면 안됩니다.

註解 ○先帝(선제)-촉한(蜀漢)의 선주(先主) 유비(劉備). ○創業(창
업)-처음으로 나라를 세움. 여기에서는 유비가 촉(蜀)을 세워 한실
(漢室) 부흥의 왕업을 시작한 것을 말함. ○崩殂(붕조)-천자(天子)
가 죽음, 붕어(崩御). ○天下三分(천하삼분)-당시 천하가 조비(曹
丕)의 위(魏), 손권(孫權)의 오(吳), 유선(劉禪)의 촉(蜀)으로 삼분
(三分)된 것. ○益州(익주)-사천성(四川省) 성도부(成都府)의 지
명(地名). ○疲弊(피폐)-피로하여 쇠약해짐. 여기서는 수차례의 전
쟁에 의해 피폐해진 것을 말함. ○秋(추)-때, 시기. ○侍衛(시위)-
임금을 모시며 호위함. ○殊遇(수우)-특별한 대우. ○聖聽(성청)-
천자의 견문(見聞). ○恢弘(회홍)-크게 넓힘. ○引喻失義(인유실
의)-사리에 맞지 않는 비유를 듦. ○宮中(궁중)-천자(天子)가
있는 궁전 안. ○府中(부중)-재상(宰相)이 집무하는 관아(官衙).
○陟罰(척벌)-상으로 관위(官位)를 올려주는 것과 벌로 관위를
내리는 것. ○犯科(범과)-범법(犯法), 즉 법에 어긋나는 행동을
함. 과(科)는 법률, 법령. ○有司(유사)-벼슬아치, 관리. ○偏私(편
사)-한쪽으로 치우쳐 불공평하고 사사로움. 즉 편파적임.

侍中侍郎郭攸之費褘董允等 此皆良實 志慮忠純. 是以 先
帝簡拔 以遺陛下 愚以爲宮中之事 事無大小 悉以咨之然後
施行 必能裨補闕漏 有所廣益. 將軍向寵 性行淑均 曉暢軍事
試用於昔日 先帝稱之曰能. 是以衆議擧寵爲督 愚以爲營中
之事 事無大小 悉以咨之 必能使行陣和睦 優劣得所也.
　親賢臣遠小人 此先漢所以興隆也. 親小人遠賢臣 此後漢

所以傾頹也. 先帝在時 每與臣論此事 未嘗不歎息痛恨於桓
靈也.

　시중(侍中)인 곽유지(郭攸之)와 비위(費褘), 시랑(侍郎)인 동윤(董
允) 등은 모두 선량하고 착실하며 그 마음이 충직(忠直)하고도 순정
(純正)합니다. 그러므로, 선제께서 선발하시어 폐하에게 남겨주신 것
입니다. 제 생각으로는 궁중의 일은 크고 작은 일을 막론하고 모두
그들에게 자문을 구하신 후에 시행하시면 반드시 모자란 점을 보충하
시어 널리 유익한 점이 있으실 것입니다. 장군 상총(向寵)은 성품과
행동이 훌륭하고도 공평하며 군사(軍事)에 밝아서 옛날에 한번 시험
삼아 써보시고는 선제께서 유능하다고 칭찬하셨습니다. 그런 까닭에
여럿이 의논해서 상총을 사령관으로 임명했던 것입니다. 신(臣)의 생
각으로는 진중(陣中)의 일은 크고 작은 일을 막론하고 모두 그에게
자문을 구하시면 반드시 진중이 화목하고, 우수한 사람과 열등한 사
람을 적당한 곳에 배치하도록 할 수 있을 것입니다.

　어진 신하를 가까이하고 소인배를 멀리한 것이 바로 전한(前漢)이
흥성한 이유이며, 소인배를 가까이하고 어진 신하를 멀리한 것이 바
로 후한(後漢)이 망한 이유입니다. 선제께서 생전에 매번 신과 이런
일들을 의논하면서 환제(桓帝)와 영제(靈帝) 때의 일로 인해 탄식하
고 통한(痛恨)하지 않은 적이 없습니다.

（註解）　ㅇ侍中(시중)―천자를 측근에서 모시며 고문(顧問) 응대(應對)하는
　　　직책. ㅇ侍郎(시랑)―궁중의 문호(門戶)를 정비하고 거기(車騎)를
　　　호위하는 직책. ㅇ志慮(지려)―마음, 생각. ㅇ簡拔(간발)―선발(選
　　　拔)함. 가려냄. ㅇ愚(우)―어리석은 사람이라는 뜻으로 자신에 대
　　　한 겸칭. ㅇ咨(자)―윗사람이 아랫사람에게 의견을 묻는 것. ㅇ裨補
　　　(비보)―도와서 모자란 점을 보충하다. ㅇ闕漏(궐루)―빠짐, 빠뜨림.

o性行(성행)-성품과 행동. o淑均(숙균)-선량하고 공평함. o曉暢(효창)-환히 알다. 자세히 알다. o營中(영중)-진영(陣營) 안. 진중(陣中). o傾頹(경퇴)-기울어 무너짐. o桓靈(환령)-후한(後漢)의 환제(桓帝)와 영제(靈帝). 환관(宦官)의 세력이 막강하고 정치가 문란하여 국세(國勢)가 기울기 시작한 때이다. 진번(陳蕃)·이응(李膺) 등의 학자가 환관의 횡포에 반발하자, 환관들이 이들을 종신금고(終身禁錮)에 처한 당고(黨錮)의 사건이 일어나 많은 인재를 잃었다.

侍中尙書長史參軍 此悉貞亮死節之臣 願陛不親之信之 則漢室之隆 可計日而待也.

臣本布衣 躬耕南陽 苟全性命於亂世 不求聞達於諸侯. 先帝不以臣卑鄙 猥自枉屈 三顧臣於草廬之中 咨臣以當世之事 由是感激 遂許先帝以驅馳. 後値傾覆 受任於敗軍之際 奉命於危難之間 爾來二十有一年矣. 先帝知臣謹愼 故臨崩寄臣以大事也. 受命以來 夙夜憂嘆 恐託付不效 以傷先帝之明. 故五月渡瀘 深入不毛 今南方已定 兵甲已足 當獎率三軍 北定中原.

시중과 상서·장사(長史)·참군(參軍)은 모두 마음이 곧고 신의가 있으며 절개를 위해 죽을 신하들이니 폐하께서는 그들을 가까이하시고 믿으십시오 그러면 한왕실의 부흥은 날짜를 헤아리면서 기다릴 수 있을 것입니다.

신(臣)은 본래 평민으로 남양(南陽)에서 스스로 밭을 갈며 난세(亂世)에 구차하게 생명을 보전하면서 제후(諸侯)에게 나아가 명성이나 벼슬을 구하지 않았습니다. 그런데, 선제께서는 신을 비천하다고 여기

지 않으시고 송구스럽게도 몸소 왕림하시어 누추한 움막으로 세 번이
나 저를 찾아오셔서 당시의 일을 신에게 자문하셨습니다. 이런 일로
인해 감격해서 부지런히 일하기로 선제께 약속했던 것입니다. 그후에
나라가 기울어져 전복되려는 위기를 만나서, 패전한 때에 임무를 맡
고 위급한 때에 명을 받든 지 21년이 지났습니다. 선제께서는 신을
신중한 사람으로 아시므로 임종하실 적에 제게 큰 일을 맡기신 것입
니다. 명을 받은 이후로 밤낮 근심하며, 부탁하신 일을 이루지 못해서
선제의 밝으신 덕을 손상시킬까 두려워하였습니다. 그러므로 5월에
노수(瀘水)를 건너 불모의 땅에 깊이 쳐들어가서 이제 남방은 이미
평정되었고 군대와 무기도 이미 풍족하니 마땅히 삼군(三軍)을 거느
리고 북쪽의 중원(中原)을 평정해야 합니다.

(註解)　ㅇ尙書(상서)－천자와 신하간의 문서의 수수(受授)를 맡은 직책. 당
시 진진(陳震)이 맡고 있었다. ㅇ長史(장사)－궁궐 및 각 성(省)의
서기장(書記長). 당시 장예(張裔)가 맡고 있었다. ㅇ參軍(참군)－군
사회의에 참여하는 직책. 당시 장완(蔣琬)이 맡고 있었다. ㅇ貞亮
(정량)－마음이 곧고 신의가 있음. ㅇ計日而待(계일이대)－날짜를
세면서 기다린다. 즉 며칠 내에 이루어질 수 있다는 뜻. ㅇ布衣(포
의)－베옷. 벼슬하지 않은 사람이 입는 옷이므로 평민을 가리킴.
ㅇ南陽(남양)－하남성(河南省)　남양현(南陽縣)의　땅. ㅇ聞達(문
달)－명성을 떨치고 높은 지위에 오르다. ㅇ卑鄙(비비)－신분이 낮
음. 비천(卑賤)함. ㅇ枉屈(왕굴)－몸을 굽혀 방문함. 왕림(枉臨)함.
남의 방문에 대한 경칭(敬稱). ㅇ草廬(초려)－초가집. 누추한 움막.
ㅇ驅馳(구치)－남의 일로 분주히 돌아다님. ㅇ値傾覆(치경복)－나라
가 기울어 뒤집히려는 상황을 만나다. ㅇ敗軍(패군)－건안(建安) 13
년(208년) 유비가 당양(當陽)의 장판(長阪)에서 조조(曹操)에게 대
패(大敗)한 것을 말함. ㅇ奉命於危難之間(봉명어위난지간)－위급한
시기에 명을 받들다. 즉, 유비가 조조의 군대에게 대패하여 추격을

당하자, 유비는 오(吳)나라 손권(孫權)에게 가서 원군을 청하라는 명을 제갈양에게 내렸다. 그리하여 오나라와 촉나라의 연합군이 조조의 대군을 적벽(赤壁)에서 크게 무찔렀다. ◦中原(중원)—한족(漢族)의 발상지인 황하(黃河) 유역을 말함. 지금의 하북(河北)·하남(河南)·산동(山東)·섬서성(陝西省) 지방을 가리킨다.

庶竭駑鈍 攘除姦兇 興復漢室 還于舊都. 此臣所以報先帝而忠陛下之職分也. 至於斟酌損益 進盡忠言 則攸之褘允之任也. 願陛下託臣以討賊興復之效 不效則治臣之罪 以告先帝之靈 責攸之褘允等之咎 以彰其慢 陛下亦宜謀以諮諏善道 察納雅言 深追先帝遺詔.

臣不勝受恩感激 今當遠離 臨表涕泣 不知所云.

신(臣)이 바라는 것은 아둔하나마 신의 힘을 다하여 간흉(姦兇)을 물리치고 한왕실을 부흥하여 옛 도읍지로 돌아가는 것입니다. 이것이 신이 선제의 은혜에 보답하고 폐하께 충성을 다하는 직분인 것입니다. 그리고 손익(損益)을 살펴 충언(忠言)을 올리는 것은 곽유지(郭攸之)·비위(費褘)·동윤(董允) 등의 책임입니다.

바라옵건대, 폐하께서는 신에게 적을 토벌하여 한왕실을 부흥시키는 공적을 맡겨 주십시오. 공적을 이루지 못하면 신의 죄를 다스려 선제의 영전(靈前)에 고하십시오. 곽유지·비위·동윤 등에게 잘못이 있을 때는 꾸짖어 그 태만함을 드러내십시오. 그리고 폐하께서도 몸소 마음을 쓰셔서 선도(善道)를 자문(諮問)하시고 바른말을 살펴 받아들이셔서 선제의 유명(遺命)을 깊이 추종하십시오.

신은 선제께 받은 은혜를 감당하지 못하며 감격해서 이제 멀리 떠나감에 있어 표(表)를 대하고 보니 눈물이 흘러 무어라 말씀을 드려

야 할는지 모를 지경입니다.

(註解) o察納(찰납)—자세히 살펴서 받아들임. o雅言(아언)—바른 말.
o遺詔(유조)—임금이 죽을 때 내리는 조서(詔書).

(解說) 제갈양(諸葛亮)의 자(字)는 공명(孔明)으로 낭야(琅琊) 사람
이다. 삼국시대 유비(劉備)의 삼고초려(三顧草廬)에 의해 정계
(政界)에 진출했으며 유비를 도와 촉한(蜀漢)의 부흥에 힘쓴 사
람이다.
정사(正史) 《삼국지(三國志)》〈촉지(蜀志)〉의 〈제갈양전(諸葛
亮傳)〉에 '5년(227년)에 군대를 이끌고 한수(漢水) 가에 주둔하
다가 출발에 즈음하여 소(疏)를 올렸다'라는 구절이 나오는데,
그때 올린 소가 바로 이 〈출사표(出師表)〉이다. 이 글에서는 선
제(先帝) 유비가 베푼 은혜에 대한 감격과 국가에 대한 충성 및
후주(後主) 유선(劉禪)에 대한 간절한 부탁이 구구절절 배어있
어, 읽는 이에게 깊은 감명을 주고 있다.

(作者) 제갈양(諸葛亮) : 181~234. 중국 삼국시대 촉한(蜀漢)의 정
치가. 자는 공명(孔明). 공전(空前)의 전략가로 유비(劉備)의 삼
고지례(三顧之禮)에 감격, 그를 도와 오(吳)나라와 연합하여 조
조(曹操)의 위(魏)나라 군사를 대파하고 파촉(巴蜀)을 얻어 촉
한을 세웠다. 유비가 죽은 후 남방의 만족(蠻族)을 평정하고, 위
나라 사마의(司馬懿)와의 대전 중 병사하였다. 시호는 충무(忠
武) · 무후(武侯).

후출사표(後出師表)

촉한(蜀漢) 제갈양(諸葛亮)

先帝慮漢賊不兩立 王業不偏安. 故託臣以討賊也. 以先帝
之明 量臣之才 固知臣伐賊 才弱敵彊也. 然不伐賊 王業亦
亡 惟坐而待亡 孰與伐之. 是故託臣而不疑也.

선제(先帝)께서는 우리 한(漢)나라와 적국(賊國)인 위(魏)나라와는
양립(兩立)할 수 없으며, 왕업을 이루기 위해서는 한 구석에서 안일
하게 지내서는 안된다고 염려하셨습니다. 그러므로 신(臣)에게 적을
토벌하라고 분부하신 것입니다. 선제께서 밝으신 안목으로 신의 재능
을 헤아려 신이 적을 토벌하기에는 재주가 약하고 적은 강하다는 것
을 잘 아셨습니다. 그렇지만 적을 토벌하지 않으면 또 왕업을 이룰
수가 없으니, 가만히 앉아서 망하기를 기다리는 것과 적을 토벌하는
것 중 어느 것이 낫겠습니까? 그렇기 때문에 신에게 분부하시면서 의
심하지 않으셨던 것입니다.

註解 ○王業(왕업)-제왕으로서 나라를 다스리는 위대한 사업. ○偏安(편
안)-한 구석에서 만족하고 편안히 지냄.

臣受命之日 寢不安席 食不甘味 思惟北征 宜先入南 故五
月渡瀘 深入不毛 幷日而食. 臣非不自惜也 顧王業不可得偏
安於蜀都 故冒危難 以率先帝之遺意. 而議者謂爲非計.

今賊適疲於西 又務於東. 兵法乘勞 此進趨之時也. 謹陳
其事如左.

　신은 분부를 받은 날부터 잠을 자도 잠자리가 편치 않았고, 식사를
해도 밥맛이 없었습니다. 북방을 정벌하려면 먼저 남방을 쳐들어가야
한다는 생각에, 5월에 노수(瀘水)를 건너 불모지로 깊이 쳐들어가서
하루분의 식량을 이틀에 나누어 먹는 고전을 벌였습니다. 신도 제몸
을 아끼고 싶지 않은 것은 아니지만 왕업을 돌아보니 촉도(蜀都) 한
구석에서 안일하게 지내서는 안되겠기에 위험을 무릅쓰고 선제의 유
지(遺志)를 받들고 있는 것입니다. 그런데 논자(論者)들이 좋은 계책
이 아니라고 말하고 있습니다.

　지금 적은 마침 서쪽에서는 우리와의 전쟁으로 피폐해 있고, 동쪽
에서는 오(吳)나라와의 전쟁으로 애쓰고 있습니다. 병법에 '적이 피로
한 틈을 타라'고 하였으니, 이때야말로 진격할 시기입니다. 삼가 그
사정을 말씀드리면 다음과 같습니다.

(註解)　ㅇ甘味(감미)―달게 먹음. 맛있게 먹음. ㅇ幷日而食(병일이식)―하
루분의 식량을 이틀에 나누어 먹다. ㅇ疲於西(피어서)―서쪽에서 피
폐해 있다. 건흥(建興) 5년, 제갈양이 기산(祁山)을 공격하자, 남안
(南安)·천수(天水)·안정(安定) 세 군(郡)이 모두 위(魏)나라를
배반하고 촉한(蜀漢)에 항복한 사건을 말함. ㅇ務於東(무어동)―동
쪽에서 애쓰다. 위(魏)나라의 조휴(曹休)가 오(吳)나라의 육손(陸
遜)과 석정(石亭)에서 싸워 대패한 사건을 말함. ㅇ兵法(병법)―
손자(孫子)가 지은 병법서(兵法書)인 《손자병법(孫子兵法)》을 가
리킴. ㅇ乘勞(승로)―적이 피로한 틈을 타서 공격하다.

高帝明並日月　謀臣淵深　然涉險被創　危然後安. 今陛下未
及高帝　謀臣不如良平　而欲以長策取勝　坐定天下　此臣之未
解一也.

劉繇王朗　各據州郡　論安言計　動引聖人　羣疑滿腹　衆難塞
胸. 今歲不戰　明年不征　使孫策坐大　遂並江東　此臣之未解
二也.

고제(高帝 : 漢高祖 劉邦)의 밝으심은 해나 달과 견줄 만하고, 신하들의 지략은 연못처럼 깊었지만 위험을 겪고 상처를 입는 위기를 넘긴 후에야 안정을 찾을 수 있었습니다. 지금 폐하께서는 고제의 밝으심에는 미치지 못하시고, 신하들의 지략(智略)도 장량(張良)과 진평(陳平)만 못합니다. 그런데도 좋은 계책으로 승리를 얻어, 앉아서 천하를 평정하려고 하시니 이것이 제가 이해하지 못하는 첫 번째 일입니다.

유유(劉繇)와 왕랑(王朗)은 각자 주군(州郡)에 웅거(雄據)하고 있습니다. 그런데도 우리는 안위(安危)를 논하고 계책을 이야기하면서, 걸핏하면 성인(聖人)의 말씀을 인용하니 숱한 의문이 뱃속에 가득하고 많은 어려움이 가슴에 메어 있습니다. 금년에 싸우지 않고 내년에 정벌하지 않으면 손책(孫策)으로 하여금 가만히 앉아서 영토를 확장시키게 함으로써 결국 강동(江東) 지방을 합병하도록 하는 꼴이 될 터이니, 이것이 신이 이해하지 못하는 두 번째 일입니다.

註解　○高帝(고제)－한(漢) 고조(高祖) 유방(劉邦)을 가리킴. ○淵深(연심)－연못처럼 깊음. ○涉險被創(섭험피창)－한고조가 숱한 위험을 겪고 상처를 입으면서 천하를 통일한 것을 말함. 피창(被創)은 고조가 광무(廣武)의 싸움에서 항우(項羽)의 화살을 맞고 상처를 입은

것을 말함. ㅇ良平(양평)—한고조 때의 공신인 장량(張良)과 진평(陳平)을 말함. ㅇ長策(장책)—좋은 계책(計策). ㅇ劉繇(유유)—자(字)는 정례(正禮)이며 삼국시대 오(吳)나라 모평(牟平) 사람으로서 양주(楊州)의 태수(太守)가 되어 곡아현(曲阿縣)에 있었으나, 손책(孫策)에게 쫓겨 단도(丹徒)로 달아났다. ㅇ王朗(왕랑)—자(字)는 경흥(景興)이며 삼국시대 위(魏)나라 사람으로서 회계(會稽)의 태수(太守)를 지내다가 손책(孫策)의 공격을 받아 대패했다. ㅇ論安言計(논안언계)—안위(安危)를 의논하고 계책을 이야기하다. ㅇ動(동)—걸핏하면, 툭하면. ㅇ孫策(손책)—오나라 손견(孫堅)의 장자이며 손권(孫權)의 형으로 자(字)는 백부(白符)이다. 손견이 죽자 남은 병력을 몰아 각처에서 승전하여 마침내 강동(江東) 지방을 평정하였다. ㅇ江東(강동)—양자강(揚子江)의 동쪽. 지금의 강소성(江蘇省) 지방.

曹操智計殊絶於人 其用兵也 髣髴乎孫吳. 然困於南陽 險於烏巢 危於祁連 偪於黎陽 幾敗北山 殆死潼關. 然後僞定一時爾 況臣才弱而欲以不危而定之 此臣之未解三也.

조조(曹操)의 지혜와 계책은 남보다 훨씬 뛰어난데, 용병에 있어 손무(孫武)와 오기(吳起)를 방불케 합니다. 그런데도 남양(南陽)에서는 곤란함을 당했고, 오소(烏巢)에서는 위험을 겪었었습니다. 기련(祁連)에서는 위기에 처했고 여양(黎陽)에서는 쫓겼으며 북산(北山)에서는 거의 패망의 지경에까지 이르렀고 동관(潼關)에서는 거의 죽을 뻔했습니다. 그런 후에야 비로소 황제로 자칭하면서 한때 안정을 얻을 수 있었던 것입니다. 하물며 신은 재능도 약한데 위험을 겪지 않고 천하를 평정시키라고 하니 이것이 신이 이해하지 못하는 세 번째 일입니다.

註解 ㅇ殊絶(수절) - 훨씬 뛰어남. 특별히 뛰어남. ㅇ孫吳(손오) - 춘추시대 제(齊)나라 사람 손무(孫武)와 전국시대 위(衛)나라 사람 오기(吳起). 두 사람 모두 병법에 정통한 사람이므로 용병에 뛰어난 자를 손오(孫吳)라고 한다. ㅇ困於南陽(곤어남양) - 남양(南陽)에서 곤란함을 당하다. 건안(建安) 2년 조조가 남양에서 장수(張繡)와 싸우다가 빗나간 화살에 맞은 사건을 말한다. ㅇ險於烏巢(험어오소) - 오소(烏巢)에서 위험을 겪다. 원소(袁紹)가 조조의 군대를 관도(官渡)에서 막고 오소에 많은 군량과 무기를 모아 대비하고 있었다. 조조는 군량이 떨어져서 도저히 싸울 수 없는 지경이 되자 오소의 군량과 무기를 불태우고 도망했다. ㅇ危於祁連(위어기련) - 기련(祁連)에서 위기를 만나다. 기련은 도사성(都司城) 서남쪽에 있는 산 이름으로 조조는 이곳에서 흉노와 고전을 벌였다. 혹은 조조가 기련에서 원상(袁尚)을 포위공격할 때의 일을 말한다고도 한다. ㅇ偪於黎陽(핍어여양) - 여양(黎陽)에서 쫓기다. 조조가 오(吳)나라와 촉(蜀)나라를 공격하기 위해 출정하자 여양에 주둔하던 원담(袁譚)이 배후에서 공격을 하여 궁지에 몰렸던 일을 말한다. ㅇ幾敗北山(기패북산) - 북산(北山)에서 거의 패망의 지경에 이르다. 북산은 백산(伯山)이다. 하후연(夏侯淵)이 패하자 조조는 한중(漢中)을 공격하기 위해 북산에 수많은 군량미를 운반해 놓았다. 촉한(蜀漢)의 조운(趙雲)이 이들을 만나자 진영 안에 들어가 문을 닫아버렸다. 이에 조조는 싸우지 않고 그냥 지나가려고 했는데 돌연 우레와 같은 북소리가 일어나고 화살이 비오듯 쏟아져 조조의 군대가 대패한 사건을 말한다. ㅇ殆死潼關(태사동관) - 동관(潼關)에서 거의 죽을 뻔하다. 조조가 동관에서 자신을 배반한 마초(馬超)·한수(韓遂)를 토벌하려고 황하를 넘어 정예부대 백여 명을 거느리고 남쪽 강기슭에 올랐다. 이에 마초가 만여 명의 군사를 거느리고 빗발치듯 화살을 쏘며 공격해 와서 허저(許褚)가 화살을 막으며 조조를 배에 태워 목숨을 건졌다. ㅇ僞定(위정) - 조조가 천자 행세를 하며 천하를 평정시킨 것을 말함.

曹操五攻昌覇不下　四越巢湖不成.　任用李服而李服圖之
委任夏侯而夏侯敗亡.　先帝每稱操爲能　猶有此失.　況臣駑下
何能必勝.　此臣之未解四也.

조조는 다섯 번이나 창패(昌覇)를 공격하였으나 함락되지 않았고, 네 번이나 소호(巢湖)를 넘었으나 성공하지 못했습니다. 또한 이복(李服)을 임용했으나 이복은 도리어 그를 죽이려 하였으며 하후(夏侯)를 임용했지만 하후는 패하여 죽었습니다. 선제께서는 매번 조조가 유능한 사람이라고 칭찬하셨는데도 오히려 이렇게 실패했습니다. 하물며 신은 우둔하고 남보다 처지는데 어떻게 반드시 이긴다고 할 수 있겠습니까? 이것이 신이 이해하지 못하는 네 번째 일입니다.

(註解)　o五攻昌覇不下(오공창패불하) - 창패를 다섯 번이나 공격했어도 함락되지 않다. 창패는 동해군(東海郡)에 있는 지명인데 이 동해군이 조조에게 반기를 들고 유비에게 돌아서자 조조가 여러 차례 병사를 이끌고 공격했으나 함락되지 않았다. 하(下)는 항복하다, 함락되다 라는 뜻. o四越巢湖不成(사월소호불성) - 네 번이나 소호(巢湖)를 넘었으나 성공하지 못하다. 소호는 합비(合淝) 동남쪽에 있는 호수 이름인데 조조는 이 합비를 전략적인 요충지로 여기고 네 번이나 소호를 건너 합비를 포위했으나 성공하지 못했다. o李服(이복) - 《삼국지(三國志)》에 전기(傳記)가 실려있지 않아 불확실하다. 동승(董承)과 함께 조조를 죽이려고 도모했던 왕복(王服)이라고도 한다. o夏侯(하후) - 조조의 사촌누이의 사위인 하후연(夏侯淵). 조조가 한중(漢中)을 그에게 맡겨 다스리게 했으나 후에 유비의 장수 황충(黃忠)의 공격을 받아 죽고 한중을 빼앗겼다. o駑下(노하) - 둔한 말처럼 우둔하고 남보다 처진다는 뜻으로 자기를 낮추어 일컫는 말.

自臣到漢中　中間朞年耳. 然喪趙雲·陽羣·馬玉·閻芝·
丁立·白壽·劉郃·鄧銅等　及曲長屯將七十餘人　突將無前
賨叟·青羌·散騎·武騎一千人. 此皆數十年之内　所糾合四
方之精銳　非一州之所有. 若復數年　則損三分之二也. 當何以
圖敵. 此臣之未解五也.

　신이 한중(漢中)에 도착한 지 그동안 1년이 지났습니다. 그런데,
조운(趙雲)·양군(陽羣)·마옥(馬玉)·염지(閻芝)·정립(丁立)·백
수(白壽)·유합(劉郃)·등동(鄧銅) 등과 부곡(部曲)의 장(長) 및 주
둔부대의 장 70여 명, 그리고 돌진하는 곳마다 앞을 가로막는 적이
없는 남만(南蠻) 출신의 장(長), 서이(西夷) 출신의 장(長), 산기(散
騎)·무기(武騎) 천여 명을 잃었습니다. 그들은 모두 수십 년동안 사
방에서 규합(糾合)한 정예부대로서 한 고을에서 얻을 수 있는 병사들
이 아니었습니다. 만약 수년이 더 지난다면 3분의 2를 잃게 될 것이
니, 무엇으로 적을 치고자 도모할 수 있겠습니까? 이것이 신이 이해
하지 못하는 다섯 번째 일입니다.

(註解)　o朞年(기년)－만 1년. o趙雲(조운)－자(字)는 자룡(子龍)으로 유
　　　비가 조조에게 쫓겨 처자식을 버리고 남쪽으로 달아났을 때 유비의
　　　아들 유선(劉禪)을 안고 감부인(甘夫人)을 보호하여 무사히 구출해
　　　낸　충신이다.　　o陽羣(양군)·馬玉(마옥)·閻芝(염지)·丁立(정
　　　립)·白壽(백수)·劉郃(유합)·鄧銅(등동)－모두 촉한(蜀漢)의 장
　　　군들.《삼국지(三國志)》에 전기(傳記)가 실려있지 않아 자세한 것
　　　은 알 수 없다. o曲長(곡장)－부곡(部曲), 즉 항오(行伍)의 장(長).
　　　o屯將(둔장)－주둔부대(駐屯部隊)의　장군.　o突將(돌장)－돌진하
　　　는 용감한 장수. o無前(무전)－향하는 곳에 적이 없음. 앞을 가로
　　　막는 적이 없음. o賨叟(종수)－남만(南蠻) 출신의 장(長). o青羌

(청강)-서이(西夷) 출신의 장(長). ○散騎(산기)·武騎(무기)-둘
다 기마대(騎馬隊)의 부대 이름.

今民窮兵疲 而事不可息. 事不可息 則住與行 勞費正等 而
不及蚤圖之 欲以一州之地 與賊持久 此臣之未解六也.

지금 백성들은 곤궁하고 병사들은 피로해 있습니다. 그렇다고 대업
(大業)을 그만둘 수가 없습니다. 대업을 그만둘 수 없다면 머물러 방
어하는 것이나 나아가 싸우는 것이나 그 노력과 비용은 똑같습니다.
그런데도 빨리 적을 토벌할 생각은 않고 한 주(州) 정도의 땅으로 적
과 지구전을 하려고 하는 것이 신이 이해하지 못하는 여섯 번째 일입
니다.

未難平者事也. 昔先帝敗軍於楚. 當此時 曹操拊手 謂天下
已定. 然後先帝東連吳越 西取巴蜀 擧兵北征. 夏侯授首 此
操之失計 而漢事將成也. 然後吳更違盟 關羽毁敗 秭歸蹉跌
曹丕稱帝 凡事如是 難可逆見. 臣鞠躬盡跌 死而後已 至於成
敗利鈍 非臣之明 所能逆觀也.

무릇 천하를 평정하는 대업(大業)은 어려운 일입니다. 옛날에 선제
께서 초(楚) 땅에서 패하신 적이 있습니다. 그 당시 조조는 손뼉을
치면서 '천하는 이미 평정되었다'라고 말했습니다. 그후에 선제께서
동쪽으로 오월(吳越)과 동맹을 맺으시고, 서쪽으로 파촉(巴蜀)을 점
령하였고 군대를 일으켜 북방을 정벌하였습니다. 하후(夏侯)가 싸움
에 져서 목을 내놓게 되었으니 이것은 조조의 실책(失策)이며 한나라

의 대업은 바야흐로 이루어지려고 하였습니다. 그후에 오(吳)나라는 다시 맹약을 어겨 관우(關羽)가 참패하였으며 자귀현(秭歸縣)은 적에게 빼앗겼고 조비(曹丕)는 황제를 자칭했습니다. 모든 일이 이와 같으니 예측하기 어렵습니다. 신은 삼가 몸을 굽히고 온갖 노력을 다하여 죽은 후에야 그만둘 것입니다. 성공과 실패, 이익과 손해는 신의 지혜로 예측할 수 있는 바가 아닙니다.

(註解) ○先帝敗軍於楚(선제패군어초)―건안(建安) 12년, 유장(劉璋)이 유비에게 항복하자 유비는 항복한 군대를 거느리고 초(楚) 땅인 양양(襄陽)으로 갔다. 조조는 유비가 군용물자가 있는 강릉(江陵)에 웅거할 것이라고 예측하고 유비의 군대를 추격하여 대패시켰다. ○拊手(부수)―손뼉을 치면서 기뻐함. ○連吳越(연오월)―오월(吳越)과 동맹을 맺다. 패주(敗走)하던 유비가 하구(夏口)에 이르렀을 때 제갈양을 보내어 오(吳)나라의 손권(孫權)과 동맹을 맺었다. ○西取巴蜀(서취파촉)―서쪽으로 파촉(巴蜀)을 점령하다. 파촉은 익주(益州)를 말함. 건안 19년, 유비가 성도(成都)를 포위하여 유장을 항복시키고 익주(益州)를 점령하였다. ○北征(북정)―북쪽의 조조를 토벌함. ○授首(수수)―목을 내놓다. 즉, 참수(斬首)를 당함. ○失計(실계)―잘못 세운 계책. 실책(失策). ○吳更違盟(오갱위맹)―오(吳)나라가 다시 맹약을 어김. 촉(蜀)나라와 동맹을 맺고 있던 오나라가 조조의 계략에 의해 맹약을 어기고 관우를 습격하여 죽이고 형주(荊州)를 차지했다. ○毁敗(훼패)―쳐부수다, 깨뜨리다. ○秭歸(자귀)―자귀현(秭歸縣). 지금의 호북성(湖北省) 귀주(歸州). ○曹丕(조비)―조조의 장남. 후한(後漢)의 헌제(獻帝)를 추방하고 위(魏)나라를 세워 황제를 자칭했다. ○逆見(역견)―미리 추측함. 예측함. ○利鈍(이둔)―날카로움과 무딤. 즉, 이익과 손해.

(解說) 이 글은 앞에 수록된 〈출사표(出師表)〉에 이어 제갈양이 건흥

(建興) 6년에 지은 것이다. 당시 위(魏)나라 조휴(曹休)의 군대가 오(吳)나라와 싸워 패하였으므로 이를 돕기 위해 군대가 동으로 내려가서 관중(關中)이 허술하였다. 이에 제갈양은 이 기회를 이용하여 관중을 공격하려고 했으나 군신들이 주저하며 불안해하자 제갈양은 이 표(表)를 올리고 출전하였다. 그리고 촉한(蜀漢)의 군대가 산관(散關)을 나와 진창(陳倉)을 포위했는데 위(魏)나라 장군 조진(曹眞)이 방어를 잘하였다. 게다가 촉한의 군량이 바닥이 나서 제갈양은 돌아오고 말았다.

이 글에서는 위(魏)와 촉(蜀)나라가 양립할 수 없는 적대관계이므로 위나라를 토벌해야 한다는 논지(論旨)에 따라 이야기를 전개하고 있다. 제갈양은 군신들이 주저하는 점을 하나하나 비판하며 위의 공격을 앉아서 기다리는 것보다 중원(中原)에 나아가 싸워야 한다는 것을 강조하고 있다.

(作者)　　**제갈양**(諸葛亮) : 466쪽 참조

귀거래혜사(歸去來兮辭)(幷叙)

진(晉)　도잠(陶潛)

余家貧 耕植不足以自給. 幼稚盈室 缾無儲粟 生生所資 未
見其術. 親故多勸余爲長吏 脫然有懷 求之靡途. 會有四方之
事 諸侯以惠愛德. 家叔以余貧苦 遂見用於小邑.

(서문)

집이 가난하여 농사를 지어도 자급자족할 수가 없었다. 집안에는
어린 자식들이 가득한데 반하여 항아리에는 곡식을 저장해 놓은 것이
없어, 도무지 생계를 꾸려나갈 방도가 서지를 않았다.

친척이나 벗들이 모두 나에게 지방관리나 되라고 권했으며, 나도
서슴지 않고 그렇게나 해서 생활문제를 해결하고자 했다. 그러나 자
리를 찾아도 길이 없었다. 그러다가 마침 정변이 자주 일어나 사방에
서 일을 할 자리가 났고 또 실권을 잡은 제후들은 남에게 혜택과 인
애를 베풀어 민덕(民德)을 얻고자 하고 있었다. 그러던 중 나의 숙부
인 도기(陶夔)가 가난으로 고생하는 나를 위해 길을 터서 마침내 조
그만 고을에 벼슬을 얻어 주었다.

註解　ㅇ缾(병)―병(瓶)과 같고, 물병이나 술병. ㅇ生生所資(생생소자)―
생활의 뒤를 대다, 생계를 유지해 나가다. ㅇ親故(친고)―친척이나
벗. ㅇ長吏(장리)―지방장관, 현리(縣吏). 《한서(漢書)》에는 6백 석
이상의 녹을 받는 관리를 장리(長吏)라 했다. ㅇ脫然有懷(탈연유
회)―자기도 선뜻 나서서 벼슬할 생각을 가졌다. 탈연(脫然)은 서슴
지 않고. ㅇ靡途(미도)―벼슬에 오를 길이 없었다. ㅇ會有四方之事

(회유사방지사)—마침내 정변(政變)이 나서 사방에 일자리가 있었
다. 종래에는 도연명이 이 해(安帝 義熙 1년 : 405년)에 건위장군
(建威將軍) 유경선(劉敬宣)의 참군(參軍)으로 도읍에 사신으로 간
일이라고 했으나, 보다 넓게 해석하는 것이 좋겠다. ○家叔(가숙)—
설이 두 가지 있다. 하나는 도홍(陶弘)이라 하고, 다른 하나는 도기
(陶夔)라고 한다. 여기서는 후자를 따랐다. ○小邑(소읍)—작은 현,
즉 팽택(彭澤)이다.

於時風波未靜 心憚遠役. 彭澤去家百里 公田之利足以爲
酒 故便求之. 及少日 眷然有歸與之情 何則. 質性自然 非矯
厲所得 飢凍雖切 違己交病. 嘗從人事 皆口腹自役 於是悵然
慷慨深媿平生之志.

당시는 아직도 세상이 평온하지 못하였으므로, 멀리 가서 벼슬을
하기에는 마음이 꺼림칙했다. 허나 팽택은 집에서 백 리의 거리였고
또 녹(祿)으로 주어진 공전(公田)의 수확으로 족히 술을 빚어 마실
수가 있으므로, 이내 팽택령을 승낙했다.

그러나 벼슬한 지 며칠이 못 되어 즉시 집으로 돌아가야 하겠다는
생각이 간절했다. 이유는 다름이 아니었다. 나의 본성과 성품이 무위
자연을 닮도록 태어났으며, 억지로 교정하거나 독려해서 고칠 수 있
는 것이 아니기 때문이다. 그러므로 비록 굶주림과 추위로 절박하게
몰렸다 할지라도 나 자신을 어기고 벼슬살이를 하기란 너무나 고통스
러웠다.

전에도 남의 밑에서 벼슬살이를 했지만, 그 모두가 입에 풀칠을 하
기 위해서 스스로 내 몸을 학대했던 것이다. 새삼 실망과 서글픔과
비분강개하는 마음과 더불어 깊이 나 자신이 평소에 지녔던 뜻 앞에

창피함을 금하지 못했다.

註解 ㅇ風波未靜(풍파미정)－세상이 안정되지 못했다. 당시에는 밖으로
오호(五胡)가 북에서 난동했고 안으로는 환현(桓玄)과 유유(劉裕)
가 쿠데타를 일으켰다. 즉 안제(安帝) 원흥(元興) 2년(403년)에는
환현이 진(晋)나라 안제를 유폐하고 제위에 올랐고, 다음해에는 유
유가 환현을 치고 건강(建康)을 점령했다. ㅇ心憚遠役(심탄원역)－
멀리 가서 벼슬하기를 꺼렸다. ㅇ彭澤(팽택)－오늘날의 강서(江西)
호구현(湖口縣) 동쪽이다. 도연명의 집은 심양(潯陽) 시상(柴桑：
현재 江西省 九江縣)으로 백 리쯤 떨어져 있다. ㅇ眷然(권연)－몹
시, 열심히. ㅇ歸與之情(귀여지정)－벼슬을 버리고 집으로 돌아가야
겠다는 마음. ㅇ非矯厲所得(비교려소득)－교정하거나 독려할 수 있
는 것이 아니다. 즉 자기의 타고난 무위자연(無爲自然)의 성질이나
본성을 어찌할 도리가 없다는 뜻. ㅇ飢凍雖切(기동수절)－비록 굶
주림과 추위로 절박하게 몰리더라도. ㅇ違己交病(위기교병)－자기
본성에 어긋나는 일을 하면 모든 병에 걸리게 마련이다. ㅇ嘗從人
事(상종인사)－전에도 남의 밑에서 벼슬을 살았다. ㅇ口腹自役(구
복자역)－입과 배를 위해, 즉 먹고 살기 위해 스스로 내 몸을 학
대했다. 역(役)은 부리며 쓰다. ㅇ悵然(창연)－슬퍼하고 실망하다.
ㅇ深愧(심괴)－심히 부끄럽게 여기다.

猶望一稔 當斂裳宵逝 尋程氏妹喪於武昌 情在駿奔 自免
去職. 仲秋至冬 在官八十餘日. 因事順心命篇曰歸去來兮.
乙巳歲十一月也.

그러면서도 역시 그 해의 추수나 끝나기를 기다렸다가 옷을 챙기어
벼슬에서 물러날까 망설이던 차에, 마침 정씨(程氏)에게 출가했던 누

이가 무창에서 죽으니, 나의 마음은 오직 장례식에 참례해야겠다는 생각뿐, 결국 스스로 벼슬을 버리고 말았다.

음력 8월에서 겨울까지 벼슬에 있은 지 80여 일이었다. 뜻밖의 일로 해서 나의 본심을 좇아 결국 고향으로 돌아갔던 것이다. 한 편의 글을 지어 〈귀거래혜(歸去來兮)〉라 이름지었다. 을사년 11월.

(註解) o猶望一稔(유망일임)-유(猶)는 그러면서도, 아직도. 일임(一稔)은 한 해의 곡식이 익다. 즉 그 해의 가을 수확을 마치고의 뜻. o斂裳宵逝(염상소서)-옷을 챙기어 밤에 떠나다. 벼슬을 버리고 집으로 돌아가겠다는 뜻. o尋(심)-그러자 얼마 후에. o程氏妹(정씨매)-정씨에게 시집간 자기 누이동생. 후에 도연명은 제문(祭文)을 지었고 무척 애도했다. o情在駿奔(정재준분)-오직 장례식에 참석하겠다는 생각뿐이다. 준분(駿奔)은 장례를 치르기 위하여 달려간다는 뜻. o自免去職(자면거직)-스스로 벼슬을 버리고 누이가 죽은 무창으로 갔다는 뜻. o乙巳(을사)-안제(安帝) 의희(義熙) 1년, 즉 서기 405년 도연명이 41세 때다.

(解說) 도연명이 출사(出仕)한 지 80여 일만에 벼슬을 버리고 집에 돌아온 까닭은 반드시 누이동생의 죽음 때문만이 아니다. 당시의 상관인 독우(督郵 : 즉 감찰관)가 순시를 오게 되자 도연명에게 의관속대(衣冠束帶)하고 나와 맞으라고 했다. 이에 도연명은 '나는 쌀 다섯 말 때문에 촌뜨기 소인(小人)에게 허리를 굽힐 수 없다(吾不能爲五斗米折腰)'라고 하며 즉시 인수(印綬)를 풀어던지고 벼슬에서 물러났던 것이다. 《진서(晉書)》 및 《남사(南史)》 〈도잠전(陶潛傳)〉을 참조할 것.

歸去來兮　田園將蕪　胡不歸. 旣自以心爲形役　奚惆悵而獨
悲. 悟已往之不諫　知來者之可追. 實迷途其未遠　覺今是而
昨非. 舟搖搖以輕颺　風飄飄而吹衣. 問征夫以前路　恨晨光
之熹微.

(본문)

자! 벼슬에서 물러나 내 집의 논밭으로 돌아가자! 전원이 황폐하
고 있거늘, 어찌 돌아가지 않을 것이냐?

이미 내가 잘못하여 스스로 벼슬살이를 했고 따라서 정신을 육신의
노예로 괴롭혔거늘 어찌 혼자 한탄하고 슬퍼만 해야 하겠는가?

지난 일은 공연히 탓해야 소용이 없음을 깨달았고, 또한 앞으로 바
른 길을 좇는 것이 옳다는 것을 알았노라.

사실 내가 길을 잃고 헤매기는 했으나 아직은 그리 멀리 벗어난 것
은 아니다. 그리고 이제는 각성하여 바른 길을 찾았고 지난날의 벼슬
살이가 잘못이었음도 깊이 깨달았노라.

집으로 돌아가는 배는 출렁출렁 가볍게 바람을 타고 떠가며, 표표
히 부는 바람은 옷자락을 불어 날리고 있다.

어서 집으로 가고 싶은 심정으로 길 가는 행인에게 앞으로 길이 얼
마나 남았는가 묻기도 하고, 또 새벽 일찍 길에 나서며 아직도 새벽
빛이 희끄무레한 것을 한스럽게 여기기도 한다.

(註解)　○歸去來兮(귀거래혜)―돌아가자! 래(來)나 혜(兮)는 어조사로 강
조와 영탄의 뜻을 나타낸다. ○蕪(무)―잡초가 자라고 황폐하게 되
다. ○胡不歸(호불귀)―호(胡)는 어찌, 왜. 하(何)와 같은 뜻. ○旣
(기)―이미. ○以心爲形役(이심위형역)―마음을 육신의 노예로 만들
었다. 심(心)은 마음·정신·심령. 형(形)은 형태·육신·외형. 역
(役)은 부리다, 종으로 써먹다. ○奚(해)―'어찌 ∼하리요?' ○惆悵

(추창)—슬퍼하고 걱정하다. ㅇ已往之不諫(이왕지불간)—이미 지난 일은 탓할 수가 없다.《논어(論語)》〈미자(微子)〉편에 '지난 일은 탓할 수 없고, 앞으로 잘해야 할 것이다(往者不可諫 來者猶可追)' 란 구절이 있다. ㅇ迷途(미도)—길을 잃고 헤매다. ㅇ今是而昨非(금시이작비)—벼슬을 그만두겠다고 깨달은 지금은 옳고, 벼슬살이를 하던 어제는 잘못이었다. ㅇ舟搖搖(주요요)—집으로 돌아가는 배가 출렁대며 가는 모양. ㅇ輕颺(경양)—가볍게 바람을 타고 간다. ㅇ飄飄(표표)—바람이 펄럭이다. ㅇ征夫(정부)—길 가는 사람. 나그네나 행인.

乃瞻衡宇 載欣載奔. 僮僕歡迎 稚子候門. 三徑就荒 松菊猶存. 携幼入室 有酒盈樽. 引壺觴以自酌 眄庭柯以怡顔. 倚南牕以寄傲 審容膝之易安.

마침내 저 멀리 나의 집 대문과 지붕이 보이자, 나는 기뻐서 뛰었다. 머슴아이가 길에 나와 나를 맞았고, 어린 자식은 문에서 기다리고 있었다.

뜰 안의 세 갈래 작은 길은 온통 잡초에 덮이어 황폐해졌으나, 아직도 소나무와 국화는 시들지 않고 남아 있다.

어린아이의 손을 잡고 방안으로 들어가니, 술단지에는 아내가 정성 들여 담근 술이 가득 차 있다.

술단지와 술잔을 끌어당기어 혼자서 자작하여 술을 마시고, 뜰의 나뭇가지들을 보며 즐거운 낯으로 미소를 짓는다.

또 남쪽 창가에 몸을 실리고 남쪽 들을 내다보며 마냥 활개를 펴고 의기양양한 기분이 든다. 참으로 사람은 무릎을 드리울 만한 좁은 내 집에서도 충분히 안빈낙도(安貧樂道)할 수 있음을 실감한다.

註解 ○乃瞻(내첨)—바야흐로 보인다. ○衡宇(형우)—대문과 지붕, 형(衡)은 형문(衡門), 우(宇)는 지붕 또는 처마. ○載欣載奔(재흔재분)—즉시 기뻐서 뛰어가다. 재(載)는 즉(則), 조사로 '～하며 또 ～하다.' ○僮僕(동복)—머슴아이. ○稚子候門(치자후문)—어린 자식이 문에서 기다린다. ○三徑(삼경)—세 개의 작은 길. ○就荒(취황)—무성한 풀에 엉키어 황폐했다. ○松菊猶存(송국유존)—소나무와 국화는 아직 그대로 남아 있다. ○携幼入室(휴유입실)—어린아이의 손을 잡고 방에 들어온다. ○有酒盈樽(유주영준)—술단지에 가득히 술이 있다. 아마 부인이 정성껏 빚어놓고 돌아오기를 기다렸을 것이다. ○引壺觴(인호상)—술단지와 술잔을 당기어 놓고 술을 마신다. ○眄庭柯(면정가)—면(眄)은 보다, 가(柯)는 나뭇가지. ○怡顔(이안)—즐거운 표정을 짓는다. 미소를 지으며 즐거워한다. ○倚南牕(의남창)—남쪽 창문에 기대어 밖을 내다본다. 자기가 농사를 지을 논밭을 본 것이리라. ○寄傲(기오)—의기양양하고 마냥 활개를 친다. 벼슬살이할 때같이 구속받을 것이 없다. ○審(심)—충분히 맛을 본다. ○容膝之易安(용슬지이안)—무릎을 드리울 만한 작은 집에 살아도 족히 마음이 편하고 도를 즐길 수 있다.

園日涉以成趣 門雖說而常關. 策扶老以流憩 時矯首而遐觀. 雲無心以出岫 鳥倦飛而知還. 景翳翳以將入 撫孤松而盤桓. 歸去來兮 請息交以絶游. 世與我而相違 復駕言兮焉求. 悅親戚之情話 樂琴書以消憂.

전원을 매일 거닐며 손질을 하자 제법 운치있게 되었다. 또 대문이 있기는 해도 찾아오는 사람이 없으니 노상 닫혀져 있다.

지팡이를 짚고 이리저리 소요하다가 아무 곳에나 내키는 대로 앉아 쉬기도 하고 때로는 고개를 높이 추켜올리고 먼 곳을 바라보기도 한다.

야심 없는 구름은 산골짜기로부터 유연하게 높이 떠오르고, 날기에 지친 새들은 저녁에 제집으로 돌아올 줄 안다.

마침 해도 어둑어둑 저물어 들어가려 할 무렵, 나는 외로운 소나무를 어루만지며 서성대고 맴돌고 있노라.

돌아왔노라! 이제부터는 세속적인 교제를 그만두고 속세와 단절된 생활을 하리!

속세와 나는 서로가 어긋나고 맞지를 않거늘, 내 다시 수레를 타고 무엇을 찾아다닐까 보냐!

일가 친척들과 정이 넘치는 이야기를 기쁜 마음으로 나누며, 한편 혼자 있을 때는 거문고나 책을 가지고 우울함을 해소한다.

(註解) ○園日涉(원일섭)―매일 뜰 안을 걸어다니며 정원을 손질해 가꾼다. ○成趣(성취)―문은 있으나 찾아오는 사람이 없으니 항상 닫아놓고 있다. ○策扶老(책부로)―지팡이를 짚다. 책(策)은 짚다. 부(扶)는 지팡이. ○流憩(유게)―이리저리 거닐다가는 아무 곳에나 앉아서 쉰다. ○矯首(교수)―고개를 높이 쳐들고 ○遐觀(하관)―멀리 바라본다. ○雲無心以出岫(운무심이출수)―수(岫)는 산골짜기 또는 산과 산 사이. 구름이 무심하게 산을 벗어난다고 한 것은 아무런 야심이나 미련없이 속세나 속인들 틈에서 벗어나 홀로 고답하게 탈속한다는 뜻을 상징하고 있다. ○鳥倦飛而知還(조권비이지환)―날다가 지친 새가 돌아올 줄 안다고 한 뜻은 현실적인 명예나 이득을 찾아 아귀다툼을 하며 지칠 줄 모르는 인간들을 비꼰 것이다. 그러기에 도연명은 농촌의 자기 집으로 돌아왔던 것이다. ○景翳翳(영예예)―햇살이 어둑어둑하다. ○盤桓(반환)―맴돌며 서성댄다. ○復駕(부가)―다시 수레를 타고 찾아다닌다. ○焉求(언구)―무엇을 구할 것이냐? ○悅(열)―기쁜 마음으로 인정미 넘치는 이야기를 주고받는다. ○琴書(금서)―악기와 책. 군자는 노상 이것을 옆에 두고 성정(性情)을 닦는다.

農人告餘以春及 將有事于西疇. 或命巾車 或棹孤舟. 旣窈
窕以尋壑 亦崎嶇而經丘. 木欣欣以向榮 泉涓涓而始流. 善
萬物之得時 感吾生之行休.

농부가 나에게 봄이 왔으니, 앞으로는 서쪽 밭에서 농사를 지어야
할 거라고 말한다.

포장친 수레를 타고 육로를 가기도 하고, 또 혹은 혼자서 조각배를
젓고 물길을 따라 멀리까지 농사를 지으러 간다.

배를 타고 강물을 따라 구불구불 깊은 골짜기로 들어갔다가, 다시
이번에는 우툴두툴 높고 험한 산을 넘기도 한다.

나무들이 싱싱하게 즐거운 듯 뻗어나 자라고, 샘물들은 졸졸 솟아
나 흐르기 시작한다.

만물이 때를 만나 무럭무럭 자라는 것이 좋다. 그러나 내 자신은
이렇게 새봄을 맞는 사이에 차츰 인생의 종점으로 다가가서 죽을 것
이니 감개무량하게 느껴진다.

(註解) ○西疇(서주)—서쪽에 있는 밭. ○巾車(건거)—포장을 친 수레.
○棹孤舟(도고주)—조각배를 혼자 젓는다. ○窈窕(요조)—꾸불꾸불
깊이 들어간다. ○尋壑(심학)—골짜기를 찾는다. ○崎嶇(기구)—높
고 험한 산의 모습. ○欣欣(흔흔)—싱싱하고 즐거운 듯. ○向榮(향
영)—나무가 뻗어나고 자란다. ○涓涓(연연)—졸졸 물이 흐르다.
○行休(행휴)—가다가 멈춘다. 즉 살만큼 살다가 죽는다는 뜻.

已矣乎 寓形宇內復幾時. 曷不委心任去留 胡爲乎遑遑欲
何之. 富貴非吾願 帝鄉不可期. 懷良辰以孤征 或植杖而耘
耔. 登東皐以舒嘯 臨淸流而賦詩. 聊乘化以歸盡 樂夫天命復

奚疑.

아 ! 이제는 나의 인생도 그만인가 보다 ! 내 몸을 이 세상에 맡기고 살 날도 앞으로 얼마나 될지?

그러나 어찌 나의 마음을 대자연의 섭리에 맡기고, 죽으나 사나 좇지 않을 수가 있겠는가?

이제 새삼 초조하고 황망스러운 마음으로 욕심내고 바랄 것이 무엇이 있겠느냐?

현실적으로 나는 부귀도 바라지 않고, 또 죽은 후에 천제(天帝)가 사는 천국에 가서 살 것이라는 기대도 하지 않는다.

때가 좋다 생각되면 혼자 나서서 거닐고, 또 때로는 지팡이를 꽂아 놓고 김매기도 한다.

동쪽 언덕에 올라서 조용히 읊조리고, 맑은 시냇가에서 시를 짓는다.

모름지기 천지조화의 원칙에 따라 죽음의 나라로 돌아가자! 또 천명을 감수하며 즐긴다면 그 무엇을 의심하고 망설일 것이냐?

(註解) o己矣乎(이의호)—아 ! 이제는 모든 것이 다 끝이로다 ! o寓形宇內(우형우내)—육신을 이 세상에 맡기고 살다. 우(寓)는 드리우다, 맡기다. 형(形)은 형태, 육신. 우내(宇內)는 세계. o復幾時(부기시)—얼마나 더 오래일 것이냐? o曷(갈)—어찌. o委心(위심)—마음을 맡기다. o胡爲乎(호위호)—어찌하랴! 어찌했다고! o遑遑(황황)—초조하다, 조급하다. o欲何之(욕하지)—무엇을 욕심내겠느냐? o帝鄕(제향)—천국, 천제(天帝)가 사는 나라. o懷良辰(회량신)—좋은 때라 생각되면, 즉 좋다고 생각되면. o孤征(고정)—혼자 간다. o植杖(식장)—지팡이를 꽂다. o耘耔(운자)—김을 매다. o東皐(동고)—동쪽에 있는 언덕. o舒嘯(서소)—조용히 읊조리다. o賦詩(부시)—시를 짓는다. o聊(요)—인위적으로 억지를 쓰지 않고 자연에 모든 것을 맡기는 기분으로란 뜻. o乘化(승화)—천지 만물은

음양의 조화를 따라 변천한다. 그 조화를 따른다는 뜻. ㅇ歸盡(귀진)─사람은 무(無)에서 왔다가 다시 무로 되돌아간다. ㅇ復奚疑(부해의)─또 무엇을 의심할 것이냐?

解說 〈귀거래사(歸去來辭)〉는 명문 중의 명문이다. 초(楚)나라의 충신굴원(屈原)의 초사체(楚辭體)를 따랐고 참마음에서 우러난 것이지만 굴원같이 정면으로 대들고 힐난하는, 격한 문장이 아니다. 도연명은 평정하게 깊이 파고들었으면서도 자연스럽고 평범한 투로 담담하게 자기가 체득한 세계와 또 초탈한 인생관을 그리고 있다. 자연의 조화나 변화는 심오하고 다양하고 신비로워서 우리 인간에게는 불가사의한 것이다. 그러나 자연은 언제나 평범하고 용이하고 명백하게 모든 현상을 우리 인간에게 드러내 보여주고 있다.

봄에 아름다운 꽃이 피어 우리에게 즐거운 소생과 희망과 기쁨을 준다. 그러나 그 신비는 끝없이 깊은 속에 가려져 있다.

도연명의 시가 바로 이러한 대자연의 조화를 닮은 것이라 하겠다.

또 이 〈귀거래사〉는 난세(亂世)에 처해 있었던 그가 추위와 굶주림에 못이겨 생계를 위해, 하는 수 없이 벼슬길에 나갔으나, 결국은 못견디고 은퇴하게 된 비장한 심정을 읊은 것이다. 서문에서 그는 밝혔다. ‘본성이 자연을 닮게 마련인지라, 억지로 고칠 수가 없다. 굶주림과 추위에서 시달린다 해도 본성을 어기고 벼슬살이를 하니 모든 병이 쏟아져 나더라(質性自然 非矯厲所得, 飢凍雖切 違己交病).’

한마디로 굶어 죽으면 죽었지. 난세에 너절한 자들 밑에서는 벼슬을 할 수가 없다며 내 집 전원(田園)으로 돌아온 것이다. 전원에 돌아온 그는 농사를 지어먹으면 된다.

따라서 그는 노상 자연과 더불어 유유자적(悠悠自適)할 수 있었다. 정다운 가족이나 친척들과 참된 정이 넘치는 이야기를 주고받으며 즐거워할 수가 있었다. 또 술을 혼자 마시며 한가로운 마음으로 자연을 벗하여 놀고 쉴 수도 있었다.

'보라, 자연도 이렇듯 유연(悠然)과 한적(閑適) 속에 있지 않은가?(雲無心以出岫 鳥倦飛而知還)'라고 그는 읊었다.

그러나 도연명은 인생에 달통할 수 있었다. 무궁한 자연은 또다시 봄을 맞아, 만물이 소생하고 기쁜 듯이 보인다. 그러나 그 조화와 변화의 흐름 속에 자기의 인생도 흘러 머지않아 이승의 삶의 종착점인 죽음으로 가서 쉬어야 함을 느끼니 감개무량하다(善萬物之得時 感吾生之行休).

이렇게 읊은 도연명은 무위자연의 조화를 타고 실상(實相)으로 돌아갈 것을 터득하고 있다. 사람은 무에서 왔다가 무로 되돌아가는 것이다. 따라서 이 세상에 살았다고 하는 사실은 잠시 형체(形體)·육신(肉身)을 현상세계에 의탁한 것에 불과하다. 영원한 실재(實在)는 역시 현상세계, 즉 유(有)를 초월한 무(無)의 세계에 있는 것이다. 따라서 사람은 죽는 것이 아니라 본래의 실재로 되돌아간다고 그는 믿고 있었다.

신비로운 조화의 물결을 타고 다시 돌아가는 것이다. 그것이 천명(天命)이며, 천명을 즐기는 길이다. 왜 망설이고 의아해하는가? 그는 '모름지기 천지조화의 원칙에 따라 죽음의 나라로 돌아가자[聊乘化以歸盡]', '천명을 감수하며 즐긴다면 그 무엇을 의심하고 망설일 것이냐[樂夫天命復奚疑]'라고 끝을 맺었다.

(作者) **도잠**(陶潛) : 173쪽 참조

전적벽부(前赤壁賦)

송(宋)　소식(蘇軾)

壬戌之秋七月旣望. 蘇子與客 泛舟遊於赤壁之下. 淸風徐
來 水波不興. 擧酒屬客 誦明月之詩 歌窈窕之章. 少焉 月出
於東山之上 徘徊於斗牛之間 白露橫江 水光接天. 縱一葦之
所如 凌萬頃之茫然 浩浩乎如憑虛御風而不知其所止 飄飄乎
如遺世獨立 羽化而登仙. 於是飮酒樂甚 扣舷而歌之. 歌曰,
桂棹兮蘭槳 擊空明兮泝流光. 渺渺兮余懷 望美人兮天一方.
客有吹洞簫者 倚歌而和之 其聲嗚嗚然 如怨如慕 如泣如訴
餘音嫋嫋 不絶如縷 舞幽壑之潛蛟 泣孤舟之嫠婦.

임술(壬戌)년 가을 7월 16일 ―. 나는 객(客)과 더불어 배를 띄우
고 적벽(赤壁) 아래에서 놀았다.

맑은 바람 서서히 불어와 물결 일지 않는데 잔 들어 객에게 권하며
'명월(明月)' 시를 읊조리고 '요조(窈窕)' 시를 노래하는데 곧 달이 동
산 위로 솟더니 북두성과 견우성 사이를 배회한다. 흰 이슬이 강물
위에 비껴 내리고 물빛은 하늘에 닿아 있다.

한 조각 작은 배 가는 대로 내어 맡겨 망망한 만경창파를 건너간
다. 넓고도 넓은 것이 허공타고 바람을 모는 듯 그 머무는 곳을 모르
겠고 가벼이 떠올라 속세를 버리고 우뚝 솟은 듯 날개 돋아 신선이
되어 하늘에 오르는 듯했다. 이에 술 마시고 매우 즐거워서 뱃전을
두드리며 노래를 불렀다.

노래하기를,

'계수나무 노와 목란 상앗대로 물에 비친 달그림자를 치며 달빛 흐르는 강물을 거슬러 올라간다. 넓고 아득한 나의 마음이여 하늘 저 끝에 있는 임을 그리도다.'

객 중에 퉁소 부는 사람이 있어 노래에 맞춰 반주하니 그 소리 구슬퍼서 원망하는 듯 사모하는 듯, 흐느끼는 듯 하소연하는 듯 여음(餘音)이 가냘프고 길게 이어져 실가닥처럼 끊어지지 않으니 깊은 골짜기에 잠겨있는 용을 일어나 춤추게 하고 외로운 배의 과부를 울릴 듯하다.

(註解) ○壬戌(임술)—송나라 신종(神宗) 원풍(元豊) 5년, 즉 서기 1082년. ○旣望(기망)—음력 16일. ○蘇子(소자)—작자인 소식(蘇軾) 자신. ○屬客(촉객)—객에게 술을 권하다. ○明月之詩(명월지시)—《시경(詩經)》〈진풍(陳風)〉의 '월출(月出)'편. ○窈窕之章(요조지장)—같은 '월출'편의 '요규(窈糾)'를 말한다고 하기도 하고, 〈주남(周南)〉 '관저(關雎)'편을 말한다고 하기도 함. ○少焉(소언)—잠시 후에. ○斗牛之間(두우지간)—북두성과 견우성의 사이. ○一葦(일위)—한 잎 갈대. 작은 배를 비유함. ○所如(소여)—가는 대로. 여(如)는 왕(往)의 뜻. ○凌萬頃之茫然(능만경지망연)—넓은 만경창파를 건너다. ○浩浩乎(호호호)—매우 넓은 것의 형용. ○憑虛御風(빙허어풍)—허공을 의지하여 바람을 몰고 다님. ○飄飄乎(표표호)—가벼이 떠있는 모양. ○遺世(유세)—세속을 버리다. 세속을 떠나다. ○羽化而登仙(우화이등선)—날개가 돋아 신선이 되어 하늘에 오르다. ○扣舷(구현)—뱃전을 두드리다. ○桂棹(계도)—계수나무로 만든 노. ○蘭槳(난장)—목란(木蘭)으로 만든 상앗대. ○擊空明兮泝流光(격공명혜소유광)—물에 비친 달그림자를 치며 달빛어린 강물을 거슬러 올라간다. ○渺渺(묘묘)—아득히 멀다. ○余懷(여회)—나의 회포와 심정. ○洞簫(통소)—퉁소. ○嗚嗚然(오오연)—구슬픈 소리의 형용. ○嫋嫋(요뇨)—소리가 길고 가늘게 이어짐. ○幽壑(유학)—깊은

골짜기. ㅇ潛蛟(잠교) - 숨어있는 교룡(蛟龍). ㅇ嫠婦(이부) - 과부.

蘇子愀然正襟 危坐而問客曰, 何爲其然也. 客曰, 月明星
稀 烏鵲南飛 此非曹孟德之詩乎. 西望夏口 東望武昌 山川相
繆 鬱乎蒼蒼. 此非孟德之困於周郎者乎. 方其破荊州下江陵
順流而東也 舳艫千里 旌旗蔽空. 釃酒臨江 橫槊賦詩 固一世
之雄也 而今安在哉. 況吾與子 漁樵於江渚之上 侶魚鰕而友
麋鹿. 駕一葉之扁舟 擧匏樽以相屬 寄蜉蝣於天地 渺滄海之
一粟. 哀吾生之須臾 羨長江之無窮 挾飛仙以遨遊 抱明月而
長終. 知不可乎驟得 託遺響於悲風.

나는 얼굴빛을 바꾸고 옷깃을 여미고는 고쳐앉으며 객에게 물
었다.
"어째서 그토록 슬프오?"
객이 말했다.
"달 밝으니 별은 성글게 보이고 까막까치 남으로 날아가네하고 읊
은 것은 조조(曹操)의 시가 아니오? 서쪽으로 하구(夏口)를 바라
보고 동쪽으로 무창(武昌)을 바라보니 산천은 서로 뒤엉켜서 울울
창창 우거져 있는데 이곳은 바로 조조가 주유(周瑜)에게 곤욕을 치
렀던 그곳이 아니오?
　그가 막 형주(荊州)를 파하고 강릉(江陵)으로 내려와 물결따라
동쪽으로 내려갈 때 배는 꼬리를 물고 천 리에 이어졌고 깃발들은
하늘을 뒤덮었는데, 강물을 대하여 술 따르며 긴 창 비껴들고 시를
지었으니 참으로 일세(一世)의 영웅이었었는데, 그러나 지금은 (그
가) 어디에 있소이까?

하물며 나와 그대는 강가에서 고기잡고 나무하며 물고기 새우들
과 짝하고, 고라니·사슴들과 벗하며, 일엽편주 타고 쪽박 술잔을
들어 서로 권하며 하루살이 같은 목숨으로 천지간에 붙어 있으니
망망한 바다속의 한 알의 좁쌀처럼 보잘것이 없소이다.

　우리 삶이 잠깐임이 슬프고 장강(長江)은 끝없음이 부러워서 하
늘 나는 신선과 어울려 즐거이 놀며, 밝은 달을 안고 오래오래 살
려고 하나 그것이 쉽사리 될 수 있는 일이 아님을 깨닫고 서글픈
여운을 슬픈 가을바람에 실어본 거라오."

（註解）　◦愀然(초연)―감상에 젖어 얼굴빛이 변하다. ◦正襟(정금)―옷깃
을 단정하게 하다. ◦危坐(위좌)―몸을 바로하고 단정히 앉다. ◦月
明星稀(월명성희), 烏鵲南飛(오작남비)―조조(曹操)가 지은 〈단가
행(短歌行)〉의 두 구절. 달이 밝으니 별이 성글게 보이고, 까막까치
가 남쪽으로 날아간다. 이 〈단가행〉은 조조가 적벽에서 지은 작품이
다. ◦孟德(맹덕)―조조의 자(字). ◦夏口(하구)―지명. 지금의 호북
(湖北)성의 한구(漢口). ◦武昌(무창)―지명. ◦相繆(상무)―서로
얽혀 하나가 됨. ◦周郞(주랑)―오나라의 명장인 주유(周瑜). 유비
(劉備)를 쫓던 조조의 백만대군이 적벽에서 주유의 3만 군사에게
참패당한 일을 일컬음. ◦舳艫千里(축로천리)―뱃머리와 배꼬리가
천 리나 잇닿아 있음. 축(舳)은 배의 고물. 노(艫)는 이물. ◦旌旗蔽
空(정기폐공)―깃발들이 하늘을 덮었다. ◦釃酒(시주)―술을 거르다.
여기에서는 술을 따라 마심. ◦槊(삭)―여덟 자 길이의 긴 창. ◦匏
樽(포준)―바가지로 만든 술잔. ◦寄蜉蝣於天地(기부유어천지)―하
루살이 같은 목숨을 천지에 기탁함. 부유(蜉蝣)는 하루살이. ◦渺滄
海之一粟(묘창해지일속)―넓은 바다에 떠있는 한 알의 좁쌀처럼 보
잘것없는 것. ◦須臾(수유)―잠시 동안. ◦挾飛仙以遨遊(협비선이오
유)―하늘 나는 신선과 어울려 즐겁게 놀다. ◦長終(장종)―오래오
래 살다. ◦驟得(취득)―금방 쉽사리 얻다. ◦悲風(비풍)―가을바람.

蘇子曰, 客亦知夫水與月乎? 逝者如斯 而未嘗往也 盈虛者
如彼 而卒莫消長也. 蓋將自其變者而觀之 則天地曾不能以
一瞬 自其不變者而觀之 則物與我皆無盡也 而又何羨乎. 且
夫天地之間 物各有主. 苟非吾之所有 雖一毫而莫取 惟江上
之淸風 與山間之明月 耳得之而爲聲 目寓之而成色 取之無
禁 用之不竭. 是造物者之無盡藏也 而吾與子之所共樂.

내가 말했다.

"그대도 저 물과 달을 알고 있소? 가는 것은 이와 같이 쉬지 않고
흐르지만 영영 흘러가 버리는 것이 아니오. 차고 이지러지는 것은
저 달과 같지만 끝내 아주 없어지지도 더 늘어나지도 않는다오.

　변한다는 관점에서 보면 천지간에 한 순간이라도 변하지 않는 것
이 없고, 변하지 않는다는 관점에서 보면 만물과 나는 모두 무궁한
것이니 또 무엇을 부러워하겠소?

　게다가 천지 사이의 모든 사물은 각기 그 주인이 있어서 나의 것
이 아니면 털끝 하나라도 취할 수 없지만 오직 강 위를 부는 맑은
바람과, 산 사이에 뜨는 밝은 달은 귀로 들어오면 소리가 되고, 눈
에 담겨지면 색깔을 이룩하는데 이를 취하여도 막는 사람이 없고
아무리 써도 없어지지 않소. 이는 조물주가 주신 무진장한 보배이
며 나와 그대가 함께 즐기고 있는 것이오."

註解　o逝者如斯(서자여사)－흘러가는 것은 저 강물과 같이 끊임없이
　　　흐르지만이란 뜻.《논어(論語)》〈자한(子罕)〉편에 '가는 것은 모
　　　두 이와 같은가? 밤낮으로 흘러 쉬는 일이 없도다(逝者如斯夫,
　　　不舍晝夜)'라고 하였다. 여기서 사(斯)는 강물을 가리킴.　o未嘗往
　　　(미상왕)－다 흘러가 버리지는 않고 계속해서 물이 흐른다.　o盈虛

者如彼(영허자여피)-차고 이지러짐이 저 달과 같지만. 영(盈)은 달이 차는 것이고 허(虛)는 달이 이지러지는 것. ○莫消長(막소장)-아주 없어지거나 더 늘어나지는 않는다. ○將自其變者而觀之(장자기변자이관지)-사물을 변한다는 관점으로 보면. ○天地曾不能以一瞬(천지증불능이일순)-천지간의 모든 만물이 한순간이라도 변하지 않고 그대로 있는 것이 없음.

客喜而笑 洗盞更酌 肴核旣盡 盃盤狼藉. 相與枕藉乎舟中 不知東方之旣白.

객이 기뻐 웃으며 잔 씻어 다시 술 따른다. 안주가 이미 바닥나고 술잔과 쟁반은 어지러이 흩어졌다. 서로를 베개삼아 배 안에 누우니 동녘이 이미 밝아오고 있는 것도 모른다.

(註解) ○肴核(효핵)-효(肴)는 고기 안주. 핵(核)은 과일 안주. ○狼藉(낭적)-어지러이 흩어져 있음. 적(藉)은 압운 관계로 여기서는 적으로 읽음. ○枕藉(침자)-서로 베고 깔고 자다. ○白(백)-하얗게 날이 밝다.

(解說) 황주(黃州)에 유배된 작자 소식(蘇軾)이 원풍(元豊) 5년에 양세창(楊世昌)과 함께 적벽에서 두 차례 뱃놀이를 하고 그 감회(感懷)를 써낸 것이 〈전후적벽부(前後赤壁賦)〉이다.
  호북(湖北)에는 적벽이라 불리는 곳이 네 곳 있다. 하나는 가어현(嘉魚縣)의 동북쪽 장강(長江) 변에 있으며 이곳이 삼국시대 주유(周瑜)가 조조(曹操)를 대파한 적벽지전(赤壁之戰)이 벌어졌던 곳이다. 또 하나는 무창현(武昌縣)에, 또 하나는 한양현(漢陽縣)에, 마지막 하나는 황강현(黃岡縣) 성 밖에 있는데, 이

곳이 바로 소식이 뱃놀이를 했던 곳이다. 소식은 적벽대전을 했던 곳이 이곳인 줄로 잘못 알고 이 작품에 적벽대전의 고사를 인용하였고, 후에 이것이 잘못되었음을 인정하였다.

소식은 당쟁으로 혁신당에게 몰려 사형당할 뻔했다가 황주(黃州)로 유배되었다. 이러한 역경 가운데서 그는 자연으로부터 안위(安慰)받고 새로운 삶의 의미를 찾아가는 마음을 이 작품에서 표현해내고 있다.

이 〈적벽부〉는 이른바 문부(文賦)의 형식으로, 소식의 거시적(巨視的) 인생관이 서정적 분위기와 함께 격조있게 나타나 있다.

(作者) **소식**(蘇軾) : 208쪽 참조.

후적벽부(後赤壁賦)

송(宋) 소식(蘇軾)

是歲十月之望 步自雪堂 將歸于臨皐 二客從予. 過黃泥之
坂 霜露旣降 木葉盡脫. 人影在地 仰見明月. 顧而樂之 行歌
相答. 而已歎曰, 有客無酒 有酒無肴 月白風淸 如此良夜何?
客曰, 今者薄暮 擧網得魚 巨口細鱗 狀如松江之鱸. 顧安所
得酒乎. 歸而謀諸婦 婦曰, 我有斗酒 藏之久矣 以待子不時
之需.

이 해 10월 보름에 설당(雪堂)에서 걸어나와 임고정(臨皐亭)으로
돌아가려 하는데 두 손님이 나를 따라왔다. 황니(黃泥) 고개를 지나
는데 이미 서리와 이슬이 내려 나뭇잎은 모두 지고 사람의 그림자가
땅에 비치고 있었다. 고개를 들어 밝은 달을 쳐다보고 주위를 돌아보
니 즐거웠다. 걸어가면서 노래를 불러 서로 화답하였다.
조금 있다가 내가 탄식하며 말했다.
"객은 있는데 술이 없고 술이 있더라도 안주가 없네. 달 밝고 바람
맑아 이처럼 좋은 밤을 어찌 지내야 하나?"
객이 말했다.
"오늘 해질 무렵에 그물로 고기를 잡았소. 입이 크고 비늘이 가는
것이 꼭 송강(松江)의 농어같이 생겼습디다. 허나 술을 어디에
서 얻는다?"
집에 돌아와 아내와 상의했더니 아내가 말했다.

"제게 술 한 말이 있는데 저장해둔 지 오래된 것입니다. 당신이 갑자기 찾을 것에 대비하여 둔 것이지요."

註解　◦是歲(시세)―이 해, 송나라 신종(神宗)의 원풍(元豐) 5년, 즉 서기 1082년. 소식의 나이 46세 때이다.　◦望(망)―보름.　◦雪堂(설당)―작자 소식은 원풍 3년(1080년)에 황주(黃州)로 유배되어 왔었는데, 원풍 5년 그곳에 눈이 내릴 때 초가집을 짓고 사방 벽에 설경(雪景)을 그려넣어 이름을 설당(雪堂)이라고 하였다.　◦臨皐(임고)―작자가 처음 황주에 왔을 때는 정혜선사(定惠禪寺)에 있다가 후에 이 임고정(臨皐亭)으로 거처를 옮겼다.　◦二客(이객)―그 중 한 사람은 양세창(楊世昌)으로 자(字)는 자경(子京)이며 여산(廬山)으로부터 황주로 찾아와 소식과 함께 두 차례에 걸쳐 적벽에서 뱃놀이를 하게 된다.　◦黃泥之坂(황니지판)―황니라 불리는 고개.　◦霜露旣降(상로기강)―서리와 이슬이 이미 내렸다. 호북(湖北) 일대는 음력 9월이면 서리가 내리기 시작하여 나뭇잎이 지게 된다.　◦松江之鱸(송강지로)―강소성(江蘇省) 송강(松江)의 농어는 맛이 뛰어나서 예로부터 유명하다.　◦顧(고)―그러나, 하지만.　◦謀諸婦(모저부)―아내에게 그것을 의논하다.　◦斗酒(두주)―한 말의 술.　◦不時之需(불시지수)―뜻하지 않은 때에 필요한 것.

於是攜酒與魚　復遊於赤壁之下　江流有聲　斷岸千尺.　山高月小　水落石出.　曾日月之幾何.　而江山不可復識矣.　予乃攝衣而上　履巉巖披蒙茸　踞虎豹登蛇龍　攀棲鶻之危巢　俯馮夷之幽宮　蓋二客之不能從焉.

이리하여 술과 고기를 가지고 다시 적벽 아래에 가서 놀게 되었다. 강물은 소리내어 흐르고 깎아지른 언덕은 천 척(尺)이나 되었다. 산

이 높아 달은 작은데 강물이 줄어서 돌들이 드러나 있었다. 그후로
세월이 얼마나 지났다고 강산을 다시 알아볼 수 없단 말인가? 나는
옷을 걷고 올라가서 깎아지른 듯 높이 솟은 바위를 밟으며 무성히 자
란 풀숲을 헤치고, 호랑이나 표범 모양의 바위에 걸터앉기도 하고 뱀
이나 용같이 구부러진 나무에 올라, 매가 사는 높은 가지의 둥지도
잡아보고 빙이(馮夷)의 궁전이 있는 깊은 물속도 내려다보았다. 그러
나 두 객은 나를 따르지 못하였다.

(註解) ○斷岸(단안)—깎아지른 듯한 강 언덕. ○水落石出(수락석출)—물
이 줄어들어 돌이 드러남. ○日月之幾何(일월지기하)—지난번, 곧
〈전적벽부〉를 지은 후로 세월이 얼마나 지났던가? ○江山不可復
識(강산불가부식)—강산의 모습이 너무 달라져 알아볼 수가 없다.
○攝衣(섭의)—옷자락을 걷어올린다. ○巉巖(참암)—깎아지른 듯 높
고 험준한 바위. ○蒙茸(몽용)—풀이 더부룩하고 무성하게 난 모양.
○踞虎豹(거호표)—호랑이나 표범같이 생긴 바위에 걸터앉다. ○登
蛇龍(등사룡)—뱀과 용처럼 구부러진 고목(枯木)에 올라가다. ○攀
棲鶻之危巢(반서골지위소)—매가 깃들어 사는 높은 둥지에까지 올
라가다. ○俯馮夷之幽宮(부빙이지유궁)—빙이가 사는 깊은 못속의
궁전을 내려다보다. 빙이는 수신(水神)인 하백(河伯).

畫然長嘯 草木震動 山鳴谷應 風起水涌. 予亦悄然而悲 肅
然而恐 凜乎其不可留也. 反而登舟 放乎中流 聽其所止而休
焉. 時夜將半 四顧寂廖 適有孤鶴 橫江東來 翅如車輪 玄裳
縞衣 戞然長鳴 掠予舟而西也.

문득 긴 휘파람소리가 나더니 초목이 진동하고 산이 울리고 골짜

기가 메아리치며 바람이 일고 강물은 솟구쳤다. 나도 또한 쓸쓸하여 슬퍼지고 숙연해지면서 두려워지더니 몸이 오싹하여 더 머무를 수 없었다.

되돌아와서 배에 올라 강 가운데에서 물 흐르는 대로 맡겨두었다가 배가 멈추는 대로 내버려두었다. 때는 거의 한밤중인데 사방을 둘러보니 적막했다. 마침 외로운 학 한 마리가 강을 가로질러 동쪽에서 날아오는데 날개는 수레바퀴처럼 크고 검은 치마와 흰 저고리를 입은 듯한데 끼룩끼룩 길게 소리내어 울며 우리 배를 스쳐서 서쪽으로 날아갔다.

註解） ㅇ畫然(획연)－돌연. ㅇ悄然(초연)－쓸쓸한 모양. ㅇ肅然(숙연)－삼가고 두려워하는 모양. ㅇ凜乎(늠호)－싸늘한 것. ㅇ聽其所止而休焉(청기소지이휴언)－그것이 머무는 그곳에서 쉬게 내버려두다. 청(聽)은 종(從)과 같다. ㅇ玄裳縞衣(현상호의)－검은 치마에 흰 저고리. 학의 외모를 형용한 말. 학은 날개 끝과 꼬리가 검고 온몸이 희므로 이렇게 표현했다. 호(縞)는 백색. ㅇ戛然(알연)－금속이 서로 부딪쳐 나는 소리. 여기서는 맑고 격양(激揚)된 학의 울음소리를 형용한 것. ㅇ掠(략)－살짝 스치고 지나감.

　須臾客去　予亦就睡　夢一道士　羽衣翩躚　過臨皐之下　揖予而言曰, 赤壁之遊樂乎. 問其姓名　俛而不答. 嗚呼噫嘻. 我知之矣. 疇昔之夜　飛鳴而過我者　非子也耶. 道士顧笑　予亦驚悟　開戶視之　不見其處.

잠시 후 객들은 돌아가고 나도 잠자리에 들었다. 꿈에 한 도사가 새털로 만든 옷을 펄럭이며 날아서 임고정(臨皐亭) 아래를 지나와 내게 읍(揖)을 하며 말했다.

"적벽의 놀이가 즐거웠소?"

나는 그의 성명을 물었으나 그는 머리를 숙인 채 대답하지 않았다.

"아하! 알았소. 지난 밤에 울면서 나를 스쳐 날아간 것이 바로 그대가 아니오?"

도사는 고개를 돌리며 웃었다. 나도 또한 놀라 잠에서 깨어나 문을 열고 내다보았으나 그가 있는 곳을 찾을 수 없었다.

(註解) ㅇ羽衣翩躚(우의편선)—새 깃털로 만든 옷을 입고 펄럭이며 날다. ㅇ俛(면)—고개를 숙이다. ㅇ嗚呼噫嘻(오호희희)—감탄사. ㅇ疇昔之夜(주석지야)—어젯밤. ㅇ非子也耶(비자야야)—그대가 아니었나요?

(解說) 소식은 〈전적벽부(前赤壁賦)〉를 쓴 뒤 3개월이 지나 다시 적벽에 놀러갔고 이 〈후적벽부(後赤壁賦)〉를 짓게 되었다. 불과 석 달 사이에 강산의 경치는 몰라보게 달라져 있었다. 그러나 소식은 변함없이 자연의 즐거움을 만끽하게 된다. 그가 당한 귀양살이에도 불구하고 그의 마음은 여전히 넓고 광활함을 볼 수 있다.

　이 작품은 앞의 작품과 작법이 다르다. 앞의 작품은 실제의 풍경을 통한 서정을 쓴 것이고 이 작품은 허경(虛景)의 묘사가 중심이 되어 있다. 신선의 화신인 선학(仙鶴)을 등장시키고 또 꿈에 신선이 등장하는 몽경(夢境)까지도 그려냈다. 옛사람이 말하기를 '〈적벽부〉 두 편을 읽으면 《장자(莊子)》 한 부(部)를 읽은 것보다 낫다'고까지 말했을 정도이다.

(作者) **소식**(蘇軾) : 208쪽 참조.

색　인(索引)

[ㅊ]

新譯 東洋 三國의 名漢詩選

| 初版 印刷 ●2003年 | 7月 | 31日 |
| 初版 發行 ●2003年 | 8月 | 5日 |

編著者 ● 安 吉 煥

發行者 ● 金 東 求

發行處 ● 明 文 堂

서울특별시 종로구 안국동 17~8
대체　010041-31-001194
전화　(영) 733-3039, 734-4798
　　　(편) 733-4748
FAX 734-9209
Homepage www.myungmundang.net
E-mail mmdbook1@myungmundang.net
등록　1977. 11. 19. 제1~148호

● 낙장 및 파본은 교환해 드립니다.
● 불허복제.

값 15,000원
ISBN 89-7270-735-X 03890
ISBN 89-7270-052-5(세트)